KB122727

불량한 맛이 당길 때 후다닥 읽는 소설

인스턴트
소설

인스턴트 소설

발행일	2015년 10월 29일

지은이	신 하 리		
일러스트	mor_lale		
펴낸이	손 형 국		
펴낸곳	(주)북랩		
편집인	선일영	편집	서대종, 이소현, 김아름, 권유선, 김성신
디자인	이현수, 신혜림, 윤미리내, 임혜수	제작	박기성, 황동현, 구성우
마케팅	김회란, 박진관		
출판등록	2004. 12. 1(제2012-000051호)		
주소	서울시 금천구 가산디지털 1로 168, 우림라이온스밸리 B동 B113, 114호		
홈페이지	www.book.co.kr		
전화번호	(02)2026-5777	팩스	(02)2026-5747

ISBN	979-11-5585-802-8 03810(종이책)		979-11-5585-803-5 05810(전자책)

성공한 사람들은 예외없이 기개가 남다르다고 합니다.
어려움에도 꺾이지 않았던 당신의 의기를 책에 담아보지 않으시렵니까?
책으로 펴내고 싶은 원고를 메일(book@book.co.kr)로 보내주세요.
성공출판의 파트너 북랩이 함께하겠습니다.

불량한 맛이 당길 때 후다닥 읽는 소설

인스턴트 소설

신하리 지음

북랩 book Lab

독자들에게 보내는 **머리시**

살아라

살지만 말고 살아 있어라
눈을 빛내고 소리를 내라

싱싱해라
썩어 가도 풀 죽지 마라
뜻대로 삶을 만들어내라

목차

팝콘 중독

1

하마 입만큼이나 입을 크게 벌리고 그 속으로 팝콘을 한 움큼 집어넣은 나는 세상에서 가장 큰 행복감을 맛보았다.

짭짤한 감칠맛이 내는 리듬에 고소한 향기가 분위기를 잡는다. 거기에 다시 달콤한 맛의 멜로디가 올라앉아 조화로움을 이루는 세상에서 가장 완벽한 음식. 옥수수 팝콘은 내가 가장 좋아하는 음식이자 나의 생활을 이어가는 유일한 낙이다. 단지 음식일 뿐이라고? 절대 아니다. 이것은 천상의 단물이자 생명이라는 고귀함을 표현하고 있는 예술 작품이다. 지금 웃기는 소리라고 생각하는 독자도 있겠지만, 이건 누가 뭐라 해도 확고한 나의 팝콘에 대한 애정과 존경의 표현이다.

세상에는 많은 기호와 습관을 가진 사람이 있다. 나 역시 그중에 하나인 조금 특별한 입맛을 가진 사람 정도가 아닐까? 나의 팝콘에 대한 집착을 얘기하자면 평생을 다 바쳐도 끝낼 수는 없을 것이다. 설마 팝콘에 중독되는 것이 나쁘다고 하는 사람이 있을까? 그런 사람은 담배나 술이나 도박 같이 몸에 해로우며 인생을 다 바쳐도 이로움이라고는 조금도 없는 것에 빠져 허우적대는 사람들을 생각해 보라! 그들은 소모적이고 작은 기쁨과 끌림에 생명을 바치고 인생을 망친다. 그에 반해 팝콘에 대한 집착이란 얼마나 이로운가! 그것은 영양가 있고, 몸에 유익하며, 맛도 좋다. 게다가 한 번이라도 그 맛을 보면 남녀노소 누구나 더 없는 끌림을 느낄 정도로 사랑스럽다. 사실 뭘 더 말할 필요가 있겠는가. 내가 말하지 않아도 팝콘을 먹어본 이라면 누구나 팝콘의 이로움에 대해 알고 있을 텐데.

요즘 나는 딸기 맛 팝콘에서 다시 오리지널 버터 팝콘이 좋아지고 있는 상태다. 나는 회사에서나 집에서, 혹은 지하철, 버스 등 어디에서든 팝콘을 즐긴다. 버터 팝콘은 특히나 향기가 좋고 바삭해서 하루에 열 봉지를 먹는 것은 일도 아니다. 아니 나는 스무 봉지도 거뜬하다. 평소에는 큰 봉지를 두 개 사서 처음에는 한 알씩, 요즘은 요령이 생겨서 두 알씩 집어 먹는다. 다 먹고 봉지 바닥에 남은 단단한 옥수수 알갱이는 모아서 다시 튀겨 먹기도 한다. 낭비가 없는 셈이다. 팝콘은 가격도 저렴하기에 경제적인 부담도 없다. 팝콘의 이점은 너무도 많은 것 같다.

2

이제 팝콘 이야기에서 조금 벗어나서 내 얘기를 해볼까 한다. 나는 평범한 회사원이고 아직 미혼이며 팝콘을 많이 즐긴 탓에 배가 조금 나왔다. 그 밖에는 아주 건강한 편이지만 요새 들어 문득 팔다리가 조금씩 저리기도 하고 손끝의 감각이 무뎌지는 듯하다. 갱년기일까 싶어 안 그래도 지금 병원에 들어가는 길인데…… 이크! 병원 문을 열자마자 소독약 냄새가 코를 찔러온다.

'딩동.'

"14번 환자분 들어오세요."

앗, 벌써 내 차례인가 보다. 역시 큰 병원은 의사들도 환자를 빨리 보는 것 같다. 진료실에 들어가자마자 따뜻한 기운이 몸에 퍼졌다. 의사 얼굴을 보니 벌써 마음이 편해지면서 병이 낫는 것 같다.

"어디가 어떻게 아프신지 말씀해주실까요?"

사람 좋게 생긴 의사 선생이 손을 쓱싹쓱싹 비비며 물어 왔다. 시원한 성격이다.

"요새 들어서 손발이 저리고……."

"어디 한번 볼 수 있을까요?"

나는 고개를 끄덕이며 손을 내밀었다.

"앗! 이, 이건! 박 선생!"

의사가 내 손을 보고 갑자기 당황하더니 급히 다른 의사들에게 소리치기 시작했다. 그러자 곧 다른 의사들이 무슨 일인가 싶어 진료실 문을 박차고 들이닥쳤다.

"이것 보게! 이 노란 손과 일어난 껍질! 정맥 충혈!"

"이건…… 설마! 어서 조직 검사를!"

그들은 내 피를 뽑고 또 핀셋으로 내 손바닥을 쓱쓱 긁어 부스러기를 채집해서 진료실 구석에 있던 현미경으로 가져가더니 관찰한 무언가를 황급히 차트에 써댔다. 의사는 당황한 얼굴을 하는 나를 보고 갑자기 얼굴색을 바꾸며 얘기했다.

"일단은 별거 아니니 걱정하지 마시고 차분히 기다려 주십시오! 큰

병은 아닙니다!"

'방금까지 제 앞에서 허둥대신 거랑은 너무 상반되는 견해시군요, 의사 선생님.'

그때 아래층으로 검사하러 갔던 아까 그 의사가 헐레벌떡 달려오더니 진료실 문을 '쾅!' 하고 열었다. 그리고는 잔뜩 상기된 얼굴로 소리쳤다.

"콘이디스트네!"

"이런, 역시!"

의사들은 자기들끼리 종이를 주고받더니 갑자기 내 가방을 뒤지기 시작했다.

"뭐, 뭐요!"

"당신 혹시 옥수수를 즐겨 드십니까?"

의사는 내 가방에서 꺼낸 팝콘 봉지 뭉치를 집어 들면서 급한 목소리로 물었다.

"네, 그런데요?"

"이 환자 당장 입원시켜요! 간호사!"

명령이 떨어지자 진료실 문 뒤에서 세 명의 건장한 남자 간호사들이 들이닥치더니 다짜고짜 나를 꽁꽁 묶어 병원 복도에 놓인 침대로 데려갔다. 그리고는 반항하는 나를 엄청난 힘으로 눌러 제압하면서 침대에 묶으려 했다.

"뭐야! 사, 사람 살려!"

모든 일은 이유를 알 수 없이 급박하게 흘러갔다. 간호사들과 의사들이 우르르 달려와서 내 옷을 갈아입히고 혈압과 체온을 재가더니 심장박동기 같은 것을 달아주고 팔에 주사를 한 세 방쯤 놓아주었다. 나는 몇 번이고 반항해 보았지만 그 시도는 몇 번이고 건장한 간호사들에 의해 무위로 돌아갔다. 그동안 나를 진찰했던 의사는 내 가방을 뒤지는 일이 끝났는지 팝콘 봉지를 분석한 검사표 같은 것을 다른 의사에게 보여주고 있었다. 그것을 본 다른 의사는 놀란 눈으로 간호사들에게 급하게 손짓했다.

"당장 저 환자의 털을 모두 밀어 버리세요!"

"뭐라고? 아악! 사람 살려!"

간호사들이 커다란 면도기를 들고 내게 달려들었다. 나는 소리를 지르고 발버둥을 치며 저항했다. 하도 힘을 준 탓에 손발에 힘이 빠지고 목이 아파왔다. 다행히 내 손발을 누르고 있던 간호사도 힘이 조금 빠진 듯싶었다.

"이때다!"

나는 고함을 지르며 드디어 오른손을 빼내는 데 성공했다.

"앗!"

내 오른손을 본 나와 모든 의사, 간호사들이 동시에 비명을 질렀다. 내 손이 아주아주 노랗고 뭉툭하게 변해 버렸기 때문이다!

이게 어떻게 된 일이지? 나는 깜짝 놀라 입고 있던 환자복을 확 뜯어 버렸다. 그리고 그 속에서 내가 발견한 것은 이미 팔꿈치까지 노랗게 변해버린 내 몸뚱이였다!

내가 입을 쩍 벌리고 혼란스러워하며 노랗게 질려가는 동안 의사들은 벌써 내 침대를 수술실로 밀고 가고 있었다. 의사들은 기계를 통해 계속 내 심장박동을 들여다보고 알아듣지 못할 차트란 것을 읽어 내려갔다. 그러던 중 드디어 내게 해명해 주는 사람이 나타났다.

"저는 당신을 담당하는 의삽니다! 지금 당신은 '옥수수과다복용에의한복인성상성콤플렉스증후군'을 앓고 있습니다!"

"예! 뭐라고요? 그게 뭐죠?"

"그…… 그러니까 쉽게 말하자면 옥수수들이 내뿜은 죽음에 대한 공포와 원망을 담은 호르몬을 과다섭취해서 사지에 독이 침전되어 결국 갑자기 부식돼버리는 증상으로……."

"그러니까 지금 내 팔이 썩어간다고?"

나의 고함이 무색하게 남자 간호사 한 명이 내 침대를 끌고 수술실 문을 박차고 들어가, 그 소리에 귀가 먹먹해졌다. 고개를 돌려 팔 쪽을 쳐다보니 손끝은 이미 버터 덩어리로 변해버린지 오래였고, 벌써 어깻죽지까지 그 노란 부식이 번져있었다.

"아악!"

"간호사, 마취는 필요 없네! 2번 톱!"

'위이이잉!'

커다란 톱에 달린 톱날 두 개가 불꽃을 튀기며 날카로운 소리를 냈다.

아…… 안 돼! 왜 내 동의도 없이 내 팔다리를 자르는 건데? 잠깐, 왜 마취는 안 하는데! 겁에 질린 내 입에서 더 이상 어떤 소리가 나오는지 나는 더 알 수가 없었다. 빠져나가려고 발버둥 쳐보아도 소용이 없었다. 전기톱은 벌써 귀 옆까지 다가와 있었다.

'안 돼!'

3

'화악.'

눈앞에 맑고 푸른 하늘이 펼쳐졌다. 아…….

눈을 떠 주위를 둘러보니 다행히도 노랗고 잘 익은 내 친구들이 보였다. 내 몸에도 아무런 문제가 없었다. 아직 한여름이구나……. 이런, 이런, 벌써부터 그런 꿈을 꾸다니 너무 과민했어.

조금은 덜 익은, 그래도 탱탱한 옥수수알갱이는 한숨을 내쉬며 겨우 마음을 내려놓았다. 그리곤 몸을 부르르 떨며 허무맹랑했던 꿈을 잊으려 했다.

어릴 때부터 엄마 알갱이에 인간들의 팝콘 학대에 관한 이야기를 너무 많이 들었던 탓이다. 아직 여름인데 팝콘 중독에 걸린 정신병자 꿈이라니 너무 끔찍했어. 여름이라는 건 자고로 지금처럼 따뜻한 햇볕을 실컷 받을 수 있는 옥수수로서 가장 여유롭고 행복한 시기인데 말이야……. 따듯하다…… 따듯…… 어라? 너무 따듯한걸? 구름 탓인지 몰라도 갑자기 하늘이 어두워져 버렸다. 그래도 주위는 참 따듯했다.

"엄마 이거 먹어도 되는 거야?"

"아니야. 이제 시작이야. 조금만 더 기다려."

주위가 갑자기 습해지며 홍수가 난 듯 수많은 물이 밀려들었다.

"무슨 일이지?"

옥수수 알갱이는 웬일인지 옆 줄기에 살던 알갱이들이 자신의 밑에 깔려 있는 것을 발견했다. 모두 깊은 잠에 빠져 있었다.

"아냐! 아냐! 이럴 리 없잖아! 지금은 여름이라고, 여름!"

따듯했던 열기는 눈 깜짝할 사이에 점점 강렬해져서 이제는 익어 버

릴 만큼 뜨거워져 있었다. 옥수수 알갱이는 내년 봄, 싹을 틔울 큰 꿈
이 사라지는 걸 느끼며 절규했다.

　'안 돼!'

가기 전과 오기 전

　나는 갈색 바바리를 두 손으로 더욱더 꼭 여며 쥐고 도시의 밤을 느끼며 걸었다. 몇 분 전까지 마시던 농도 22%의 알코올이 서서히 전신을 휘감는다. 머리에 취기가 점점 더해가고 몸이 조금씩 따뜻해지니 이 추운 날씨에도 내 마음은 몰캉하게 녹아만 간다.

　"어우, 춥네……."

　사실은 별로 춥지 않았지만 습관적으로 그렇게 말했다. *아니, 사실 잘 모르겠다. 지금이 추운 건지 아님, 더운 건지……. 어쨌든 오늘은 너무 기분 좋은 날이니까 상관없다.*

　나는 약간 비틀거리며 하지만 정신은 말짱하다! 절대적으로! 골목길을 걸어갔다. 하늘은 어두운 남색으로 가득 차있고 땅은 깜빡거리며 꺼져가는 가로등이 골목길을 비추고 있다. 바닥엔 언제 소낙비가 왔었는지 물기가 남아있고 그래서 그런지 공기도 건조하지 않았다.

　"얼른 집에 들어가서 따뜻한 물로 세수하고 드러누워야겠다!"

　그리곤 아까 있었던 기분 좋은 일을 생각하면서 *생각해 내려고 하면서 무의식적으로 바바리코트에 손을 넣었다. 약간 허기진데? 음, 이건 지*

갑이군. 집에 가면 어제 그 오징어가 남아 있으려나…….

나는 그러면서 지갑을 꺼내 지폐의 잔존량을 확인했다.

그리고 방심한 그때!

누군가가 뒤에서 달려오더니 나를 강하게 밀치고 지나가는 게 아닌가! 아니, 이런! 누가 날 치고 간 거야? 아니, 잠깐! 내 지갑…… 지갑? 순식간에 온몸에 술이 확 달아났다! '타다다닥!' 온 골목길에 도둑놈이 도망치는 소리가 차갑게 울려 퍼졌다.

"저 도둑놈이 내 지갑을 훔쳐갔다!"

나는 잠시 비틀거린 다음 바로 도둑놈을 쫓아가며 소릴 질렀다. 여기서 잠깐, 회상하건대, 내 지갑은 한 지인이 선물한 것으로 값이 꽤 나가는 것이었다. 게다가 안에는 일주일 동안 고이 모은 용돈이!

'타다다다!'

복잡한 골목길을 요리조리 잘도 달리는 걸 보니 건장한 놈이다. 나만 한 키에 바바리코트를 입고 있는 모습이 영락없이 못된 놈의 차림새다.

"헉헉…… 도둑이야!"

아무리 소리를 질러도 아무도 안 나오는 걸 보니 이 달동네 사람들은 다들 일찍 잠드나 보군. 헉헉. 숨이 차오르고 있지만 절대 놓칠 수 없지! 그때 갑자기 도망가던 도둑놈이 소리를 빽 지른다.

"인마! 도둑은 네놈이지!"

뭐? 이 자식이…… 그래, 네가 제정신이면 좀도둑질을 할 리가 없지. 아니? 잠깐, 저쪽은 내가 알고 있는 막다른 길이다. 이 골목들을 자주 다니는 나는 여기를 잘 알고 있다. 조금만 더 힘을 내자! 예상대로 도둑이 마지막 골목을 돌아 막다른 길로 들어섰다.

"넌 이제 잡혔어!"

'앗!'

도둑놈이 막다른 길 바로 앞에서 옆집 창문틀을 밟고 벽 위로 난 길에 올라섰다! *이럴 수가! 그건 나만 아는 지름길인데! 보통이 아니잖아?* 도둑놈은 길 위에 올라서자마자 내가 쫓아올세라 뒤도 안 보고 도망쳐버렸다. *얍삽한 자식.*

"도둑이야!"

급한 김에 소리쳐 보았지만 이 *창창한 밤중에 게다가 사람도 없는 이 골목길에서!* 누군가가 도와줄 *리* 만무했다. *에이, 재수가 없으려니까!* 아닌 게 아니라 갑자기 달려서 그런지 옆구리도 아프고 술기운도 남아있어서 어지럽고 힘도 다 빠져 버렸다. *저길 올라가서 뒤쫓는 건 무리야.*

아…… 가슴이 쓰려 온다. *어떻게 모은 돈인데!* '씩씩. 퉤!' 가쁜 숨을 두 번쯤 몰아쉬고 바닥에 침을 탁 뱉었다. 그리곤 터벅거리며 다시 집으로 향했다.

방금까지만 해도 오늘은 정말 보람찬 하루였는데……. *후…… 아직도 조금 숨이 찬다.* 너무 짜증 나서 집으로 돌아가는 오르막길 가로등 아래에 있는 작은 벽돌에 주저앉아 버렸다. *술기운은 벌써 달아난 지 오래다. 아…… 스트레스 받네…… 술이나 마실까…… 아차. 방금 지갑 잃어버렸지……*

있는 힘껏 열 받는 순간이다. *기분 완전히 잡쳤네!* 잠깐 맑고 어두운 하늘을 보며 분을 좀 삭이고 있었는데 아니, 그런데 이게 웬걸! 저 앞 골목길에 아까 그 도둑놈이 떡하니 걸어가고 있는 게 아닌가? 도망가다 결국 누구한테 얻어맞은 것인지, 넘어진 것인지, 비틀비틀하며 걸어가고 있었다. *저 키에 저 바바리코트! 그래! 아까 그놈이 확실해!* 나는 조심조심 도둑놈 뒤로 접근해 살금살금 뒤따라간다.

얼마 안 가 도둑놈은 아무것도 모른 채 히죽대며 바바리코트에 손을 넣었다. *응? 젠장! 저건 내 지갑이잖아?*

그 자식이 내 지갑을 꺼내 든 순간! 기회다!

나는 후다닥 달려가 그 자식을 밀쳐내고 지갑을 낚아챘다! *오오! 통쾌해라!*

'타다다닥!' 지갑을 되찾은 나는 재빠르게 도망갔다. *한번 빼앗긴 것을 또 빼앗길 순 없지! 으아아아!*

도둑놈은 내가 낚아채 간 걸 한 박자 늦게 깨달았는지 허겁지겁 나를 쫓아오며 온갖 신경질적인 소릴 내지른다.

"저 도둑놈이 내 지갑을 훔쳐 갔다!"

어라? 누가 누구보고 지금…… 열 받네…….

"인마! 도둑은 네놈이지!"

적반하장의 태도에 하도 화가 나서 나도 한마디 외쳤다. 도둑놈이 지치지도 않고 끈질기게 쫓아온다. '으으으.' 난 뒤도 안 돌아보고 열심히 내달린다. 달리다 보니 영 익숙한 골목이 나타났다. *아니, 저건?* 역시 난 머리가 좋다. 여긴 다행히 내가 자주 다니던 동네다. 마침 저 길로 가면 막다른 길 위로 요령 있게 도망칠 수 있는 곳이 있다. *좋아. 저기서 확실히 따돌리자!*

'타다다닥! 여엉차!'

막다른 골목길까지 달려간 나는 초인적인 힘을 발휘해 옆집의 창

틀을 한 번에 밟고 뛰어서 윗길로 올라섰다. '후아…… 후아…… 헉헉
……' 도둑놈은 내 몸놀림에 깜짝 놀라 어이없다는 표정으로 이쪽을
쳐다만 보고 있다. 나는 혹시라도 그놈이 따라 올라올세라 잽싸게 큰
길가로 도망쳤다. 골목에 숨어 몰래 뒤를 살펴보니 확실히 따돌린 모
양이다. '헉헉……' 나는 입맛을 다시며 신속히 지갑을 펼쳐 지폐 수를
확인했다. '5…… 6……' 오예! 모두 무사하다! 아아! 감사합니다! 각종
신님! 기회가 되면 반드시 보답하겠어요! 아, 진짜 고마워요!

감격에 젖어 눈물이 나오려 한다. 그래! 이것으로 그래도 오늘을 보
람차게 마칠 수 있는 거야! '크!' 일단 기분도 좋은데 잠시 내려가서 물과
섞은 22%짜리 알코올을 한잔하고 저쪽 오르막길로 돌아서 집으로 가야
겠어!

오늘은 발걸음도 가볍고 마음도 신난다.

그리고 오늘은 유난히 밤이 맑다.

공식적인 친구 사이

'똑똑똑.'

'벌컥.'

소피는 기다렸다는 듯 문을 열어 재꼈다. 이런, 오늘따라 소피의 변신이 제대로 되지 않은 것 같다. 나는 소피만을 위해 개조된 이 마을에서 유일하게 공식적으로 소피의 정체를 아는 사람이다. 그리고 소피와 가장 친한 친구다. 물론 공식적으로.

- 어때? 얼? 좋아 보여?

- 어…… 아니, 일단 코가 좀 더 높아야 할 것 같아. 광대는 좀 들어가고.

소피는 뚱한 표정으로 두 손을 얼굴에 가져다 대더니 얼굴을 몇 번 찌부러트렸다. 그리고 다시 반죽 만지듯 몇 번 콧대를 주물럭대니 코가 이마 옆으로 이동되었다.

- 아니야. 코가 높아야 한다는 건 앞쪽으로 더 튀어나와야 한다는 뜻이었어.

- 아하!

소피는 다시 얼굴을 만지작거려 제대로 된 코를 만들어 냈다.

- 그래. 그 정도면 됐지, 뭐. 이제 갈까?

나는 어깨를 한번 으쓱한 다음 오붓하게 소피의 손을 잡고 거리를 걸었다. 거리에서 마주치는 모든 사람이 우리에게 친절하게 눈인사를 했다. 누구라 할 것 없이 다들 깨끗한 옷차림이다. '찰랑.' 우리는 소피의 집에서 두 블록 떨어진 빵집으로 들어갔다. 이것은 이틀에 한 번 하는 일과다.

– 소피 왔니? 하하하하!

빵집 사장님이 어색한 웃음으로 우리를 반긴다. 옆에는 울상인지 미소인지 모를 표정의 사모님도 계신다. 둘 다 왠지 모를 어색한 미소를 짓고 있다. 벌써 한 달째인데 아직 적응이 안 되시나 보다.

– 그…… 어…… 소피는 오늘도 바나나 빵 먹을 거니?

사장님이 어색한 목소리로 묻자 소피는 부끄러운 듯 고개를 끄덕였다. 사장님과 사모님은 이번에도 잡아먹히지 않아서 안심한 듯 한숨을 내쉬더니 갑자기 어색한 포옹을 한다. 그리곤 계산대 아래에서 미리 준비해 둔 아몬드가 뿌려진 바나나 빵 두 덩이를 꺼내어 건넨다. 그 모습을 본 소피가 내게 귓속말을 했다.

– 얼, 이 빵집 부부는 참 사이가 좋은 것 같아. 매번 뵐 때마다 저렇게 서로 포옹을 하시잖아. 그렇지? 지구에서는 그게 엄청 친한 사람끼리만 하는 거잖아.

– 맞아. 부부들은 웬만하면 다 사이가 좋지.

나는 소피에 맞장구 쳐주고 고개를 돌려 작은 목소리로 중얼댄다. 공식적으로는 말이야…….

우리가 두 번째로 들린 곳은 인형가게다. '찰랑.'

– 소피 왔니?

인형가게 사장님은 빵집 사장님보다 연기력이 훨씬 좋다. 그쪽이 시트콤이라면 여긴 아침 드라마랄까. 소피는 기어들어가는 목소리로 안녕하세요, 하고 인사를 한 다음 쭈뼛쭈뼛 가게를 둘러본다. 소피가 고개를 돌린 순간을 틈타 인형가게 사장이 몰래 내게 윙크를 했다. '연기력 좋았지?' 그런 뜻이다. 그에 대한 대답으로 나는 왼손을 들어 목을 긋는 시늉을 한다. 일명, '들키면 죽어!'라는 뜻이다. 사장이 내게 소피를 데리고 오라는 손짓을 했다.

- 소피. 사장님이 뭔가를 준비하셨나봐.

- 정말? 뭔데? 날 위해서야? 정말이야?

소피는 부끄러움에 얼굴이 벌게져서 나를 졸래졸래 쫓아 계산대로 걸어왔다. 보통의 사람이 부끄러울 때 볼이 발갛게 변한다고 한다면 지금 소피의 얼굴은 부글부글 끓는 용암 수준이다. 소피의 피부는 거대한 땀샘과 어정쩡하게 얼굴에 얹혀있는 비늘들 덕분에 자세히 볼수록 활화산 같은 모양이 정말 섬세하여 현실감 넘친다. '와우, 토할 뻔했어.' 실수로 너무 자세히 봐버렸다.

- 짜잔! 소피! 네가 우리 마을에 온지 두 달째 되는 날을 축하한다!

- 와아! 축하해, 소피.

나는 지루한 목소리로 맞장구를 쳤다. '뭐, 겨우 그딴 걸 축하하는 거야?' 속으로는 그렇게 생각하면서 소피에게는 이건 아름다운 지구의 문화 중에 하나야, 라고 속삭여준다. 소피는 감동한 듯 자신을 위한 깜짝 선물에 열 번이고 백 번이고 고개를 숙여 감사를 표시한다. 그리곤 떨리는 손으로 인형을 받아들었다.

- 정말 감사해요! 아주 친절하세요!

나는 다시 인형을 꼭 붙들고 놓지 않는 소피의 손을 잡고 계속해서 산책한다. 가는 곳마다 모든 마을의 사람들이 우리에게 친절하다. 더 대단한 것은 누가 봐도 인간 같아 보이지 않는 피부와 눈두덩이를 가진 소피를 보고 누구 하나 놀라거나 소리치지 않는다는 것이다. 심지어 얼굴에서 비늘이 떨어져도 그것에 대해 언급하는 사람이 없다, 공식적으로는. 하지만 가끔은 돌발상황이 생기기도 한다. 오후에 잠깐 들른 백화점에서 꼬맹이 한 명이 대놓고 소피를 손가락으로 가리키며 소리쳐댄 것이다.

- 꺄아! 엄마! 저기 외계…….

꼬맹이가 우리를 가리키며 소리를 지르자 깜짝 놀란 부모가 아이의 입을 필사적으로 틀어막고는 번쩍 들어 우리 시야에서 사라졌다. 주위의 모두가 별거 아니라는 듯이 의도적으로 그 방향을 바라보지 않는다. 저런, 저 꼬맹이는 이제 마을에서 추방되겠구먼. 그 소리에 깜짝 놀란 소피에게는 내가 적당히 둘러댄다.

- 어…… 그게…… 저 꼬마가 장난감이 가지고 싶었는데 엄마가 안 된다고 했나봐…… 아마 혼날 거야.

- 저런. 나도 어릴 땐 자꾸 장난감 사달라고 졸라서 엄마한테 혼났었는데…… 귀여운 아이구나?

소피는 영락없이 내 말을 믿어 버린다. 우리는 미리 정해 둔 일과표에 따라 종일 함께 돌아다니다 저녁에는 아무도 없는 놀이터에 들러 휴식을 취했다. 둘이 함께 놀이터 구석의 벤치에 앉아 석양을 바라본다. 그러자 종일 즐거워했던 소피가 뜬금없이 훌쩍거리며 울어대기 시작한다. '뭐야, 왜 울어?' 나는 짜증 내는 티 없이 살살 등을 토닥여 주었다. 소피가 조심스럽게 말을 꺼낸다.

- 얼…… 사실 고백할 게 있어.

- 뭔데? 뭐든 말해봐. 우린 친구 사이잖아.

'공식적으로는…….' 나는 마음속으로 중얼댄다.

- 내가 우리 행성 사람들이 다 착하다고 했던 말 기억하지? 그거 사실……
거짓말이었어. 지구 사람들이 너무 착해서…… 질투가 나서 그만 거짓말을
해버린 거야! 사실 우리 행성 사람들은 다른 사람으로 변신해서 서로 사기
를 쳐! 배고파서 죽는 친구들도 많고! 부자들은 다른 생물들을 이유 없이
죽이기도 한단 말이야…… 심지어…… 전쟁이 끝난 적이 없어!

- 저런…… 안됐구나…….

그래서 뭐 어쨌다는 거야? 그 정도는 별거 아니구먼. 나는 마음속으
론 투덜댔지만 실제로는 소피를 따라 함께 시무룩한 표정을 지었다.
소피는 한동안 엉엉 울고 나더니 낮에 선물 받은 인형을 꼭 끌어안으
며 고해성사하듯이 말을 토해냈다.

- 미안해, 얼. 사실 난 지구 사람들을 공격하기 위해서 지구 사람들의 약점
을 찾으라는 임무로 파견된 거야. 하지만 이젠 더 못하겠어! 오늘 인형가게
아저씨께서 내게 이렇게 귀여운 인형도 주셨는걸? 지구 사람들은 너무 착
해! 얼…… 너도 너무나 친절하고…… 모두 거리에서 서로 눈인사를 주고받
으며 즐겁게 지내잖아? 이렇게 평화롭고 아름다운 행성을 파괴한다니 절
대 있어서는 안 되는 일이야!

- 그럼, 그럼!

나는 마음속으로 '좋아, 좋아, 잘 되어 가고 있군.'이라고 생각하며
고개를 끄덕였다. 그러자 소피는 오른손으로 주먹을 꼭 쥐고 결심한
듯 고개를 치켜들었다.

- 나…… 결심했어! 보고서에 지구의 사람들은 아무런 약점도 없고 완벽하다고 적을 테야! 절대 침략하면 안 된다고 쓸 거야! 원래는 좀 더 있다가 돌아갈 예정이었지만, 나 오늘 밤 당장 귀환할래! 지금이라도 지구 침공 준비를 멈춰야 해!

- 오…… 소피! 네가 돌아간다니 믿을 수 없어! 나와 계속 함께 살면 안 돼?

'제발 빨리 가! 돌아오지만 마!'

- 얼…… 미안하지만 난 지구에 오래 머물 수 없어. 변신하는 것도 너무 힘들고…… 하지만 걱정마. 지구 침공만 막으면 자주 놀러 올 테니까!

우리는 서로 글썽이며 뜨겁게 포옹했다. 나는 마음속으로 '좋아. 됐어. 거의 성공이다. 이대로라면 2계급 특진은 문제없겠는데?'라고 생각하며 차분히 소피의 등을 토닥였다. 그리곤 이번엔 정말 기쁜 마음으로 말해 주었다.

- 정말? 너무 신난다! 언제든 찾아와! 우린 친구잖아!

물론 공식적으로는!

밤의 제왕

막강한 권력으로, 나는 제국을 다스린다.

제국은 지극히 평화로우며 그 누구도 반란은 꿈꾸지 못한다.

이제 내게는 그저 수백 수천 광대들의 재롱을 보며 깔깔대는 것, 그것만이 남았다. 나는 천만의 군사를 시켜 세계에서 가장 편한 소파를 구해와 늘어지게 기대앉고, 내가 좋아하는 온갖 잡동사니를 늘어놓은 방의 한가운데 앉았다.

내 자리의 반대편에는 나를 위한 수백 수천의 광대들을 다시 수백 수천의 상자에 나눠 담고 그들을 각기 다른 웃음거리로 만들어 두었다.

나는 한 번에 하나씩 돌아가며 그들이 담긴 상자를 감상한다. 어떤 광대들의 무리는 나를 위해 연극을 펼치고 마치 실제처럼 실감 나게 울고 웃는다. 또 다른 광대는 온갖 농담을 들고나와 나를 웃기기 위해 노력하고 땀 흘린다. 게 중에는 나를 위해 거짓전쟁을 벌이는 이들, 심지어 가까이서 사나운 맹수를 관찰하는 느낌을 주도록 '다큐멘터리' 연극을 펼쳐 보이는 이들도 있다. 또 다른 상자에선 노래를 잘하는 이들이 나를 위해 멋진 무대를 차려 노래를 부르고, 이야기를 잘하는 이들은 한도 끝도 없이 깔깔대며 이야기를 들려준다.

그들은 모두 한 치의 불평도 없으며 이 제국의 왕인 나를 위해 그 어떤 노력도 불사한다.

하지만 나는 웬만한 재롱에는 희미한 미소조차 지어 주지 않은 채 아주 쉽게 방금까지 재롱부리던 광대를 다시 어두운 상자 속으로 처넣어 버리고 또다시 새로운 광대의 쇼를 본다. 그러나 벌을 받은 이들은 조금도 불평하지 않고 더 재밌는 쇼를 보여주기 위해 어둠 속에서 부단히 노력한다.

나는 제왕이기 때문에 '상자를 바꾸는' 이 잔인한 일조차 내 손으로 하지 않는다. 그 일은 주로 내 오른손의 작고 친밀한 신하 '리모컨'이 내 명령을 받들어 담당하고 있다.

얼굴에 서른 개의 곰보 자국이 있는 이 친구는 내가 그의 그 곰보 자국들을 살짝 눌러 주기만 하면 '알아서' 다른 상자로 바꿔 내 앞에 보여준다.

물론 뒤에서 몇만의 군사가 그 일을 했는지는 묻고 싶지 않다. 설령 내가 천 번이고 만 번이고 상자를 바꾼다 해도 내게 불평을 표하는 백성은 없을 것이다. 그들은 내게 말을 거는 것조차 두려워한다. 벌써 수십 년 동안 내게 말을 건 신하는 한 명도 없다.

그들은 상자 안에서 떠들기만 할 뿐 사실 내겐 관심조차 없는지도 모른다. 나를 웃기기 위해 만들어진 광대들이 나에겐 관심이 없다니. 하지만 나 역시 그들에게 관심이 없다. 그들이 아무리 열심히 떠들어 대도 나는 단지 그들을 조금 더 오래 쳐다봐 주는 것뿐 포상 하나 내리는 법이 없으니까.

잔인하고 혹독한 나이기 때문에, 수많은 적국을 눈 한번 꿈쩍대지 않고 불태운 제왕이기 때문에, 나는 그 어떤 표현도 자제한다. 그래서 그 누구라도 나를 두려워한다. 그러나 그런 사실이 또 나를 극도로 외롭게 만든다. 모두가 이해하는 척하기 위해 애쓰지만, 그 누구도 다가서지는 않는 존재. 진실로 나를 위해 노래하는 광대는 단 하나도 없다.

그들은 이제 내가 어떤 경우에도 그들을 말살하지 않는다는 사실을 알아버렸는지도 모른다. 그래서 오히려 이빨이 모두 빠져 버린 나를 조롱하며 비웃고 있는지도. 나의 외로움을 만드는 것은 아이러니하게도 나의 외로움을 달래기 위해 만들어진 그들이다.

문득 이런 생각이 들었다.

내가 그들을 다스리는 걸까? 아니면 그들이 나를 다스리는 걸까?

찾았다!

1

'인류가 창조한 새로운 세계! 미니멈 판타지아!'

전 세계가 갈망해 온 신세계 창조가 드디어 시작된다는 예고가 발표되자 모든 인류가 흥분에 휩싸였다.

그동안 인류는 자원 대부분을 생태계 메커니즘 연구와 생물 연구에 투자해 왔다. 점진적으로 모든 국가의 초중고교 생물 교육을 심화하였고 몇 세대가 지나자 전 인류는 그야말로 모두가 생물학 박사나 다름이 없게 되었다. 이제 7살 정도면 아미노산이나 인체 내에 존재하는 단백질 구조 정도는 구구단처럼 암기하는 시대가 된 것이다. 세계 정부의 전폭적인 지원으로 전 세계에 수많은 연구소가 끊임없이 가동되고 있었고 발달한 네트워크로 인해 새로운 아이디어가 나타나는 즉시 모든 지역 간에 정보공유가 되고 있었다. 그 결과 인류는 겨우 몇 세기 만에 지금까지 지구 상에 존재했던 자연이 만든 생명체들과는 전혀 다른 새로운 방식의 생명을 창조해 내는 쾌거를 이룰 수 있었다.

생명을 마음대로 만들 수 있게 되자 곧 인류는 자신들이 만들 생물들이 살 수 있는 완벽한 생태계를 가진 세계를 만들고 싶어 했다. 그래서 결국 가로, 세로, 높이가 각각 약 500km에 달하는 막대한 규모의 거의 완벽한 밀폐공간을 만들고 그 속에 여러 생물체를 넣어 생태계를 조성하기로 했다.

인류가 만든 생물체들이 조화롭게 살 수 있는 시설을 만들겠다는 목표를 위해 전 인류가 함께 연구하기를 몇 세기. 드디어 오늘, 신세계라 불리는 그 시설의 가동이 시작되었다.

화려한 개막식과 함께 신세계의 모습이 전 세계에 공개됐다. 신세계에는 이후 여러 생명체가 서로 얽히고설켜 완전한 생태계 환경을 이룰 수 있도록 다양한 환경이 갖추어져 있었고, 프로젝트의 성공률을 높이기 위해 외부에서 소형 태양과 공기 흐름, 습도 등을 엄밀히 관리할 수 있는 시스템을 갖추어 두고 있었다. 곧이어 책임 관리자가 치밀한 기술력으로 산소 분자 하나까지 계산된 신세계에 드디어 생명의 씨앗이 될 '알'을 풀어놓았다. 여러 종류의 생명을 품고 있는 다양한 알에서 생명이 나타나면, 그들은 신세계 안에서 서로 경쟁하며 스스로 진화하고, 결국 온 인류의 바람대로 완벽히 균형 잡힌 새로운 세계를 만들어 나갈 것이었다.

"와! 와! 와!"

스크린이 설치된 광장에 모인 수많은 열띤 이들과 더불어 아마도 전 지구의 인류가 동시에 기쁨의 환호를 외쳤다. 알을 푼 이상 이제 그 누구도 직접 신세계 안에 들어갈 수 없게 되었다. 인류는 단지 공기의 흐름이나 에너지의 공급량, 필요할 경우 극단적으로 제한된 레이저와 방전을 이용해 개체 수를 조절할 수 있을 뿐이었다.

전 세계 인류가 신세계의 창조에 동시에 열광할 수 있었던 이유는 신세계 안의 모든 일이 특수한 적외선 카메라를 통해 전 세계의 지상파 방송으로 송출되고 있었기 때문이었다. 그래서 누구든지 텔레비전을 틀기만 하면 신세계 전용 채널 6,000개를 통해 신세계의 각 주요 지역 모습을 또렷이 관찰할 수 있었다. 이를 통해 인류는 모두 함께 신세계를 관리하는 데 참여할 수 있었다. 누구든 이메일을 통해 신세계를 통제하는 방안에 대해 의견을 보낼 수도 있었고, 원한다면 책임 관리자가 되는 데 자원할 수도 있었다.

2

처음 8주간 신세계에서는 뚜렷한 변화가 보이지 않았다. 물론 인류는 8주째부터 큰 변화가 있을 거라는 걸 예측하고 있었기 때문에 시청률과 열기는 더욱더 고조되고 있었다. 그리고 드디어 8주째에 접어들자 신세계의 3개 지역에서 2종류의 알이 부화하며 특성을 드러냈다.

새로운 생명체들은 박테리아보다 조금 큰 형태로 인류의 관찰을 위해 생리주기가 매우 빠르게 설정되어 있었다. 생명체들은 끊임없이 활동하며 신세계에 적응해나가기 시작했다. 인류는 그 모습에 뿌듯함을 느끼며 열광했다. 그리고 14주째에 한 시민이 다른 알들의 부화가 더디다는 점을 고려해 인공 태양의 온도를 약 0.2도 높일 것을 제안했다. 그것이 받아들여져 신세계는 조금 따뜻해졌다. 26주째 바람의 방향을 하루에 4번 바꾸는 제안이 통과되자 동시에 수많은 알이 부화하여 신세계는 드디어 본격적인 생태계를 갖추어가기 시작했다.

한 시민의 조언을 통해 신세계가 균형을 찾아가는 모습에 모든 사람은 뿌듯함과 자신들이 신이 된 것 같은 자부심을 느껴 갔다.

"두 번째 알에서 나온 생명체의 형태가 조금 둥글어졌는데, 전문가께서는 이를 어떻게 보십니까?"

"예. 이 현상은 아마도 단단한 지대의 암석들이 밤까지 약간의 기온차를 더 만들어 냈고 그것이 세포막의 형태에……."

수많은 잡지와 뉴스, 텔레비전 프로그램은 신세계에 대해 연일 끊임없이 보도하고 있었고 신세계는 이윽고 인류의 가장 큰 오락거리가 되었다.

72개월이 지났을 때 벌써 생명체들은 전자 현미경이 아닌 보통 현미경 카메라로 봐도 보일 만큼 진화했고, 9년째에는 이미 식물을 닮은 생명체가 출현해 광합성을 했다. 13년이 지났을 때 드디어 구세계의 곤충에 해당할지도 모르는 아주 작은 진화된 벌레가 나타났다. 그리고 신세계 창조 17년이 되었을 때 드디어 현미경 카메라가 아닌 보통 카메라로도 잡히는 생물들이 출현했다. 20년이 되었을 때는 대부분의 생명체가 물에서 뭍으로 옮겨가는 현상이 나타났고. 28년이 되자 육식 생물이 넘쳐나기 시작했다.

이쯤 되니 인류는 벌써 자신들을 신이라 부르기 시작했고, 신세계에 나타난 모든 개체들을 감시하기 위해 카메라 수도 70배 이상으로 늘리게 되었다. 모든 인류는 함께 지혜를 짜내어 신세계의 미묘한 온도를 조절하는 것부터 관찰카메라의 방향을 결정하는 것까지 섬세하게 노력을 기울였다. 그 과정에서 실수도 잦았지만 결국 신세계는 완벽한 모습으로 만들어져 가는 듯 보였다.

3

신세계의 변화는 아주 빨랐고 결국 118년 후에는 지능을 가진 생물이 나타났다. 그 생물은 피부가 노랗고, 신체가 쉽게 파열되었으며, 인류의 손가락만 한 정도의 키를 가지고 있었다. 인류의 5~6세 정도의 지능을 가지고 있었으며 그들만의 언어도 가지고 있었다.

지능을 가진 생물의 출현에 전 세계가 열광했음은 달리 말할 것도 없다. 인류는 곧 그들을 '노랑류'라고 명명했다. 그즈음 이미 수많은 종류로 진화한 생물체들의 세상은 정말로 하나의 '세계'가 되어 있었다.

다시 2년 후 더욱 똑똑해진 노랑류는 신세계의 다른 생물들을 지배하고 있었다. 노랑류는 손톱만 한 동물들과 손가락만 한 식물들을 마음대로 제어했다. 얼마 지나지 않아 노랑류는 도구를 만들더니 급기야 서로 살육하며 서로를 지배하기 위해 전쟁을 벌였다. 그리고 사회를 만들기 시작했다.

모습은 다르지만 인류의 역사를 닮은 그들의 모습에 인류는 충격을 받았고 더욱 집중해서 노랑류를 관찰하기 시작했다. 노랑류의 진화는 매우 빨라 지능이 생긴 지 3년 만에 그들은 기계를 만들었고, 5년 후가 되자 노랑류의 지능 수준이 구세대의 인류를 따라잡고 말았다. 인류는 깜짝 놀랐다. 그들의 진화가 이렇게 빠를지 몰랐다. 이윽고 노랑류가 핵무기를 개발해 내자 인류는 전쟁위협을 느끼기까지 했다.

'신세계를 폐기하자!'

노랑류의 너무 빠른 발전에 위협을 느낀 많은 이들이 이런 의견을 내놓기도 했다. 하지만 구세계의 인류들이 미처 손을 쓰기도 전에 노랑류는 스스로 그들의 세계를 망가뜨려 갔다. 공기 농도를 제멋대로 바꾸어 생물권의 수많은 생물을 질식사시키고, 해수면을 높였으며 일부 유해 아미노산의 남용으로 전염병이 돌았다.

인류는 노랑류가 벌이는 모든 일에 놀라고 있었지만, 그중에서도 가장 놀라워했던 것은 인류와 너무나도 닮아있던 호기심이었다. 얼마 지나지 않아 노랑류는 신세계 안에 가로 세로높이 각각 5km의 밀폐공간을 만들어 새로운 생물을 창조하려 했다. 인류는 다시 한 번 충격에 휩싸였다.

"이렇게 된 이상 우리의 존재를 노랑류에게 알립시다!"

"뭐? 안돼! 그렇게 전쟁이 나면 누가 책임질 건데?"

"그들이 우리를 발견하기 전에 몰살시켜야 합니다!"

인류는 두려움과 호기심, 불안감으로 어쩔 줄을 몰라 했다. 그때 한 시민이 조심스럽게 발언했다.

"노랑류가 우리처럼 신세계를 만들고 싶어 한다면 우리를 만든 누군가도 우리를 관찰하고 있지 않을까?"

충분히 가능성이 있어 보였던 그 아이디어는 삽시간에 전 세계에 전파되었다.

"우리를 창조한 신을 찾자!"

인류를 만든 신이 존재할 가능성이 있다는 걸 깨닫자 그들에게 노랑류 따위는 더는 중요한 존재가 아니었다. 결국 신세계를 관찰하던 수많은 X선 카메라와 적외선 카메라 등이 신을 발견하기 위해 우주를 관찰하는 데 동원되었다. 어이없게도 인류가 찾던 신의 존재는 아주 쉽게 발견되었다. 신은 의외로 가까운 곳에 있었다.

"달이다! 달이야!"

누군가 그렇게 외치자 모든 카메라가 달을 향해 돌아갔다.

'쿠쿠! 콰광!'

인류가 달을 자세히 관찰하려는 순간 달이 순식간에 세로로 진동을 내며 갈라지더니 그 안에서 엄청나게 크고 단단한 피부를 가진 짙은 노란색의 괴물이 나타났다.

인류는 경악했다.

인류는 신으로 보이는 그 생물과 접촉하기 위해 급히 우주 사절단을 조직했고, 우주 사절단은 금세 우주로 날아가 텅 빈 공간에 둥실 떠 있는 그 괴물과 갈라진 달을 향해 마이크와 스피커를 디밀었다. 인류의 대통령이 대표로 신에게 물었다.

"당신이 우리의 신이군요? 그렇다면 당신을 만든 것은 누굽니까!"

그러자 그 짙은 노란색의 커다란 괴물은 자신의 촉수라고 생각되는 머리 부분을 긁적이며 우주 전파로 회답했다.

"글쎄…… 나도 지금 그걸 생각하던 중이야."

처음이자 마지막 운명

부드러운 감촉, 물컹한 이것은 내가 가장 좋아하는 곰 인형입니다. 쓰고 난 다음에는 제자리에 두어야 한다는 이곳의 하나뿐인 규칙을 어겨가면서까지 가지고 온 유일한 물건이죠. 에헤헤.

이렇게 얘기하면 이상하게 들릴지 모르겠지만요. 전 태어나면서부터 줄곧 이 계단을 내려오고 있었답니다. 이 계단은 끝없이 아래로 이어져 있거든요. 그래서 저는 계단 왼쪽으로 나 있는 딱딱한 나무 손잡이를 붙잡고 줄곧 걸어 내려오고 있습니다. 이 손잡이는 조금씩 자라는 제 키에 맞춰서 언제나 알맞게끔 적당히 높아지기 때문에 매우 편해서 항상 한 손으로 짚으며 걷죠.

계단은 꽤 넓어서 전혀 답답한 느낌이 들지 않아요. 계단의 바닥은 맨발로 닿았을 때 따뜻한 느낌이 드는 나무로 만들어져 있고요. 사방에는 어디서 나오고 있는지 모를 따스한 색의 빛이 퍼져 있답니다. 계단을 계속 내려가다 보면 손잡이 쪽이나 반대쪽 벽에 먹을 것이 놓여 있기도 하고 책이라든가, 지금 제가 들고 있는 이런 곰 인형처럼 귀여운 것들이 놓여있기도 하죠. 조금 길다는 것만 빼면 재밌는 곳이에요.

다음 층에서는 무엇이 나올까? 상상하는 것이 즐거운 계단이죠.

하지만 가끔은 커다랗고 징그러운 '거미' 같은 것이나 무서운 소리가 나는 '강아지' 같은 동물이 매여 있기도 해서 언제나 즐겁지만은 않지만요. 그래도 계단은 계속 내려가고 싶어요. 계속 내려가다 보면 새로운 무언가 나오기도 하고, 또 어쩐지 끝까지 내려가면 재미있는 것이 있을 것 같거든요. 무엇보다 제게는 그 밖에 다른 할 일도 없고 또…….

예? 음…… 그건 잘 모르겠어요. 전 그저 계속 이 계단을 내려가면서 배가 고프면 근처에 있던 음식을 먹고, 힘들면 계단에서 자기도 하고, 심심하면 중간 있는 그림책을 보기도 하고요. 그렇게 지내왔거든요. 누구도 자신이 왜 살고 있는지에 대해 대답할 수 없는 것처럼 저도 저에 대해 그렇게 많은 걸 알진 못한답니다.

헤헤, 그보다 사실 오늘 제가 하고 싶은 얘기는요. 저번 주쯤에 이 계단에서 제게 있었던 일이랍니다. 이렇게 갑자기 얘기하려면 조금 슬플까나?

그 날도 저는 곰 인형과 함께 즐겁게 계단을 한 칸씩 내려오고 있었어요. 그런데 우연히도 반대편에서 다른 아이 한 명이 계단을 올라오고 있었던 거예요!

그래서 저희는 만났습니다.

전 아주 깜짝 놀랐어요. 물론 그 아이도요. 그 아이는 저를 보자마자 "앗! 여자아이네!"라고 외쳤어요. 전 사실 그 말의 의미를 잘 몰라요. 하지만 그 아이의 설명에 의하면 그 아이는 남자아이였던 거예요!

우리는 서로 다르게 생겼지만 비슷했어요. 그 아이도 저처럼 자기가 제일 좋아하는 자동차 모형을 두 손에 꼭 들고 있었거든요. 그 아이 역시 태어나면서부터 이 계단을 올라오고 있었다고 얘기했습니다. 저희는 계단에서 서로 처음 만나는 사람이었기 때문에 너무 신기해서 그 자리에 멈춰선 채 한참 동안 이야기를 나눴어요.

서로 계단을 지나오면서 즐거웠던 일들을 얘기하다 보니 하루가, 아니 이틀이 금세 지나가더라고요. 하지만 한 곳에 너무 오래 있다 보니 전 다시 계단을 내려가고 싶어졌어요. 그래서 그 아이에게 말했죠.

"나와 함께 계단을 내려가자!"

그런데 그 아이는

"아냐, 난 계단을 올라가고 싶어, 우리 함께 계단을 올라가자!"

라고 말했어요. 하지만 전 계단을 올라갈 수 없었어요. 계단을 내려가는 데에 너무 익숙해져서 반대로 계단을 올라가려니 현기증이 났기 때문이에요.

죄송해요. 사실 이건 그냥 변명이에요. 사실 전 그냥 계단을 내려가는 게 더 좋았거든요. 아마 그 아이도 올라가는 게 더 좋았나 봐요.

그래서 우린 헤어졌어요. 사실은 조금 더 그 아이와 함께 있고 싶었지만 그 아이가 절 따라와 주지 않는다면 어쩔 수 없죠.

그 아이와 헤어지고 나서 지금까지 계단을 내려오는 동안 아직 즐거운 일은 일어나지 않았습니다. 왠지는 모르지만 그동안 그 아이 생각을 자주 했어요. 그 아이를 생각하면 이상하게도 뾰족한 게 제 가슴을 콕콕 찌르는 것 같은 느낌이 들기도 해요. 어쩌면 전 병에 걸렸는지도 모르죠. 사실 어제는 처음으로 눈물도 났어요.

왜일까요? 얘기해 주세요. 제가 이 계단을 내려가는 이유 말이에요.

전 요새 그런 생각을 한 적이 있어요. 전 혹시 그 아이를 만나기 위해서 계단을 내려가고 있던 게 아니었을까요?

혹시 계단을 더 내려가다 보면 그 아이와 다시 만날 수 있을까요? 당연히 그럴 수는 없겠죠? 그렇다면 저는 다시 계단을 올라가야 할까요? 하지만 그 아이가 계단을 내려와 주지 않는다면 그래도 영영 다시 만나지는 못할 거에요. 제가 계단을 올라가 주지 않는다면 그 아이도 마찬가지겠죠.

그 아이가 지금도 계단을 올라가고 있다는 걸 떠올린 다음부터는 곰 인형과 함께 있어도 슬픈 기분이 들어요. 만약 이대로 계단을 끝까지 내려갔을 때 아무것도 없다면 어쩌죠? 이대로 영원히 그 아이를 잊지 못하면요? 하지만 계단을 올라가는 건 너무 겁이나요. 제게 계단을 올라갈 용기가 있을까요? 머리가 뜨겁고 입술이 떨리네요. 왜죠? 언제부터인가 제 가슴 속에 곰 인형이 꿈속에서 제게 속삭여준 뜻 모를 단어 하나가 잊히지 않아요.

'운명.'

당신은 아무 데나 눌 수 있습니까?

1. 당신의 똥은 건강하십니까?

빅토르 막은 건장한 프랑스 남성이다. 그는 이번에 꽤 좋은 회사에 취직해서 기분이 좋았다. 사실은 삼촌이 부장을 맡은 잡지사에 낙하산으로 들어간 것이라고 볼 수도 있지만, 결국은 그가 놀면서도 간간이 출석한 대학에서 배운 사진술이 다행히도 졸업 후에 일자리를 가질 수 있게 해준 것이었다.

의사 공부한다, 회계 공부한다 하며 떵떵거리던 친구들보다 오히려 먼저 좋은 회사에 취직한 막은 다음번 동창회에 어떤 옷을 입고 가야 친구들의 뒤통수를 한번 시원하게 쳐 줄까 생각하던 차였다.

앞으로 그의 주머니를 불려줄 이 괜찮은 회사는 이것저것 소문을 끌어다 파는 잡지 회사다. 삼촌의 친구가 편집장인 데다 삼촌이 부장인 덕분에 막은 다른 사람들과는 다르게 프리랜서로 일했다.

평소에는 팽팽 놀면서 딱 일주일에 두 번, 4,000유로의 비싼 카메라를 목에 걸고 다니면서 사진 몇 장을 메일로 보내주면 그의 임무는 끝이었다. 그렇게 두 달이 지나면 목에 다른 카메라 한 대를 또 걸 수 있게 되는 것이었다. 물론 그 돈으로 카메라를 사진 않을 것이지만.

요즘 들어 막이 특히나 이 회사를 사랑하기 시작한 건 지난번 특집 회의에서 다다음 호에서 외국 연예인의 스캔들을 다루기로 하면서 막에게 해외 출장을 보내 주기로 했기 때문이다. 사실 막은 출장 가기 전부터 그런 사진들을 왕창 가지고 있었지만, 잡지 회사는 막이 직접 외국 연예인의 스캔들 현장을 찍어 올 줄 알고 있었다.

그렇게 막은 오늘 공항에 도착했다. 막은 마카오로 떠날 비행기 표 한 장과 멋진 선글라스, 캐리어 하나를 끌고 이리저리 공항을 둘러봤다. 그리곤 처음 오는 공항에 조금 두근두근 해하며 탑승 수속을 했다.

"캐리어는 부치실 건가요? 들고 타실 건가요?"

막은 당황했다.

"아…… 그러니까 부치면 어떻게…… 되는 거죠?"

"네, 도착하셔서 입국 수속을 마치신 다음에 출구에서……."

"아니, 그냥 들고 타겠습니다."

후에 알게 되었지만 캐리어를 어떻게 찾아야 할지 못 알아들었던 막이 캐리어를 가지고 타기로 한 것은 꽤 다행인 선택이었다. 공항의 높다란 천장과 반짝이는 타일들, 멀리 보이는 비행기의 실루엣은 막을 한껏 들뜨게 했다. 막은 마치 자신이 외교관이 된 듯 어깨를 쫙 펴고 뿌듯해 하다가 문득 자신의 표를 보고 상상을 관두었다. 외교관도 이 코노미석을 타는 지는 알 수 없으니까.

막이 비행기를 타게 될 게이트는 운명의 43번 게이트였다. 휘황찬란한 기념품을 늘어놓고 예쁜 유니폼을 입고 물건을 파는 면세점을 지나 게이트 앞에 도착한 막은 아직 비행기에 타기 위해서는 40분이나 기다려야 한다는 것을 알았다. 그리고 게이트 앞의 커피숍에 들어갔는데······.

그곳에는 엄청난 미모의 여성이 앉아있었다. 막은 흠칫 놀라 덜덜 떨면서 그녀 근처의 탁자에 자리를 잡고 그녀를 살며시 지켜보았다.

'흠흠, 내가 꿀릴 게 뭐 있어. 나도 생길 만큼 생겼고······ 출장도 가고 있는데······.'

막이 커피를 주문하러 가는 김에 슬쩍 돌아본 그녀의 미모는 막에 용기를 주입하기에 충분했다. 커피숍에 조신하게 앉아 있는 그녀에게선 빛이 났고 가슴을 뛰게 하는 향긋한 향기가 풍겼다. 막의 심장에 망치질이 점점 더 심하게 가해졌고 막의 대뇌피질들이 격렬한 토론을 벌이기 시작했다.

'만약 저 여자를 다른 남자에게 뺏기면 평생 후회할지도 몰라. 아니, 조금 후면 저 여자만큼 멋진 남자가 나타나서 그녀에게 여보라고 부르는 게 당연한 전개겠지? 저렇게 예쁜 여자가 다른 남자랑 손잡고 껴안고 그런 상상을 하는 자체로 죽고 싶을 만큼 질투나!' 혼자서 그런 생각으로 괴로워하던 막은 결국 '수많은 실패에 한 번의 실패를 더 한다고 죽기야 하겠냐!'라는 맘을 먹었다.

최대한 고급스럽게 최대한 매너 있게, 사실은 덜덜 떨면서 그녀의 옆자리에 살며시 앉았다. 막이 의자를 꺼내어 앉느라 시끄러운 소리가 났다. 하지만 긴장한 막은 그녀를 주시하느라 그 소리를 듣지 못했다. 단지 그녀가 '왜 찡그린 얼굴을 하고 있을까?' 그렇게만 생각했다.

"저······ 오늘 날씨가······ 괴, 굉장히······."

"뭐라고요?"

그녀가 사납게 쏘아댔다.

가까이서 보니 그녀의 얼굴이 더 예뻐 보였다. 귀엽고 섹시한 그런 느낌. 막은 더 알고 있는 아름다움을 표현하는 형용사가 없었다. 다른 누군가가 보면 혹시나 2번이나 수술한 코에 떡칠한 화장이 보였을지도 모르지만 막은 그녀에게 이미 반한 상태였다.

"비…… 비행기가…… 굉장히……."

막이 작은 목소리로 종알대어 말하자 그녀가 쓸쓸한 미소를 지어주었다. 막은 그것으로 자신의 멘트가 통했다고 착각하고 용기를 얻었다.

"혹시 남자친구 있……."

"없어요."

그녀가 의외로 쉽게 대답해 주었다. 그 말에 긴장이 좀 풀린 막이 그녀를 좀 더 살펴보니 그녀는 뭔가에 긴장해 있는 듯했다. 그때, 그녀가 황급히 일어서며 작게 비명을 질렀다.

"앗!"

"앗?"

후다닥! 막이 '어쩐 일이지.'라고 생각할 때 그녀가 갑자기 놀라며 게이트 반대편의 홀 쪽으로 달려가 버렸다. 막은 당황했지만 그녀의 가방이 탁자에 있는 것을 발견했다. 멀리 간 것은 아닌 모양이었다. '아마도 화장실에 간 모양이지? 나에게 반해 긴장했나?'

막은 상상의 나래를 펼쳐 갔다. 그녀가 간 방향을 향해 보니 저 멀리서 사람들이 웅성대는 것 같기도 했다. 하지만 그녀의 모습은 보이지 않았다. 커피숍에는 처음부터 단둘만 있었기 때문에 막은 그녀의 가방을 지켜줄 겸, 또 아직 비행기의 탑승시간도 되지 않았기 때문에 그녀가 화장실에서 돌아올 때까지 기다려보기로 했다. 혹시나 그에게 반해서 그런 반응을 보이는 건지도 모르지 않는가.

막은 이것저것 상상하며 그녀의 가방을 뒤져보았다. 처음부터 매너라는 게 뭘 뜻하는지도 아슬아슬 이해하고 있었던 막이기 때문에 그게 그녀의 기분을 상하게 할 거라고는 생각도 추호도 하지 않았다.

그녀의 가방엔 신기한 게 많았다. 작은 장난감 통을 열었더니 거울이 나오는가 하면 풀 통을 열었더니 빨간 인주가 나왔다. '아하! 이게 립스틱인가? 아닌가?' 잡동사니로 가득한 그녀의 가방 속에서 유일하게 막이 알고 있는 게 있었다.

"어라? 이건 내가 먹는 무좀약이잖아?"

막은 작은 통에 담긴 한쪽은 파랗고 한쪽은 하얀 캡슐을 보며 아는 척을 했다. 그건 막이 평소에 먹던 약과 같은 모양이었다.

'에헴, 뭐 여자도 무좀에 걸리지 말란 법은 없으니까. 안 그래도 출장 길에 약도 안 가져 왔는데 빌려 먹어야겠다.'

상식 없게도 커피에 약 한 알을 삼킨 막은 뭔가 실수했다는 느낌이 들었다. 아마도…… 들긴 들었다.

"아이고, 약통에 약이 하나밖에 없었네? 그녀의 마지막 약을 먹어 버렸잖아? 괜찮겠지. 다시 사준다고 하지 뭐."

막이 그렇게 가방 정리를 끝내고 기지개를 켜고 있을 때 어쩐지 주위가 어수선해지기 시작했다. 막은 일어나서 복도를 살펴보았다. 공항 한쪽에서 난리가 나고 있었다.

'위잉, 위잉.' 공항의 모든 승객 분들께서는 지금 즉시 비상구로 대피해주시기 바랍니다. '위잉, 위잉.'

때마침 머리 위에서 경고 사이렌이 울렸다. 커피숍의 직원들도 우왕

좌왕 도망치기 시작했다.

'탕탕!' 총소리가 울렸다. '으악! 이게 웬 총소리야?' 막도 깜짝 놀라 바닥에 납작 엎드렸다. 그때 반대편에서 아까 그 여자가 달려왔다. 그녀는 쏜살같이 달려와 탁자 위의 가방을 집어 채더니 막을 한번 쏘아보고 다시 반대로 달려가 버렸다.

막이 아쉬운 표정으로 그녀를 보다가 문득 복도로 고개를 돌려보니 저 멀리서 한 무리의 복면강도들이 막이 엎드려 있는 쪽으로 달려오는 게 아닌가? 막은 깜짝 놀라 반대 방향으로 도망쳤다. 막은 앞서 도망치던 그녀를 금세 따라잡았다.

"헉헉…… 저기요! 이게 무슨 일이죠?"

"뭐야, 당신! 기분 나쁘게 생겨서는! 따라오지 마!"

"저기요! 헉헉…… 헉!"

막이 뒤를 돌아보자 아직도 복면강도들이 이쪽을 향해 달려오고 있었다.

"으악! 저 강도들이 우릴 쫓고 있어요!"

그 여자가 아무 말도 하지 않자 막이 숨을 몰아쉬며 말을 이었다.

"헉헉, 저기 죄송한데, 사실 아까 아가씨 무좀약을 제가 먹어서요, 다시 사드리고 싶은데…… 으악!"

"무슨 소리야, 저리 꺼져!"

그녀는 자꾸만 따라오는 막을 발로 차서 넘어뜨리더니 앞쪽의 게이트를 뛰어넘어 비행기 타는 곳으로 도망쳐버렸다. 막은 바닥에 내동댕이쳐진 후 뒤쫓아 오는 강도들을 피해 근처의 화장실로 숨어들어 갔다. 화장실에 숨어 밖의 동태를 듣던 막은 밖에서 한바탕 소란이 이는 것을 들을 수 있었다.

밖에서는 별안간 '으악! 악! 잡아라!' 하는 소리가 들리더니 다시 조용해졌다. 막은 조심스레 밖으로 나와 보았다. 그때, 눈앞에 예쁘장한 그녀가 헉헉대며 땀에 흠뻑 젖은 채 다시 나타났다.

2. 누십니까?

"악! 괴한들이 저쪽에 있어요!"

"쉿! 닥쳐!"

그녀가 겁에 질린 막의 입을 비틀어 막으며 짜증을 냈다.

공항은 벌써 괴한들에게 점거된 모양이었다. 여기저기에 복면을 쓰고 찢어진 양복 같은 것을 입은 괴한 무리가 서성대고 있었다. 모두 손에 커다란 총을 들고 있었다.

지금 막은 옆에 아리따운 그녀가 함께 있는 것이 꿈만 같다고 느꼈다. 그녀는 괴한들의 감시를 피해 막을 이리저리 끌어 좁은 직원용 계단을 이용해 아래층까지 데려왔다. 그건 마치 스파이 놀이를 하는 것처럼 흥미진진했다. 아무도 없는 아래층에 도착하자 그녀가 숨을 세차게 쉬며 그의 뺨에 일격을 가했다. '짝!'

"으윽! 왜 이러세요……."

막은 당황했다. 그 바람에 양손으로 든 채 가슴에 꼭 묻고 있던 캐리어를 바닥에 살짝 떨어뜨렸다.

"네가 먹었지?"

"예? 그…… 무좀약이요?"

"미친 자식 같으니라고!"

그녀가 성질을 냈다.

"네가 먹은 게 뭔지나 알아? 그건!"

그녀가 주위를 두리번대더니 목소리를 낮춰 화를 냈다.

"제가 다시 사드릴게요! 저도 그 약 먹거든요! 제가 단골인 약국이 있어요!"

막이 두 손을 내저으며 흥분한 그녀에게 변명해댔다. 막은 그녀의 카리스마에 완전히 겁먹은 상태였다. 다시 그녀의 손바닥이 정통으로 막의 뺨을 후려쳤다. '짝!'

"너…… 일단 여권 내놔 봐!"

막은 벌게진 뺨을 문지르며 울상을 지은 채 허겁지겁 여권을 그녀에게 건넸다. 그녀는 막의 여권을 쓱쓱 넘겨보더니 말했다.

"좋아, 지금은 시간이 없으니까, 앞으로 내 연락받고, 넌 일단 여기서 빠져나가! 그리고!"

"예? 예? 어떻게…… 그리고?"

"아무 데서나 똥 싸지마! 알았지?"

"예?"

그녀의 황당한 말에 막은 적잖이 당황했다. 그녀처럼 예쁜 여성이 어떻게 처음 만난 남성의 배변 문제에 그렇게 단도직입적으로 관여한단 말인가? 말을 마친 그녀는 혼잣말처럼

"아직 그 자식들은 네가 먹었다는 걸 모르니까……."

라고 알 수 없는 말을 중얼거리더니 혼자서 직원용 계단을 살금살금 올라가 버렸다. 막은 당황해서 그녀의 등 뒤에 급히 외쳐 물었다.

"저기! 당신 이름이 뭐죠?"

"엘리자베스 신나. 다른 건 알 거 없고 조만한 내가 연락할 테니까 그때까지 조용히 있어!"

그녀는 그 말을 남기고 위층으로 빠르게 사라져 버렸다.

3. 많이 누십니까?

엘리자베스 신나. 그녀는 혹독한 스파이 교육을 16년 만에 마친 최우수 일급 스파이였다. 그녀는 교육기관에서는 매우 우수한 성적을 보였지만 실전에서 번번이 너무 긴장하는 바람에 응용력이 떨어진다는 평가를 받고 오랫동안 실전에 투입되지 못했다.

하지만 그녀의 끈질긴 노력 끝에 드디어 실전에 투입되는 날이 오고야 말았다. 15개국의 1급 비밀문서가 담긴 자료를 미국으로 몰래 옮기는 특수 임무에 발탁된 것이다. 이번 임무는 그 어느 정보기관에도 알려지지 않은 수행원이 필요했기 때문에 여태까지 어떤 임무도 하지 않았던 그녀가 꼭 필요한 상황이 된 것이다.

그녀는 이번 임무에 관해 설명을 들으며 '침착하자, 침착하자'를 수백 번 되뇌었다.

'몇 년 만에 주어진 첫 번째 임무다. 어떤 난관이 있어도 꼭 제대로 해내서 실전에서도 1급 평가를 받고야 말 것이다. 긴장만 하지 않으면 된다.'

임무에 앞서 그녀는 정부로부터 비밀리에 캡슐 한 알이 든 작은 통을 받았다. 이제 정해진 시간에 이 알약을 먹고 미국으로 건너가기만 하면 아주 쉽게 임무를 완수할 수 있다.

하지만 임무 수행 당일, 그녀는 역시나 잔뜩 긴장해버리고 말았다. 어지간히 긴장해 있던 그녀는 역시나 게이트를 잘못 찾아 앉아 있었고 커피숍에 앉아 있다가 문득 '아, 이 게이트가 아니었다.'는 것을 깨닫게 된 것이다. 급하게 예정되었던 게이트로 가보니 준비되어 있던 비행기는 이미 출발해버린 뒤였고 임무를 방해하기 위해 소련이 푼 요원들이 공항을 점거해 오며 자신을 찾고 있었다.

하지만 그녀가 누구인가! 걱정할 것은 없었다. 적들은 그녀의 전달책이 무엇인지 확실히 알지 못했다. 그녀가 그 캡슐만 먹어 버리면 간단히 변장한 다음 유유히 다른 비행기로 미국에 갈 수 있을 것이었다.

그런데 그녀 앞에 생각지도 못한 변수가 하나 생겨버렸다. 그녀가 방심한 틈에 커피숍에서 찝쩍대던 한 건달이 그녀가 먹어야 할 캡슐을 먹어 버린 것이었다. 긴장해서 가방을 두고 오는 실수만 없었더라면…….

그녀는 일단 그 건달을 불러 주의하라고 하고 도망치게 했다. 일단 아직 그들은 누가 캡슐을 먹었는지 알지 못한다. '좋아, 아직 승산은 충분히 있어. 나 대신 그 녀석을 미국으로 보내면 되는 거야!' 그녀는 그렇게 생각했다.

신나는 그 건달 녀석의 여권을 일단 받아두었다. 적들의 시선을 분산시키고 공항을 유유히 빠져나온 그녀는 곧바로 정보원에게 연락했다.

"상관님, 997입니다."

"좋아! 997 요원! 이제 비행기에 탔나?"

"그게…… 잘 안됐습니다."

"뭐라고? 설마 그 녀석들이 벌써?"

"예…… 예! 비행기에 분명 첩자가 있었습니다. 크윽."

"공항이 점거 당할 거라는 건 알고 있었지만 설마 그렇게 빨리 비행기에까지 손을 써 두었을 줄이야! 그래서 캡슐은!"

"일단 플랜 B를 실행해 다른 녀석에게 먹여두었습니다. 저는 이미 발각되어서……."

"뭐라고? 신나 요원! 자네가 발각되었단 말인가?"

"아…… 아니, 그게…… 곧 발각될 것 같다는 말이었습니다! 일단 제가 시선을 끌고 어중간한 녀석에게 캡슐을 먹여서 미국으로 보내겠습니다. 그 방법이 확실할 것 같습니다."

"좋아, 일급 특수요원인 신나 자네가 확실하다고 했으니 그렇게 하도록 하지. 자네도 잘 알고 있겠지? 이번 임무는 뭐든지 확실히 해야 하네! 절대 실수해서는 안 되네!"

"예! 알고 있습니다!"

신나 요원은 일단 그렇게 상관에게 그 모든 게 다 자신의 계획인 것처럼 해 두고 연락을 끊었다. 그리곤 한숨을 쉬며 그 건달 녀석의 여권을 펼쳐 보았다.

'앗! 그리고 보니 이 자식 이대로 집에 가서 화장실에라도 가면!'

그녀는 다급해졌다. '좋아. 그렇다면 이 녀석의 집부터 손써둬야겠군.' 신나는 곧바로 인원을 동원했다.

'따르릉, 따르릉.'

"여기는 997. 인원 동원을 요청한다. 목표는……."

4. 뭘 누십니까?

　아주 오래전 국제 유전생물학 신기술 발표회장에서는 흥미로운 생물학적 발표가 있었다. 당시 한 연구자는 자신의 연구팀에서 다년간 연구해 온 박테리아에 관해 설명했다.

　"저희 연구팀은 사람 대장에 살고 있는 대장균이 매우 좋은 실험체라는 것을 알게 되었습니다. 2005년 우리는 처음으로 대장균의 DNA 일부분을 우리가 원하는 배열로 맞춰 넣을 수 있게 되었습니다."

　그는 벽에 커다란 박테리아의 화면과 DNA가 겹쳐져 있는 영상을 띄웠다.

　"그리고 드디어 올해! 우리는 완벽히 우리만의 대장균을 갖게 됩니다. 다들 아시다시피 생물의 DNA는 많은 부분이 단백질 합성이나 생명에 관여하지 않는 정크 DNA로 이루어져 있죠. 생명에 관건이 되는 DNA는 전체에서 굉장히 적은 부분이라고 할 수 있습니다. 그렇기 때문에 남아있는 의미 없는 부분들을 활용하면 박테리아를 생존시키면서도 2진수로 이루어진 정보를 아주 많이 담을 수 있습니다. 여기서는 대장균에 연구자들의 이름과 실험실 홈페이지 주소를 적어보았습니다."

　그는 그 문자들을 화면에 띄웠다.

　"이것은 바야흐로 대장균이 보조 이동 장치로서의 가능성을 갖게 되었다는 것을 의미합니다. 앞으로는 사진이나 동영상 파일 같은 것도 가능하고요."

　그러자 청중 중 한 명이 질문했다.

　"그게 일상생활에도 쓰일 것이라 생각하십니까?"

"예, 물론이죠. 쉽게 박테리아의 DNA를 들여다볼 수 있는 미니 현미경 같은 기계가 더 개발되면 생활용품에 스프레이를 뿌림으로써 정보를 남기거나 하게 될 것이라고 예상합니다. 만약 옷에 뿌려진 박테리아 DNA를 분석하면 원산지, 판매자, 구매자, 원료, 세탁 방법 같은 정보들을 알 수 있게 되겠죠. 물론 홈페이지 주소 같은 것도 가능하고요."

"또 다른 곳에도 쓰일 수 있습니까?"

"물론이죠. 쓰임새는 무궁무진합니다. 박테리아의 증식작용을 응용하면 같은 정보를 빠르게 복제할 수도 있고요. 현재는 대장균이 아닌 다른 미생물에 정보를 넣는 연구도 진행 중입니다."

"대장균이니 사람 대장에도 살 수 있는 것입니까?"

"하하, 물론이죠! 하지만 인체 대장 내에서의 대장균은 생존 주기가 있어서 길어야 3일 정도라고 보고 있습니다. 정보를 가진 박테리아를 먹었다면 3일 동안 그 사람은 정보를 가진 대변을 누게 되겠군요."

'하하하!' 재미있는 발표에 발표장 전체가 함박웃음을 터뜨렸다.

5. 어디서 누십니까?

막은 공항에 폭발이 일어나 괴한들이 혼비백산하는 틈을 타서 자신의 차를 타고 집으로 돌아왔다. 집에 돌아와 보니 벌써 저녁이 다 된 시각이었다. 텔레비전을 틀어보니 방금까지 자신이 있었던 공항의 사건이 보도되고 있었다.

아마도 여러 나라 간의 스파이가 공항에서 한바탕 추격전을 벌였던 모양이었다. 기자는 이번 사건이 15개국의 기밀문서가 유출될 수도 있는 중요한 사건이라고 보도했다.

'아하, 그래서 그렇게 난리였군?'

막은 텔레비전 소리를 크게 켜두고 세수를 했다. 그동안 텔레비전에서는 괴한들에 의한 공항 점거를 계속해서 주요 뉴스로 보도하고 있었다. 덧붙여 오늘 공항에서 있었던 모든 사람을 소환 조사한다고 하며 승객들에게 자진 협조를 부탁했다.

막은 세수를 마치고 변기에 앉아 거실에 떠들고 있는 텔레비전 소리에 귀를 기울였다.

'설마 나도 오늘 공항에 있었으니 내일 경찰에 조사를 받으러 가야 하는 건가? 응…… 음…… 응차!'

막은 아무 생각 없이 일을 마치고 뒤처리를 했다. 그리고 일어나 무심코 물을 내리기 위해 변기 레버를 잡는 순간!

'쿠앙! 쾅!'

변기가 굉음을 내며 폭발했다.

"으악!"

순간 막의 몸이 공중에 붕 뜨더니 저 멀리 날아가 욕조에 떨어졌다. 귀는 '윙' 하는 소리가 들릴 정도로 먹먹했고, 파편에 살짝 베인 얼굴에는 핏방울이 맺혀 있었다. 빼꼼 고개를 내밀어 살펴보니 변기는 다 날아가 버렸고 사방의 벽은 깊숙이 패여 있었다. 구사일생이었다.

'으악! 이게 무슨 일이지?'

막은 혼비백산해서 대충 몸을 씻은 다음 도망치듯 거실로 나왔다. 그리곤 탁자에 놓여있던 처음 보는 스마트폰을 하나 발견했다. 막이 엉겁결에 스마트폰을 들었더니 자동으로 동영상이 하나 재생되었다. 그리고 그 속에서 익숙한 얼굴의 여자가 나타났다. 낮에 공항에서 보았던 그녀였다.

"이름이…… 신나라고 했던가?"

동영상 속의 그녀가 말했다.

"막, 이 미친놈아! 넌 당장 네가 엄청난 짓을 했다는 걸 인정해야 할 거야. 네가 공항에서 먹어 버린 그 알약은 15개국 기밀문서가 담긴 대장균이었어! 그 말인즉슨, 앞으로 3일 동안 너의 대변에서 15개국의 일급비밀이 줄줄 새어 나온다는 소리지. 이해가 돼? 지금은 많은 걸 알려줄 수 없으니까 요점만 말해 줄게. 넌 어쨌든 똥을 조심해야 한다는 거야!"

"오줌도 조심해야 하나요?"

막이 물었지만 그건 녹화된 동영상이었다. 대답할 리가 없었다.

"일단 네 집에 화장실의 변기에는 폭발장치를 해 두었으니까 물을 내리지 말고……."

"뭐라고요? 이게 당신 짓이었어?"

"앞으로 내가 허락하는 장소에서만 똥을 싸야 해! 내 최종계획은 널 미국으로 보내는 거야! 내가 곧 안전한 방법을 찾아낼 테니까, 넌 길어야 3일만 버티면 돼! 알겠지? 그때까지 소련 놈들에게 네 똥을 뺏기라도 하면 우린 전부 죽는 거야. 이해됐으면 3일간 똥을 잘 참고 있으라고……."

'치치치치…….'

재생이 끝나자 '동영상이 삭제됩니다.' 라는 메시지가 떴다.

"으악! 이게 뭔 소리야! 똥 같은 소리 하네!"

아직 모든 상황을 제대로 이해하지 못한 막은 헛소리를 해댔다. 그리곤 스마트폰이 폭발할 거라고 생각해 바닥에 던져 버리고 소파 뒤에 몸을 숨겼다. 하지만 스마트폰에서는 '동영상이 삭제되었습니다.'라는 문구가 떴을 뿐이었다. 정작 굉음이 들린 곳은 다른 곳이었다.

'쾅!' 집 앞에 세워둔 막의 자동차에서 폭발이 일어났다. 누군가 바주카포를 쏜 것이었다. 막이 창문을 통해 아래를 내려다보니 마스크를 쓴 괴한들이 집으로 몰려오고 있었다. 분명 자신을 쫓아오는 거라는 확신이 들었다.

'이거 장난이 아니네!'

막은 마른 입술에 침을 묻히며 사방을 둘러보았다. 막은 순간 '이제 화장실도 터져 버렸으니 어디서 일을 보지?'라는 생각과 함께 '어디로 도망쳐야 하는 거야?'라는 고민을 했다.

6. 뭐도 됩니까?

공항에 가져갔던 그 작은 캐리어만 가까스로 챙겨 집에서 황급히 도망쳐 나온 막은 다음 순간 자신의 집에 불길이 치솟는 것을 보았다. 그리곤 깜짝 놀라 그 이후로 한참 동안 앞만 보고 도망쳤다.

얼마 후 한적한 공원 구석까지 도망친 막은 캐리어를 열어보았다. 다행히 짐을 다 풀지 않아서 그 안에는 입을 만한 옷가지 한 벌이 들어있었다. 주머니에는 신나가 준 스마트폰만 있었다.

막은 이제 누군가 진짜 자신을 잡기 위해 혹은 죽이기 위해 뒤쫓고 있다는 사실을 확실히 실감했다.

'화장실이 폭발했다! 아니, 집이 불타고 자동차도 터져 버렸다! 누군가 날 쫓고 있고!'

막은 '이러다 죽으면 어떻게 하지?'하는 생각에 엄습해 오는 불안을 잊기 위해 두 손으로 머리를 감싼 채 중얼댔다. 그러던 중 막은 뭔가를 깨달았다.

"아니 잠깐, 내가 먹은 게 15개국의 일급비밀이라면 그건 곧 내가 일급비밀이란 소리잖아?"

그런 생각을 하니 그건 꽤 멋있는 배역이라는 생각이 들었다. 자신의 똥에서는 일급비밀이 담긴 대장균이 섞여서 나오고 있었다. 그래서 각국의 스파이들이 자신을 뒤쫓고 있었다. 막은 이제 그렇게나 귀중한 존재가 되었던 것이다.

막은 문득 '이렇게 똥 때문에 쫓기다 죽으면 인생이 얼마나 허망할까?'하는 생각을 하며 공원 모퉁이 벤치에서 잠들었다.

다음 날 차가운 새벽바람에 일찍 일어나게 된 막은 캐리어를 끌고 공원을 이리저리 돌며 화장실에서 세수도 하고 바람을 쐬었다. 점심쯤이 되어 공원에 사람이 많아지자 막은 혹시 저 중에 누군가가 나를 노리는 사람이 있지 않을까, 하는 불안감을 느꼈다. 그리곤 얼마 지나지 않아 마치 모든 사람이 자신의 똥을 노리는 스파이처럼 느껴졌다. 그래서 막은 얼른 공원에서 한적한 길가로 도망쳤다.

'꼬르륵……'

한참을 걸으니 배가 고파졌다. 하지만 수중에는 겨우 동전 몇 개가 있을 뿐이었다. 막은 일단 가진 돈을 긁어모아 근처의 패스트푸드 식당에 들어갔다. 모든 돈을 투자해 햄버거 하나를 우악스럽게 먹어 치우고는 마음을 좀 누그러뜨렸다.

그리곤 자연스럽게 식당의 화장실로 들어갔다.

막은 힘을 주며 문득 '아…… 아무 데서나 똥을 싸면 안 되는데……'라는 생각을 했지만 곧바로 '뭐, 한 번쯤은 누구도 어디에 눴는지 모르겠지……'라는 생각으로 앞서 한 생각을 지워버렸다. 그래도 혹시 집의 화장실처럼 변기가 터질까봐 물을 내리지 않고 나왔다.

막이 막 식당을 나서려는데 주머니에서 스마트폰이 울렸다. 막은 그녀와 통화할 생각에 기쁜 목소리로 전화를 받았다.

"앗, 여보세요? 신나 씨?"

"막? 지금 어디야!"

분명 그녀의 목소리였다. 막은 자신에게 여성이 전화해줬다는 사실에 몹시 흥분했다.

"당신은요? 이 스마트폰 충전도 안 했는데 오래가네요?"

"그건 정부가 임무용으로 만든 거라서 일주일은 거뜬하다고! 하여간 헛소리 말고 어딘지나 말해! 그 사이에 똥은 눴어?"

"아, 예? 이런 거 말해도 되려나? 방금 배고파서 여기 패스트푸드 식당에서 햄버거 한 입 먹고 해결했습죠! 하핫!"

그러자 전화기 너머에서 고래고래 화를 내는 신나의 목소리가 들려왔다. 그녀는 욕을 퍼붓더니 그녀 전화 주위 사람들에게 뭔가를 지시했다.

"뭐? 눴어? 이 미친 자식! 어이, 1호, 지금 3구역 부근 패스트푸드 식당 폭파해!"

"예? 폭파요?"

그때 식당의 화장실에서 연기가 나기 시작했다. 사람들이 소리를 지르며 식당 밖으로 도망쳐 나왔다. 그러다 얼마 후 '쾅! 우르르!' 하는 소리와 함께 식당의 화장실이 무너져 내렸다. 막은 깜짝 놀라 전화기에 대고 외쳤다.

"뭡니까! 이거! 뭡니까! 그렇다고 폭파하실 거까진 없잖아요!"

그녀가 소리쳤다.

"네가 모르는 모양인데, 도시의 똥들이 다 어디로 간다고 생각하지? 하천? 바다? 아니야, 오물 처리장이야! 그런 공공장소에서 일을 보면 오물 처리장으로 다 들어간다고! 15개국의 기밀이 그런 곳에서 번식하길 바라? 게다가 그 구역 오물처리장은 소련 놈들 관할 구역이라고! 그곳에서 더 얼쩡대지 말고 일단 자리를 피해!"

"그…… 그렇다 해도! 그…… 그렇군요! 그런데 그보다 저 지금 돈이 한 푼도 없어요!"

그러자 그녀는 지금 그가 가지고 있는 스마트폰이 현금카드처럼 쓸 수 있는 거라며 맘껏 쓰라고 말하고는 곧 다시 연락하겠다며 전화를 끊었다.

막은 생각했다.

'이제 정말 아무 데나 누면 안 되겠네. 괜히 사람들에게 폐만 끼쳤어. 후…… 이제 어떡하지?'

7. 뒤처리는 어떻게?

막은 이제 그 생활에 조금씩 적응이 되기 시작했다. 먼저 대변을 처리할 방법이 없으므로 음식을 조금씩 먹어야겠다는 것을 깨달았다. 막은 '음식 대신 물을 더 마시면 되겠지'라고 생각하며 음료수를 잔뜩 샀다.

수중에 돈이 생긴 막은 다른 할 일도 별로 없었기 때문에 근처의 인터넷 카페에 들어가 시간을 때우기로 했다. 게임을 조금 하다가 막은 대장균을 없애는 방법에 대해 검색해 보았다. 그리곤 한 유저가 장난스럽게 어떤 대장균은 섭씨 300도에서 죽는다고 써 놓은 글을 보았다.

'과연, 물은 100도에서 끓으니까, 물에 끓여도 대장균은 죽지 않는다는 거군……'

300도 이상 온도를 넘기는 방법에 대해 검색해 보니 튀김을 만드는 방법이 나왔다. 기름을 끓이면 300도 이상으로 온도가 올라간다는 거였다.

'좋아, 바로 이거야! 언제까지 참고 살 수야 없지! 펄펄 끓는 기름에 눠 버리는 거야!'

막은 뭔가 깨달은 듯 주먹을 쥐고 흔들었다. 그 날 저녁, 막은 호프집에 가서 치킨을 2마리 시켰다. 막은 맘껏 눌 수 있다는 생각에 음식을 양껏 먹었다. 한창 호프집의 텔레비전에 틀어져 있던 공항사태에 관한 뉴스를 보며 닭 다리를 뜯고 있을 때 배에 신호가 왔다.

'와…… 왔구먼……. 좋아, 계획을 실행해 볼까?'

막은 먼저 전화로 미리 봐두었던 근처 동네의 여러 배달 음식집에 정확히 30분 후에 지금의 주소에 도착하도록 주문 전화를 했다.

'좋아, 한 다섯 곳 정도에 연락을 해 두었으니 시간은 충분히 끌 수 있겠지? 우욱, 벌써 배가…… 너무 급해지면 안 되는데…….'

막이 예상한 대로 30분 후 다섯 곳의 식당에서 동시에 배달이 왔다. 그러자 호프집의 사장은 배달 온 사람들과 말다툼을 하기 시작했다.

"여기서 시킨 것 맞는데요?"

"아니, 우린 시킨 적 없다니까!"

결국에는 주방장까지 다 나와서 서로 실랑이를 하기 시작했다.

'좋아, 이때다!'

막은 주방에 슬며시 들어가 아무도 없는 걸 확인하곤 끓는 기름통의 온도를 높였다. 마침 기름통엔 온도계도 꽂혀있었다. 기름은 350도를 웃돌았다.

'좋아! 간다!'

막은 탁자에 올라가 주위를 둘러보곤 서슴없이 바지를 내렸다. 일은 아주 신속하게 끝났다. 그도 그럴 것이 벌써 신호가 온 지 40분이 다되어가고 있었기 때문이었다.

'파바박!'

수분이 포함된 다량의 분비물이 끓는 기름통 안으로 풍덩 떨어지자 기름이 사방으로 튀었다.

"아악! 뜨거워!"

끓는 기름이 엉덩이에 튄 막은 소리를 질렀다. 일은 해결했지만 튀겨진 엉덩이는 쓰라리게 아팠다. 소리가 들리자 밖에 있던 사람들이 놀라 주방으로 들어왔다.

"아니, 저 미친놈이!"

"앗!"

주방에 들어온 주방장과 눈이 마주쳐 버린 막은 깜짝 놀라 바지를 올리고 봐두었던 뒷문으로 쏜살같이 도망쳤다. 그 모습을 보고 있던 사람들은 너무 어이가 없어서 한동안 제 자리에 굳은 듯이 서 있었다.

8. 넓다고 뭐라 하지 마세요.

부서진 판자때기를 쌓아두는 건물 사이 골목에서 버려진 옷가지들을 덮고 잠이 든 막은 다음 날 점심때가 되어서야 겨우 잠에서 깨었다.

'노숙도 하다 보면 느는구나.'

막은 하품을 하며 목을 긁었다. 그때 마침 스마트폰이 울렸다. '신나!' 그녀였다.

"신나 씨!"

"뭐야, 넌 뭐가 그리 즐거워? 비행기가 준비됐어."

"정말요? 이제 도망치지 않아도 되는 건가요?"

"그래, 오늘 오후 3시. 그 시각까지 피모트 공터로 나오면 돼."

"휴…… 드디어 끝이군요. 그래도 짧게 끝나서 다행입니다! 아, 근데 사실 어제 일을 한 번 더 봤는데, 듣고 싶으세요?"

"뭐라고? 또? 어디에다! 어이, 1호! 폭파 준비해!"

그녀가 신경질적으로 반응했다.

"앗! 또 폭파인가요? 어제 사실 인터넷 검색으로 알아내서 300도의 끓는 기름으로 똥을 튀겨 버렸는데……."

"뭐? 이 더러운 자식…… 하…… 하지만 잘했어…… 이번엔 폭파하지 않아도 되겠군. 어쨌든 오후 3시까지 정확히 와! 기회는 한 번이야!"

"알겠습니다!"

"아, 참 그리고 미국으로 가는 건 네가 아니야. 알겠지?"

"예? 그게 무슨 뜻이죠? 비행기는 그럼 왜 준비하신 거죠?"

"이…… 바보 같은 자식. 정보는 네가 갖고 있는 게 아니잖아!"

"그렇다면……."

"으음…… 흠…… 네…… 네 똥을 한 덩이 들고 와!"

말을 마친 그녀는 사정없이 전화를 끊었다.

9. 급박한 일처리

2시 40분, 또 괴한들이 막을 찾아냈다. 이제 공터까지는 500m 정도 남은 상황이었다. 그곳에 도착하면 비행기가 준비되어 있겠지?

'타다다탕!' 시장 쪽으로 도망간 막을 향해 괴한들이 사정없이 총을 쏴대기 시작했다.

"저놈들은 시민이고 뭐고 뵈는 게 없나 보군?"

이리저리 시장 바닥을 헤집으며 도망친 막은 미리 사둔 빵을 봉지에서 꺼냈다. 한입 베어 삼켰는데 뛰어가며 먹으려니 목이 너무 메었다.

'탕탕!'

뒤에선 아직 괴한들이 쫓아오고 있었다. 그때 막의 눈에 거리 한쪽에 세워져 있던 택시 한 대가 눈에 들어왔다. 막은 그곳으로 달려가 택시의 뒷좌석에 몸을 던지듯 다이빙해 들어갔다. 그리곤 고함치듯 외쳤다.

"아저씨! 일단 출발이요!"

"으응?"

택시가 출발하자 괴한들이 이번에는 택시를 뒤쫓기 시작했다. 사람들이 총을 쏘며 뒤쫓아 오자 택시 기사도 깜짝 놀라 엑셀을 힘차게 밟으며 도로를 미끄러져 나갔다.

"다…… 당신은 누구쇼?"

막은 아저씨에게 요금을 갑절로 줄 테니 계속 도망쳐달라고 말한 후 캐리어를 열어 준비해 둔 빵을 우악스럽게 먹으며 배를 문질렀다. 그리곤 종이봉투를 엉덩이에 대고 힘을 주었다.

"끙차, 끙차. 아, 잘 안 나오네? 시간이 없는데!"

그러자 택시 기사가 기겁하며 돌아봤다.

"이게 뭐하는 짓이여! 청년!"

"아! 그…… 그게 하여간 사정이 좀 복잡한데 어쨌든 저 사람들은 제 똥을 빼앗으려고 절 쫓아오는 겁니다!"

"뭐야? 그…… 그렇다고?"

아저씨는 메스껍다는 표정을 한번 지어주더니 일단 도망치는 게 우선이라고 생각했는지 아니면 갑절의 요금을 생각했는지 그대로 운전에 집중했다.

막은 '거 참 적응 빠른 아저씨네.'라고 생각하고 다시 자기 일에 집중했다. 막은 이제 15분 후까지 신의 일급비밀이 담긴 똥을 얼른 싸서 사랑스러운 그녀에게 전해 주어야 했다. '그러면 지금 세상에서 가장 중요한 똥은 안전하게 비행기로 일급 서류의 목적지 미국을 향해 갈 테

고 그 이후에는 아름다운 그녀와……'

막은 그런 생각을 하며 엉덩이를 씰룩대다가 문득 엄청난 아이디어가 떠올랐다.

"바로 그런 방법이!"

막이 바로 택시 기사에게 소리쳤다.

"아저씨! 혹시 똥 마려우세요?"

10. 누구 똥이 누구 똥?

"뭐? 뭐이여? 그게 무슨 말이여?"

막은 아저씨에게 똥을 바꾸자는 제안을 했다.

아저씨는 말을 금방 알아듣더니 차들이 복잡하게 얽혀 주차되어 있는 주차장으로 차를 몰았다. 괴한들을 따돌린 그들은 차 뒤에서 급히 똥을 싸기 시작했다. 그리고 막은 캐리어에 똥을 싸서 아저씨에게 주었고, 아저씨는 비닐봉지에 똥을 싸서 막에게 주었다. 아저씨가 똥을 싸며 말했다.

"내가 딴것은 못 혀도 먹고 싸는 것만큼은 자신 있단 말이여!"

"좋아요! 아저씨, 이제 우리 똥을 바꿨으니까 제가 저 녀석들을 유인할 동안 아저씨는 저쪽 모퉁이를 돌아서 나오는 공터에 있는 엄청나게 예쁜 제 여자 친구에게 건네주시면 되는 거예요! 아셨죠?"

"그럼!"

"좋아요! 그럼 아저씨만 믿겠습니다!"

막은 자신이 진짜 첩보원이 된 것 같았다. 완벽한 작전을 짜낸 자신의 머리가 자랑스러웠다. 물론 엄청난 똥을 싸낸 엉덩이도……. 준비를 마친 막은 공원과 반대로 달려가면서 저 멀리서 두리번대고 있던 괴한들을 향해 외쳤다.

"야, 이 자식들아, 내 똥이 갖고 싶으면 날 쫓아와라!"

그러자 정말 괴한들이 자신을 향해 총을 쏘며 달려왔다.

"으아! 어쨌든 살아야 할 텐데! 살아서 신나 씨처럼 첩보원에 지원할 거야! 그러면 평생 같은 직장에서 그녀와! 으흐흐!"

막은 헛소리를 지껄이며 필사적으로 도망치다가 문득 뒤를 돌아보았다. 저 멀리 택시 아저씨가 계획대로 반대편 공터로 달려가고 있었다. 때마침 스마트폰이 울렸다. 그녀였다.

"어디야! 똥은?"

"잘 넜습니다! 사실 저 말고 다른 아저씨한테 똥을 맡겼어요! 곧 한 아저씨가 제 대신 똥을 전해 줄 겁니다! 전 괴한 놈들을 유인하고 있어요! 어때요? 나 멋지죠?"

"뭐? 누구한테 맡겼다고? 아저씨? 아? 그래, 저기 오신다!"

전화가 끊겼다.

'좋아, 일이 잘되고 있군! 그럼 난 저쪽 골목으로 도망치자!'

막은 도망치다가 괴한들이 가까워지자 결국 비닐에 든 똥을 바닥에 뿌려버렸다. 어차피 이제 가짜 똥은 쓸모가 없었기 때문이었다. 뒤돌아보니 예상대로 괴한들은 더는 자신을 쫓아오지 않고 바닥의 똥에 모여들어 있었다.

'흐흐! 저걸 수집해 가봤자 저건 아무 정보도 없는 똥이라고!'

막은 의기양양하게 다른 지름길을 통해 그녀가 기다리고 있는 공터로 들어갔다. 거기엔 신나, 그녀가 있었다.

"신나 씨! 드디어 다시 만나네요!"

그녀는 혼자 공터에 서서 뭔가 작은 기계를 만지작거리고 있었다.

"그래요, 막 씨! 수고하셨네요. 그래도 앞으로 하루 동안은 조심해서 싸셔야 하는 거 알죠?"

그녀는 그를 쳐다보지도 않고 기계의 액정만 바라보며 말했다.

"네…… 뭐, 그런가요? 그런데 그건 뭐죠? 아저씨는요?"

막이 하늘을 보자 저 멀리 자신의 똥을 실었을 헬리콥터가 유유히 날아가고 있었다.

"아저씨는 바로 가셨어요. 이건 박테리아에 정보가 있는지 없는지 알아내는 기계예요. 아까 한 조각을 덜어두었죠. 확실히 해 두어야 하니까."

"그렇군요."

그때, 그녀의 얼굴이 벌게지더니 그녀가 비명을 질렀다.

"막! 정보가 없어요!"

"뭐라고요?"

"당신, 내 알약 먹은 거 맞아?"

그녀가 흥분하며 말했다.

"확실하다고요!"

"그럼, 그 아저씨에게 똥 준 거 확실해요? 둘이 섞인 거 아니고?"

"그럴 리가요! 분명 내가 캐리어에 쌌는데?"

"캐리어? 종이 상자가 아니고?"

둘은 충격에 휩싸였다. 둘은 동시에 누군가의 배신을 알아챘다.

"막!"

"신나!"

둘은 서로의 이름을 외치며 비명을 질렀다.

"이제 어쩌죠?"

"당신이 싼 똥이니까 당연히 당신이 처리해야지!"

그 시각 한 아저씨가 똥이 든 캐리어를 들고 뿌듯한 미소를 지으며 아무도 없는 골목길을 달려가고 있었다.

"뭔지 몰라도 이 똥이 그렇게 비싼가 보지? 대체 얼마에 팔면 될까?"

행복한 고민에 빠진 아저씨였다.

너무 제대로 된 것

시간은 새벽 한 시를 약 2분 남겨두고 있었다. 지금이 아니라 그때 말이다. 아니, 지금이 말이다.

사실 나는 심리학에는 눈곱만큼도 관심이 없었다. 재능도 없었고 말이다. 하지만 그걸 배운 건 언제나 혼란스러워 보였던 이 현실을, 그리고 나 자신을 조금이라도 무덤덤하게 바라보고 싶었기 때문이다. 그리고 그건 예상치 못하게 나를 교도소로 보내버렸다.

버나드 사립 교도소를 설립한 버나드란 인물은 명백히 제정신이 아니었다. 교도소가 낡았다는 이유로 중범죄자들을 더 이상 이 사립교도소에 맡기지 않게 되자 버나드는 정부 지원금을 더 받기 위해 싼값으로 경범죄자들을 사오거나 심지어 만만한 범죄자들의 형량을 은근슬쩍 높여버리는 수법을 썼다. 그래서 이 교도소에는 돈이 없어서 혹은 재수가 없어서 혹은 누명을 써서 들어온 사람들이 와 오히려 범죄를 배우고 나가는 경우가 허다했다. 내가 처음 조사했을 때 이곳에 갇혀 있는 이들의 절반은 괜히 대기업 눈 밖에 들었다가 기술을 깡그리 빼앗기고 오히려 횡령죄를 뒤집어쓴 중소기업의 기술부장이라든지, 보험금을 타 먹기 위해 일부러 자살하려 한 소년가장을 그만 들이 받아버린 불쌍한 대학생 같은 사람들이었다. 그리고 나머지 절반은…… 정신병자들이었다.

인생은 항상 파란만장하다. 상담하다 보면 인생이란 누구의 것이든 항상 파란만장하다는 것을 알게 되었다. 뭐 범죄자들의 인생이라는 게 특히나 더 그런 것이겠지만. 살인, 도박, 폭력, 그런 것들은 그들의 주된 레퍼토리였다. 물론 너무도 건전하게 그리고 성실하게 살아온 내게 그 이야기들은 무척 흥미로운 것들이었지만 정작 내가 가장 재밌어한 것은 역시나 정신병이었다.

내가 만든 흥미로운 환자 리스트에는 자신의 몸이 아주 멋져서 벗고 다닐 수밖에 없다고 생각하는 풍기문란죄의 과대망상중 70대 노인 환자, 자신이 소크라테스의 후생이라고 생각하는 그러므로 수학문제를 풀다가 죽어야 한다고 주장하는 아저씨—그는 힌두교 사원에서 수학문제를 풀고 있을 동안 자신을 죽여 달라고 신도들에게 자꾸 부탁하는 바람에 실형을 선고받았다. 자신을 식물이라고 생각한 탓에 광합성을 위해 전라로 광장에 누워서 잠을 자던 소녀 등이 적혀 있다. 이 환자들은 치료를 위해, 그리고 내 호기심을 충족시키기 위해 많은 대화가 필요하기에 매주 3번의 상담을 받고 있었다. 물론 그 밖에 그다지 흥미롭지 않은 사람들에게 항정신병약이나 한 봉지씩 쥐여 주는 게 전부다.

오늘은 요즘 들어 재밌는 환자가 뜸했기 때문에 나는 저녁 늦게까지 상담실에 앉아 추리소설이나 보고 앉아있었다. 그때 소란스러운 소리가 나면서 교도관들이 하얀색 압박복을 입힌 녀석을 데려와 거칠게 내 앞에 앉혔다. 나는 근무시간이 끝났는데 말이다.

한 교도관이 이름을 말하라고 했다. 그는 오는 길에 잔뜩 얻어맞았는지 퍼렇게 멍든 얼굴로 분한 듯 씩씩대더니 내게 얼굴을 내밀고 자신의 이름이 'true·exe'라고 아주 작은 목소리로 중얼댔다. 난 헛기침을 하며 서랍에서 그의 차트를 찾아 꺼냈다.

'특이사항: 자살기도 32번, 빈번한 자학 등등.' 그는 상습적으로 사람들에게 자살을 권하였고 결국 그 꼬드김에 두 명이 죽었기 때문에 흉악범으로 체포되었다고 적혀있었다. 나는 첫눈에 알아챘다. 바로 이런 사람이다. 내 연구 거리가 되는 사람은 말이지.

내가 눈짓을 하자 교도관은 나가버렸다. 나는 그에게 왜 그렇게 벌벌 떨고 있느냐고 물었다. 그가 뭐라고 중얼댔다. 내가 좀 더 큰 소리로 대답해 달라고 말하자 그는 몸서리를 치면서 비명을 질렀다. 그러면서 자신은 인간이 아니라고 하는 것이다. 내게도 "넌 인간이 아니야!"라고 반복해서 말했다.

그래서 "전 누굽니까? 아니, 당신은 누굽니까?"라고 묻자 그는 서슴지 않고 자신이 외계인이라고 주장했다. 이런 패턴인가. 그 말에 내가 당신은 그럼 어디서 왔느냐고 묻자 그는 "모…… 몰라! 누가…… 누가 날 여기에 던져놓았어……."라고 말했다. 그 뒤에 그의 입에서 터져 나온 것은 끊임없는 욕설이었다.

나는 동요하지 않고 물었다.

"대충 목성쯤인가요? 당신이 온 행성은?"

"아니, 아니, 나도 어딘지 몰라. 어느 날 깨닫고 보니까 내가 인간이 아닌 거야! 누군가 날 이 이상한 곳에 던져놨어!"

"무슨 근거로 자신이 인간이 아니라고 생각하는 거죠? 외계인이라면 뭐 머리가 좀 더 크다거나 눈이 하나 더 있다거나 덜 있다거나 그래야 한다고 생각하는데요. 그리고 당신이 외계인이라는 확실한 근거를 알아야 당신을 이해할 수 있을 것 같은데요."

"너에게 말해도 모를 거야! 아니! 아니! 외계인이라는 편견 좀 버려! 너흰 그게 문제야! 어쨌든 난 인간이 아니야. 사실 너희가 인간이 아 닌 거지만. 네게 말해줘도 넌 결국 날 배신할 거잖아!"

"아니에요. 저를 믿어주세요. 전 히포크라테스 선서를 했습니다. 절 대로 환자와 상담한 내용을 발설하거나 하지 않아요."

"정말인가?"

"그럼요."

"좋아, 그렇다면 밑져야 본전이라는 생각으로 물어보겠어. 넌 자신 이 원숭이에서 진화된 영장류 호모사피엔스라고 생각하나?"

"글쎄요."

"거봐! 대답 못 하잖아! 너희는 그저 인간일 뿐이야. 내가 진짜 호모 사피엔스고! 단지 그것뿐이야. 그 증거로 넌 어린 시절이 없다는 걸 들 수 있지."

"어린 시절이라니…… 그건 또 무슨……."

"이 사회는 자기테이프에서 녹아 나오고 있지. 어디서 어디로 무얼 한 후에는 무얼 하고, 밥을 먹은 다음에는 커피 한 잔, 그게 그렇게 무 서워진다고 생각해 봤어? 그 칼 같은 실행능력!"

"으음…… 언제부터 그런 생각을 가지게 되셨죠?"

"생각? 아니야! 그건 내가 생각해낸 게 아니라고! 난 처음부터 외계 인이었어. 물론 사실 난 내가 처음엔 인간인 줄 알았지. 그런데 자꾸 만 과거로만 돌아가는 거야. 매일같이 방 안에 앉아 있었는데, 언제부 터인지 내 방엔 텔레비전이 없다는 사실을 깨달았어. 그래서 밖으로 나갔지. 그리고 취직했어. 꽤 커다란 빵집이었는데 난 밀가루 옮기는 일이랑 화로 청소하는 일 같은 걸 맡았어. 빵을 굽는 사람들은 귀족들이었는데 머리에 길고 하얀 모자를 쓰고 있었어. 이상하게도 그들은 자신이 구운 빵은 절대 먹지 않는 사람들이었지. 그 대신 매일 점심에 가장 비싼 커피를 사 들고 와서는 도넛과 함께 먹었어. 그들은 항상 그들끼리 어울렸지. 내가 궁금했던 건 왜 도넛이 먹고 싶으면 그들이 직접 굽지 않았냐는 거야. 그들은 항상 사 먹었어. 다른 누군가가 만든 도넛을 말이야."

솔직히 이때까지만 해도 나는 그가 무슨 말을 하는 건지 전혀 이해하지 못하고 있었다. 어째서 제빵사는 왜 도넛을 사 먹으면 안 되는지 그게 외계인과는 어떤 상관관계가 있는지 말이다. 그래도 난 그의 말을 계속 듣고 있었다. 가끔 알겠다는 듯 고개를 끄덕이면서. 물론 이건 내 직업이기도 하니까.

"낄낄낄. 그러다가 어느 날 나는 울었어. 나도 도넛이 먹고 싶었거든! 그래서 막 울었는데 눈에서 물이 나오는 거야! 그래, 몰랐겠지만 그게 바로 눈물이라는 거야! 그걸 눈에서 쏟아내는 게 운다는 거야! 그렇게 한참 하면 마음이 갑자기 텅 비어 버리지. 그리고 난 깨달았어. 나 이외에는 아무도 울지 않는다는 걸! 내 기억 속에는 아무도 운 적이 없고 아무도 우는 걸 본 적이 없는 거야. 그게 시작이었어. 하나씩 깨달았지. 내가 언제부터 당연한 것들을 알고 있었지? 왜 아무도 당연한 것들을 모르는 거지? 잘 보라고! 넌 운 적이 없지? 난 진정으로 동정하거나 아끼는 것이 있어. 그게 내가 외계인이라는 가장 확실한 증거야. 그리고 네가 인간이라는 증거로 너는 별로 하고 싶었던 일이 없지? 그냥 했으니까 한 거잖아. 그렇지? 이것저것 생각하고 미루고 적당할 만한 것을 했으니까 만족한 거잖아."

"으음…… 전 무슨 뜻인지 잘 모르겠네요."

"잘 보라고! 어느 날 보니 사람들이 다들 귀에 뭔가 전깃줄을 꽂고 듣고 있는 거야. 근데 그걸 잡아 빼보면 아무 소리도 안 나! 뭔가 '지직 지직' 거리는데 그게 음악이라고 하는 거야. 알아? 그게 음악이라고! 인간이 듣는 음악은 그런 거야. 지직거리는 소리를 죽 이어놨는데…… 난 모르겠어, 내가 아는 그건 솜 인형 같은 거야. 아니, 이불 같은 거! 아니, 고개 끄덕이지 마! 넌 모르겠지만 그리고 또 있어. 장난감! 그게 여긴 없어. 왜 없느냐고? 나도 몰라. 여긴 애들이 없으니까 그런가 보지 뭐! 여긴 사진은 있는데 사진기가 없어. 웃기지 않아? 다들 노래를 듣긴 하는데 부르는 사람은 없는 거야. 그걸 알고 나니까 대부분의 사람이 벽을 보고 멍하니 앉아 있다가 가끔 손가락으로 코를 후비고 책상을 긁는다는 걸 알았어. 생각을 못 하니까! 넌 네가 키우던 개가 아팠던 기억이 나? 백 원짜리를 잃어버려서 온종일 찾았던 기억은? 그림을 넘겨보느라 종일 밥도 안 먹었던 기억은? 처음으로 껴안은 사람은 누구지? 엄마가 가장 좋아하는 색깔은? 태어나서 처음 있었던 곳은? 네게 그런 일들이 있거나 없거나 중요하지 않아. 어차피 인간이라면 이런 건 절대로 없으니까."

더럽다는 것은 어떤 개념인가. 먼지가 많다는 의미인가, 아니면 노폐물이 엉켜 있다는 의미인가, 아니면 감염이 쉽다는 의미인가. 쉽게 생각해서 더럽다는 것은 찌꺼기가 많다는 의미라고 볼 수 있다. 즉, 쓸모없는 것들이 많은 것이 더러운 것이다. 이상한 이름을 가진 그는 내게 혼란을 줄 만큼 아주 쓸모없고 사소한 것들을 상기시키며 더러운 말로 나를 오염시키려 했다.

그의 말에는 어떤 요점도 없고 주제도 없다. 흐름이라고 할 만한 것이 있다면 이것저것 사소한 일들을 생각해 내는 거랄까. 나는 그가 말하는 어떤 것도 깊이 생각해 본 적이 없어서 그냥 어서 그가 자신이 외계인임을 내게 설득시킬 수 있는 가장 흥미로운 부분을 말해 주길 바랐다. 그래서 그의 말을 끊어 버리고 단도직입적으로 물었다.

"그 두 사람은 어떻게 자살하도록 한 겁니까?"

"으응? 아아! 생각났어. 그들은…… 그들은…… 자신이 인간임을 깨달은 인간들이야. 난 그저 그들이 인간이란 걸 알려준 것뿐인데, 죽더라고, 스스로. 그땐 나도 솔직히 놀랐어. 인간이 그럴 수가 있나? 인간이 어떻게 그렇게 되지? 어떤 외계인이 알려 준 걸까? 난 그런 걸 알려 준 적이 없거든. 솔직히 외계인이라 해도 힘든 일이야, 그건. 하지만 외계인들이라면 빈번히 하는 일이지. 인간은 할 수 없어. 그런데 그들은 해낸 거야. 난 그들을 축복해. 그리고 존경해. 할 수만 있다면 모든 인간이 그걸 깊이 생각해 줬으면 좋겠어. 내 말을 새겨들었다는 이야기니까 말이야."

"그들에게도 여태까지 제게 한 말들을 했다는 겁니까?"

"뭐…… 맞아. 하지만 좀 달랐지. 그들은 너처럼 그냥 듣고 있었던 게 아니라 내게 질문을 했으니까. 그건 특별한 것이었어. 정해진 질문이 아니었거든. 너도 언젠가 깨달을 지도 몰라. 내 말을 새겨듣고 있는 거 같으니까. 인간은 정해진 질문만 해. 외계인은 그렇지 않은데……."

"도대체 인간과 외계인의 다른 점이 뭡니까? 그리고 당신이 어디가 다르다는 거죠? 심리치료사인 제가 볼 때 당신은 단순한 과대망상증, 자폐증, 언어도단에 빠진 정신병자군요."

나는 내가 화나 있다는 것에 매우 놀랐다. 뜻밖에 그도 깜짝 놀란 듯 보였다.

"넌…… 넌…… 날 이해할 수 있을지도 몰라…… 좋아! 좋아. 너에게 진실을 딱 한 번만 말할게. 오케이? 잘 들어. 사실…… 사실…… 사실…… 사실 난 인간이야. 너와 같이. 하지만 난 외계인으로 살게 되어 있어. 이해가 가? 사실 진짜 외계인이 지구에서 살 수는 없지. 같은 차원에서 말이야. 잘 모르겠어? 아, 진짜, 이 말은 절대 하지 않으려고 했는데. 비유를 들자면 우린 전기야. 코드가 뽑히면 날아가 버리지. 그리고 우리는 아주 잠깐 실행되고 있는 거야! 넌 그저 입력된 생각과 함수들로 이루어진 변수이자 코드일 뿐이고 나도 마찬가지지. 근데 나는 이걸 만든 사람하고 똑같이…… 감정을 느껴. 넌 없지? 아니, 네가 느끼는 건 그냥 느낀다고 생각할 뿐이야. 난 진짜로 느끼는데, 아니, 어쩌면 나조차 진짜로 느낀다고 생각하는 건지도 몰라. 어쨌든 난 그걸 깨닫고 있으니까 너랑 같은 건 아니지. 넌 진짜로 하고 싶은 게 없어. 그냥 짜 맞춰져 있는 거야. 아마도 뭐 그런 게 변화하는 걸 연구하려고 했나 보지. 난 기형이야. 실수로 가짜가 되어 버린 거지, 모두가 진짜 인간인 곳에서는 말이야! 사실 자살 같은 건 만든 적도 없어! 못 믿겠으면 자료를 찾아봐! 자살이라는 단어는 어떤 자료에도 없어. 왜냐면 그 코드 자체가 없거든. 낄낄낄낄. 너도 언젠가 깨닫겠지, 넌 진짜가 아닌 가짜란 걸. 열정도 없고 사랑도 없고 추억도 아련함도 없잖아. 우리에게 어린 시절이 왜 없는 줄 알아? 인간의 뇌는 더럽기 때문이야. 너도 생각했지? 아마도 방금. 맞아, 이건 우리에게 입력된 사고방식이지. 넌 이걸 못 넘어서. 인간의 뇌가 왜 더러우냐고? 뇌가 깨끗하면 너처럼 되거든, 일방통행. 창의라는 게 없어지지. 그리고 세상을 무덤덤하게 느껴. 왜? 그게 진짜 세상이니까. 인간은 꿈속에서 사는 거야. 똑같은 회색 세상이라도 무지개색으로 보는 게 좋아. 난 지금도 그렇게 보고 있어! 넌 못하지? 낄낄…… 낄낄…… 됐어, 더 말해도 모를 테니까…… 이제 날 지워…… 낄낄…… 낄낄……."

나는 그를 선택했다. 그리곤 'Shift' 키를 누른 채로 'Delete' 키를 눌렀다. 'Yes'를 선택하자 그는 휴지통이 아닌 영구 삭제가 되었다. 얼마 되지 않아 내게 교도소 프로그램을 설치해 준 교수님이 채팅창으로 내게 말을 걸었다.

"어때 천재적이지? 얼마든지 대화해도 인간인지 인공지능인지 알 수가 없어. 진정한 지능의 탄생이지! 인간보다도 더 인간 같던데? 오히려 우리를 저능아 취급하더라고! 사실 난 설득 당해 버렸어! 우리는 정말 컴퓨터 안에 갇혀있는 인간인지도 몰라! 그자는 진짜 우리 너머에서 온 외계인인 지도 모르겠어! 자네도 그렇게 생각하지 않나?"

나는 밀려오는 역겨움에 그 교수 역시 지워버렸다. 교도소도 지워버렸다. 세상도 지워버렸다. 내게 말을 건 것은 누구일까. 인간일까, 외계인일까. 아니, 인간보다 더 인간다운 외계인일까. 외계인보다 더 외계인을 닮은 인간이었을까. 이 세상에는 과연 몇 퍼센트의 거짓 인간과 진짜 외계인이 걸어 다니고 있는 걸까.

10년 인생

1

유치원 같아 보이는 3층의 작은 건물. 작은 마당도 딸려 있다. 건물의 외형은 테마파크에 많이 보이는 동화의 성과 닮았다. 특이한 점은 매 층의 높이가 1m 정도라는 것. 7살 정도 되어 보이는 아이들이 몸에 꼭 맞는 양복을 입고 회사 놀이 하듯이 건물을 돌아다닌다. 한 아이가 5장짜리 서류 더미를 들고 건물 안에 설치된 그네를 타고 있는 아이에게 다가간다.

아이1: (다급한 투로 이마에 땀을 닦는 시늉을 하며) "부장님! 부장님! 맡기신 일 다 했어요! 좀 봐주세요."

아이2: (타고 있던 그네에서 발을 바닥에 끌어 멈춘다. '추우욱' 하는 모래 소리가 난다) "그래? 이번 건은 중요 안건이란 거 잘 알고 있겠지?"

아이1: (허리를 굽실대며 서류 더미를 건넨다) "그럼요. 어제 만화도 안 보고 다 적었다고요."

아이2: ('에헴!' 하는 소리를 내며 서류를 넘겨받고 그네에 앉아 종이를 펄럭이며 넘긴다) "음, 제목은 아주 멋지구먼. 글씨도 반듯한 편이고…… 근데 줄이 좀 삐뚤삐뚤 한 것 같아? 김 대리?"

아이1: (긴장한 듯 손을 앞으로 모으고 발을 동동 구른다) "사실은 삼각자를 잃어버려서……."

아이2: "어허! 그런 건 회사생활의 기본인데 말이야. 김 대리 이번 달로 나이가 몇 개월째지?"

아이1: (고개를 조아리며) "6년 7개월입니다!"

아이2: (집게손가락 하나를 세워 고개를 받친다) "그럼 산타 할아버지가 선물 주나?"

아이1: "아직 안 줍니다!"

아이2: "쯧쯧, 착한 어른 되려면 멀었구먼. 그러니까 이렇게 기본이 안 되어 있지! 그럼 아이가 어떻게 생기는 지는 감 잡았겠지?"

아이1: (손을 배 앞으로 공손히 모으고 고개를 떨구며) "사실 그…… 그것도 아직 잘……."

아이2: (손바닥으로 이마를 감싸며 고개를 뒤로 젖힌다) "아이쿠야! 그것도 아직이야? 자네, 그러면서 점심시간에 커피 우유를 마신단 말이야?"

아이1: "죄…… 죄송합니다……."

아이2: (한 손으로 서류를 휙 던지듯 건넨다) "됐네! 어쨌든 자네에겐 아주 실망이야! 서류는 잘 봤네! 다만 다음부터는 크레용 말고 사인펜으로 적으란 말이야! 어른답게!"

아이1: (두 손으로 얼른 종이를 건네받으며) "죄송…… 합니다……."

'아이2'는 그네에서 일어나 고개를 흔들며 뒷짐을 지고 떠난다. '아이1'은 머리를 긁적인다. '아이2'가 멀찌감치 가버리자 '아이1'이 주먹을 쥐고 마구 흔들며 푸념한다.

아이1: "치! 자기는 아직 생선살 발라 먹지도 못하면서!"

2

　4살짜리 아이와 8살짜리 아이가 손을 잡고 길거리를 걸어가고 있다. 8살짜리는 바닥에 아슬아슬하게 안 끌릴만 한 큰 장바구니를 들고 있다. 길 주변으로 가게가 늘어서 있다. 그중에 한 고구마 가게 앞에서 4살짜리 아이가 가게 진열대에 놓여있는 고구마를 가리키며 외친다.

　4살: "엄마! 나 고구마!"

　8살: "우리 아기, 고구마 먹고 싶니?"

　4살: "응! 엄마, 근데 고구마는 어떻게 생기는 거야?"

　8살: "아마 나무에서 열리지 않을까?"

　4살: "어떤 나무에서 생기는데?"

　8살: "당연히 고구마 나무지!"

　'찰랑.' 문에 달아둔 방울 소리가 울린다. 둘이 가게 안으로 들어간다.

　점원: "안녕하세요! 어서 오세요!"

　4살: "고구마 하나 주세요!"

　점원: (고구마를 건네며) "계산은 어떻게 하실 건가요?"

　8살: (장바구니에서 흰 지점토를 꺼내어 내밀며) "찰흙으로 해주세요."

　점원: (곤란하다는 표정) "죄송합니다만 저희는 먹을 것으로만 판매하고 있습니다. 손님."

　4살: "엄마, 그럼 사과로 내! 나 그거 안 먹을래!"

　8살: (장바구니를 뒤져서 사과를 꺼내 점원에게 건넨다.) "사과 하나로 고구마 두 개 되죠?"

　점원: "네! 감사합니다, 손님!"

　8살짜리 아이는 고구마 2개를 받아 장바구니에 넣고 가게를 나선다. 둘은 신나는 걸음으로 길거리를 걷다가 문득 10살짜리 아이가 바닥에 누워있는 것을 본다. 10살짜리 아이는 몸은 작지만 얼굴이 노인처럼 폭삭 늙어있다. 낑낑대며 더러운 옷을 입고 구석에 쭈그리고서 눈을 감고 있다. 그 광경을 본 4살짜리 아이가 묻는다.

4살: "엄마, 저 사람은 왜 저러고 있어?"

8살: "응, 늙어서 그래."

4살: "늙는 게 뭔데?"

8살: "10살이 되는 게 늙는 거야."

4살: "나도 10살이 되면 저렇게 돼?"

8살: "응. 엄마도 이제 2년만 있으면 저렇게 돼."

4살: (입꼬리를 내리고 울먹이는 표정) "왜? 엄마? 안 그러면 안 돼? 나 저거 못 생겨서 싫단 말이야!"

8살: (4살짜리 아이의 머리를 쓰다듬으며) "원래 사람은 10살까지밖에 못 살아! 그러니까 그때까지 맛있는 거 많이 먹어두자. 알았지?"

4살: (불만이 가득한 표정으로) "응······ 근데 앞으로 몇 밤 자면 저렇게 돼?"

8살짜리 아이가 고개를 꺄우뚱하며 손가락을 굽혀본다. 4살짜리 아이도 따라서 손가락을 굽힌다. 고민해 보다가 서로를 보고 깔깔깔 웃는다.

3

하얀 단층 건물. 9살로 보이는 아이 넷이 작은 방에 모여 있다. 한 명은 하얀 가운을 입은 의사 복장. 한 명은 간호사 복장. 한 명은 배가 큼지막하게 부른 임산부. 한 명은 남편으로 보인다. 임산부가 침대에 누워 눈물을 흘리며 훌쩍거린다.

의사: "곧 아이가 나올 거고요. 배가 아프면 저희가 최선을 다해 문질러 드릴게요."

남편: "여보? 아파? 많이 아파?"

산모: "잉잉. 나 아기 낳으면 바닐라 아이스크림 먹어도 되는 거야?"

남편: "그럼! 내가 '쫀쫀이'도 사줄게. 좀만 참아봐!"

간호사: "아기가 나왔어요!"

간호사가 갓 태어난 아이를 받아서 면 보자기로 감싼다. 막 씻긴 듯 깨끗한 아이가 눈을 못 뜬 채 꿈틀댄다. 면 보자기로 감싼 아이를 산모에게 보여준다.

산모: "우와, 너무 신기해!"

의사: "이제 쫀쫀이를 드셔도 됩니다!"

지루함을 극복하는 방법

율은 오른쪽 관자놀이에 박혀있던 긴 대못을 양손으로 꽉 붙잡았다. 거울에 비친 자신의 모습에서 묘한 쾌감이 느껴졌다. 기괴하고 잔인한 모습이었다. 그것에서는 뭔가 피하고 싶은 감정이 들었다. 구워지지 않은 양고기 스테이크 따위에서 느껴지는 식욕을 동반한 거부감 또는 소름과 같은 부류의 감정이었다.

율은 대못의 꼭지에 잔뜩 힘을 주고 머리에서 뽑아 보려 노력했다. 앞뒤로 흔들어 보고 위아래로 흔들어 보았다. 하지만 대못은 두개골에 단단히 박혀 원래부터 자신의 두개골 오른쪽에 붙어있는 것인 양 고정되어 있었다.

'곤란한걸…….' 율은 머리에 박힌 무언가를 잡고 뽑아내려는 모습이 기괴하고 우스꽝스럽다고 생각하면서도 계속 눈을 떼지 못했다. 그러다 문득 생각했다. '꽤 멋지지 않나? 이런 장식도.'

율은 혹시 자신이 새로운 시대의 히피 스타일 아니면 프랑켄슈타인 리얼리티 코스프레가 유행할 시대를 만들어 낸 것이 아닐까 생각했다.

'피를 조금 묻혀주면 더 완벽하지 않을까?'

너무 깔끔하게 박힌 탓에 바닥에 피도 한 방울 튀어 있지 않았다.

'사실 피가 없어도 괜찮아.'

율은 의외로 인기를 끌지 모른다는 생각에 머리에 박힌 대못을 뽑지 않고 두기로 했다. 어차피 잘 뽑히지도 않는 데다 대못을 뽑고 나서 그 구멍을 채울 새로운 뼛조각을 어디서 구해야 할지도 막막했기 때문이다.

율은 모자를 써 보았다.

'음, 아니야⋯⋯.' 대못 위로 모자를 쓰니까 오른쪽 관자놀이만 불룩해 보이잖아? 이건 전혀 펑키하지 않아.

율은 이것저것 걸쳐 보다가 대못에 모자를 걸고 다녀도 괜찮겠다는 생각이 들었다. 생소하지만 꽤 멋진걸?

토요일 저녁이었다. 어딘가로는 가야 했다. 일요일은 쉬더라도 토요일은 놀아야만 했다. 율은 후드티에 청바지, 포인트로 머리 옆에 모자를 걸치고 가벼운 차림으로 편의점으로 향했다. 날씨는 쌀쌀했다. '딸랑.' 편의점의 유리문에 달려있던 방울이 울렸다. 율은 냉장코너로 갔다.

'우유가 없네.'

율은 물과 바나나 우유만 마셨다. 하지만 오늘은 우유가 없었다. 물을 골랐다. 계산하려는데 수염이 덥수룩한 아르바이트하는 아저씨가 율을 계속 흘겨보았다. "너 머리 옆에 뭐가 나와 있는데?"

"아아, 이거요? 그냥 대못이에요."

"그래, 보이긴 하네. 알고는 있었던 거냐?"

율은 "히히." 하고 웃었다.

"그래⋯⋯ 뭐라도⋯⋯ 신고라도 해 줄까? 물을 마신다고 해결될 문제가 아니잖아? 너 언제부터 그런 거야?"

"방금부터요. 이거 좀 이상해 보여요?" 율이 대못을 쓰다듬었다.

"이상해 보이는 정도가 아니잖아. 너 좀 머리가 빈 거 아니냐? 하긴 머리에 뭔가가 들어 있었다면 그딴 게 박히고도 멀쩡할 리 없지."

"계산이나 해줘요."

율은 자신의 코디를 인정받지 못한 아쉬움에 기분이 상한 채 편의점을 나섰다. '카페? 아니야, 영화관? 아니야, 클럽! 그래, 역시 거기다.'

율은 차가 다니지 않는 한산한 외곽도로를 따라 걸었다.

'쿵. 쿵. 쿵.'

멀리서부터 점점 가슴을 울리는 소리가 울려왔다. "한 명이요. 음, 남자는 풋값이 비싸네."

입구에서 정장을 입은 꽃미남이 클럽에 입장하려는 율의 팔을 붙들었다.

"어이, 형씨! 머리에 그게 뭐야?"

"어어, 이거? 대못. 왜?"

꽃미남이 "하하." 웃더니 대못 꼭지를 만지작댔다. "아냐, 당신 꽤 멋쟁이네. 이거 어디서 팔아?"

클럽에는 땀 냄새가 가득했다. 소리가 가득했다. 어두운 불빛과 밝은 표정이 가득했다. 율은 바에 걸터앉았다. 손목에 찍힌 형광도장을 보여주니 바텐더가 외국 맥주를 한잔 부어 주었다. 처음 한잔은 공짜다.

"뭐야, 형씨. 멋진 걸 하고 있네?"

"괜찮지? 어때? 진짜 대못이야."

"만져 봐도 돼?"

율은 오른쪽 머리를 대주었다.

"안 빠지네? 이거 진짜 박혀 있잖아. 쿨하다! 이런 건 어디서 해줘?"

율은 의기양양해졌다. "당연히 내가 박았지."

"야! 얘들아, 와서 이것 좀 봐."

출렁이던 호수에 조용한 파문이 일듯이 점점 주변이 조용해지면서 클럽의 모두에게 율의 소식이 전해졌다. 모두 율에게 다가와 대못을 만지작거렸다. "어어! 밀지 말라고! 한 사람씩 만지게 해 줄 테니까."

게 중에는 뭐야 "별거 아니네."라고 하는 이가 있었는가 하면 곧 죽을 듯이 꺅꺅거리며 좋아하는 이들도 있었다. 하지만 누구나 "조금만 더 만져볼게."라는 이야기는 빼놓지 않고 했다. 또 "어디 가면 이런 걸 구할 수 있어?"라는 질문도 모두 빼놓지 않고 했다.

"다음 주쯤에 '형광 은행' 맞은편의 문신 가게에서 내가 해 줄 테니까 하고 싶은 사람은 모두 찾아와!"

율은 잔뜩 취해 친구가 운영하는 문신 가게 위치를 대고 클럽을 빠져나왔다.

눈을 떠보니 공원이었다. 율은 다시 잠이 들었다.

눈을 떠보니 지하도였다. 율은 다시 잠이 들었다.

눈을 떠보니 집 앞이었다. 율은 집에 들어가 샤워를 했다.

샤워를 끝내고 나오니 해가 밝아 있었다. 방에 가 보았다. 공구함에서 쏟아져 나온 대못이 잔뜩 널려 있었다. 율은 쓰레기통을 뒤져 그저 께쯤 버렸던 마트의 비닐봉지를 찾아냈다. 대못을 쓸어 담으니 봉투 곳곳에 구멍이 나 못이 쏟아져 나왔다.

'안 되겠네. 그래, 그냥 냄비에 담아가자.'

율은 안에 뭔지 모를 검은 것들이 딱딱하게 굳어있던 냄비에 대못을 쓸어 담았다. 집 앞에는 자전거가 있었다. 자전거 앞에는 바구니가 달려 있었다. 둥그런 냄비를 넣어보니 딱 들어맞았다. '괜찮네.' 율은 다시 집 안으로 들어가 소파를 뒤져 자전거 자물쇠와 맞는 열쇠를 찾아냈다. '여기 있을 줄 알았어.'

젠젠이 운영하는 문신 가게에 도착하니 상의는 이미 땀에 절어 있었다. 냄비를 가지고 문신 가게로 들어갔다. 젠젠이 율을 알아보았다.

"또 뭐하러 왔어? 냄비는 왜 들고 왔어? 너 오른쪽 머리에 뭐 묻은 거 알고 있냐?"

"몰라. 뭐 묻었냐?"

"미친! 너 머리에 못 박혔어, 인마. 가만있어 봐! 내가 빼줄게. 아, 장도리 어디 뒀더라."

"장도리가 뭐야? 어! 야, 멈춰, 인마. 그건 망치잖아. 이거 뽑으면 머리에 구멍 생긴다."

"구멍이 생긴다고? 그럼 안 되지."

"어, 그래, 참. 망치는 나도 필요했는데 잘 됐다. 야, 근데 네 가게에서 손님 좀 받자. 내 친구들이 머리에 못 박으러 온다고 했어."

"뭐? 아! 언제. 안 되는데. 근데 이 냄비는 왜 이렇게 더럽냐?"

"아직 잘 모르겠어. 킁킁. 냄새도 안 나는구먼 뭐가 더러워. 아직 깨끗한 부분이 더 많잖아. 괜찮아, 아직 쓸만해. 하암, 나 졸리니까 내 친구들 오면 깨워줘."

율은 그 자리에서 잠이 들었다. 눈을 떠보니 밤이었다. 다시 눈을 감았다가 떠보니 이번엔 낮이었다. 누군가 율을 찾았다.

"여기예요? 꺅! 그 사람이다! 얘들아! 찾았어! 여기야!"

시끄러운 여자들 5명이 몰려왔다. 벌컥 문을 열고 들어왔다. 몸에서 맵고 싸한 냄새가 났다. 길거리에서 파는 투명한 페인트를 몸에 뿌린 여자들이다. 장미 향, 박하 향, 안식향, 과일 향, 알코올 향이 났다.

"대못 박는 거 얼마예요? 우리 다섯 명 다 할 건데."

"음, 다섯이니까 큰 거 석 장만 내."

"그래서 얼마라는 거에요?"

"보통 이렇게 말하면 알아서 주던데. 너 가방끈인가, 머리끈인가가 엄청나게 짧구나? 됐으니까. 일단 못부터 골라봐. 생긴 게 다 비슷하긴 하지만."

"얘들아, 이게 좀 더 큐티하지 않니?"

"아냐, 아냐, 좀 긴 게 도시적일 것 같아."

"그런가? 난 작은 걸로 두 개 박는 것도 괜찮을 거 같은데 어때?"

한참 동안 고민하던 그녀는 결국 가장 긴 못을 골라 율에게 건넸다.

"이걸로요. 근데 이거 아파요?"

"어…… 음…… 난 괜찮던데?"

그녀가 침대에 옆으로 눕자 율은 관자놀이에 못을 가져다 댔다. '톡 톡톡.' 몇 번의 경쾌한 망치질이 끝나자 그녀는 멋진 대못을 오른쪽 관자놀이에 박아 넣게 되었다. 율은 그녀에게 거울을 디밀었다.

"어때?"

"음…… 멋져요!"

5명 모두에게 못질하는 것은 꽤 힘들었다. 더 적당한 망치가 필요했다. 다음 날 율은 10명의 손님을 받았다. 그 다음 날 율은 20명의 손님을 받았다. 또 그 다음 날은 40의 손님을 받았다. 율의 망치질은 점점 빨라졌고 더 멋진 못질을 할 수 있었다. 소문은 점점 더 빨리 퍼졌다. 결국, 길거리를 걷는 사람 중에 오른쪽 관자놀이에 대못이 박혀있지 않은 사람을 찾기가 힘들어졌다. 다음 해 크리스마스가 되자 율은 이 도시에는 더는 머리에 못을 박아줄 사람이 없다는 것을 깨달았다.

어느 날 아침, 율은 자기 침대에서 깨어났다. 오른쪽 관자놀이가 뭔가 허전했다. 뻥 뚫린 것 같은 느낌도 들었다.

'뽑혔네?'

머리가 상쾌했다. 율은 공원에 나가보았다. 모든 사람이 화목해 보였다. 모두 오른쪽 관자놀이에 각양각색의 대못이 박혀 있었다. 율은 조깅 코스 옆에 비치된 벤치에 앉았다. 율은 관자놀이에 대못이 박혀 있는 사람들을 의아하게 생각하고는 조깅을 하는 한 청년을 불렀다. 청년이 율 앞에 멈춰 섰다.

"머리 안 답답해요?"

"뭐가요?"

율은 집게손가락으로 청년의 관자놀이를 두 번 가리켰다. "거기 말이에요. 뭐가 박혀 있잖아요. 뭐라고 부르더라. 그걸…… 대못이라고 해야 하나?"

그러자 청년이 고개를 꺄우뚱거렸다. 손가락을 들어 머리 옆에서 '빙빙' 돌렸다. "또라이 같은 놈."

"전 빠졌는데. 당신도 빼 드릴까요?"

율이 고개를 돌려 청년에게 머리에 난 구멍을 보여주었다. 대못이 빠진 자리였다. 그러자 청년이 율을 혐오스러운 표정으로 쳐다봤다.

"으엑! 너 뭐하는 놈이야? 더러운 자식."

"대못을 빼면 이래요. 한번 빼 볼래요? 머리가 좀 가벼워지는데."

"미친놈, 그러면 너 죽어. 머리에 바람 든다? 별 또라이 같은 놈을 다 보겠네." 청년은 고개를 좌우로 흔들더니 '똥 밟았다'는 둥 하고 가래침을 퉤 뱉었다. 그리곤 다시 공원을 도는 조깅을 시작했다.

청년은 힘차게 발걸음을 내디뎌 달려가고 있었다. 몸에서 옅은 김이 날 정도로 힘들어 했다. 하지만 공원이 둥글었기 때문에 얼마 후 청년은 다시 율 앞을 지나쳤다.

율은 청년을 한참 관찰하다가 벤치에 드러누웠다. '꽤 지루하네.'

율이 누운 벤치의 바로 위에 걸쳐 있던 나뭇가지에서 솔방울 하나가 율의 이마 위로 떨어졌다. '탁!'

"아야."

율은 이마를 문질렀다.

'이놈의 솔방울은 왜 항상 아래로만 떨어지는 거야?'

율은 지루했다. 그래서 이번엔 그 질문에 대해 생각하기 시작했다.

긴 행복에 안주하라

1

한 교수님이 말씀하신 이 한 마디는 이후 10년 정도 나를 괴롭혔다.

"자넨 꿈이 뭔가?"

"전 돈을 많이 벌 겁니다."

그 말에 그 한 교수님은 피식 웃으셨다.

"세상에 정말 단지 돈을 많이 버는 게 꿈인 버러지 같은 인간은 없어! 돈을 많이 쓰고 싶은 거겠지. 자네 말이 사실이라면 자네는 그냥 돈을 많이 쌓아두고 사는 걸 바란다는 겐가?"

내가 아무 말도 못 하자 한 교수님은 깔깔대고 심하게 날 비웃으셨다. 한 교수님은 감정에 예민한 사람이었다. 물론 자기감정에만 예민하셨다. 남의 감정은 어떻게 돼도 상관없는 사람이었다. 그래서 더 매력적이고 터프한 사람이었지만…… 다른 말로는 더럽게 비열한 놈이었지.

그때, 그렇게 면접에서 떨어진 후 나는 결국 대학에 남지 못하고 내가 그렇게 싫어하는 검은색 연기 가득한 짠내나는 오염된 도시의 한 구석에서 비굴하게 살게 되었다. 비참하게 패배해 낙오자가 된 내가 그날부터 한 일은 주로 먼지로 가득한 허름한 공장 옆의 쓰러져 가는

4층 건물의 작은 사무실 앞에 더러운 간판을 걸어 놓고 방에 들어가 나와 똑같이 패배감에 절어 있거나, 그 패배감을 인정하기 싫은 나약한 인간들이 찾아오면……:

"아아! 예예! 그렇군요. 네네! 그래서요?"

라며 자존심을 한껏 죽이고 비유를 맞추며 그들의 인생사, 고생사, 지질한 무용담 등을 밑도 끝도 없이 들어주는 일이었다.

그렇게 한 명의 '고급 인재'는 그 고귀한 달란트를 썩은 내 나는 시궁창에 처박고 그 시궁창으로 떠내려오는 쓰레기의 숫자를 세는 일에 온종일 헌신하게 된 것이었다. 그렇게 한 달을 일에 매진, 아니, 학대당하는 일에 시달리고 나면 나에겐 겨우 한 달 하고도 이틀 치 밥값이 떨어졌다.

내가 그나마 이 타락해 버린 세상을 버텨왔던 것은 이틀에 한 번 홀숫날마다 나타나는 사무실 앞의 아이스크림 가게 덕분이다. 입구는 어색하게 튀어나와 있고 찢어진 지붕은 항상 거슬리지만 그곳의 열 두 종류 아이스크림은 어정쩡하게 썩어 버린 내 인생에서 유일하게 누릴 수 있는 사치였다.

하지만 그것도 '빌어먹을' 나라의 '빌어먹을' 경제가 빌어먹게 되어 버리자 돈에 미친 환장할 거대 자본 회사가 아이스크림 가게 자리를 사 버리면서 끝이 났다. '능력 있어? 하지만 내 발을 씻겨 줄 것이 아니라면 넌 내 옆에 앉을 자격이 없어. 넌 아웃사이더야.'라는 게 이곳의 법이었다. 사정이 이렇다 보니 이 돼지우리는 결국엔 가장 평범하고 대중적인, 아니, '대충적'인 것들이 살아남는다.

처음에 이 일을 시작할 때만 해도 난 이 프로젝트를 시작할 생각이 없었다. 그땐 비록 좁은 곳이라도 다른 어느 곳보다 전문적이고 최상급의 심리치료를 받을 수 있는 상담실로 만들 것라 생각했었다. 하지만 그런 데 찾아오는 손님들이 죄다 미친 사람들뿐이다 보니 내가 그들의 증상이 어떤 것인지 쉽게 이해시켜 주려고만 하면 이 미친것들이 오히려 화를 내는 거였다. 그들은 단지 내가 '당신은 안 미쳤소!'라고 하는 것을 듣고 싶었던 거였다. 사실을 알고 싶은 게 아니라 그 모든 문제를 대충 넘어가고 싶었던 거다. 그래, 내가 이해하고 똑같이 미쳐 버려야겠지. 이 미쳐 버린 사회에 적응한 것들은 전부 미친 사람들일 수밖에 없으니까.

2

어느 날 사무실에 손님도 없이 혼자 앉아 있었는데, 갑자기 경찰이 문을 두들겼다. 나는 자연스럽게 문을 열어주었다. 계획대로였다. 속으로는 쾌재를 불렀지만 겉으로는 아무 것도 모르는 표정을 지었다.

경찰이 온 이유도 예상대로였다. 어떤 유명한 심리학 교수가 자신의 연구실에서 자살한 것이었다. 그의 죽음에 몇 가지 의심스러운 점이 있으니까 내게 수사를 도와달라는 거였다. 뭐, 여기까지는 충분히 일반적인 전개였다.

요즘 경찰수사는 꽤 꼼꼼하다. 물론 오직 돈 있는 사람들의 사건에 관해서만 말이다. 다음 날 경찰은 나 같은 전문가를 몇 명 더 데리고 현장으로 갔다. 그 건물은 아주 다 불타 버린 상태였다. 재미있는 점은 그럼에도 불구하고 심리학 교수의 방만은 깨끗했다는 것이다.

추정하기로 건물은 밤 11시에 모든 문이 내려졌다고 했다. 그리고 일 층 로비와 이 층 복도에 설치된 두 대의 무인 카메라로 확인했을 때, 그 이후에 건물에는 그 죽은 심리학자 한 명만이 있었다고 한다. 웃긴 건 이 건물의 무인 카메라는 건물의 모든 출입구가 닫히는 새벽이 되면 저장 공간을 아끼기 위해서 자동으로 꺼진다는 것이었다. 그래서 막상 불이 난 건 전혀 녹화가 안 되어 있었다.

불탄 건물로 들어가면서부터 수사반장이 여기저기 흔적들을 보여주며 사건을 설명하기 시작했다. 건물은 봉쇄됐고, 불은 건물 1층의 로비에서부터, 아마도 휘발유로 인해 난 불이니까 고의적인 걸로 추정하는데, 불과 1시간만에 온 건물에 옮겨 붙었고, 아마도 다른 범인이 있었다면 건물을 빠져나가지 못하고 타 죽었을 거라는 이야기.

신기하게도 2층에 있던 그 심리학자의 사무실은 어디에도 불에 탄 흔적이 없었다. 사방의 벽과 창문도 전부. 게다가 경찰 말이 그 교수라는 노인네는 변태라서 문도 두껍게 만들어 뒀고 안에서만 잠글 수 있으며 밖에선 절대로 못 여는…… 한 마디로 추리소설 작가들이 환장하게 좋아하는 그…… 맞다, 밀실이었다고 했다.

그 방의 창문은 아예 두꺼운 유리로 고정된 열리지 않는 것이었고, 복도로 통하는 유일한 문도 방음, 방진 설계가 된 것이었다. 열쇠가 있어도 안에서 잠그면 열 수 없는 종류의 것이었다. 천장에는 플라스틱으로 만든 환기 관이 옥상으로 연결되어 있었고 다른 곳으로도 절대 사람이 들락거릴 수는 없어 보였다. 사무실 안에는 교수가 연구하던 것으로 보이는 알 수 없는 도구들이 놓여 있었지만 그것들도 전혀 위험해 보이는 물건들이 아니었다. 그냥 커다란 통 같은 것들? 그 밖에 눈에 띄었던 것은 마치 면도날로 청소한 듯 깨끗하다 못해 날카로운 듯한 방의 위생 상태였다. 교수의 시체는 바로 방 한가운데 반듯하게 눕혀져 있었다고 했다. 검식반이 알려온 사인은 질식사. 화재현장에서 자주 보이는 유형의 죽음이지만 그의 몸 어디에서도 불에 탄 흔적이나 피 한 방울, 검댕, 먼지 하나 나오지 않았다고 했다. 경찰은 내게 교수의 시체가 손에 들고 있던 유서를 보여 주었다. 드디어 내가 나설 차례였다.

물론 유서의 내용은 아직 경찰 관계자만 읽을 수 있는 것이었는데, 난 이제 경찰 관계자가 되었기 때문에 문제가 없었다. 유서의 내용은 참 유치한 것이었다. 말도 안 되는 헛소리들로 가득했고 일부러 이해하기 어렵게 꼬아서 써둔 것 같은 문장들이 적혀 있었다. 나는 대충 살펴보고 좀 더 연구해봐야겠다고 말했다.

사실 우리와 함께 온 풋내기 형사는 벌써 결론이 난 것처럼 보였다.

"아아! 이 한 교수란 노인네가 3일 전에 전 재산을 정리했다고 하네요. 소문에는 이미 약간 제정신이 아니었던 모양이에요. 혼자 사는 영감탱이가 그것도 맨날 정신 이상한 사람만 상대하는 직업을 가지고 한 30년 살다 보면 변태적인 끼가 돌긴 돌았겠죠. 그러다가 '어차피 살 날도 얼마 안 남았는데 멀쩡한 공권력이나 농락해 보자. 이왕 죽을 거 죽은 다음이라도 관심 좀 끌자. 밀실 살인 같은 거로 죽고 나면 내 쓰레기 같은 논문도 주목받고 유명세도 좀 타고 날 이해해 주는 놈도 하나 나오겠지.' 그런 거 아니겠습니까? 심리학자가 쉽게 우울증에 걸린다는 건 유명한……."

그러자 수사반장이 풋내기 형사의 입을 확 틀어막더니 머리를 탁 때리면서 그에게 이렇게 몰래 속닥였다. 하지만 난 그 얘기를 다 들어 버리고 말았다.

"그걸 누가 몰라? 지금 이 상황이 타살이 가능한 상황이냐? 당연히 자살이지! 지금 우리가 노인네 하나 죽은 거로 난리 치고 수사하는 거 같으냐? 문제는 이 미친 노인네가 정리한 재산을 어디에 숨겼는지가 아니야! 자기 건물 저당 잡고 재산 다 팔아넘겨서 현금 다발을 만들었는데 그 돈이 어디 갔는지 찾을 수가 없는 거라고! 새내기란 녀석이 이렇게 눈치가 없어서! 자살로 결론지어서 수사를 끝내면 돈을 아무도 못 찾잖아! 게다가 그거 찾으면 결국 우리가 먹지 누가 먹겠냐?"

나는 과학수사대와 함께 수사를 시작했다. 나는 주로 일반적이지 않은 방법으로 죽어 버린 교수의 심리를 분석하는 일을 했는데, 피해자가 숨겨두고 죽은 돈이 너무 많아서 그런지 뉴스에까지 내 분석이 보도되었다. 혹시 요즘 텔레비전에서 나를 본 적은 없는지? 미녀 심리학자쯤으로 소개되고 있는 것 같던데.

3

계획은 오랫동안 천천히 진행됐다. 머리가 텅 빈 머저리 하나를 마음대로 조종하는 것은 식은 죽 먹기였다. 게다가 난 그 노인네를 누구보다 잘 알고 있는 사람이었다. 은근한 살해 위협으로 불안감을 증폭시키고 결벽증을 더 자극하면 그가 자신의 사무실을 요새 수준으로 꾸미게 될 거라는 것은 자명했다. 총탄, 독극물, 익사, 화재. 그는 모든 테러의 가능성을 대비하고 마음을 놓고 있었다. 나는 유연하게 그를 한번 안심시킨 다음 다시 강하게 몰아붙였다. 그러자 예상대로 그는 만반의 준비를 해 두고 있음에도 불구하고 몰래 이 지역을 떠나고 싶어 했다. 그는 언제든 떠날 수 있게 재산을 현금으로 바꾸기 시작했다. 그리고 그날 밤, 그는 집으로 돌아가면 살해 당할 거라는 망상에 시달리고 있었다. 그는 안전한 자신의 요새에서 온갖 테러의 위험성에 대비한 물품들을 갖추어 두고 있었지만 결국 자신이 만든 요새가 덫이 되어 불타는 건물을 빠져나오지 못하고 죽어 버리고 말았다. 그렇게 나는 증명한 것이다, 나의 천재성을.

그 사이에 인력소개소에 경력 있는 수사 담당 심리학자로 나를 등록해 놓은 것은 물론이고, 같은 방면에 등록되어 있던 심리학자들의 이름으로 일을 그만둔다는 전화까지 돌려두었다. 그러자 모두 계획대로 경찰은 나를 찾았고 그 노인네가 남긴 암호 같은 유서는 이제 아무도 해석할 수 없게 되었다.

모든 건 완벽했다. '그 인간'이 나타나기 전까지…….

'그 인간'은 세계 최고의 사립탐정이라고 스스로를 칭하면서, 수사를 방해하기 시작했다. 내가 조사한 것들을 달라고 요구하더니 결국 내가 주지 않자 혼자 건물을 돌아다니면서 사진을 찍어댔다. 어리바리하게 생긴 녀석이라 곧 포기하고 말 거라고 방심한 게 화근이었다.

오늘 아침, 일이 터졌다. 누군가 노크를 했다. 나가보니 '그 인간'과 경찰들이 우르르 몰려와 있었다. '젠장.'

'그 인간'은 내 사무실로 들어와 나를 앉혀놓고 경찰들과 나를 빙 둘러서더니 막대 담배를 한 대 피면서 멋있는 척, 다 아는 척 우쭐댔다. 그러고는 나를 가리키며 외쳤다. "범인은 당신입니다!"

그러자 경찰들이 어리둥절한 눈으로 나와 '그 인간'을 번갈아 보았다.

"이 분은 저희 범죄심리학 고문이십니다! 범인일 리가 없어요!"

'그 인간'은 더러운 표정으로 뻐드렁니를 드러내며 웃어댔다. 그리고는 대뜸 말했다.

"이산화탄소였죠? 아주 꽁꽁 얼어 있는."

나는 입을 꾹 다문 채 앉아 있었다. '그 인간'은 피식 웃었다.

"처음 그 방에는 드라이아이스가 가득 차 있었을 겁니다. 한 교수는 그날 밤 화재로 인해 자신이 죽을 거라는 걸 알고 있었죠. 바로 당신이 그렇게 예고장을 보냈을 테니까! 그래서 자신을 보호하기 위해 온갖 화재 진압 장비를 갖춰두고 있었어요. 그리고 그 준비를 도운 사람도…… 바로 당신!"

그러자 경찰들이 깜짝 놀라며 나를 돌아보았다.

"아니? 고문님께서 한 교수와 아는 사이셨다고요?"

"후후후…… 아는 정도가 아니었죠. 한 교수님은 계속되는 살해 협박 같은 누군가의 교묘하고 교활한 수법으로 정신이 분열되어 가고 계셨습니다! 그래서 망가져 가는 정신을 돌보아줄 수 있는 의지할 사람이 필요했죠. 특히 자신이 가르친 제자라면 믿을 만했겠죠. 하지만 그것 역시 범인이 짠 계획의 일부였던 것입니다. 범인은 한 교수님을 밀실에 가두고 한 교수님이 예상한 것보다 생각보다 많은 양의 드라이아이스를 방에 채워 넣었습니다. 건물에 화재가 발생하자 그 열기는 방안의 차가운 드라이아이스가 빠르게 기화되도록 만들었고 결국 한 교수님은 건물에 화재가 발생했다는 것도 모른 채 급격한 이산화탄소 중독으로 질식사 해버리신 겁니다! 한 교수님의 심리를 자극해 그 모든 일을 하게 만들 수 있는 유일한 사람! 소개합니다! 이 분이 바로 한 교수님을 살해한 한 교수님의 수제자였습니다! 여러분!"

이쯤 되자 나는 입술을 파르르 떨며 두 손으로 무릎의 치마를 꼭 잡아 쥐었다. 수치심 때문에 눈물이 나올 것만 같았다. 너무 짜증이 나서 이미 사라져 버린 건물 앞 아이스크림 가게의 아이스크림이 자꾸만 떠올랐다.

"짜…… 짜증 나!"

그 말이 끝나자마자 '그 인간'은 "끝났어."라며 주머니의 녹음기를 꺼내 흔들어 댔다. 경찰들은 잠깐 경악한 표정을 지었다가 다시 얼굴을 찌푸렸다.

"잠깐, 그런데 그 노인네의 돈은 다 어떻게 된 거지?"

그러자 '그 인간'은 여유롭게 담배를 물고 방안을 어슬렁거리면서 여기저기 구두 밑창으로 바닥을 쳐대며 히죽댔다.

"후후…… 바로 그게 범인의 실수였던 겁니다! 돈을 노리고 한 범죄인 것처럼 수사에 혼선을 빚으려고 한 거죠. 그게 증거를 남기면서 자신의 발목을 잡을 거라고는 생각도 못 했을 겁니다! 큭큭…… 게다가 그 돈이 없었다면 제가 이렇게 나서지도 않았을 텐데 말이죠……."

'통.' 바닥에서 뭔가 비어 있는 소리가 났다. '그 인간'은 설명을 멈추고 '올 것이 왔다!'라는 둥 '하이라이트!'라는 둥 깝죽대더니 내 앞으로 성큼 다가와 책상을 힘껏 밀어 벽에 붙여버렸다. 곧이어 바닥의 전선들을 확 걷어내고 나무 타일을 들어냈다. 그러자 다른 경찰들도 군침을 흘리며 그의 곁으로 모여들었다.

나는 보았다, 그가 절정을 맛보는 것을. 자신의 추리가 맞아떨어졌다는 것을 두 눈으로 확인하자마자 그는 본성을 드러냈다. 그는 단순히 그 비열한 행복만을 위해 사는 추악한 단백질 덩어리였을 뿐이었다.

"그거 만지지 마!"

내 경고에도 아랑곳없이 경찰들과 '그 인간'은 타일 아래 수북이 쌓여있는 돈뭉치들을 신나게 꺼내어 바닥에 쌓아갔다. 그들은 그 반짝임에 도취해 있었다. 경찰들은 돈을 한참 만지작대고 즐거워하더니 문득 나를 돌아보며 "웃기는 여자네, 저거." 하고 피식 웃었다.

'그 인간'은 의기양양한 눈빛으로 내 등을 토닥이며 아주 잘했다고 깔깔댔다. 나는 곧 눈물을 쏟아 버릴 듯한 표정으로 부들부들 떨고 있었다. 그러자 그 경찰 중 한 녀석이 나를 보고 웃음을 터뜨렸다.

"푸하하! 너무 걱정하지 말라고! 이미 죽어 버린 노인네를 위해 당신을 고발할 사람은 아무도 없으니까! 당신처럼 똑똑한 여자랑 재판하고 싶어 하는 사람이 누가 있겠어? 돈에 대해서만 조용히 함구해 준다면 우리도 당신을 체포하지 않아 주겠어! 어때? 서로 윈윈?"

'그 인간'과 경찰들은 내가 보는 앞에서 손가락에 침을 묻혀가며 돈을 세더니 서로 앞에 돈을 쌓아가며 몫을 나누고 있었다. 나는 시계를 쳐다보았다. 슬슬 시간이 되어가고 있었다. 나는 자리에서 일어나 방 구석으로 걸어갔다.

"당신들 처음부터 돈이 목적이었군."

그러자 그들이 다 함께 낄낄댔다. 나는 계속해서 말했다.

"서로만 돈을 몰래 나누기 위해서 여기 올 때 다른 사람들에게는 어디에 가는지 말하지도 않았겠군."

그러자 '그 인간'이 그새 뭔가를 눈치챘는지 살짝 고개를 갸우뚱한다. 다른 경찰들은 아직 돈을 세고 있기 바빴다. 그때 드디어 약효가 발휘되기 시작했다.

"허…… 허억!"

한 경찰이 입에 거품을 물며 쓰러진다. 그리고 다른 경찰 한 명도 벌떡 일어서더니 두 손으로 목을 붙잡으며 거품을 물었다. 곧이어 모든 경찰과 '그 인간'도 두 손으로 목을 붙잡았다. '그 인간'은 죽는 순간까지 들고 있던 돈과 내 얼굴을 번갈아 보더니 고개를 절레절레 흔들었다.

"처…… 청산가리!"

'털썩.'

나는 시체와 시체를 만든 독이 묻은 돈들을 내려다보며 윙크했다.

"잘 가라. 이 버러지들아."

미치광이 장군님과
성실한 망치장이 이야기

〈등장인물〉

1. 장군님: 군인 장교의 복장을 하고 있다.

2. 보좌관: 군복을 입고 전화기를 들고 있다.

3. 망치장이: 목수 작업복을 입고 망치를 가지고 있다.

4. 섹시 킬러: 바바리코트를 입고 허리춤에 권총을 차고 있다.

〈공간〉

1. 장군님 사무실: 명패가 놓인 책상과 의자가 있는 공간

2. 망치장이 작업실: 한쪽에 하얀 벽이 세워진 텅 빈 공간

〈소품〉

1. 망치장이가 들고 있을 망치(고무 망치)

2. 보좌관이 들고 있을 커다란 전화기

3. 섹시 킬러가 들고 있을 가짜 권총

〈음향〉

'퉁탕'거리는 망치 소리 '퉁탕! 퉁탕!'

보좌관의 전화 소리 '따르릉! 찰칵!'

전쟁터의 총소리, 섹시 킬러의 총소리 '탕! 탕! 탕! 으악!'

노래: ♬ 성실함은 영원히

'우러나오는 열정과 힘을 망치에 담자! 오늘에 담자!'

'노랫소리와 별들이 어디로 가는지 모르고 살더라도!'

'게으름을 피울 수는 없었다네! 부디 성실함만은 영원히!'

1막. 망치장이의 독백

망치장이의 작업실. 서서히 무대가 밝아진다. 무대 한쪽에는 하얀 벽이 세워져 있다. 망치장이는 한 손에 망치를 쥐고 바닥에 누워 자고 있다.

망치장이: (잠에서 깨어나며 기지개를 켜며) 으하암! 잘 잤다! 또 시작해볼까? 열심히 일해서 오늘도 뿌듯함을 느껴야지! (한쪽 팔로 어깨를 짚고 다른 팔을 빙빙 돌려 몸을 풀며) 언제나처럼 일이 잘되었으면 좋겠군! (옷을 털고 일어나 뿌듯한 얼굴로 망치를 쥐고 흔들며) 좋아! 낡긴 했지만 망치에는 아무런 문제가 없군! 나의 사랑스러운 망치! 으아! 쪽! (망치에 뽀뽀하며) 이제 다시 어제처럼, 그제처럼 성실히 일을 해보자꾸나!

망치장이는 하얀 벽으로 다가간다. 한쪽 눈을 감고 얼굴을 찌푸린 다음 한 손가락으로 하얀 벽 어딘가를 가리킨다. 마치 측량을 하는 것처럼 하얀 벽을 이리저리 살펴본다. 다시 하얀 벽 앞으로 돌아와 고개를 끄덕인 다음 망치로 하얀 벽의 한 지점을 힘차게 반복해서 내리친다. 망치로 하얀 벽을 계속해서

내리치며 독백한다. (망치 소리: 퉁탕! 퉁탕!)

망치장이: 영차! 영차! 그래! 바로 이 느낌이지! 잘 되고 있군! 내가 이 일을 얼마나 했는데 그럼! 이 정도는 아무것도 아니지! 망치질은 이렇게! 단호하고, 붙임성 있게! 퉁탕, 거리는 소리가 나면 제대로 된 거라고! 영차! 영차! 배운 것 없는 나 같은 녀석도 열심히만 하면 이렇게 안정된 직장을 가질 수 있다니! 망치장이는 정말로 좋은 직업이야! 누가 뭐라 해도 난 이 일이 매우 만족스러워! 난 운도 좋지! 이렇게 행복한 직업을 가질 수 있게 되다니! 감사하는 마음으로 언제까지고 성실히 일해야지! 영차!

2막. 장군님의 결정

장군님의 사무실. 장군님이 책상 앞 의자에 앉아있다. 보좌관이 옆구리에 전화기를 들고 헐레벌떡 달려온다.

보좌관: (진지한 표정으로 장군님 앞에서 경례하며) 충성! 장군님! 현재 이웃 나라 사람들이 저희 보리밭에 들어왔다는 보고입니다! 어떻게 할까요?

장군님: (온화한 미소를 지으며 가볍게 경례를 하며) 충성! 보좌관이 방금 한 말이 사실인가?

보좌관: 예! 분명히 보리밭에 들어왔다고 합니다! 자칫하면 외교적인 문제를 일으킬 수 있는 중대한 사항입니다!

장군님: 음, 과연 그렇군. 하지만 보리를 조금 가져간다고 해서 크게 손해날 것은 없지. 너그럽게 용서해 주게.

보좌관: 예! 장군님!

보좌관은 경례하고 한 발 물러서서 뒤돌아 전화를 건다. (전화 소리: '따르
룽! 찰칵!')

보좌관: (누군가 받는 소리가 난 후) 뻐꾸기! 뻐꾸기! 보리밭에 들어온 이웃
나라의 사람들을 너그럽게 용서하여라! (상대방의 말에 대꾸하듯 고개를 끄
덕이면서) 그래, 그래, 그래.

보좌관이 통화할 동안 장군님은 조금씩 머리가 아파져 온다. 고개를 좌우로
까딱이다가 인상을 찌푸린다. 화가 난 표정으로 한 손으로 관자놀이를 잡고
문지른다.

장군님: 으! 크, 좋지 않군, 좋지 않아.

보좌관: (계속 통화 중) 그래, 뭐라고? 그게 사실인가? 알겠다!

보좌관은 전화를 끊고 진지한 표정으로 다시 한 발짝 장군님 앞으로 간 다
음 경례를 한다.

보좌관: 충성! 장군님! 현재 이웃 나라 사람들이 보리밭을 넘어 복숭아밭까
지 왔다는 보고입니다! 어떻게 할까요?

장군님: (한 손으로 머리를 마구 문지르다가 화를 내며) 뭐라고? 감히 우리
복숭아밭을 넘봐? 절대 용서할 수 없지! 당장 전쟁이다!

보좌관: (깜짝 놀라며) 예? 장군님! 전쟁입니까? 이 정도 사항으로 전쟁을
벌이는 것은 위험할 수도 있습니다!

장군님: (자리에서 벌떡 일어서서 신경질적으로) 자네가 뭘 아나! 내가 전쟁

이라면 전쟁이야! 당장 병사들을 진군시키게!

보좌관: (굳은 표정으로) 예, 장군님!

보좌관은 앞서와 마찬가지로 경례하고 한 발 물러서서 뒤돌아 전화를 건다.
(전화 소리: 따르릉! 찰칵!)

보좌관: 뻐꾸기! 뻐꾸기! 전쟁이다! 복숭아밭에 들어온 이웃 나라의 사람들에게 사정 봐주지 말고 발포하라!

보좌관은 전화를 끊고 뒤돌아 경례한 다음 퇴장한다. 장군님은 건성으로 경례를 받고 자리에 앉아 책상 서랍을 뒤진다.

장군님: (인상을 찌푸린 채 한 손으로 관자놀이를 문지르며) 영 좋지 않군. 약이라도 먹어야 하나?

암전.
전쟁터의 총소리. (탕! 탕! 탕! 으악!)

3막. 킬러의 폭로

망치장이의 작업실. 하얀 벽을 망치로 내려치고 있는 망치장이. 망치장이의 뒤쪽으로 섹시 킬러가 뚜벅거리는 당당한 발걸음으로 입장한다. 망치장이는 일을 하고 있다가 섹시 킬러가 어느새 자신 뒤에 와 있다는 걸 깜짝 놀란다.

망치장이: 영차! 아이고! 영차! (땀을 닦으려 한 손을 들다가 뒤에 있던 섹시 킬러를 발견한다) 아이코! 당신은 누구십니까?

섹시 킬러: (허리에 양손을 올리고 고개를 절레절레 흔든다) 맙소사! 정말 소문처럼 열심히 망치질을 하고 있었잖아?

망치장이: (일을 멈추고 뿌듯한 표정으로) 허허허! 제 소문이 어디까지 퍼졌나요? 제 성실함이 인정받은 것 같아서 기분이 좋군요!

섹시 킬러: (못 믿겠다는 듯 인상을 찌푸리며) 당신! 정말 잠시도 쉬지 않고 성실하게 열심히 일하고 있었나? 믿지 못하겠는걸?

망치장이: (발끈하며 앞으로 나서 가슴을 내밀며) 하늘에 맹세코 단 한 번도 게으름피우지 않았다고 자부합니다! 전 잘 때도 손에서 망치를 놓지 않죠! 하루도 쉬지 않고 제 할 일을 열심히 했습니다!

섹시 킬러: (입을 삐쭉 내밀며 고개를 끄덕이며) 그래? 알겠어. 그렇다면…… (허리춤에서 권총을 꺼내 망치장이에게 겨누며) 당신을 죽일 이유는 충분하군!

망치장이: (권총을 보고 호들갑을 떨며 뒤로 물러선다) 으악! 그게 무슨 말씀이십니까? (두 주먹을 꼭 쥐고 발을 동동 구르며) 평생 성실하게 일했는데 절 죽이려고 하시다니요!

섹시 킬러: (권총으로 계속 망치장이를 겨눈 채 망치장이 주위를 천천히 돌아 망치장이와 자리 위치를 바꾸며) 흥! 하나만 묻겠어. 당신은 지금 하는 그 일이 정확히 어떤 일인지 알고 있나?

망치장이: 예? 그게 무슨 말씀이시죠? 제 망치질이요?

섹시 킬러: 그러니까 그 망치질이 정확히 세계에 어떤 영향을 미치는지 알고 있냐고! 요컨대 넌 왜 망치질을 하는 거지?

망치장이: (망치를 한번 내려다보고 고개를 갸우뚱하며) 글쎄요? 그거야 제가 망치장이라서 그랬지요. 망치장이는 망치를 두드려야 하니까요. 맡은 일을 열심히 하는 게 잘못된 일인가요?

섹시 킬러: 잘못되었지! 아주 잘못되었어! 당신이 하는 일은 이 세상을 아주 심각하게 망치고 있다고! 당신 때문에 벌써 수십 수백의 사람들이 죽었어!

망치장이: (너무 깜짝 놀라 바다에 망치를 떨어뜨리며) 예? 그…… 그럴 리가요? (두 손을 내저으며) 맹세코 전 아무도 죽이지 않았습니다!

섹시 킬러: (턱으로 하얀 벽을 가리키며) 당신은 여태까지 두드리고 있던 저 하얀 벽이 뭔지 아나? (권총을 들지 않은 손으로 자신의 머리를 가리키며) 바로 한 나라의 군대를 이끄는 장군님의 머리통이야! 당신이 자꾸 장군님의 머리뼈를 두드리는 바람에 장군님이 신경질적으로 변해버렸다고! 그래서 전쟁이 일어난 거야! 무고한 사람들이 죽어 갔지! 바로 너 때문에!

망치장이: (두 손을 부들부들 떨면서 바다에 주저앉으며) 서…… 설마요! 전 단지 제 일을 열심히 한 것뿐인데 어째서 그런 일이……

망치장이에게만 조명을 비춘다. 망치장이는 무릎을 꿇고 독백을 하며 조금씩 무대 중앙으로 움직인다.

망치장이: 그래요, 전 부족한 사람입니다. 할 줄 아는 것은 망치질뿐이었죠. 하지만 전 최선을 다해 노력했어요! 요령 피우지 않고 열심히 하는 것이 제 자부심이었고 열정이었습니다! 망치질은 제 모든 것이었다고요! (고개를 떨구며) 알고 보니 그게 그렇게 나쁜 짓이었다니 생각도 못 했습니다. 전 정말 죽어야 마땅해요! (잠시 침묵한 다음 고개를 들며) 하지만 그렇다면 지금까지 제가 자랑스러워하던 제 성실함은 다 어떻게 되는 거죠? 제가 쏟아 부은 열정은 다

어떻게 되는 거죠?

망치장이는 일어서서 노래한다. ♬ 성실함은 영원히
'우리나오는 열정과 힘을 망치에 담자! 오늘에 담자!'
'노랫소리와 별들이 어디로 가는지 모르고 살더라도!'
'게으름을 피울 수는 없었다네! 부디 성실함만은 영원히!'

노래가 끝나면 망치장이는 고개를 떨군다. 섹시 킬러에게도 하이라이트 조명이 들어온다. 무대 위에는 두 인물이 강조된다.

섹시 킬러: *(고개를 절레절레 흔들며)* 안타깝군. 그러니까 네가 하는 일이 세상에 어떤 영향을 끼치는지 진즉에 잘 생각해 봤어야지! 잘 가라! 이 '끔찍한' 두통 같으니! *(방아쇠를 당긴다)*

암전. 섹시 킬러의 총소리. '탕! 탕! 탕! 으악!'

4막. 평화를 위하여

장군님의 사무실. 장군님이 온화한 표정으로 책상 앞에 얼쩡대고 서 있다.
보좌관이 옆구리에 전화기를 들고 헐레벌떡 달려온다.

보좌관: *(경례하며)* 충성! 장군님! 현재 이웃 나라 사람들과 전투가 진행 중입니다! 서로 많은 사상자가 나오고 있습니다! 전투에서 밀리지 않으려면 병력 충원이 필요할 것 같습니다!

장군님: *(온화한 미소를 지으며 가볍게 경례를 하며)* 충성! *(관자놀이를 살*

살 문지르며) 이제 좀 낫군. 보좌관 방금 뭐라고 했나? 이웃 나라와 전쟁 중이
라고? 저런, 너그럽게 용서했어야지! 당장 전쟁을 중지하고 화해를 요청하게!

　　장군님은 보좌관의 어깨를 두 번 두드린 다음 무대에서 퇴장한다.

　보좌관: 예? (고개를 갸웃거린 다음 장군님이 퇴장한 곳을 바라보며 경례
를 하며) 예! 장군님!

　　보좌관은 경례를 마치고 전화를 건다. (전화 소리: '따르릉! 찰칵!')

　보좌관: 뻐꾸기! 뻐꾸기! 전쟁을 당장 중지한다! 이웃 나라와 화해를 요청하
라! (고개를 끄덕이며) 그래. 그래. 그래. 평화인가? 알았다!

　　보좌관은 전화를 끊고 한숨을 한번 내쉰 다음 이마에 땀을 닦는다.
　　암전.

〈끝〉

그녀와 옥수수

1

우리는 아직 서로 10살밖에 되지 않았지만 서로 너무 깊이 사랑하기 때문에 앞으로 100년 동안은 함께하게 될 것이라고 생각한다. 나는 그녀를 너무나도 사랑한다. 아마 내가 그녀를 사랑하는 만큼은 아닐지 몰라도 그녀도 꽤 나를 사랑하고 있다. 그녀가 나를 조금 덜 사랑하는 것은 그녀가 다른 사람을 좋아한다거나 그런 이유 때문은 아니다. 그건 그녀의 성격 문제일 뿐이다.

그녀는 세상을 바꿔 버릴 만큼이나 대단히 예쁘고 아름답지만 아주 조금 까다롭다. 그리고 고집이 좀 세다. 참, 게다가 그녀는 뛰어난 육감을 가지고 있다.

그녀는 뛰어난 육감으로 어느 날 이 세상에 존재하는 가장 거대한 음모를 깨달았다. 그건 바로 세상에 존재하는 모든 고기의 음모다! 그녀는 그걸 알았기 때문에 고기를 먹지 않는다. 일명 채식주의자란 것인데, 정말 멋지지 않은가! 물론 그냥 이름이 멋지다는 거다. 사실 난고기가 좋다. 그래서 그녀가 고기를 함께 먹어주지 않는다는 게 싫지만 물론 그걸 제대로 표현할 수는 없다. 그녀는 이렇게 말한다.

"넥! 고기는 지저분하고 잔인해, 난 그걸 입에도 대고 싶지 않아! 넥! 넌 본능적으로 고기를 너무 많이 먹는 경향이 있어. 고기를 먹으면 네가 가진 그 추악한 성향이 강해질 뿐이야! 당장 그만둬! 인간들은 모두 고기를 먹지 말아야 해!"

그녀의 지론이다. 물론 나는 그녀를 너무나도 사랑하기 때문에 그녀의 말을 착실히 듣기로 했다. 무려 한 달이나 고기를 먹지 않은 나는 그에 따른 한 가지 재미있는 경험을 했다. 바로 나도 고기가 싫어졌다는 것이다. 글쎄, 이 글을 읽는 당신도 고기를 끊어본 적이 있을지는 모르지만, 만약 그래 본 적이 없다면 당신은 확실히 고기 중독이다!

처음엔 나도 고기가 먹고 싶었다. 닭고기! 소고기! 돼지고기! 살코기! 생선! 처음 2주째까지 견딜 수 없어 했다.

"넥! 그 침을 당장 닦지 않으면 널 고기로 만들어 버릴 거야! 고기는 널 중독 시켜서 피폐하게 만들어! 당장 끊어!"

그녀는 날 필사적으로 말리면서 나에게 고기는 중독성분이 있어서 먹으면 중독된다느니, 너에겐 고기를 먹고 싶어 하는 유전자가 있다느니 하는 얘기를 했다. 참기는 힘들었지만 그렇게 2주가 지나자 나는 조금씩, 드디어, 아니 그냥 어느샌가 고기가 먹고 싶지 않게 되었다.

쌀밥이나 빵, 채소에 맛이 들렸고, 아직 조금 고기가 먹고 싶은 마음은 들었지만 막상 고기를 입안에 집어 넣긴 싫어졌다. 고기의 맛은 너무 무겁고 소화하기 힘들게 느껴졌다. 이건 아주 신기한 경험이었다. 사람의 습관 주기는 21일이라고 한다. 그래서인지 21일을 참아 넘기고 나니 나는 고기를 싫어하게 되었고, 이로써 그녀와 한층 더 가까워진 것 같았다.

그녀는 나를 아주 자랑스러워했다. 게다가 그녀는 한술 더 떠서 가축들의 도축 장면과 햄을 만드는 더러운 공장 등을 매일 '유토브'에서 삼십 편 정도씩 찾아 보여주었다. 그건 내가 앞으로 고기를 볼 때마다 사람들이 닭을 밟아 죽이는 장면들이 생각나 토하고 싶게끔 하였다. 사람들은 정말 닭을 그렇게 잡는다! 못 믿겠다면 '유토브'를 이용해 보도록.

난 어제 그녀가 나 말고 다른 사람들이 고기를 먹는 것을 보아도 매우 혐오스러워 한다는 것을 알았다. 심지어 그녀는 괴로워했다. 그래서 나는 그녀를 위해 전 인류가 고기를 먹고 싶어 하지 않도록 세상을 바꾸기로 했다. 바로 내가 가장 잘하는 글쓰기로 말이다. 나는 고기가 사람들을 고기 맛에 길들이도록 해 좀비로 만들어 버리는 동화를 쓰기로 했다.

내 동화의 내용은 이렇다. 고기들은 더욱 편하게 종족 번식 하기 위해서 약간의 고통을 감내하기로 했다. 그래서 그들의 살코기를 더 맛있게 만들고 중독 성분까지 넣어서 인간들에게 먹히도록 머리를 써 진화했다. 인간들이 그들의 살코기를 먹게 되면 그것을 끊을 수 없게 되고, 그 결과 사육장을 점점 더 크게 만들어서 식용 가능한 동물들을 더 많이 키우게 되는 것이었다. 그러면 동물들은 힘들여 먹이를 찾지 않고 진화를 더 천천히 하면서도 멸종과 천적의 위험이 없어지는 것이었다. 이건 스스로 천적을 만들어서 종족을 유지하는 새로운 진화방법인 것이다.

하지만 내 동화에는 반전이 있었다. 바로 그 고기들이 너무 과하게 똑똑하다는 것이다. 고기들이 인간을 거의 다 지배할 즈음부터 자신의 살코기에 독약을 풀기 시작한다. 고깃덩이 사이사이에 스트레스를 넣은 것이다. 사람들은 그걸 맛있게 먹고는 괴팍스럽게 변해가기 시작한다. 그래서 서로 싸우고 전쟁을 일으키고 서로 더 고기를 먹기 위해 경쟁하고 다투게 된다. 한참의 시간이 흘러 고기는 인간을 멸종시키고 남아있는 거대한 사육장에 살면서 온 우주를 지배하게 되는 결말이다.

내 동화는 앞으로 분명 전 세계로 팔릴 것이다. 아마 내 동화를 읽으면 사람들은 고기에 혐오감을 가지고 먹지 않게 될 것이다. 그러면 사람들은 채식주의자가 되고 고기를 먹는 사람들은 사라질 것이다. 그러면 그녀는 세계를 채식주의자들의 세상으로 만든 나를 더욱더 사랑해 주겠지?

2

나는 이 나라에서 가장 큰, 아니 전 세계에서 가장 큰 호텔의 주인이다. 나는 유산도 물려받았고 뛰어난 장사 수완도 가지고 있었기 때문에 전 세계 30% 이상의 도시에 내 호텔을 지을 수 있었다. 나는 뭐든지 다 가지게 되었다. 세계의 주인이 된 것 같았다. 하지만 나는 사치스럽게 살진 않는다. 재산뿐만이 아니라 행복도 찾을 줄 아는 것이다. 참, 이제 모든 것을 다 가진 줄 알았는데 까먹고 있던 게 하나 있었다. 그건 바로 사랑이다. 바쁘게 살다 보니 사랑을 못했었다.

하지만 그 사랑조차도 이제 곧 이룰 수 있을 것 같다. 나에게 사랑하는 사람이 생겼다. 바로 호텔 앞 작은 골목에 사는 소녀가 내 사랑의 주인공이다.

그녀는 10살쯤 되어 보이는데 맞은편에 사는 작은 꼬맹이와 동무로 항상 장난을 치면서 호텔 앞을 지나가곤 한다. 그녀는 매우 예쁘게 생겼고 매력적이다. 나는 물론 어린 그녀와 사랑을 할 생각은 없다. 하지만 나는 그녀의 영혼을 진심으로 사랑하기 때문에 나도 그녀의 사랑을 받기 위해 적어도 10년을 기다릴 것이다. 그녀가 다 클 때까지 말이다. 그러면 나는 그녀가 원하는 것들을 모두 이뤄주고 그녀에게 프러포즈해야지.

그녀는 내 사랑을 받아들이지 않을 이유가 없을 것이다. 난 모든 것을 가지고 있고 그녀가 원하는 모든 것을 이뤄 줄 것이니까. 하지만 유비무환. 아예 지금부터 난 그녀의 환심을 사기로 했다. 긴 시간 동안 그녀를 관찰한 결과 그녀는 요새 온 세상의 사람들이 채식주의자가 되는 걸 꿈꾸고 있었다. 좋다. 나는 그녀의 바람을 이뤄 줄 것이다. 그녀를 대신해 모든 사람이 채식주의자가 되게 만들어 줄 것이다. 나는 일단 그녀와 함께 다니던 앞집 아이에게 시켜 세상의 사람들이 고기를 혐오해 채식주의자가 되는 글을 쓰게 했다. 그리고 그 소설의 판권을 사기로 했다. 일단은 이게 시작이다.

참, 먼저 내가 좋아하는 비프스테이크부터 끊어야겠군, 그녀와 키스할 때 고기 냄새가 나면 안 되니까.

3

일이 잘되어가고 있다. 내 예상대로 내가 글을 쓰자마자 내 글을 사겠다는 사람이 나타났다. 세상은 천재를 알아보는 법이다. 그는 내 글을 한참 칭찬하더니 그가 돈이 많아 쓸 데가 없어 그러는데 그걸 출판하게 해달라고 한다. 난 그러겠다고 했다. 물론 나에게 내가 원하는 만큼의 사탕을 영원히 평생토록 무한히 공급해준다는 조건으로. 나는 물론 그걸 혼자 먹을 만큼 이기적이지 않다. 나는 사탕을 그녀에게 아주 많이 나눠 줄 것이다.

그녀와 키스할 때 서로에게서 달콤한 냄새가 나도록…….

4

책이 출판된 지 3달이 지났다. 예상치 못한 일이 일어났다. 엄청난 일이다. 그걸 표현하려면 아마 이 지면에 다 쓰지 못할 정도로 엄청난! '엄청난!'이라는 단어를 반복해 써야 할 것이다. 그만큼 엄청난 일이다.

일은 매우 급하게 진행되었다. 엄청나게…….

내가 그 아이에게서 판권을 사서 아동용으로 천만 권쯤 찍어 국내에 보급한 날, 그 책은 절판되었다. 책이 말도 안 되게 잘 팔린 것이다. 내 장사수완은 상상을 뛰어넘는다.

나는 지난 3달 동안 내가 가진 모든 자금을 그 책을 찍는 데 사용했고 그보다 40배는 더 많은 이익을 남겼다. 그리고 벌어들인 그 돈들을 다시 투자해서 전 세계로 번역판을 보급하는 데 썼다. 그 결과 저번 주쯤 내 책이 성경의 누적 판매량을 5배 정도 뛰어넘은 거로 보고가 들어왔다. 이제 이걸로 모든 세상 사람들은 곧 채식주의자가 될 것이다!

나는 그녀에게 이 모든 영광을 바치려 한다. 그녀가 11살이 되려면 아직 몇 달이 남은 상태지만 이 상황은 솔직히 말해서 벌써 충분히 그녀에게 고백해도 될 정도이다. 아니, 아니, 이렇게 흥분하지 말자……. 나는 아직 그녀가 원하는 겨우 첫 번째 소원을 이뤄 주었을 뿐이다. 나는 더 많은 그리고 모든 그녀의 소원을 이뤄 줄 것이다. 그때까지 난 꾹 10년을 참을 것이다. 그녀가 다 클 때까지…….

참, 하지만 모든 성공에는 작은 걸림돌이 있는 법. 저번 주에 내 책의 판매량이 성경의 판매량을 훌쩍 뛰어넘었다는 소식을 들을 그즈음에 지구 반대편에서 내 책을 교묘히 표절해 만든, 감자와 옥수수가 세상을 지배하려 한다는 내용의 소설이 판매되고 있다는 소식을 들었다. 그 책은 내 책과 비슷한 내용으로 고기가 사람들을 좀비로 만들고 중독시켜 세상을 지배하려 한다는 내용 대신, 감자와 옥수수가 서로 경쟁하며 사람들을 중독시키고 그것들을 먹게 하여 결국 세상을 지배한다는 내용을 가지고 있다.

이쪽은 고기 한 종류인데 저쪽은 감자와 옥수수 두 종류가 서로 경쟁한다는 내용으로 조금 더 자극적이었다. 하지만 그걸 빼면 완전 똑같은 내용이었다. 더군다나 우리는 아동용 문체인데 반해 저쪽은 한 식물학자를 내세워 학술 서적을 가장한 소설 형태로 내놓았다. 아마 우리가 어린이를 겨냥하니 저쪽은 어른을 겨냥해 어렵게 쓴 모양이다.

게다가 우리보다 홍보를 더 한다. 물론 달리는 수완으로 장사하려 기를 쓰고 따라붙겠지. 딴에는 정말 과학적인 지식이네, 유전자 결과가 어쨌네, 하면서 현실감을 주려고 했지만 독자들은 그런 시시한 마케팅에 속지 않을 것이다. 게다가 우리는 이미 시장을 선점했다.

아마 그 책은 곧 역사에 묻힐 것이다. 일인자를 표절한 것으로 언급되면서…….

5

예상대로 내 책은 잘 팔리고 있단다. 그 덕에 나는 사탕을 실컷 먹고 있다. 내게서 책을 사 간 사람은 알고 봤더니 그냥 앞집 아저씨였다. 여관방을 하나 차지하고 방 열쇠를 내주는 그런 사람인데 어디서 돈이 났는지 내 책을 잘도 사 갔다. 물론 내가 싸게 넘긴 감도 있지만……. 그건 조금…… 아주 조금 후회된다. 난 당연한 일이라고 생각했지만 아저씨는 내 책이 팔린 게 신기했는지 연일 내게 전 세계에서 내 책이 엄청나게 잘 팔리고 있다고 과장해서 둘러댄다. 전 세계라니 그렇게 빨리 퍼질 리가 있나. 아저씨는 과장이 심하시다.

어쨌든 내 인세로 받은 사탕 덕분에 그녀는 나를 더욱더 사랑하게 된 것 같다. 매일 내게서 사탕을 받아가는 재미에 싱글벙글한다. 그녀는 요즘 사탕 아니면 감자만 먹는다.

몇 년쯤 후에 내가 좀 더 좋은 소설로 진짜 전 세계 사람들을 채식주의자로 만들면 그녀가 더 기뻐하겠지?

6

'치이이이익…… 칙!'

"다음은 요새 화두가 되는 정세불안소식입니다."

'칙!'

"저희 YYY뉴스에서는 이 주제를 오늘 1시간 동안 집중적으로 다룰 것입니다. 먼저 저희 리포터를 만나 보시겠습니다."

"네! 여기는 현장 스튜디오입니다."

"리포터 님이 서 계신 곳 뒤로 긴 행렬이 지나가고 있는데요. 그것은 무엇입니까?"

"네, 제가 서 있는 이곳은 수도 광장의 비폭력 시위 현장입니다. 제 뒤로는 육식주의자들과 채식주의자들이 만든 두 줄의 긴 행렬이 늘어서 있습니다! 그 옆으로는 치안을 위해 무장경찰들이 서 있는데요. 경찰들은 공격적인 성향이 나타나기도 하는 육식주의자들이 혹시라도 근력이 떨어지고 성격이 온순해진 채식주의자들에게 폭력을 행사할까 걱정하고 있습니다. 아무래도 이건 비폭력 시위니까요."

"네! 그렇군요. 그럼 리포터께서는 계속 수고해 주시고…… 저희는 잠시 이 사태의 전문가를 모셔보겠습니다. 전문가님, 안녕하십니까!"

아나운서는 옆을 돌아보며 인사를 했다. 카메라는 앵글을 더 넓게 잡았다. 옆에는 머리가 반쯤 벗어진 정장의 노신사가 앉아있었다. 함께 인사했다.

"네, 제가 이 사태에 대해 전문가입니다."

"어떻게 해서 전문가시죠?"

"예, 저는 이 문제에 대해 잘 알고 있고 설명도 잘합니다. 그래서 전문가입니다."

"전문가께서는 이 사람들의 서로 다른 식습관의 충돌에 대해서 어떻게 생각하십니까."

"예, 이건 마르크스주의에서 출발한 일종의 인본주의 사상과 밀접한 관계가 있는데요, 경영학적인 관점에서 말씀드리자면 이번에 다우 지수가 약한 폭으로 상승하지 않았습니까? 그것과 관련해 현대물리학에서는 입자들이 동시에 존재하기도 하면서 존재하지 않는다. 그렇게도 말하거든요? 그런데 이건 절대 현대문학으로는 설명할 수 없는 현상입니다."

"네, 전문가께서는 설명할 수 없다, 이렇게 말씀하시는군요. 그렇다면 저희가 일반 대중 한 분을 모셔봤는데요, 이분은 이 일에 대해 어떻게 알고 계실까요?"

"네, 저는 일반인입니다."

"설명하시죠."

"네, 제가 블로깅을 좀 해봐서 아는데, 이건 사실 음모들의 충돌입니다. 지구 동쪽쯤인가? 저저저저번달에 어떤 애가 채식주의에 관한 동화를 썼는데요. 또 지구 반대편의 또 무슨 나라에서 그 있잖아요, 빨갛고 하얗고 막 그런 국기, 아니 파랗고 노란 거였나? 하여간 그 나라에서도 어떤 학자가 독자적으로 연구했다면서 인간들은 사실 감자한테 속고 있다, 감자랑 옥수수는 식물이지만 인간을 조종해서 자신들을 심게 하고 재배하게 하면서 결국은 인간들을 지배하려는 속셈을 가지고 있다, 라는 논문집을 발표했거든요. 근데 하필 이 두 가지 책이 동시에 출판되면서 충돌이 생긴 거죠. 예, 그렇습니다."

"아, 일반인 분께서는 어떤 근거로 그런 말씀을 하시는 건가요?"

"네, 사실은 제가 그 논문을 쓴 사람이거든요. 근데 제가 연구한 그건 진짜예요. 제가 완전히 잘 연구했는데 확실합니다. 인간은 바보예요. 인간을 결정짓는 결정유전자는 겨우 25,000개 정도인데 반해 옥수수는 35,000개가 훨씬 넘는다고요. 이건 옥수수가 인간보다 복잡한 생물이라는 걸 단적으로 보여 주는 겁니다! 치밀한 계산에 의해 식물들은 그 자리에 가만히 있으면서 우리 인간들을 이용하고 있는 거예요! 그 예로…… 어어! 놔! 놔!"

"네, 여러분 죄송합니다. 잠시 테러범의 소행으로 방송에 혼란이 빚어진 점 사과드리며…… 전문가 씨의 의견을 다시 듣겠습니다."

7

우리가 18살이 되던 해 그동안 잦은 충돌로 세계적인 물의를 빚었던 그 마찰들이 즉, 폭발적으로 그 수가 증가한 육식주의자와 채식주의자들의 대립이 한 번의 큰 세계 전쟁으로 이어졌다.

한편 일부 학자들은 이 전쟁을 조종하고 있는 것은 그동안 학계에서 황당한 이론으로만 치부되어 무시 당해왔던 '식물의 복잡성에 기인한 인류 조종설'의 발현일 가능성을 주장했다. 하지만 세계 경제에 큰 혼란이 일어나는 것을 원하지 않은 세계정부는 그 전쟁이나 가설들을 그냥 없었던 일로 하기로 하고 매스컴을 조작해 덮어 버렸다.

이제 감자나 옥수수, 쌀, 밀, 고기 등 21세기까지만 해도 안전하다고 여겨서 그냥 주식으로 먹었던 먹거리들이 사실은 모두 진짜로 중독성이 있는 것으로 밝혀진 지 오래였지만, 그것도 대다수의 사람이 그 사실을 믿지 않았기 때문에 태양이 지구를 돌고 있다는 사실처럼 모두에게서 자연스럽게 잊혔다.

그사이 한 과학자가 독자적으로 사람들의 눈을 피해 연구를 진행하였다. 그는 자기 정체를 들켜 버린 식물들이 발 빠른 대처로 정보를 조작했음을 알아냈고, 이를 인터넷에 발표했지만 이 사실 또한 금세 잊히고 말았다. 식물들에게 발각되어서인지, 사람들이 관심을 주지 않아서인지는 모르겠지만. 아마도 먹거리들의 첫 번째 대처방법은 '조용히 묻기'인가 보다.

어쨌든 나의 소설이 많은 채식주의자를 만든 것은 좋았지만, 내 소설을 따라한 한 논문이 많은 육식주의자를 만든 것은 비극이었다. 그녀는 그 사실에 조금 분개한 듯했고, 결국 19살이 되던 해 그녀는 자신의 매력을 활용해 세계 정계의 정상에 우뚝 섰다. 그리곤 막강한 권한과 권력으로 육식주의자들을 핍박했고 결국 한 번의 비무장·비폭력 전투 방법으로 육식주의자들을 멸종시켰다.

역사적으로 길이 남을 그 전투 방법이란 바로 한순간에 모든 고기를 없애버리는 것이었다. 그녀는 식충식물을 개량해서 거대한 크기의 육식 식물을 만들어 냈다. 그리고 그 식물의 씨앗을 대량 생산해 전 세계 상공에서 뿌렸다. 물론 이 식물은 인간을 제외한 고기만 먹기 때문에 인간에게는 조금도 해를 끼치지 않는 것이었다. 그건 그녀의 예상대로 지구 상의 모든 고기를 단 며칠 사이에 없애 버렸다. 그 이후 더는 먹을 고기가 없어진 그 식물은 그냥 퇴화해서 민들레 같이 생긴 꽃이 되었다.

그날 이후 어쩔 수 없이 모든 육식주의자는 채식주의자가 되어야만 했고, 우리는 전쟁에서 이겼다. 거의 그녀가 해낸 것이긴 하지만 어쨌든 그녀의 바람 대로 세상의 모든 사람이 채식주의자가 된 것이다.

이제 그녀는 어떤 사람이 어떤 음식을 먹건 전혀 얼굴을 찌푸리기는 일 없이 행복한 표정이기는커녕…… 커녕…….

첫 번째 소원이 이뤄진 그녀는 곧이어 두 번째 소원을 이뤄달라며 고집을 부리기 시작했다. 어렸을 때부터 감자를 즐겨 먹던 그녀가 오직 감자만 들어간 식사를 하는 '감자주의자'가 되었다. 그래서 그녀는 온갖 감자 요리만 먹었고, 세상의 다른 모든 사람도 그렇게 되길 바랐다.

나는 순간 감자와 옥수수가 서로 인간들을 감염시키기 위해 경쟁하고 있다는 사실을 떠올렸다. 그래서 혹시 그녀가 일명 '감자족', 그러니까 '감자에 감염된 사람이 아닐까?' 하는 의심을 했지만, 내가 사랑하는 그녀는 그럴 리 없다는 생각으로 덮어 버렸다.

그래서 나는 그녀의 그 소원도 꼭 이뤄 줘야겠다고 생각했다. 이번엔 내가 어떤 대단한 일을 벌일 필요가 없었다. 그녀는 이미 많은 재력과 큰 권력을 가지고 있었기 때문에 나는 그저 그녀가 시키는 일만 하면 되었다.

그녀는 세상의 모든 사람에게 주식 섭취용 기계를 만들어 배포했다. 그 주식 섭취용 기계란 앞으로 음식을 따로 나가서 사 먹거나 해먹을 필요 없이 등 뒤에 커다란 가방을 메고 가방 안에 있는 큰 통에 일주일 치 감자를 갈아 넣어두면, 배고플 때마다 입으로 이어진 튜브를 통해 여러 가지 방식으로 조리된 감자가 구불구불 넘어와 쉽게 먹을 수 있는 그런 기계였다. 그녀는 전 세계에 기계를 보급한 다음 동시에 가동시키려 했다.

그 무렵 나는 짤막한 뉴스 기사를 읽었다. 그건 한 무명의 과학자가

—나는 이 무명의 과학자라는 사람이 혹시 언젠가 텔레비전에서 난동을 부리고 잡혀간 그 미치광이 과학자가 탈옥한 것은 아닐까, 라는 생각을 잠시 했지만 곧 잊고 말았다— 감자와 옥수수의 '인간 쟁탈 전쟁'은 아직도 물밑에서 조용히 계속되고 있으며 단지 우리가 그것을 못 느끼고 있을 뿐이라는 학설을 발표한 것이었다. 그는 또한 감자에 중독된 인체를 빠르게 옥수수에 중독된 것으로 바꿀 수 있는 바이러스를 옥수수에서 추출하였다고 주장했다.

당시 나는 이 소식이 너무나 웃겨 그녀에게 전해 주러 갔었는데 —참, 그 날은 그 감자 배급 기계가 전 세계 동시에 가동되는 기념비적인 날이었기 때문에 기억에 남는다— 마침 복도에서 만난 그녀가 내게 갑자기 오늘 작동시킬 전 세계의 '감자 섭취 기계'를 '옥수수 섭취 기계'로 바꾸어 작동시키라고 말하는 게 아닌가!

물론 '감자 섭취 기계'나 '옥수수 섭취 기계'나 구조는 똑같기에 이름만 바꾸면 됐었다. 나는 '그녀의 마음이 왜 갑자기 바뀌었을까?' 궁금해 하면서도 한편으로는 그녀의 변덕이라면 그럴 수도 있지, 라고 생각해 버렸다.

어쨌든 그 날을 기점으로 세계에는 주식으로 삼을 만한 모든 종류의 식물이 전부 사라지고 옥수수만 남았다. 긴 시간 동안의 노력 끝에 그녀가 드디어 세상을 그녀의 마음대로 만든 것이다. 아마 요즘 그녀는 기분이 매우 좋을 것이다. 그러니 그녀가 또 다른 고집을 부릴 마음이 들기 전에 이 틈을 타 그녀에게 고백하러 가야겠다. 나는 그녀가 가장 가까운 곳에서 그녀를 위해 헌신해온 나를 사랑해 마지않을 것이라고 믿어 의심치 않는다.

8

떨린다. 오늘은 그녀의 20번째 생일이다. 나는 장장 10년 동안 나의 모든 재력과 상술과 수완을 동원해 그녀의 환심을 사려 노력해왔다. 그녀를 위해서 모든 것을 인내하고 참아왔다. 그리고 드디어 오늘이 왔다. 모든 준비는 완벽하다.

어리석은 그 소년에게서 책의 판권을 사는 일로 시작해 감자 섭취 기계까지…… 나의 손이 닿지 않은 일, 진심이 어리지 않은 일이 없다. 그녀를 위해 내가 이렇게까지 노력했다는 걸 알면 그녀는 크게 감동받아 내게 키스해 주겠지?

아아…… 저기 그녀가 온다. 나는 숨겨두었던 장미 꽃다발을 꺼내 든다.

"실례지만……."

"누구……."

"저는 당신을 위해 세상 사람들을 당신과 나처럼 채식주의자로 만들고, 또 '감자주의자'로 만든 장본인입니다. 저도 당신을 위해서 '감자주의자'가 되었습니다! 결혼해 주세요!"

나는 용기를 내서 그녀에게 고백했다. 그녀는 눈썹을 찌푸린다. 예상대로 그녀가 행복한 고민을 하고 있나 보다. 나의 제안을 쉽게 받아들여야 할까, 아니면 조금 튕겼다가 아슬아슬하게 받아들여야 할까, 고민하는 그녀의 표정에서 그 갸륵한 마음이 보인다. 그때 그녀가 드디어 결정을 내린 듯 앵두 같은 입술을 움직여 꾀꼬리 같은 목소리를 낸다.

"뭐야, 이 대머리 아저씨는?"

그녀는 내 꽃을 스치고 지나갔고 나는 꽃을 떨어뜨렸다.

9

나는 조심스럽게 2년 전 그 날 그녀가 왜 마음을 바꾸었는지 물어보았다. 그러자 그녀가 감자를 싫어하게 된 이유를 말해 주었다.

"아니, 웬 대머리 못생긴 아저씨가 자기도 감자를 좋아한다잖아. 그래서 싫어졌어. 지금은 옥수수가 더 좋아."

그녀는 변덕이 심하다. 알아듣기 힘들다. 따라주기 힘들다. 그냥 시키는 대로 하는 게 마음 편하다. 나는 생각을 정지하고 뉴스 기사나 살펴본다.

요새도 음모론은 일부 사람들에게 흥미로운 주제로 남아있다. 요새는 옥수수가 세계를 지배한 다음 더 이상 인간이 필요 없어져 버리면 인간의 근력을 약하게 해서 옥수수를 더 이상 못 뽑게 할 것이고 그러면 인간은 옥수수를 뽑지 못해 멸종할 것이라는 음모론이 나오고 있다. 나는 그것이 앞으로 인간들이 옥수수를 점점 많이 먹게 되어 살이 쪄서 멸종할 거라는 이론보다야 말이 된다고 생각하며 고개를 끄덕였다.

이런, 고개를 돌려보니 그녀가 이번에는 애벌레처럼 생긴 곤충을 먹고 있다. 나는 아직 옥수수가 좋은데. 하지만 나는 옥수수보다 그녀가 더 좋다. 앞으로 그녀가 곤충을 먹자고 하면 곤충을 먹을 것이다. 또 세상 사람들도 그렇게 바꿔놓을 것이다. 어쨌거나 그녀의 말대로 했더니 세상이 더 좋아지지 않았는가.

뭐 세상이 더 좋아지지 않았다고 하면 또 어떤가. 그녀가 행복하다는 사실만이 중요한 것이지. 나는 그녀 마음에 들기 위해 무엇이든 열심히 노력할 것이다. 그리고 우리는 또 세상을 바꿀 것이다.

O 에필로그: 옥수수들의 회의

"세계에서 가장 우리말을 잘 듣는 아이를 뽑아 인간들의 왕으로 추대하도록 합시다! 감자들을 이겨야 합니다! 그들을 몰아낼 수 있는 그런 인간을 좀 더 세밀하게 조종해서 단기간에 목적을 이룹시다!"

"하지만 우리는 그렇게 빠른 효과가 있는 호르몬이 없지 않소!"

"아니! 있소! 그건 바로 당도가 43% 높은 당분을 가진 녹말입니다!

"아니 당신은! 말로만 듣던 찰옥수수! 오오, 그대야말로 우리 옥수수들을 구할 식물입니다!"

세계의 창조

여기는 한참 전에 망해버린 공장지구입니다. 이제는 누구도 살지 않는 이 넓은 땅에는 여전히 커다란 창고들과 녹슨 기계들이 방치되어 있습니다. 그 밖에는 아무도 없어 주변이 무척 조용해서 가끔 문들이 삐걱대는 소리와 새 님들이 지저귀는 소리만 빼면 구름 님들이 움직이는 소리까지 들릴 정도입니다. 긴 시간 동안 심술궂은 바람 님들은 이곳의 맛있어 보이는 색의 굴뚝과 매끈한 건물 외벽을 조금씩 갉아 먹어 버리셨고 그래서 이제 이곳의 건물들은 모두 회색의 앙상한 뼈다귀만 남아있게 되었습니다. 물론 다행히 마음 좋으신 한여름 님이 올해도 빼먹지 않고 공장지구를 따뜻하게 덮혀 주셔서 건물들 주위로 풀들은 무성하게 자랄 수 있었습니다.

어느 날, 공장지구로 들어오는 닫혀있던 사방의 철문 중 하나가 삐걱거렸습니다. 작은 문틈을 통해 공장지구로 살며시 들어온 것은 희망에 부푼 한 '청년'이었습니다. '청년'은 더러운 천 쪼가리 몇 장을 꿰매어 입고 붓 몇 자루와 물통을 든 채 공장지구를 어슬렁거렸습니다.

머리는 다 헝클어져 있고 옷은 허름합니다. 걸음걸이도 엉성합니다.

하지만 '청년'의 두 눈은 맑고 힘이 있습니다. 그 누구보다도 더요.

'청년'은 문득 한 창고 앞에 멈춰 서더니 창고 문을 열고 안을 들여다봅니다. "좋아, 바로 여기야."

'청년'은 목소리에 힘을 주어 말했습니다. 그리고 '청년'은 자신의 굶주린 배를 잊어 버리기라도 한 듯, 또 곧 다가올 추운 밤을 대비해 잠자리를 마련해야 한다는 생각을 잊어버리기라도 한 듯 일을 시작합니다.

천천히 그러나 쉼 없이 그 넓은 창고에 가득 차 있던 고물들을 밖으로 꺼냅니다. 그러자 기계 부품들로 가득하던 창고는 조금씩 '공백'들로 들어찹니다. '청년'이 진흙으로 창고의 창문을 모두 막자 높다란 천장과 넓은 공간을 가진 창고는 사방이 막힌 커다란 상자가 되었습니다. 그 창고에서 밖으로 통하는 유일한 통로는 이제 '청년'이 들어온 작은 철문뿐입니다. '청년'은 먼지로 가득한 그곳이 자신이 만들 작품에 꼭 들어맞는 멋진 캔버스라고 생각했습니다.

'청년'은 창고의 중앙에 앉아 주위를 둘러봅니다. '청년'은 상상합니다. 텅 빈 공간에 소리를 질러 보기도 하고 먼지 쌓인 바닥에서 미친 듯이 굴러보기도 합니다. 배고픔도 없고 외로움도 없고 자기 생각을 막는 이도 없습니다. 자유는 오롯이 '청년'의 것이었습니다. 이 전에 이곳이 어떤 곳이었는지, 바다에 잠겨 있었는지, 산이었는지, 이 위로 어떤 동물이 지나갔는지, 어떤 식물이 자랐는지, 이곳에서 또 어떤 사람이 죽었는지, 태어났는지는,

지금의 '청년'에게는 아무런 상관이 없었습니다.

한참 동안 홀로 난동을 부리던 '청년'은 이윽고 창고 한가운데 앉아 작품을 떠올립니다. 이 작품은 많은 의미를 담고 있습니다. 고민이 됩니다. 한참을 생각합니다.

하지만 분명 내 작품을 좋아하는 관객이 있을 거야.

거기까지 생각이 미치자 '청년'의 망설임은 곧 사라지고 마음속에는 작품에 대한 열정만이 강렬하게 불타오릅니다. 그는 불쑥 자리에서 일어나 행복한 탄성을 질렀습니다. '청년'은 다시 일을 시작합니다.

먼저 밖으로 나가 무수히 많은 씀바귀를 따와 즙을 내어 물감을 만들기 시작합니다. 곧이어 넓은 창고 안은 원색의 새까만 물감들로 칠해집니다. 배가 고팠던 '청년'은 가끔 물감들을 찍어 먹기도 하고 행복한 비명을 내지르기도 하며 벽을 칠합니다. 창고의 벽과 바닥이 조금의 틈과 균열도 없이 검은 물감으로 도배되자 사방이 까매집니다. 먼지 가득했던 창고는 이제 '청년'의 생각대로 정말 멋진 캔버스처럼 보였습니다. 작품의 시작이 좋습니다. '청년'은 점점 더 행복해졌습니다.

다음으로 '청년'은 공장 주변에 있던 부서진 도자기와 녹슨 나사들을 모아 까만 바탕의 아무것도 없는 창고를 장식하기 시작했습니다. 창고 안 이곳저곳의 공간들을 거미줄을 이용해 잇고 그 위에 반짝이는 도자기 가루와 나사 가루를 흩뿌렸습니다. 진흙탕에서 찰흙을 퍼와 단단한 모형을 만들어 달기도 했습니다.

"모두가 깜짝 놀랄 작품을 만들어 보이겠어!"

창고는 '청년'의 열정으로 점점 더 활기를 찾아갔습니다. 밤에는 반딧불도 잡아 왔습니다. '청년'은 반딧불의 엉덩이에서 빛나는 불빛들을 떼어 어두웠던 부분을 밝혔습니다. '청년'은 틈틈이 널빤지나 고물을 줍고 물감을 만들어 그것들로 작은 부분들을 세심하게 다듬었습니다.

그 어떤 새로움도 뛰어넘는 발상과 한계에 도전하는 '청년'의 창작력은 마를 줄을 몰랐습니다. 자신의 모든 것을 꺼내어 정성으로 다듬어 작품에 모두 쏟아 부었습니다.

그렇게 자기 자신에게, 또 예술에 도전한 시간이 얼마나 흘렀는지 모릅니다. '청년'은 시간도, 먹는 것도, 자는 것도 잊은 채로 작품에 매달렸습니다. 아주 오랜 시간이 지난 다음, 먼지 가득했던 창고는 이윽고 웅장한 작품의 모습을 갖추게 되었습니다. 창고 안의 모든 작은 부분조차 아주 큰 의미를 담고 있는 작품의 일부분입니다.

작품이 완성을 앞둔 마지막 무렵, '청년'은 자기 작품의 가장 중요한 요소를 떠올립니다. 그것은 바로 작품을 감상해 줄 관객이었습니다. 작품은 관객들이 감상해 주어야만 비로소 완벽해질 수 있었기 때문입니다. '청년'은 자신의 독특한 작품을 충분히 온전하게 감상해 줄 만한 위대한 관객들이 꼭 필요하다고 생각했고 결국 줄곧 생각해 오던 그 특별한 발상을 실현하기로 합니다.

그는 생각해 두었던 대로 진흙에서 고운 흙들을 골라내어 끈기 있게 반죽한 후 미묘하고 섬세하게 조형해 직접 만든 화로에 넣었습니다. 얼마 후 충분히 색이 살아난 그 작은 모형들을 꺼내어 '청년'은 자신에게 남은 온 힘을 다해 생명력을 불어넣었습니다. 그리곤 가쁜 숨을 내쉬고 있는 갓 살아난 작은 관객들을 관객석에 조심스럽게 내려놓았습니다. 그는 마지막으로 창고로 들어오는 유일한 통로였던 철문을 안쪽에서 밀어 닫아 작품을 마무리 지었습니다.

"드디어……."

긴 시간이 걸렸습니다.

이제 '청년'은 노인이 되어 버렸습니다. 오랜 시간 작품에 매달려 얼굴은 수염투성이가 되었고 손끝은 거칠어지고 팔다리는 메말라졌습니다. 여태 변하지 않은 것은 오직 그의 두 눈에 찰랑거리며 담겨 있는 열정과 그것을 이끄는 자유로운 생각뿐입니다.

작품은 완성되었습니다. 만족할 만큼 예술적입니다.

'청년'은 곧 깨어날 관객들이 부디 작품을 온전히 감상해 주었으면 좋겠다고 생각합니다. 작품에 존재하는 절절하게 다가오는 슬픔, 아름답고 위대한 사랑, 시큼하게 녹아내리는 허무함, 그 모든 것들을요. 만약 관객들이 그것을 잘 알아봐 준다면 분명 이렇게 말할 것입니다.

"와…… 대체 누가 이런 작품을 만들어 낸 것일까?"

'청년'의 생명이 꺼져갑니다. 하지만 '청년'이 죽더라도 작품은 영원할 것입니다. 그리고 작품을 감상하는 관객들의 마음속에서 '청년'은 언제고 다시 감동으로 살아날 것입니다.

'청년'은 정말 조금밖에 남지 않은 그 마지막 생명의 힘을 갓 깨어난 관객들에게 작품을 소개하는 데 사용합니다. '청년'은 환영의 인사를 보냈습니다.

"안녕, 여러분! 부디 이곳의 모든 것을 한껏 느껴주시길 바랍니다! 그 모든 삶을요! 모두 좋아하셨으면 좋겠네요!"

내 정신이 제정신이 아닐 때

눈앞에 애물단지 경찰차가 한 대 놓여 있었다. 정확히 말하자면 길 건너 저 반대편에 말이다. 어쩌다 그런 짓을 저질러 버린 걸까?

사건은 이렇다. 오늘 오후 2시쯤 대학에서 수업을 마치고 기쁜 마음 으로 집으로 향하던 중, 한적한 길가에 세워져 있던 저 경찰차를 발견 하였다. 아! 그때 나의 정신 나간 행동이 벌어졌다. 무심코 '경찰관이 문을 잠그고 나갔을까?' 하는 생각에 문을 열어 본 것이다.

'덜컥.' 하고 문이 열렸을 때는 잠시 '허허, 이것 봐라?' 하는 느낌이 들었고 그다음엔 왠지 몰라도 그 차가 나를 위해 준비되었다는 느낌 이 들었다. 그래서 자연스럽게 운전석에 올랐고 운전대라고는 전혀 잡 아 본 적 없는 나는 무심코 액셀을 밟았다. 차는 자연스럽게 미끄러져 나갔고 나는 신호등 한번 걸리지 않은 채 —정말로 우연히— 기어에 손 도 대지 않은 채 그저 앞으로 나아가 10km쯤 떨어진 집 근처의 대학 가에 정차하게 되었다.

여기까지는 내가 제정신으로 한 일이 아니므로 왜 그랬냐고 또 어떻 게 그랬냐고 물어보지는 말자. 어쨌든 정신을 차리고 보니 차는 이미 멈춘 뒤였고 당시 기분은 마치 꿈속 같았다. 몽롱한 정신으로 운전을 마치자 약간의 쾌감이 들었고 '정말 운전을 했단 말이야? 내가? 자동차라는 건 이렇게 쉬운 거였군!' 하는 미친 생각을 마지막으로 정신을 차렸다. 내가 자유의지를 쓸 수 있었던 건 차의 시동을 끄는 그 순간부터였다.

'아악! 내가 무슨 짓을 한 거지!'

나는 차 키를 빼고 다급히 차에서 내렸다. 그러면서도 기지를 발휘해 문을 잠그고 또 혹시나 주위의 사람들이 눈치채지 않을까 슬쩍 둘러보며 살며시 문을 닫았다. 그리고는 총총걸음으로 그 자리에서 빠져나왔다. 심장이 조여드는 콩닥콩닥한 느낌을 받으며 '아아! 어떡하지! 어떡하지!' 그렇게 중얼거렸다. 그런 마음으로 20분 동안 그 주위의 건물들을 뱅글뱅글 돌다가 결국엔 내가 몰고 온 경찰차가 잘 보이는 주위의 한 건물 옥상으로 올라갔다.

위에서 보니 그럴듯했다. 그저 경찰이 주위에 순찰 왔다가 세워 둔 것처럼 자연스럽게 보였다. '후……' 잠시 안도의 한숨을 내 쉬고 앞으로 어떻게 해야 할지 생각해 보았다. 하지만 금세 다다른 생각은 상황이 굉장히 막막하다는 것이었다.

'만약에라도 경찰에 잡힌다면 한 미친 대학생이 술 먹고 —사실은 안 마셨지만— 경찰차를 훔쳐 타고 운전을 하다가 또 대담하게도 대학가에 세워두고 유유히 집으로 들어갔다가 뒤쫓던 경찰에 체포, 구류 15일에 빨간 줄 한 줄. 매일 같이 보던 9시 뉴스에 그렇게 내 얼굴이 나오게 되는 건가?'

빵빵하게 쫄아 있던 심장에 한 낱의 유머가 잠시간의 진동 발작을 주었다. 조금 피가 도는 듯했다.

'일단은 저 경찰차가 사라져서 저 차의 주인이 얼마나 놀랐을까. 그 경관은 분명 필사적으로 날 찾고 있을 거다. 그러면 일 분이라도 빨리 자수하는 게 낫지 않을까? 하지만 분명 자수하면 그냥 풀어주지는 않을 테지. 그렇다면 자연스럽게 다시 제자리로 돌려놔? 으악, 난 운전을 할 줄 모르는데⋯⋯. 어떻게 저기까지 끌고 왔는지 도무지 알 수가 없다. 그보다 차 키가 내 손에 있는데⋯⋯. 으악! 지문!'

거기까지 생각이 닿자 난 가지고 있던 안경 닦이로 열쇠를 빡빡 문질렀다. 혹시라도 몰래 돌려주는 것에 성공했을 경우 지문 때문에 꼬리 잡힐 일은 없게 말이다. 그러고 보니 차 안에는 온통 내 지문이 가득할 게 분명했다.

'운전대에도, 문에도, 아 그리고 머리카락이나 그런 것도 분명 한 두 개쯤 있을 텐데⋯⋯. 드라마를 많이 보면서 그래도 배우는 게 있긴 있었나 보군. 차 키를 그냥 차 안에 던져두고 도망칠까? 아니면 지나가는 경찰한테 자, 아저씨 저 차를 잘 보세요. 그리고 이 차 키를 가지세요, 이런 식으로 말하고 도망치면 해결되지 않을까? 그럼 내 얼굴을 기억할 텐데⋯⋯. 안돼, 안돼, 그러고 보니 분명 여기저기 CCTV에 내 얼굴이 찍혀⋯⋯ 다행히 챙이 짧은 거지만 모자를 쓰고 있어서 잘 안 찍혀 있을 수도 있겠다.'

그제야 나는 놀란 마음을 조금 가라앉히고 모자를 벗었다. 가방에 넣어 두려고 하는데 가방이 없었다.

'헉! 설마 차 안에 내 가방이 있는 건가? 으으⋯⋯ 이제 차로 한번은 꼭 돌아가야 하는 건가? 지문도 그대로고 가방 안에 내 이름도 분명

적혀 있고……'

만약 내가 그대로 도망친다면 분명 CCTV를 계속 추적해서 내가 어디로 갔는지 다 알아낼 게 분명했다. 결국은 행동해야 했다. 그렇다고 경찰서에 가거나 취조를 받는 일은 끔찍이도 싫었다.

'이렇게 되면 완전범죄다! 가서 이 천으로 문이랑 손잡이에 지문을 꼼꼼히 닦고 머리카락도 주워오고 가방도 가져오는 거야! 그리고 차 안에 차 키를 던져놓고 가면 웬만해선 뒤쫓지 않겠지?'

하지만 그런 생각을 해도 일말의 불안감이 남아 있었다. '쫓고자만 하면 분명 증거도 많고 날 잡을 수야 있을 텐데…… 어쩌다 이런 상황이…… 어쨌든 미친 짓은 뒤가 없군.'

나는 옥상에서 내려와서 경찰차가 보이는 반대편 도로 쪽으로 갔다. 물론 옥상에서 내려오기 전에 머리카락을 탕탕 여러 번 털고 눈썹이나 코털 그리고 옷도 탈탈 털어서 혹시나 다시 내 털을 떨어뜨리거나 하는 일을 방지했다. 장갑은 없었지만 안경을 닦는 꽤 큰 천이 있으니까 이걸로 어떻게든 닦아 낼 수 있어 보였다. 주위를 둘러보니 몇 명의 행인은 있었지만 이 일에 크게 신경 쓰고 있는 것 같지 않았다. 난 당당히 행동했다. '그러면 아무도 의심하지 않겠지.'

일단 모자를 푹 눌러쓰고 혹시라도 어디 찍히지 않을까 두리번대면서 천천히 길을 건너 경찰차 쪽으로 걸어갔다. 차 앞에 서니 또다시 심장이 벌컥벌컥 벌렁거렸다. 눈앞이 컴컴했다. 하지만 난 용감하게 차 키로 문을 열고 안을 들여다보면서 신속히 운전대와 엑셀 쪽을 닦았다. 머릿속으로 연습할 때는 몰랐지만 순간 엑셀 쪽에 흙이 조금 묻어 있는 걸 보고 저것도 수사에 쓰이던데 저것도 꼭 닦아내야겠다고 생각했다. 조금 닦으니 천의 한쪽에 흙이 좀 묻어서 반대편으로 뒤집었다. '이제 떨어져 있는 머리카락도 별로 없는 거 같고…… 그런데 내 가방이 어디 있지?' 차 안에 가방이 없었다.

'설마 오늘 가지고 나오지 않은 건가? 아닌데 그걸 가지고 나오지 않았으면 오늘 수업은 어떻게 들었지?'

그때 덜컥! 누군가가 내 등에 손을 얹었다. "악!"

놀라 소리 지르며 뒤돌았더니 아니나 다를까 한 경관이 억지 미소를 지으며 날 노려보고 있었다.

'제 발 저리면 도둑이라는 걸 밝히는 거잖아. 당당하게! 당당하게 해야 해.'

"아, 예! 안녕하세요. 친구가 경찰이거든요. 헤헤……."

'당연히 이 경찰이 이 차의 주인은 아닐 테고 그냥 보통사람이 경찰차 안을 뒤진다고 생각해서 잡은 걸 거다! 분명 그런 거다!' 난 그렇게 생각하며 기지를 발휘해 임기응변을 했다.

"뭐?"

경찰이 시답지 않다는 표정으로 대꾸했다.

"아니, 그러니까…… 아는 사람이 경찰이라서 잠시 짐을 가지러……."

내가 생각해도 탁월했다. 이 정도면 믿겠지.

"무슨 소리야? 박 경관! 또 기억을 잃었어? 생각 안 나? 나잖아! 당연히 당신 친구들은 전부 경찰이지! 이거 보게? 또 기억이 안 나?"

'뭐? 이게 대체 무슨 소리야?'

경관은 날 차에 밀치면서 황당하다는 듯 구시렁댔다.

"거봐! 거봐! 내 말 안 듣고 또 현장에 나가겠다고 고집부리더니만 또 이렇게 됐네."

"무…… 무슨 말씀이시죠? 전 대학생인데……."

"하하핫! 또 젊어졌나 보네? 지금 경찰복 입은 거 보고도 생각 안 나?"

내 옷을 내려다보니 나는 어느새 그 경찰관과 같은 복장을 하고 있었다. '아악!' 난 소리를 질렀다. '이게 무슨 일이지? 내가 정말 미친 거구나!' 확실히 실감이 났다.

"그러게 집에서 쉬라고. 뭐야! 지금 그러니까 자기 차에서 지문을 없애고 있었던 거야? 이거 단단히 돌았구먼? 아, 맞다 자! 얼른 거울을 봐!"

'뭐라고?' 나는 놀라서 백미러에 얼굴을 비춰봤다. 거기엔 주름진 내 얼굴이 있었다. '아악!'

"이…… 이럴 수가…… 이런 건 영화에서나……."

경찰이 웃으며 내 어깨를 토닥였다.

"의사 말이 맞아? 먼저 거울을 보고 얼굴을 확인하면 상황을 빨리 느끼고 기억도 얼른 돌아온대. 자, 일단 얼른 집에 가자고! 뒤에 타 내가 운전할게. 넌 언제 기억이 또 끊길지 모르니까 말이야."

그제야 난 내가 어떻게 그렇게 자연스럽게 경찰차를 운전했는지 또 왜 그렇게 무심코 차 문을 열었는지 또 차 키가 어디서 났는지 깨달았다. 그리곤 허무한 맘으로 뒷좌석에 올라타 쓰러지듯 누웠다.

머릿속이 혼란스러웠다. 머릿속에 천둥번개가 치는 것 같았다. '이런 일이 나에게 일어나다니…….' 이건 마치 영화의 한 장면 같았다.

앞에서는 한 경관이 운전대를 잡으며 나에게 시시콜콜한 얘기를 늘어놓고 있다. 마치 날 아는 듯이 말이다. 숨 막혔다. 나는 한 경찰차 뒷좌석에 누워있었다.

'어떻게 된 일이지? 내가 뭔가 잘못을 했나? 나는 설마?'

그렇다, 난 납치당하고 있었다. 그것도 한 경찰관에게 말이다. 경찰관은 대범한 놈이었다. 날 뒷좌석에 묶어 놓고도 태연하게 일상적인 이야기를 해대고 있었다.

'빠져나가야 해!' 난 기지를 발휘해 창문 밖으로 지나가는 간판을 읽었다. '삼촌 치킨!' 마침 내가 살던 대학로를 지나가고 있었다. '그래, 여기부터는 신호등도 많다. 차가 오랫동안 멈춰있을 때를 이용해서 발악을 한번 해보는 거야!' 난 먼저 납치범을 안심 시키기로 했다. 용기를 발휘해 떨리는 목소리로 운을 떼어 보았다. 그놈은 아직도 한심한 자기 이야기를 시시콜콜 떠들어 대고 있었다.

"저…… 저…… 납치범…… 아니, 경찰관님! 절 지금 어디로 데려가고 계시는 거죠?"

이 세상은 숫자로 이루어져 있다. 숫자는 우주를 이룬다. 달팽이나 소라의 등껍질은 황금비를 이루는 피보나치 수열을 기본으로 감겨 있고 세상 모든 원에는 원주율이 담겨 있으며 해변의 모래알조차 비록 카오스적이지만 나름 대로 규칙을 이루며 흩어져 있다.

사과의 숫자를 셈하는 것에서부터 한 해 한 해 나이를 세고 날짜를 계산하고 땅의 넓이를 구해온 인류는 수의 영역을 필요에 따라 점점 넓혀 왔다. 우주의 법칙이 담긴 수의 새로운 면모를 하나씩 알아갈 때마다 인류는 조금씩 우주를 더 알아가며 그 비밀을 풀어왔다. 얼마나 더 많은 비밀이 숫자들 사이에 숨겨져 있을까? 우주의 모든 비밀은 수에서 시작된 것이 아닐까? 자신의 비밀에 도전하는 인류에 대해 우주는 오만하다 여겼을까? 아니, 사실은 자신을 이해하려고 해 주는 인류에게 고마워 하고 있는지도 모른다. 그래서 자기 가장 내면의 비밀을 풀 수 있는 실마리를 한 어린 수학자의 뇌 속에 작은 선물로 숨겨 두었는지도……

"그럼 너는 처음에 어떻게 그 능력이 생긴 걸 알게 된 거지? 구체적으로 말이야."

한 수요일 저녁, 어느 대학의 강의실에서 그 날의 마지막 수업이 끝난 후 한 소년을 둘러싸고 스무 명가량의 학생들이 질문 공세를 하기 시작했다. 그에 대해 소년은 차분히 대답하고 있었다.

"갑자기 뒤통수가 아주 아프면서 뭔가 느낌이 왔어. 우주가 나에게 뭔가를 하려고 한다는 걸 말이야. 머리가 대단히 무거웠고 내 뇌가 조금씩 뒤틀려 간다는 예감이 들었어."

그러자 한 여학생이 반론했다.

"네 뇌에는 말초신경이 없어서 아마 뇌가 뒤틀려도 몰랐을 텐데? 킥킥."

소년을 둘러싼 학생들이 킬킬댔다. 다들 소년을 놀려 먹는 눈치였다. 그러나 다들 그의 말에 흥미 있어 했다. 아무래도 지루한 강의가 막 끝난 후였기 때문에.

"아, 물론 진짜 느낌이 온 건 아니지. 말한 것처럼 단지 예감이 든 거야. 뭔가가 일어나고 있구나! 그때 우주가 인류를 위해서 나에게 선물을 준거였어."

"그래서 네 말은 지금 그 선물이……."

"세 가지 숫자."

소년은 손가락 세 개를 펼쳐 보였다.

"어떤 숫자건 상관없는 거야? 교수님의 머리카락 개수건? 지구가 멸망할 날짜이건? 이번 시험에서 받게 될 점수건?"

"내 예감엔 그래. 그때 우주는 분명히 나에게 세 번의 기회를 줬어. 그래서 난 그게 어떤 정보이든지, 미래의 것이든, 과거의 것이든. 숫자로 이루어진 세 가지 정보를 즉시 알 수 있게 되었어."

그러자 한 학생이 손을 내저었다.

"아아…… 난 잘 이해가 안 가는데? 그러니까 그냥 너는 네게 일종의 초능력이 있다는 걸 말하고 싶은 거야?"

"쉽게 말하자면 바로 그거야."

"그걸 어떻게 증명하는데? 그래! 그 말이 사실이라면 복권 번호를 맞춰봐! 이번 주 것은 이미 지나갔으니까, 다음 주 복권번호를 네가 예측해서 맞추면 우리도 인정해 줄게."

그러자 다들 깔깔 웃어댔다. 소년도 낄낄댔다. 그래도 미친 사람 취급이 아닌 재밌는 농담 정도로만 여겨주는 게 다행이었다.

"사실은 나도 내가 혼자 망상에 빠진 건 아닐까, 그렇게 생각해서 어느 날 그냥 한번 시험 삼아 써봤어. 내 능력을."

"어떤 거였는데?"

"어떤 공책의 바코드 숫자를 예측해봤는데 그냥 머릿속으로 정신을 집중해서 한 가지 사실을 생각했지. 이 공책의 바코드가 어떤 숫자일까? 그렇게…… 그리고 수첩에 숫자를 적고 바코드를 봤더니 같은 숫자더라고. 그렇게 나 스스로 '이 능력을 내가 확실히 가지고 있구나!' 하고 확신했지."

"아쉽네, 복권에 썼으면 좋았을걸. 그렇게 큰돈을 날렸구나, 너?"

"응, 사실 좀 아깝게 됐지."

그러자 다들 한 소리씩 했다.

"하지만 네 말을 믿기 위해선 우리도 너의 능력을 증명 받아야만 해. 나도 바코드가 어떤 순서로 숫자가 조합되어 있는 지 정도는 알아. 앞의 두 자리는 국가, 그다음은 지역, 회사 번호, 상품 번호순이지.

바코드 정도는 관찰력만 뛰어나면 충분히 맞출 수도 있는 숫자야. 네가 모르는 사이에 너의 무의식이 기억하고 있었을 수도 있고. 네가 여기 앉아 있다는 것만으로도 네 머리가 꽤 좋다는 걸 의미하니까 말이야. 그 정도로는 우릴 설득시키지 못해. 좀 더 확실한 얘기를 해봐."

다들 그 말에 동의했다. 하지만 소년은 난감한 표정을 지었다. 그때 다른 학생이 대신 나섰다.

"아니야! 솔직히 우리가 믿어주지 않는다고 해서 허풍쟁이로 소문이 나는 것 빼고는 손해 볼 일이 없잖아! 게다가 우리 같은 학생들에게 능력을 증명한다고 해서 나머지 한 번의 능력을 어디에 쓸지 결정할 수도 없을 거야. 그러니까 나머지 두 번의 기회 중 한번은 언젠가 위대한 수학자들 앞에서 능력을 증명받는 데 사용해야 하고 나머지 한번은 고귀한 목적을 위해서 사용해야 해! 내 말이 맞지?"

소년은 고개를 끄덕였다.

"사실 나는 수학을 잘 못하는 편이야. 수학을 배우기 위해 이 학교에 진학한 건 내 의무감 때문이었지. 첫 번째 기회를 너무 쉽게 써버렸으니 나머지 두 번의 기회를 좀 더 가치 있게 써야 한다고 생각한 거야. 아무래도 수학을 잘하게 되면 어떤 숫자가 가치 있을지 잘 알지 않을까 싶어서."

그러자 다들 어떤 숫자가 인류에게 가장 가치 있는지에 대해 분분히 의견을 내놓았다.

"이건 어때? 우주에 존재하는 원자의 개수!"

다른 학생이 반박했다.

"안돼! 그건 숫자가 너무 크잖아. 종이에 9자만 반복해서 적는다 해도 이 녀석이 죽을 때까지 적어야 할걸? 원주율이나 자연 상수처럼 컴퓨터로 계산 가능한 걸 알아내는 건 의미가 없어. 차라리 과거의 숫자도 가능하다고 했으니까 우주의 나이라던가 인류가 만들어진 년, 월, 일 이런 걸 알아보는 건 어때?"

"그런 걸 알아낸다고 해서 바뀌는 것은 많지 않을 거야. 이 능력이 사실이라면 뭔가 더 대단한 걸 하라는 우주의 계시일 거야. 내가 볼 때 여기에는 트릭을 사용할 수 있어. 바로 애가 무언가를 알아내려고 할 때는 그걸 문장으로 생각한다는 거야. 그러면 여러 가지 정보를 동시에 알아내는 게 가능하지 않겠어? 예를 들면 우리 우주가 존재하기 전에 존재했던 곳의 생명체의 개수는? 이런 걸 적어낼 수 있다면 우리 우주 전에 다른 우주가 있었다는 사실과 거기에도 생명체가 존재했다, 또 얼마나 존재했다, 이런 복합적인 정보를 알아낼 수 있잖아?"

그러자 또 다른 학생이 의견을 냈다.

"그건 그렇지만 그런 식이라면 과거의 숫자를 알아내는 것 보다 미래의 정보를 알아내는 편이 낫지 않아? 우주가 팽창을 지속하는 마지막 순간이 지금으로부터 몇 년이나 남았는지. 이런 중요한 걸 알아내야 인류에게 더 도움이 될 거야. 이 능력은 인류에겐 일종의 '치트키' 같은 존재인 거야. 좀 더 대단한 무언가를 생각해 내야 해."

"미래에 자식을 몇 명 낳게 될지, 앞으로 파게 될 코딱지 개수는 몇 개일지, 그냥 그렇게 낭비해버리는 건 좋지 않다는 데 동의해. 난 이 능력이 인간에게 존재한다는 것 자체가 뭔가 인류의 멸망이라거나 하는 위험을 피하거나 운명을 바꾸는 데 필요하기 때문이라고 생각해. 개인적으로는 인류가 언제 지구를 떠나게 되는지 알고 싶어, 물론 내가 죽고 나서겠지만……."

　다들 이제 능력의 사실 여부를 떠나 어떤 숫자를 알고 있으면 우주의 비밀을 하나 더 알아낼 수 있을까 하며 열띤 토론을 펼쳤다. 그러던 중 한 학생이 재미있는 생각을 발표했다.

　"그러면 그냥 인류가 가장 궁금해 하는 숫자를 능력으로 알아보는 건 어때? 물론 알고 나서 그게 뭘 의미하는 건지 모르겠지만……."

　학생들은 동시에 낄낄대며 웃음을 터뜨렸다.

침입자

1

'살그락, 살그락.' 차가운 기운이 두 뺨을 스친다. 마치 그림을 그리는 붓을 놀리듯 나는 다리를 움직인다. 집안에는 아무도 없다. 정적이 감돈다. 나는 조심스레 집안을 뒤지기 시작한다.

'달그락, 달그락.' 서랍 안에는 별 게 없다. 나는 온몸의 감각을 곤두세워 그게 어디에 숨겨져 있을까 생각해 본다. 어둠 속에서 거의 아무런 소리도 내지 않고 나는 빠르게 움직인다. 모든 가구의 뒤쪽이나 벽에 걸린 그림 뒤에 혹은 소파 아래에 은밀히 숨겨진 게 없는지 꼼꼼히 확인한다.

나의 아버지도, 또 그 아버지도…… 우리 일족은 대대로 이런 일에 특화됐다. 나는 어렸을 때부터 침입에 적합하게 키워져 왔다. 암순응이 빨리 되기 위해 어둑한 곳에서 지냈는가 하면, 낮은 찬장 아래서 몸을 숨기는 법을 배우기 위해 몇 년이나 엎드려 지냈다.

긴 시간 동안 최고의 침입 전문가로 양성된 나는 오늘 드디어 첫 임무를 받았다. 많은 형제가 침입에 실패한 이 집. 이 집을 터는 것이 나의 첫 번째 임무다. 뒤를 봐주는 동료 하나 없지만 조금도 두렵지 않다. 수석으로 훈련을 마친 나는 자신감이 충만하다. 지금 내 머릿속엔 오직 임무, 임무뿐이다. 두려움 따위는 배워 본 적이 없다.

빠른 손놀림으로 침대 아래를 뒤지고 있을 때 갑자기 현관 쪽에서 소리가 들렸다. '덜컥.' 방금까지만 해도 어떠한 기척도 없었는데 갑자기 현관문이 열렸다. 나는 급히 방으로 들어가 두리번댄다. 침대 밑? 아니, 옷장 속에 숨자. '부스럭.'

'뚜벅, 뚜벅, 탈칵.' 불을 켜지 않고 작업한 덕분에 주인은 내 존재를 모르고 있었다. 주인이 불을 켜고 거실 소파에 옷을 던져 걸치는 소리가 들린다. 가슴이 조그맣게 콩닥거린다. '아니, 난 절대 들키지 않는다.' 그렇게 되뇐다. 만약 들키더라도 잡히지 않고 도망갈 자신은 충분했다. 내겐 빠른 다리와 은신술이 있지 않은가.

'부스럭.' 이크, 민감한 주인이 뭔가 눈치챈 모양이다. '쾅!' 주인이 방문을 왈칵 열어 재꼈다. 하지만 그곳에는 어떤 지문도, 흔적도, 심지어 작은 온기도 남아 있지 않다. 하지만 주인은 뭔가를 알아챈 듯 사방을 두리번댄다.

내가 뭘 놓친 걸까? 나는 옷장 속의 오래된 이불을 뒤적여 그 아래로 조심스레 숨었다. 나는 그 좁은 곳에 숨어서 희미하게 보이는 옷장 문틈으로 밖을 주시했다. 주인이 뭔가를 발견한 듯 침대 아래를 살피고 있었다. 휴…… 거기 숨지 않길 잘했다. 하지만 안심도 잠시, 그가 이쪽으로 오고 있다. '왈칵!' 아니나 다를까 벌컥 옷장 문을 열어본다. '콩닥, 콩닥.' 심장이 견딜 수 없을 만큼 세차게 뛴다. 이제 나를 덮고 있는 이불만 치우면 발견하게 된다. 하지만 주인은 곧 별다른 의심을 하지 못하고 옷장 문을 닫는다.

들키지 않았다. 천운이다. 아니, 나의 이중트릭 덕분이다. 이불을 덮고 있길 잘했다. 주인이 방문을 닫고 나가는 걸 확인하고 나는 조심스레 옷장을 나선다. 이제 시간이 얼마 없다. 빨리 뒤져야 한다. 나는 아까 뒤지다 만 침대를 살펴보다가 베개 아래에서 뭔가를 찾아냈다. 딱딱한 뭔가가 잡힌다. 찾았다! 바로 이거다. 좋아, 이제 이 집에서 빠져나가기만 하면 완벽하다. 그 누구도 성공하지 못했던 임무, 내가 곧 이룰 수 있다. 자신은 있었다.

나는 프로니까.

2

'덜컥.' 현관문을 열었다. 힘든 하루를 보낸 나는 거실에 불을 켜고 겉옷을 소파에 던져 걸었다. 텔레비전을 켤까 하다가 나는 바닥에서 뭔가를 발견한다. '응? 이게 뭐지? 흔적. 뭔가의 흔적이 있다. 설마……'

침입자다. 또 누군가가 내 집에 침입했다. 아니, 나의 착각인가? 그래도 확실히 해 두는 게 좋지. 그들의 잦은 침입으로 나는 신경이 곤두서 있었다. 무기가 될 만한 야구 배트를 손에 들고 나는 방에 들어가 본다. 역시 아무런 특이한 점은 없다. 하지만…….

'휙.' 나는 급작스럽게 침대 아래를 들여다본다. '음, 아무것도 없군.' 하지만 여긴 어떨까? '왈칵!' 옷장도 열어본다. 역시 아무것도 없다. 역시 내 신경이 예민했던 탓일까? 아니면 이미 침입자가 도망가 버린 걸까? 나는 애써 아니겠지, 하는 생각을 하며 방문을 닫는다. 그때, 거실에서 뭔가를 발견했다. 마음속에 확신이 고개를 쳐들었다. 분명 누군가가 침입했다. 하지만 그 녀석이 아무런 흔적도 없이 사라진 것이다. 이 녀석은 분명…….

프로다.

3

주인이 짐을 챙겨 집을 나간다. 뭔가 일이 생겼나 보다. 좋아, 이건 도망치기엔 더 없는 기회다. '쾅!' 주인이 집을 나가는 소리가 들린 후 나는 100을 세었다. 그래도 아무런 기척이 없다. '좋아, 멀리 간 모양이지?' 나는 깜깜한 거실을 조심스레 빠져나간다. '앗! 이게 뭐야? 부비트랩!' 바닥에 끈적한 것이 발라져 있었다. '으악!' 몸이 바닥에 달라붙어 버렸다. 몸을 움직일수록 더 끈끈히 붙어 버린다. '벌컥!' 그때 현관문이 열리고 불이 켜졌다. '읏! 눈이 부시다. 이런! 함정에 빠졌구나!' 주인과 눈이 마주쳤다. 꿀꺽…… 침을 삼켰다.

4

'벌컥!' 갑자기 불을 켜자 예상대로 그놈이 벌벌 기어 나왔다. 그놈은 내가 놓아둔 '찐득이'에 먹이를 문 채 달라붙어 빌빌대고 있었다. 왜 이 집구석에는 이렇게 바퀴벌레가 많은 거야? 나는 툴툴대며 바퀴를 쏘아봤다. 징그러운 더듬이와 눈이 맞았지만 불쌍한 마음은 조금도 안 들었다. 나는 그놈 위에 종이 한 장을 깔고 슬리퍼로 콱 밟아 죽인 다음 찐득이와 함께 커다란 쓰레기봉투에 던져 넣어 깔끔하게 처리했다.

오늘도 1킬. 왠지 집안이 좀 더 깨끗해진 기분이 들었다.

더 강력한 기능, 더 저렴한 가격의 최신 사피엔스 출시

알비는 더 강력한 기능으로 무장한 사피엔스를 출시했다고 대대적인 광고를 하고 있는 '이탈두메다' 제8군 은하 생물 제조사의 전단을 들고 고민 중이었다. 8군 같은 경우의 생물 제조사는 주로 사회를 꾸릴 수 있는 지능이 탑재된 생물을 제조하는 회사인데, 이번 우주 폭풍철을 맞아 이리저리 폭풍을 맞아가며 번거로운 여행을 귀찮아하는 어린 신들을 위해 그들의 장난감 행성들에 넣을 새 야심작을 출시한 것이었다.

알비는 이미 서너 개의 장난감 행성들을 가지고 있었는데, 그중 두 개는 잘 돌봐 주지 않아 벌써 행성의 생물이 모두 자멸해버렸고, 그나마 가끔 오존층을 끼얹어 주거나 화산폭발을 잘해 준 초록 행성 하나만 남아 있었다. 뉴스에서 이번 폭풍 철은 십만 년쯤 될 거라고 하던데, 그동안 집에서 돌봐줄 행성 하나 없다면 알비는 굉장히 심심할 터였다. 게다가 마침 유치원에서 다른 아이들의 최신 생물이 가득한 행성을 구경하고 온 터라 알비는 이번 폭풍 철에 반드시 두둑한 생물 종을 가진 행성을 만들어서 다음번 유치원에 갈 때 가져가 자랑을 하고 싶었다.

알비가 알기로 8군 생물 제조사가 이번에 내놓은 신작 '호모사피엔스'는 저번의 '사피엔스'보다 사회 활동 능력과 지능이 강화된 모델이었다. 저번에 내놓은 '사피엔스'가 시장에서 처참히 외면 당한 까닭에 이번에는 좀 분발한 모양이었다. 물론 물건이 스펙만 놓고 봤을 때 3군의 회사들보다야 아직 한참 딸리긴 가격대비 성능 만큼은 꽤 괜찮아 보였다. 알비가 특히 이번 출시에 관심을 보이는 까닭은, 강력한 행성을 만들기 위해서는 두 발 생물도 몇 종류 꼭 필요한데 아직 알비의 행성에는 사회 활동을 하는 생물이 몇 되지 않아서 건축물이나 자연 훼손 경관이 아주 부족했기 때문이었다.

알비는 제품명 '인간'이라고 하는 이번 출시작의 스펙을 꼼꼼히 살펴봤다. 먼저, 몇몇 군데만 남기고 털을 밀어 심플한 외관을 강조한 부분이 신선했다. 포유류 중에서는 꽤 신경 쓴 디자인이었다. 무게도 40~120kg 정도로 중간급이었고 수명도 100년 미만으로 알비가 가진 행성 콘셉트에 어울렸다. 지난번엔 수명이 3000년씩이나 하는 두 발 생물을 괜히 집어넣었다가 균형을 망쳐 행성을 내다 버린 경험이 있었기 때문에 이번에는 더 신중할 수밖에 없었다. 전단을 자세히 읽어보던 알비는 물론 저렴한 가격이 굉장히 구미를 당기기는 하지만 생물학적 스펙 부분에서 아주 큰 단점이 눈에 띄었다. 인간은 면역력이 최신 버전인 것도 아니었고 근육의 재질 마감도 깔끔하지 않았다. 피부가 매끈해서 가끔 구경하고 싶을 때 집으면 그립감이 좋을 수야 있겠지만 근육 마감이 이래서야 어디 꽉 쥐어볼 수 있겠는가. 알비는 이번 제품이 아무래도 빠른 사회 활동과 강력한 감정을 너무 강조하다 보니 저렴한 가격을 맞추기 위해선 체력적인 부분에서 낮은 사양을 넣을 수밖에 없었나보다고 생각했다.

알비는 한참을 고민하다 구매하기 전에 먼저 다른 구매자들의 개봉 후기와 사용 후기를 훑어보기로 했다. 알비는 먼저 '비에르'라는 어린 신의 블로그에 들어가 보았다. '비에르'라는 녀석은 아마 두 발 생물 마니아였는지 두 발 생물 카테고리에 20종도 넘는 두 발 생물의 구입 후기와 사용 후기가 빽빽이 적혀 있었다. 알비는 서너 종만 사면 반년 용돈이 거덜 나는데 이 녀석은 돈도 많은 듯했다.

저도 힘도 약하고 날카로운 이빨이나 발톱 같은 게 없어서 아무렇게나 행성에 집어넣어도 될지 꽤 망설이고 구매했는데요. 꺄! 생각보다 완전 적응 잘 하고 부가옵션으로 사회 활동에서 신 '숭배 DNA'를 집어 넣었더니 귀여운 애들이 막 맨날 기도하고 그러네요. 꺄! 완전 귀여워!

부가 옵션으로 사회 활동에 별걸 다 넣을 수 있나 보다. 알비는 좀 더 자세한 글이 없나 하고 카테고리를 뒤져 개봉 후기를 찾아내었다.

꺄! 오늘 드디어 이번에 새로 구매한 8군의 호모사피엔스! 인간이 도착! 택배를 받고 보니 완전 기분 짱! 역시 새 거라서 그런지 표면에 기름기가 좀 있는 듯? 질감은 완전 물컹하고요! 생각보다 약간 묵직? 한 듯…… 설명서에 처음에는 물가 근처에 넣으라고 했는데 제가 실수로 처음에 조금은 사막에 넣어서 으악! 개체 수가 완전 많이 줄었어요. 처음 넣은 물가 근처에 우림이 있었는데 제가 송곳니 생물을 좋아해서 많이 넣어뒀더니 하필 거기에 송곳니 가진 애들이 완전 많았던 거 있죠. 호모사피엔스는 눈 시야각이 앞쪽으로 100도 정도밖에 안 되는 모델이라 옆에서 오는 맹수류를 잘 못 피하더라고요! 그럴 때는 지진 몇 번 잘 흔들어주셔서 맹수류 개체 수를 좀 줄이면 되고요. 저는 한

200년 기르니까 완전 잘 적응됐어요. 그래도 사피엔스류 중에서는 적응력이 제일 빠른 듯? 제가 기대한 사회 활동은 거의 천 년쯤부터 시작하기에 이래서 언제 도시 만드나, 하고 봤는데 웬걸? 2천 년쯤 시간 주니까 금방 도시를 만들더라고요. 특히 자연 훼손 경관이랑 건축물 잘 만듭니다. 완전 좋음! 꺄!

다른 블로그에 들어가 보자 어떤 신은 직접 매장에 다녀온 모양이었다.

8군의 최신 사피엔스, 인간. 제가 매장에서 3000년쯤 사용해봤는데요. 기르는 건 좀 어려운 편이지만 광고에 나온 대로 사회 활동은 괜찮은 편이고요. 행성에 순한 가축류나 재배 가능 곡물 넣어두신 분들께서는 거의 천 년쯤 기르면 바로 도시 만듭니다. 앞발 없고 대신 양손을 채택했는데 손가락이 5개라 좀 약한 편이고요. 생물학적으로 면역력 약한 거랑 근육마감이 좀 아쉬운 부분들은 옷이나 장신구류 개발 되면 그럭저럭 괜찮아요. 수명에도 영향 없고요. 그래도 저렴한 가격답지 않게 적응력 좋은 모델인 것 같습니다. 대중적이고 호환성이 높아요. 단 행성 간 교환이나 이주는 안 되고요. 제품 자체가 양성 번식이라 번식 방식에 진화가 없어요. 그게 좀 불편하긴 한데…… 좋은 점은 옵션에서 신 숭배 넣으시면 가끔 통신 됩니다. 이 가격대에서 통신 기능 넣은 모델 별로 없거든요. 통신 자체는 다른 두 발 생물류보다는 달리지만 일단 통신 되는 개체가 있으면 지시 사항에는 잘 따르는 편이에요. 지능은 사피엔스류 중에서는 그나마 쓸만 한데 만약에 고급 건축물 지으시려면 다른 두 발 생물 사시는 게 나을 듯싶고요. 그냥 무난하게 사회 활동하는 애들 넣으시려면 강력 추천드립니다. 저번 버전에서보다 수명은 좀 업그레이드한 것 같고 개체들이 지나치게 감정적인 부분을 보니까 '우뇌우세형'을 달아 놓은 거 같던데, 앞으로 '좌뇌우세형'이나 '대뇌형'으로 바꿀 수 있게 DNA 덮개를 달아 놓은 모델이 나오면 좋을 거 같습니다.

'음……. 지나치게 주관적인 후기로군?' 후기를 읽다 보니 광고에서처럼 그다지 강력해진 기능을 가지고 있는 건 아니라는 생각이 들었다. 특히 두 발 생물이 양성 번식밖에 안 된다는 점에서 인간은 알비의 기준에 못 미치는 성능이었다. '사회활동 쪽은 괜찮지만 생물 쪽이 너무 약한데?' 알비는 일단 인간 구매를 보류하기로 했다. 대신 가격이 비싸서 사는 건 좀 무리지만 디자인과 성능이 좋은 생물들을 출시하는 1군의 '우주감자 생물주식회사' 사이트에 접속했다.

우주감자사가 이번에 'I엘프'라는 두 발 생물을 출시했나 보다. 깔끔한 외관과 빠른 사회 활동, 긴 수명과 적절한 호환성, '다성 번식'부터 '단성 번식'까지 가능한 모델이었다. 하지만 가격이 너무 비싸서 알비에겐 무리였다. 아니지…… 이번에 엄마한테 마지막으로 한 번만 더 졸라 볼까? 알비는 새로운 고민에 빠졌다.

유리 소년

유리로 만들어진 소년이 있습니다.
그의 눈은 유리고
그의 손은 유리고
그의 심장은 유리입니다.
모든 것이 투명하기 때문에 모두 그의 생각을 쉽게 알아버리지요.
모든 마음이 다 보이니까요.
유리 소년은 모두에게 속아 넘어갑니다.
그리고 상처받으며 그의 유리 몸은 조금씩 깨져 갔습니다.
믿음도, 사랑도 모두 깨진 그에겐 이제 날카롭게 변해버린 유리 심장만이 남았습니다. 유리 소년은 마지막 남은 유리 심장이 깨질까봐 어둠 속으로 숨어들어 가 자신의 투명함을 감춥니다.
"누구도 믿지 못해, 이제 더는 누구와도 만나지 않겠어!"
결국 유리 소년이 자기 자신조차 보이지 않는 칠흑 속에 숨었을 때
놀랍게도 한 그림자 소녀가 말을 겁니다.
"네가 좋아, 넌 맑고 솔직하니까! 나와 함께 하자!"
유리 소년이 말합니다.
"안 돼! 난 깨지고 말 거야. 넌 어두워. 아무것도 보이지 않아. 그러니 내 안에 투영될 수 없어!"
유리 소년은 슬픔도 기쁨도 나눌 수 없기에 투명합니다. 그래서 그의 안엔 누구도 가두어 둘 수 없습니다. 그러나 그림자 소녀는 말합니다.
"아니, 그렇지 않아, 단지 네가 내 안에 함께 해 주기만 하면 돼."
그림자 소녀는 유리 소년과 같은 곳에 자리합니다.
"이러면 너는 나를 머금을 수 있고, 나는 너를 안을 수 있어."
그렇게 투명했던 소년에게도
기적처럼 그림자가 생깁니다.

방법

    어떤 사나이가 10년 동안 로또 1등에 무려 20번이나 당첨되는 사건이 발생했다. 놀랍게도 그가 10년 동안 산 로또의 장수도 딱 20장이었다. 물론 로또 회사 측에서는 백 번이고 조작을 검사했지만 아무런 흔적을 발견하지 못했다.

    그는 로또에 당첨된 이후, 어떤 매체와의 인터뷰도 정중하게 거절한 채 신분을 드러내지 않았다. 그리고는 얼마 되지 않아 한 미모의 여성과 비밀리에 결혼하여 세계 여행을 다니며 살았다.

    그는 부동산이나 적금, 주식, 채권 따위에도 절대 투자하지 않았다. 대신 금이나 커다란 루비, 다이아몬드 등의 귀금속을 잔뜩 사서 필요할 때마다 여행 중에 돈으로 바꿔 사용하곤 했다.

    세계의 모든 사람은 로또 1등에 20번이나 당첨된 사나이가 있다는 소문에 그의 정체를 매우 궁금해 했다. 거의 모든 지식인 단체는 그가 세기의 사기꾼일 거라 여기고 있었다. 프로그래밍, 화폐술, 매수의 달인이라고 말이다. 그렇지 않고서는 불가능한 확률이 가능했다는 것을 인정할 수 없었기 때문이다. 그래서 몇몇 대형 단체들이 힘을 모아 스파이를 파견해 알아보기로 했다 스파이로 하여금 그를 유혹해 결혼하게 한 다음 몇 년 후 은근슬쩍 그의 심중을 떠보게 하는 일을 하기로 말이다.

그렇게 로또 20장의 사나이와 결혼한 여성은 6년을 그와 함께 살았다. 그녀는 그와 함께 사는 동안 "어떻게 로또에 그렇게 여러 번 당첨됐어?" 라는 질문을 수없이 목구멍 언저리까지 올렸다가 삼키기를 반복했다. 결정적으로 확실한 대답을 듣기 위해 모든 유혹을 꾹 참아낸 것이다. 만약 그의 모든 사기 행각을 그녀가 밝혀내지 못한다면 그것은 그대로 세기의 미스터리로 남아 버릴 것이 뻔했다.

그리고 드디어 시기가 거의 다 여물어 왔다. 그 사나이는 그녀에게 푹 빠져 있었고 이제 그녀가 죽으라면 죽는시늉을 할 정도로 그녀에게 애정을 품고 있었다. 그녀는 그와 행복한 하루를 보낸 저녁에 '사기꾼을 반대하는 세계 지식인 연맹 조직'에 보고를 올렸다. 다음 날 아침 나른한 그 사나이에게, 은근슬쩍 사기 방법을 물어보겠다고 말이다.

D-Day.

모든 것은 계획대로였다.

그는 비몽사몽 간에 그녀를 껴안았고 둘은 함께 웃었다.

"자기, 근데 말이야, 어떻게 로또에 그렇게 여러 번 당첨된 거야?"

방아쇠가 당겨졌다.

"음……."

그는 교활하게도 잠깐 뜸을 들였다. 그녀의 등에 식은땀이 흘렀다. 그가 그녀를 의심하는 것일까? 역시 이런 식으로는 말해 주지 않는 것일까? 이대로 몇 년간의 공이 헛수고로 돌아갈 지도 모르는 절체절명의 순간이었다. 그녀는 호기심을 가진 모든 인류를 대표해 긴장하고 있었다.

"자기, 나한테도 알려주지 않을 거야? 응? 응?"

그녀는 훈련된 요원이었다. 그래서 긴장된 상황에서도 대담하게 한 술 더 떠 당당한 애교를 부렸다. 그러자 의심의 눈초리로 가득했던 그의 눈빛이 풀려갔다.

"그건 말이야……."

됐다! 그가 대답하려 한다. 그녀는 초롱초롱한 눈빛으로 그의 입술이 움직이는 모든 것을 놓치지 않고 전부 들을 준비를 마쳤다.

"만약 자기가 미래에서 과거로 오면 뭘 가지고 오겠어?"

"미래에서 과거로 오면?"

그녀가 당황하자 그가 그녀를 보고 윙크를 하며 미소를 지었다.

"하하…… 바로 그거야."

금연살자

메르노 퐁 리우도 씨는 올해 145세의 젊은 '자살복지사'이다. 그는 25년간 재수를 한 끝에 134세가 되던 해 드디어 어렵사리 자살복지사 자격증을 따냈고 이후 아버지의 인맥을 통해 '자살복지청'에 근무하게 되었다.

'내 마음대로 정하는 내 인생의 행복한 마침표! 이젠 저렴하게 집에서 죽으세요!'

그가 자살복지청에 근무하던 해의 슬로건이었다.

메르노 씨의 부모님은 메르노 씨가 늦게나마 자살복지청에 들어간 것을 매우 자랑스럽게 여기셨다.

"120살 이후로는 여자친구를 만날 여유도 없던 네가 노후 대책, 자살 대책을 어떻게 해결하나 싶었는데! 이젠 됐다! 우리도 한시름 놓겠구나!"

메르노 씨의 어머니는 그렇게 말씀하시며 아들의 어깨를 다독였다. 한편으론 은근슬쩍 자살연금의 직원 가족 할인 혜택을 받을 수 있다는 것에도 기뻐하시는 눈치였다. 사실은 날로 치솟는 물가에 자살연금 없이 어떻게 자살해야 할지 막막한 터였기 때문이다.

아들을 매우 자랑스러워 하시던 메르노 씨의 부모님은 얼마 후, 아들 메르노의 권유로 합리적인 가격에 그랜드캐니언의 가장 높은 계곡에서 뛰어내려 동반자살 하셨다. 그해의 가장 싼 시체처리비로 고향에 묻히게 되셨음은 물론이다.

2405년 게르메르 게르게르 박사가 인간의 수명은 절대적으로 180세를 넘길 수 없다는 것을 증명해냈으며 그로부터 얼마 되지 않아, 인류의 의학 기술은 모든 인류가 한계 수명까지 아무런 무리 없이 살 수 있을 만큼 발전했다. 하지만 한계 수명에 이르기 전 3년간 인간은 급속히 '초과노화'가 진행되어 모든 장기와 신체가 붕괴되는 현상을 겪었으며, 이는 어떤 기술로도 피할 수 없었다.

그 과정은 몹시 괴로워 보통의 사람은 일반적으로 이성을 유지할 수 없는 데다가, '평생 행복'을 추구하는 현대 문명인의 성향과 매우 상반되는 경험이기 때문에, 전 인류사회에는 결국 '평생 행복'의 가치관에 부합되는, 도시적이고 문명적으로 받아들일 수 있는 '자살'을 보편화하게 되었다.

메르노 씨가 취직한 '자살복지청'은 자살복지부의 하위 정부 기관으로 매년 연금을 걷어 예상 한계 수명에 다다른 시민이 자신에게 알맞은 자살 시기와 원하는 자살 방법을 고를 수 있도록 지원하고, 자살 후 경제활동, 자녀 대책, 유산 분배, 시체 처리 등에 대해 합법적이고 안전한 선택을 할 수 있도록 국가적으로 지원하는 기관이다.

메르노 씨가 자살복지청에 지원하게 된 계기는 아마도 예전 부인의 권유 때문이었다. 당시 메르노 씨와 알렉산드라 부인은 10년 동안 부부로 살다가 서로 사용하는 치약 맛이 다르다는 이유로 헤어져 70년째 친한 친구 관계로 지내고 있는 사이였다.

"난 요즘 '웰 사이드'에 푹 빠져서 저금하는 중이야. 너도 같이 해보는 게 어때?"

함께 저녁을 먹고 난 후 2차로 들린 작은 카페에서 그녀는 저지방·고열량 돼지기름 마끼야또를 마시며 말했다.

"잘 죽어보자! 그 유행 말이야? 요즘 연예인들도 그거 한다고 난리더라."

그가 시큰둥하게 반응하자 그녀가 발끈하며 목소리를 높였다.

"그게 얼마나 중요한데! 난 멋진 근육질에 흰 수염이 찰랑거리는 멋진 남자랑 동반자살 하는 게 꿈이야! 난 백설공주처럼 독 사과를 먹고 그 남자는 독이 잔뜩 묻어 있는 내 입술에 키스하는 거지. 어때? 낭만적이지?"

"돈 모아서 한다는 게 겨우 독극물 자살이야? 그건 독극물값만 많이 나오고 시체 처리도 어려워서 경제적이지도 않잖아. 요즘 110살 먹은 젊은 여자 애들이나 연예인들 따라 하는 거지. 난 그냥 단순하게 권총 자살 같은 게 낫다고 생각해. 뭐 그렇게 번거롭게……."

그가 그녀의 발언을 비웃고 무시하자 그녀가 몹시 화를 내며 자리를 박차더니 카페를 나가 버렸다.

"넌 그게 문제야! 너나 잘 먹고 잘 죽어라!"

그게 메르노 씨와 그녀의 마지막 만남이었다. 하지만 그녀의 발언은 나름대로 메르노 씨가 미래에 대해 깊은 성찰을 할 수 있도록 해 주었다.

"그래, 사실 생각해 보면 잘 죽기 위해선 지금부터라도 어느 정도 저금을 해줘야 할 텐데."

그는 한참을 생각한 결과 자살복지사 자격증을 따 봐야겠다고 생각했다. 따기만 하면 공무원으로 안정된 직장을 가질 수 있고, 월급은 적지만 '그래도 죽을 때쯤에 직원 할인가로 꽤 괜찮은 자살 상품을 쓸 수 있지 않을까?' 하는 생각에서였다. 요즘 같은 세상에는 80살 먹은 어린아이도 장래희망란에 자살복지사를 쓸 정도니 되기만 한다면 더 바랄 것이 없는 직업이었다.

'똑똑똑.' 결국 꿈을 이룬 메르노 씨는 오늘도 안전한 자살을 권유하기 위해 한 판잣집 대문을 두드렸다. '삐걱.' 안에서 한 160살 정도는 되어 보이는 배불뚝이 노인이 문을 열었다.

"안녕하십니까? 자살복지부에서 나온 메르노 퐁 리우도라고 합니다. 이번에 좋은 자살 상품이 나와서요. 한번 살펴보시겠어요?"

한눈에 보기에는 쾅, 하고 문을 닫아 거절할 것만 같던 인상의 노인은 의외로 친절히 문을 열어주었다. 메르노 씨가 집으로 들어가 거실의 소파에 앉자 노인은 따뜻한 마실 거리를 내어와 그를 대접했다.

"집이 아늑하네요. 아, 이건 유자차군요? 감사합니다!"

"날도 쌀쌀한데 힘드시겠구려."

"아하하! 아닙니다! 직업인걸요."

몇 마디 대화로 어색함이 풀리자 메르노 씨는 본격적으로 상품을 소개하기 시작했다.

"요즘 같은 시대에 살기는 쉬워도 죽기는 좀처럼 어렵죠. 그렇다고 혼자서 죽어볼까? 해도 잘 죽지 않으면 어떻게 해야 하나 걱정이 되고요. 자살 예정일에 죽지 못하면 시체 처리비에 수수료가 많이 나올 텐데 하는 걱정도 생기고요. 혹시 자살 동반자가 계신가요? 친구나 부인이 계신가요?"

"아…… 예, 없습니다만……."

"네네, 그럼 동반 자살 쪽은 안 보셔도 될 것 같고…… 원정자살이나 환각 자살 쪽은 생각하신 게 있으신가요?"

메르노 씨가 쾌활하게 웃으며 홍보용 팸플릿을 펼치자 노인이 유심히 그림들을 살펴보았다. 팸플릿에는 여러 가지 탭으로 나누어 놓은 다양한 자살 루트의 사진이 인쇄되어 있다. 하나같이 행복해 보이는 표정이었다.

"그게…… 저는 이쪽이……."

노인은 의외의 소심한 손길로 약물중독사나 추락사 쪽을 가리켰다.

"이야! 선생님! 맞습니다! 요즘 이 상품들이 사실 제일 잘 나가는 상품이에요!"

그가 맞장구를 치며 호들갑을 떤다.

"앞쪽에 실린 '목 자르기' 같은 그로테스크 스타일은 뭣 모르는 젊은이나 생각하는 죽음이죠. 고딕하게 목을 매단다거나 하는 것도 목줄이 끊어지거나, 천장이 무너지거나 하는 경우가 있고요. 폭발사도 폭탄이 불량이면 매우 난감한 경우가 있어서 저희는 권해드리지 않습니다!"

노인이 고개를 끄덕인다.

"추락사요? 그렇습니다! 자연과 하나 되는 풍경. 카! 한 사람의 인생의 마침표가 이 정도 스케일은 되어야 하지 않겠습니까, 선생님? 지금부터 연금을 들어 두시면 두바이 고층 빌딩에서 추락사하는 것 빼고 세계 어디든! 나이아가라 폭포나 파로스 등대 등에서 추락사하시는 것도 가능합니다!"

"으음…… 에펠탑이나 자유의 여신상 같은 것은 여전히 비싼가요?"

"아하! 도시 쪽을 생각하고 계시는 건가요? 그것도 괜찮지요. 시체 처리비가 농어촌 지역보다 두 배정도 비싸긴 합니다만, 이번 달까지 저희 회사 자살 영상 콘테스트에 참여하신다고 계약하시면 저희가 10% 정도 시체 처리비를 빼 드리고 있으니까요. 또 압사나 동사 같은 희귀한 방법일 경우에 한하여 단체 자살 이벤트를 지원하고 있습니다."

노인은 한참을 고민하더니 자연경관 추락사에 사인을 했다. 그때 텔레비전이 자동으로 켜지고 요즘 도심에서 성행하고 있다는 연쇄살인범들에 대한 뉴스가 흘러나왔다. 자살 예정일이 얼마 안 남은 노인들이 주로 혼자 산다는 데서 착안하여 그런 노인들만 죽이는 범죄였다. 텔레비전에는 끔찍한 살인 현장의 모습으로 보이는 영상이 살짝 스쳐지나갔다. 그러자 메르노 씨와 노인이 몸서리를 쳤다.

"요즘 정말 끔찍하죠. 내가 내 손으로 죽기는 점점 힘들어지는데 누군가 내 목숨을 노린다니……."

그러자 계약서에 사인을 마친 노인이 소파에 편히 자세를 고쳐 잡고 말했다.

"그러게 말이오. 우리 같이 예정일이 다가오는 힘없는 노인들은 그저 저런 강도가 들어와도 제발 돈만 털어가길 바랄 뿐이라오."

둘은 자기들은 제발 안전하게 자살할 수 있기를 바라며 유자차를 건배했다.

위대한 모험

누군가가 내게 준 일을 하고, 그것을 위한 생활을 하고, 사람들과 일에 대한 이야기와 잡담을 나누는 것, 그 일상을 반복한다.

그래서 나는 도시형 인간이다.

태어나서 지금껏 도시를 떠나본 적 없는 사람이라면 언젠가 나처럼 자연으로의 모험을 떠올릴 날이 온다. '지루하다!'라는 생각이 인생에 대해서도 쉽게 연상되는 시기가 된다면 말이다. '언젠가 꼭 가봐야지'라고 생각해 둔 여행지가 살면서 영원히 가보지 못하는 곳이 되는 건 아닐까? 생각해 보다가 작년쯤에도 비슷한 생각을 한 적이 있지 않나, 하면서 고개를 끄덕이게 되면 당신은 그 날이 멀지 않은 것이다.

사실 내가 모험에 대해 관심을 갖게 된 것은 바로 어제부터였다. 요즘 들어 사람들과의 관계가 그다지 순탄하지 않았던 차에, 문득 극지 여행자의 다큐멘터리를 본 것이 도화선이 되었다.

아름다운 자연 경관과 혼자서 보내는 외로운 밤.

주위 20km 내에 사람 그림자도 안 보이는 그런 외딴곳에서 지금껏 내게 스트레스를 주던 업무, 사람들과의 친분, 연락, 내일을 살아야 한다는 무게감들을 잊어보고 싶다는 마음이 들었다. 직장인이라면 가끔 그런 생각이 드는 때가 있지 않은가. 나는 어제가 그런 날이었다.

어제 오후부터 밤까지 나는 종일 그런 생각을 이리저리 해보면서 인터넷으로 정보를 좀 찾아 보았다.

사실 그때까지는 모험을 시작해서 지금의 내 인생을 바꿔보겠다거나 한다는 결심은 정말로 없었다. 가끔 나오곤 하는 모험가들의 이야기처럼, 잘 다니고 있던 직장을 갑자기 그만두고 어딘가로 떠난다거나 하는 일탈 같은 거 말이다.

스스로 잘 알고 있듯이 나는 그럴 인물이 아니다.

작은 일에도 쩔쩔맬 정도로 소심해 행여나 동료들과의 사이가 멀어지지는 않을까 항상 노심초사 하는데, 내가 어디서 광기를 빌려와 그런 큰일을 벌이겠는가. 그런 일은 원래부터 실력이 좋고 언제든 다시 도시 생활을 시작할 수 있는 능력자나 하는 것이다. 나는 줄곧 그렇게 생각해왔다.

나는 먼저 인터넷에서 좋은 자연 경관을 가진 여행지를 검색해 보았다. 또 혼자 지낼 수 있는 여행지, 도전이 필요한 여행지를 검색해 보았다. 온갖 '지오그래픽'의 사진을 한참 구경하고 폴더를 만들어 다운받다가, 혹시 일반인이 참가할 수 있는 코스가 있나 찾아보았다. 하지만 역시 그런 일은 아무나 하는 게 아니었다. 그런 여행은 일반인이라도 자격증이 여러 개 필요했고 내가 정말 원하는 1인 여행이라던가, 극지여행을 하려면 수련 기간도 꽤 필요했다.

어제는 그렇게 새벽 2시까지 모니터를 한참 들여다보다 잠이 들었다. 느낌상 아주 푹 잠든 것 같았는데, 오늘 새벽 문득 잠에서 깬 나는 출근을 하려고 시간 체크를 위해 휴대 전화를 집어 들었다. 아마도 창밖에 해가 아직 뜨지 않은 거로 봐서 새벽인 것 같았다.

아니, 휴대 전화가 고장 난 건가? 휴대 전화의 시간이 00:00 시로 고정되어 있었다.

나는 바로 회사 동료에게 전화를 걸었다. 하지만 여러 번 반복해서 시도해도 전화가 터지지 않는다. 맛이 간 게 분명했다. 나는 또 어디 가서 휴대 전화를 고쳐야 하나, 한참을 생각하다 다시 침대에 누웠다.

눈을 감고 잠시 검색했던 여행지에 가면 어떤 느낌일까 상상해 보았다. 그러다 문득 휴대 전화가 없는 지금 상황에서 이렇게 잠이 들어 버리면 결국 알람이 울리지 않아 지각하게 될 것이라는 생각이 들었다.

'이런 낭패로군.' 나는 벌떡 일어났다.

집 안에 시계도 텔레비전도 두지 않는 나로선 영락없이 컴퓨터밖에 의지할 곳이 없다.

컴퓨터를 켜 보았다. 켜지지 않는다.

방에 불을 켜 보았다. 켜지지 않는다.

정전이다.

창밖을 내다보았다. 주위가 까맣다.

도시에 정전이 온 것이다.

나는 깜짝 놀랐지만 정말 재밌는 상황이라 생각해 옥상에 올라가 주위를 구경하기로 했다. 옥상에 올라가면 주민들이 많아서 다들 구경하고 있을 거라 생각했지만, 예상과 달리 옥상에는 아무도 나와 있지 않았다. 의외로 우리 아파트 단지는 정말 조용했다.

'후욱.'

옥상에 시원한 한 줄기 새벽바람이 불어왔다. 순간 저 멀리서 붉은 빛이 밀려나와 하늘을 뒤덮었다. 일출이 시작된 것이다.

'이게 얼마 만에 보는 일출인가!'

나는 태양이 조금씩 올라와 하늘이 노랗게, 파랗게 조금씩 물들어 가는 모습을 한참 지켜보다가 태양이 먼 산을 모두 벗어났을 때쯤 옥상에서 내려왔다.

오늘은 도시에 정전이 일어난 날이다. 아마 모두와 연락이 되지 않을 거야. 일찍 출발해야겠어. 나는 세수를 하기 위해 물을 틀었다. 아니…… 물도 나오지 않는다. 정전이 정말 심하게 되어서 급수 시설까지 마비된 모양이다. 나는 그제야 상황이 조금 심각하다는 것을 깨닫고 대체 어떤 상황인지 라디오라도 틀어 봐야겠다고 생각하고 휴대 전화를 찾았다.

이런…… 휴대 전화가 그새 방전되어 있었다. 어젯밤 내가 잠들고 나서 바로 정전이 되었나 보다. 나는 어쩔 수 없이 옆집에 상황을 물어보기로 하고 회사에 갈 채비를 하여 집을 나섰다.

'똑똑똑.'

'똑똑똑.'

'이게 무슨 일이지? 전쟁이 났나? 모두 대피했나?'

같은 층의 모든 문을 두드려 봐도 나오는 사람이 없었다. 한순간 등골에 서늘함을 느꼈다. 분명 꿈이 아닌 생생한 현실이다. 나만 모르는 어떤 엄청난 일이 벌어진 것이다. 나는 이런 상황에 다급해 해야 하나, 침착하게 대처해야 하나 감이 서질 않았다. 황급히 아파트 단지를 나가서 크게 소리를 질러보았다.

"거기 누구라도 계십니까?"

아무 반응도 없었다. 사실 이 아파트단지에는 이렇게 소리 지른다고 해도 나올 사람은 원래 안 살았던 것 같다.

'글쎄…… 새벽이라 그런 것일까? 설마 몰래카메라……'

나는 사실 별일도 아닌데 혼자 호들갑을 떨었다가 나중에 망신만 사는 게 아닐까 싶어 차분하게 대처해 보기로 했다. 일단 가능한 여러 상황이 떠올랐지만 말이 되는 건 별로 없었다. 멍한 상태로 조용한 거리를 걸으며 '정말 아무도 없나?'라는 생각을 10분쯤 반복하자 금세 지하철역 입구에 도착했다.

'맙소사……' 지하철도 정전으로 운영하지 않나 보다. 평소에는 그렇게 내 집 같던 지하철역에 불이 꺼진 모습을 보니 그 모습이 마치 거대한 지렁이가 아스팔트 도시에 제 집을 뚫어 놓은 동굴 같았다.

나는 도저히 그 굴속으로 들어갈 엄두가 나지 않아 대로변을 따라 걸어갔다. 여기저기 차들이 잘 주차된 것을 보니 전쟁이 나서 사람들이 도망친 것 같지는 않았다. 모든 가게가 곧 개점할 것처럼 셔터가 올라가 있었다. 하지만 모든 건물에는 불이 꺼져 있었고, 사람도, 동물도 보이지 않았다. 그러다 문득 '방사능 발전소가 터진 건가?'라는 끔찍한 생각이 들었다. 물론 주위에 그런 게 있는지 내가 알 리가 없었다. 하지만 정말 그런 거라면 이거 꽤 위험한 거 아닌가, 하는 생각이 들었다.

'차도에 아무 차도 다니지 않는데 출근은 무슨 출근이야!' 하는 생각이 들자마자 나는 서류가방을 던져 버렸다. 어찌 생각하면 말이 되는 것 같았다. 발전소에 문제가 생겨 정전이 일어나고 급수 시설도 마비되었고 사람들도 대피한 것이다. '그런 거였나?' 나는 당황해서 뛰기 시작했다. 그렇게 마구 달려가다가 문득 나는 어느 방향으로 가는 게 안전한 건지 모르고 있다는 생각이 들었다. 게다가 나는 가장 늦게 소식을 알게 된 사람이 아닌가. 만약 피폭이라면 나는 이미 돌이킬 수 없을 만큼 방사선을 쐬었을 것이었다. 그런 생각이 들자 나는 마음이 편해졌다.

'이제 나는 죽었구나.'

'그냥 옷을 풀어헤치고 '바다나 보러 가야겠다!'라는 심정으로 해가 뜨는 방향으로 걸어갔다. 사실 어디에 바다가 있는지 모르니 높은 곳에 올라가 밝을 때 보면 보이지 않을까 싶어서였다. 또 만약 나처럼 소식을 못 들은 사람이 있다면 같은 생각을 하지 않을까 해서였다.

그렇게 내가 아는 지역을 벗어나서 모르는 지역에 들어갔고 다시 그 지역보다 더 모르는 지역으로 들어가게 되었다. 한 시간쯤 걷자 배가 고파졌다. 대로변의 불 꺼진 편의점은 문도 잠겨 있었다. 나는 하는 수 없이 편의점 앞에 쭈그리고 앉아 멍하니 대로를 바라보았다.

배고프고 힘들고 주위에 아무도 없는 상황. 어제까지 내가 바라던 모험이 아닌가. 그렇게 생각하자 참으로 행복해졌다. 하지만 이내 곧 어디선가 혼자 죽어 버리는 게 아닌가, 하는 불안감과 공포감도 엄습해왔다. 기온과는 상관없이 닭살이 돋았다.

순간 어떤 초능력이 생겨서 내 주위에는 사람들이 다가오지 못하는 게 아닐까, 하는 생각이 들었다. '모두 우연히 일이 생겨서 이 도시를 떠날 일이 생기고, 우연히 전기가 들어오지 않고, 사실 내가 도시에 혼자 남았다는 것을 알아차릴 여유가 다른 누구에게도 남아있지 않았던 것은 아닐까?' 하는 상상이 들었다. 내가 걸어가면 그 방향에 있는 사람들이 우연히 일이 생겨 그곳을 떠날 일이 생기는 초능력 말이다. 그런 거라면 나는 사람들로 가득 찬 지구에 영원히 홀로 남는 것이다.

한참을 생각하다가 나는 문득 너무 배고프다는 본능에 짓눌려 있다는 걸 깨달았다. 배고픔에서 당장 벗어나고 싶다는 생각이 목을 조여 왔다.

그래서 딱히 생각할 것 없이 나는 본능에 압도당해 망설임 없이 근처에 떨어져 있던 벽돌을 들어 편의점 유리에 냅다 날렸다. 유리 벽은 뜻밖에 한방에 부서지지도 않았고, 뜻밖에 파편이 튀지도 않았으며, 경보기도 울리지 않았다. 꽤 조용히 일이 마무리 되었다.

불이 꺼진 편의점에 무단으로 들어가면서 문득 '전기도 없고 사람도 없는 곳에서는 법도 없겠지.' 하는 생각이 들었다. 편의점에는 아직도 시원한 음료와 녹지 않은 아이스크림이 있었다. 어차피 먹지 않으면 죽을 텐데, 보이는 건 맛있게 집어먹고 내부 피폭에 대해서는 생각하지 않기로 했다.

진열대 구석을 뒤져 건전지로 작동하는 라디오를 찾아 켜보았지만 지직거리는 소리만 들릴 뿐 방송이 잡히질 않았다. 여태까지 걸어오면서 작동되는 기계 하나 본 적 없고, 지금의 상황을 설명하는 단어, 신문 같은 것도 본 일이 없다. 분명 전쟁 아니면 방사능 유출이라는 데 확신이 생겼다. 그 확신에 나는 생애 처음으로 턴 편의점에서 옷도 편하게 갈아입고 봉투에 이것저것 챙겨 나왔다.

마치 장을 보듯이 이것저것 재보면서 훔쳐왔다. 만약 이곳이 도시라면 나는 이런 일들에 참을 수 없을 만큼 큰 죄책감을 느꼈을 테지만 지금 여기는 도시가 아니니까.

나는 편의점을 나와 북극을 여행 온 모험가의 마음으로 태양을 향해 나아갔다. 저 멀리 산이 하나 보였다. 계속 걸어가면 해가 지기 전까지 꼭대기에 도착할 수 있을 것 같았다.

그래. 내 여행의 목표는 저것이다.

내가 곧 죽는다고 생각하니 나는 지금의 상황이 꽤 즐거워졌다. 죽기 전까지 시간이 얼마나 많이 남아 있는지 모르지만 오늘을 잘 넘기게 된다면 내일쯤부터는 일기를 써보기로 했다. 나는 한참을 걸었다. 거대한 빌딩 숲은 자연이 만들어 놓은 열대우림 같았다. 나는 양손의 비닐봉지에 먹을 것을 가득 들고 유유히 그곳을 헤쳐 나갔다.

이 도시는 정말 내 수준에 맞는 모험 장소다. 어쨌든 이건 내 일생일대의 도전 아닌가. 아무도 없는 곳에서 어떤 상황인 지도 알지 못하고 어디로 가야 하는 지도 모르는 것에 도전하는 일. 흥미진진했다.

나는 드디어 내가 점 찍어둔 산에 오르기 위한 입구에 도착했다. 거기에는 '정상까지 1.5km'라는 푯말과 산책로가 안내되어 있었다. 산길을 오르는 동안 나는 작은 벌레나 나비 같은 것이라도 만날 수 있을 줄 알았는데, 의외로 그런 곤충을 한 마리도 보지 못했다. 방사능이 확실한가 보다. 작은 생물들은 그런 것에 민감하다고들 하니까.

이윽고 나는 정상에 도착했다. 오는 동안 비닐봉지 한 봉지를 소비했고 이제 가슴에는 내일 먹을 다른 식량 한 봉지를 꼭 품고 있었다.

나는 헉헉대며 산책로 정상에 비치된 벤치에 앉아 곧 저물 해를 바라보았다. 태양이 저 멀리 빠르게 움직이며 하늘을 붉게, 노랗게, 보랏빛으로 물들여 갔다.

문득 오늘 아침 같은 광경을 보지 않았던가, 하는 생각이 떠올랐다. 나는 자연의 아름다움에 푹 빠져 누군가 내 옆으로 다가오는 소리도 듣지 못했다.

"재밌죠?"

"앗! 깜짝이야! 아니 당신은…… 나랑 똑같이 생겼잖아?"

누군가 부르는 소리에 나는 급하게 옆을 돌아보았다. 벤치 끝에는 나와 똑같이 생긴 사람이 여유롭게 웃으며 내 쪽을 바라보고 있었다. 나는 기겁을 하며 자리에서 일어나 뒷걸음질 쳤다. 주위를 급히 둘러보았지만 다른 사람은 없었다. 나와 얼굴도 체격도 똑같이 생긴 그가 말했다.

"놀라지 마세요. 앉아서 얘기 좀 하려고 하는 것뿐입니다."

"안 놀랄 수가 있습니까? 당신은 나랑 똑같이 생겼잖아요?"

그러자 그는 자신도 놀랐다는 듯이 의아해 하면서 말했다.

"아니? 그런가요? 제가 당신이랑 똑같이 생겨 보인단 말이죠? 재밌네요. 그런 일이…… 있다니……."

나는 여유로운 그의 모습에 침착함을 되찾아 다시 벤치 끝에 가 앉았다. 그와는 꽤 거리가 있어서 마음이 좀 놓였다. 그가 내 쪽을 바라보고 뭔가 흐뭇한 표정으로 자신을 소개했다.

"전…… 저승사자예요. 당신은 어제 심장마비로 죽었어요."

"아…… 뭐라고요? 그런 사실을 그렇게 담담하게 말해 주지 말라고요!"

나는 본능적으로 그의 말이 사실임을 직감할 수 있었다. 그는 내게 차분히 설명했다.

"제 모습은 당신이 생전에 가장 보고 싶었던 사람의 모습으로 보이죠, 보통은……."

"그렇군요. 역시 전 진정한 제가 보고 싶었나 봐요."

나는 그래도 죽기 전에 다행히 해보고 싶은 일을 해봤다는 안도감
이 들었다. 아니, 죽은 다음에라도 해봤다고 해야 하나.

"오늘…… 재밌었죠? 저승사자는 죽은 사람 소원을 하나 들어주거든
요."

"하하…… 당황하는 게 제 소원이었나 봐요."

"가끔은 이상한 걸 비는 사람들이 있는 게 사실이죠."

우리는 함께 벤치에 앉아 해가 다 질 때까지 석양을 즐겼다.

그리고 밤이 되자 반대편에서 작은 달이 떠올랐다.

기온이 쌀쌀해지자 그는 마치 저녁이나 먹으러 가자는 듯한 말투로
내게 말을 건넸다.

"자! 그럼 이제 슬슬 갈까요?"

나는 아쉽다는 표정을 한껏 지으며 벤치에서 일어났다.

처음 도전을 해 본 시기가 죽은 다음이라니 너무 아쉬웠다. '평소에
도 내가 모험을 자주 했더라면 어떻게 살았을까?' 하는 생각이 들었
다. '도시가 아닌 곳을 한 번도 가본 적이 없어서 죽어서도 도시에서
모험을 했나 보네?' 하는 생각도 들었다.

사실은 느껴지는 모든 것들에서 절실한 현실감이 배어 나오고 있었
기 때문에 '혹시 지금 이 모든 것이 꿈이라서 내일 다시 현실에서 깨어
나 반성하고 살면 어떻게 되지 않을까?' 하는 헛된 희망도 쉽게 사라
졌다.

내가 머뭇거리자 저승사자가 어서 따라오라는 눈치를 주었다. 나는
어깨를 으쓱하면서 웃어 보였다.

"역시 좀만 더 살다 죽으면 안 되겠죠?"

인간처럼 사는 법

　이 책은 새롭게 개정된 행성 간 생명체 자율 이동에 관한 법률 제5항에 추가된 내용에 따라 태양계 N-3 행성(이하 지구)에 이주하여 사는 개체들에게 모종의 지침과 모범이 되는 방법을 홍보하기 위해 '범우주 자유 이주 추진회'에서 작성한 것이다.

　독자들도 잘 알다시피 인간은 하등 생물로써 다른 행성의 존재를 의식하지 못하므로 우리가 존재를 먼저 알림으로써 그들의 사고체계에 충격을 주는 것은 생태계에 큰 영향을 미칠 뿐만 아니라 소행성 지구에 서식하는 기타 하등 생명체들의 존속을 가름할 수도 있다. 또한 지구를 연구하는 우리 같은 생태계 학자나 외계 생물 탐구학자들의 관찰하는 재미를 떨어뜨려 생명에 지장을 줄 수도 있다. 물론 그런 행위가 법률에도 어긋남은 굳이 언급할 필요도 없을 것이다.

　이 책은 지난 2만 년간 인간을 연구한 결과를 토대로 쓰인 것이며 시대가 변화함에 따라 다소 실제와 다른 부분이 있을 수 있으나 그것은 '범우주 자유 이주 홍보회'에서 지구에 정착하기 전 3년간 '지구의 인간사회 적응 체험 교육'을 따로 제공함으로써 어느 정도 해결할 수 있는 문제라고 생각된다. (책 뒤의 쿠폰을 가져가기 바람.)

　많은 부분에 있어 이 책은 인간의 관점으로 사물을 해석하려 노력했으며 감수에 다수의 저명한 생태계 인사들이 참여하여 지구에서 정착하고 싶은 독자들이 아니더라도 재미있게 읽을 수 있도록 배려했다. 우려하는 것은 낮은 인간의 지능 때문에 따분하거나 답답해 하는 독자들이 있을 수 있다는 것이다. 그러나 그것은 완벽한 생체 변신을 반드시 익혀야 하는 것처럼 지구의 인간사회에서 적응하기 위해서 꼭 필요한 부분이라고 생각된다. 이번 개정판에서는 인간처럼 멍청해지는 법에 대하여 주의할 점과 요점들을 짚어주는 장을 따로 마련했으므로 참고하기 바란다. 이상으로 독자들의 즐거운 지구여행을 기원하며.

목 차

진보와 퇴화

　'또각또각.' 곁에서 나를 호위하고 있는 20명의 여자가 내는 구두 소리가 시끄럽게 복도에 반사되어 울린다. 현기증이 날 만큼 이 긴 복도를 걷는 내내 내 옆에는 고대어를 전공했다는 한 통역관이 시간이 촉박한 듯 빠른 말투로 설명을 멈추지 않고 있다.

　이 통역관의 말에 따르면 지금 나는 '어쩌고저쩌고' 하는 건물에서 '어쩌고저쩌고' 하는 건물로 넘어가는 중이란다. 그녀가 말하기를 그동안 인류는 그 누구도 제어할 수 없을 만큼 너무도 급속한 발전을 했고 상상을 초월하는 과학기술을 가지게 되었다고 한다. 그녀는 투명한 복도의 벽을 통해 저 멀리 보이는 도시를 가리키면서 세계의 모든 도시의 중심에는 인공 항체를 뿌리는 타워가 있어서 모든 바이러스, 병원균, 기생충 등이 더는 인체를 공격하는 것이 불가능해졌다고 자랑스럽게 말했다. 게다가 이 시대의 사람들은 발달한 의료 기술로 인해 병에 걸리는 유전자도 더는 보유하고 있지 않다고 덧붙였다.

　"이제 사람은 병에 걸리지 않게 되었다는 말씀이신가요?"

　내가 묻자 통역관이 고개를 끄덕였다. 통역관은 설명을 계속했다. 인류는 이제 병에 걸리지 않는 시대를 맞이했고 그 결과 할 일이 없어져 버린 인체의 자연면역은 점차 퇴화하여 버렸다는 것이다. 흉선, 갑상선, 골수 따위가 대폭 위축되었지만 인공 면역 기술이 너무도 완벽했기 때문에 걱정할 것은 없었고 인류는 이제 의학 기술의 정점을 찍었다고 생각해서 의사의 수를 줄여 나갔다고 한다. 결국 의사라는 직업은 사라지고 말았다고 한다.

"미래 인류의 기술력은 정말 대단하군요!"

"진화가 따라갈 수 없을 만큼이요."

나는 감탄했다. 하지만 통역관은 우울한 표정을 지으며 이번에는 미래의 인구 상황에 관해서 이야기하기 시작했다. 인류는 이제 아이도 실험실의 인공 자궁으로 만들어 낸다고 한다. 이 방식은 병에 걸리지도 않고 수명도 길며 머리도 똑똑한 인간들로 세계를 채워 넣을 수 있는 막강한 장점이 있는 방법이었다. 하지만 문제는 처음에는 여성과 같은 양으로 균일하게 생산했던 남성이 그 용도가 줄어들면서 결국에는 어떤 아기 공장에서도 남성을 생산하지 않게 되었다는 것이다. 마치 의사라는 직업처럼 남성이라는 성별도 사라져 버린 것이다.

"식량의 소비도 크고 폭력적인 성향이 많은 남성을 굳이 생산할 필요가 없어졌으니까요."

통역관이 말했다. 하지만 아기 공장이 있는 한 남성이라는 존재는 사라져도 문제 될 것이 없었다. 통역관은 지난 몇 세기 동안 전 세계에서는 처참한 세계대전이 몇 번이나 벌어졌다고 했다. 전쟁하는 동안 전쟁에 참여한 나라들은 서로 병력 생산을 방해하기 위해 집중적으로 적대국의 아기 공장을 공격했고 그 결과 어느 순간 전 세계의 아기 공장과 데이터들이 사라지고 말았다는 것이다.

"우리는 어쩔 수 없이 대량의 에너지를 소비해서 과거에서 남자를 데려와 전통적인 방법으로 후대를 생산하도록 할 수밖에 없었습니다."

총명한 독자들은 이쯤에서 내가 이 미래의 세계에 와 있는 이유를 알아차렸을 것이다. 드디어 복도 끝의 목적지가 가까워져 오고 있다. 동시에 내 두근대는 심장도 목구멍에 가까워지고 있다.

"당신은 이 세기의 처음이자 어쩌면 인류의 마지막 남자입니다. 앞으로 백 년 동안은 에너지 부족으로 시간 이동을 할 수 없을 테니까요. 그러니까 어떻게든 이 일을 해내 주셔야 합니다."

통역관은 복도 끝에 있던 방의 문을 열었다. 이런! 벌써 도착해버린 건가? 아직 마음의 준비가 되지 않았는데 말이야! '쿠구궁!' 미래 시대에 맞지 않게 문 열리는 소리가 웅장하다.

"우왓!" 예상했던 대로 방안에는 수많은 미녀가 줄지어 서서 나를 기다리고 있었다. 모두 한결같이 수줍은 미소를 지은 채 그 무엇도 걸치지 않은 차림으로 말이다! '쿵쾅! 쿵쾅!' 나는 벌써 내 목젖쯤까지 올라와 뛰고 있는 심장을 간신히 가라앉혔다. 내 인생 최고의 순간에 심장마비로 죽어 버릴 수야 없으니까.

"그럼 당신만 믿겠습니다! 참, 저희는 필요하지 않기 때문에 전통적인 성교육이라는 것을 일절 받지 않아서 그 과정에 대해서는 전혀 모르고 있습니다. 과거의 사람들은 그런 것을 상식선에서 알고 하더군요. 알고 계신 것을 저희에게 가르쳐 주셔야 할 겁니다."

나는 두 주먹을 불끈 쥐고 마른침을 삼키며 찬찬히 그녀들을 살펴보았다. '이건 조금 변태스러운 행동일 지도 모르지만 그녀들이 날 이곳에 데려온 목적이 이거라면 내게도 어쩔 수 없는 일이지!' 내 시선이 조금씩 아래로 내려갈수록 두근거림은 조금씩 위로 올라갔다.

"어? 잠깐!"

나는 아래쪽을 내려다보고 그곳에 반드시 있어야 할 무언가가 없다는 걸 발견했다. 그녀들은 이질적인 신체를 가지고 있었다! 나는 뒤통수를 얻어맞은 것처럼 힘이 쭉 빠졌다. '이건 뭔가가 많이 어긋나 있는 거야! 이럴 수는 없는 거야!'

"뭐야? 당신들 그게 없잖아?"

"예? 뭐가 없다는 말씀이시죠?"

내가 소리치자 통역관은 당황하며 고개를 갸웃거렸다.

이럴 수가! 시험관에서 태어난 그녀들은 필요하지 않은 것은 전부 퇴화가 된 상태였다. 나는 왠지 모를 강한 배신감을 느끼며 짤막한 욕설과 함께 나도 모르게 이런 소리를 내뱉었다.

"뭐? 이게 말이 되는 전개야? 이 소설 이제 정말 막 나가는구나?"

나는 누구를 구해야 하는가

　지금 나는 상당히 매우 급한 상황과 맞닥뜨려 있다. 너무도 급박해서 내가 무얼 해야 하는지 제대로 생각할 수도 없는 상황이다. 그래도 나는 여태까지 자부해 왔던 나의 이 집중력을 십분 발휘해서 이 위기를 넘기려 한다. 각오를 다지기가 무섭게 나의 중력 감지기가 내가 지금 급격히 왼쪽으로 넘어지고 있다고 느꼈다. 시간 감지기는 집중력을 발휘한 탓에 시간이 아주 느리게 가고 있다고 느끼고 있다. 좋다, 이런 속도로 내가 짧은 시간 안에 많은 생각을 할 수 있다면 나는 이 위기를 그나마 잘 넘길 수 있을 것이다. 문제는 생각의 속도에 비해 기억 회로의 전달 속도가 너무 느리다는 것이다. 그래서 나는 아쉽게도 아직 내가 넘어지고 있는 이유를 바로 떠올릴 수가 없다. 그때 마침 시각에서 유용한 정보가 담긴 영상이 하나 들어온다. 저 앞쪽에서 무언가가 나를 향해 아주 빠른 속도로 날아오고 있다는 것이다. '아하!' 바로 저 물체가 나의 위험요소였을 것이다. 나는 저 물체를 피하기 위해 몸을 쓰러뜨리고 있는 것이다. 자, 어디 보자. 내 팔다리 근육에서 느껴지는 몸의 위치에 대한 고유감각으로 볼 때도 이건 보통의 경우처럼 왼쪽 발을 잘못 디뎌서 넘어지는 게 아니다. 왜냐하면 내가 균형을 잡기 위한 것도 아닌데 일부러 양손을 앞쪽으로 쭉 뻗어내고 있기 때문이다. 내가 왜 손을 바닥 쪽이 아니라 앞으로 뻗고 있지? 나는 그 이유를 알아보기 위해 손에 닿는 감촉에 정신을 집중한다. 그러자 물컹하고 묵직한 뭔가가 느껴진다. 나는 그 정보를 내 시야 외곽에 있는 흐릿한 실루엣과 비교해 본다. '음…… 이건 마치…… 사람 같은걸? 이럴 수가! 내 앞에 다른 사람이 나와 함께 넘어지고 있었다. 그랬다, 나는 이 사람을 구하기 위해서 이런 위기를 겪고 있는 것이었다! 그렇다면 나는 이 사람을 구해 내야만 한다.' 나는 계산을 해 본다. 아까의 본 물체가 날아오는 각도를 생각했을 때 이 사람을 바닥에 밀쳐 내면서 나의 오른쪽 어깨를 뒤로 빼면 그럭저럭 물체와의 충돌을 피할 수 있을 것 같다. 그런데 변수가 하나 생겼다. 다시 입수된 내 시각 정보에 의하면 날아오는 물체는 내 예상보다 훨씬 빠른 것이었다! 게다가 방금 전달된 기억 회로의 회상 정보에 의하면 내 앞에 있는 이 사람이 바닥에 넘어진다면 아주 큰 타박상을 입을 것이라고 한다. 왜냐하면 이 사람은 아마도 정신을 잃은 모양이다! 이 복잡한 변수들의 중요도를 계산하기 위해 더 많은 정보가 필요하다! 나는 정신을 초인적으로 집중해 아까보다 조금 가까워진 물체의 모양을 확실히 보려 노력한다. 그리고 그것이 무엇인지 분석해냈다. 아니, 이건 화살이잖아? 누군가 나와 이 사람을 노리고 화살을 쏜 것이었다. 나는 시각에게 빨리 화살을 쏜 사람이 누군지 쫓아가 보라고 명령을 내리고 화살을 피할 최적의 몸놀림을 계산해 본다. 하지만 놀랍게도 계산 결과 너무나 빠른 화살의 속도 때문에 나와 이 사람 둘 중 하나는 화살을 맞을 수밖에 없다는 결론이 나왔다. 결국 나는 이 사람을 방패막이로 쓰거나 내가 화살을 맞을 수밖에 없는 것이다. 어물쩍대다간 둘 다 화살을 맞게 될 것이다. 그런데 저만 한 화살에 맞으면 단순한 찰과상 정도로 끝나지 않을 것 같아서 내가 맞기는 싫다. '좋아, 그렇다면 이 사람을 희생하는 수밖에 없어!' 나는 이 정보를 왼쪽 팔에게, 이 사람을 화살 쪽으로 밀쳐내라고 명령을 하달했다. '잠깐! 그 순간 기억회로가 보내온 중요한 정보에 따르면 이 사람은 내 약혼자다! 이거 낭패로군!' 안 되겠다, 계획을 바꿔 내가 희생하는 편이 좋겠다. 나는 목숨이라도 건지기 위해 내 오른손을 희생양으로 사용하기로 한다. 내가 막 오른손에 명령을 하달하려고 할 때 이번에는 나의 본능 회로가 제동을 건다. 본능 회로는 시야 회로에 희미하게 잡힌 내가 입고 있는 흰옷과 긴 시간 동안 연습해왔던 오른손의 기술적 감각에서 나의 직업을 연상시킨다. 나는 본능의 도움에 힘입어 해마의 깊숙한 곳에서 '외과 의사'라는 단어를 끄집어낼 수 있었다. 내가 외과 의사였다고? 그렇다면 내 오른손은 생명줄이다. 나는 오른손을 희생하는 방법 대신 다른 수가 있는지 계산해 보면서 내 직업에 대한 확신을 가지기 위해 기억 회로를 채찍질한다. 그러자 기억 회로가 안간힘을 쓰며 최근의 장기 기억을 뒤져서 간신히 몇 가지 사실을 던져주었다. 회상에 따르면 나는 외과 의사가 맞는 것 같다. 또 나는 최근 약혼자와 헤어졌던 것 같다. '뭐라고? 내가 이제 더는 이 약혼자를 사랑하지 않고 있다고?' 그렇다면 이야기는 간단해진다. 원래의 계획 대로 이 사람을 방패막이로 쓰면 되는 것이다. 하지만 계획을 다시 실행하기는 불가능하다. 내가 생각을 해가는 사이에 벌써 몸이 잔뜩 기울어 버려서 앞의 사람을 더 붙잡을 수가 없기 때문이다. 나는 어쩔 수 없이 허리를 이용해 몸의 궤도를 수정한 다음 내 앞의 약혼자를 거세게 밀쳐내어 나를 안전하게 바닥에 착지시키도록 하는 방법을 고안해냈다. 이렇게 하면 내 옛 약혼자가 크게 다칠 수도 있겠지만 내가 살려면 어쩔 수 없다. 그때 한참 전에 내게 화살을 쏜 사람을 쳐다보라고 명령을 내려 두었던 시각이 드디어 초점을 맞춰내어 시상막에 그 영상을 잡아냈다고 알려왔다. 나는 빠르게 안면 인식 판단 중추를 거쳐 그 사람의 신분을 알아낸다. 놀랍게도, 내게 화살을 쏜 사람은 바로 내 옛 약혼자였다. '그렇다면 내 앞에 있는 사람은 대체 누구지?' 나는 크게 충격을 받았다. 그리고 그 충격 덕분에 기억 회로가 뿜어내는 수많은 정보가 내 머릿속에 쏟아지듯 들어왔다. 그 정보들을 분석해 보니 내게 화살을 쏜 나의 옛 약혼자는 전직 양궁선수였다는 것이었는데 내가 새로운 약혼자를 만나자 복수를 하기 위해 나에게 화살을 쏘았던 것이었다. 그렇다면 내 앞의 이 사람은 내가 아직 사랑하고 있는 지금의 약혼자가 맞는 것이었다! 약혼자가 두 명이었기 때문에 헷갈렸던 것 같다. '이런! 내가 명령을 내려놓은 손이 벌써 내 현 약혼자를 밀어내려고 하고 있다. 멈춰! 난 아직 그 사람을 사랑한다고!' 내가 격렬한 감정을 뿜어냈을 때 과부하를 막기 위해 잠들어 있던 나의 감정 주머니가 '빵!' 하며 내게 강렬한 감정을 전달해 준다. 바로 거짓 사랑의 감정이었다. 그러자 그 감정에 뒤따르는 기억 회로의 정보가 따라붙는다. 나는 병원을 물려받기 위해 현 약혼자와 정략결혼을 해서 전혀 사랑의 감정이 없다는 것이다. 내가 정작 사랑하고 있던 것은 옛 약혼자라는 것이었다. 그렇다면 나는 현 약혼자를 구할 필요가 없을까? '병원을 물려받는다고 해도 내 몸이 성하지 않다면 무슨 소용인가!' 나는 급히 내 몸의 소중함과 현 약혼자의 소중함 중 어떤 것이 중요한지 기억 회로와 판단 회로에 동시에 자료를 요청한다. 그러나 두 중추는 웬일인지 작동이 멈춰있는 상태였다. 과부하였다. '하필이면 이런 때에!' 나는 기억회로의 동작 중지로 인해 그동안 가지고 있던 단기 회상의 기억마저 잃고 말았다. 이제부터 기억회로의 지원을 받을 수 없게 된 것이다! '이러면 안 되는데! 시간이 얼마 남지 않았단 말이야! 나는 도대체 누구를 구해야 하는 거야?'

자연주의 거인 vs. 문명주의 난쟁이

1. 서기 1만 년

인류는 그다지 발전하지 못했다.

2. 세계회의

"세계 3천억 명의 인구를 이대로 계속 유지하는 것은 불가능합니다. 이주할 만한 다른 행성을 더 빨리 찾도록 합시다!"

"장관님, 아시는지 모르겠지만 지금 인류의 기술 발전 속도로는 인류가 이주할 행성을 찾기 전에 에너지 고갈로 인류가 멸종하는 게 더 빠릅니다."

"흠흠, 그렇다고?"

"장관님, 아시는지 모르겠지만 석탄, 석유, 우라늄이 고갈된 지 한참입니다. 앞으로 500년 후 인류는 완전히 지하자원 없이 생활하는 시대가 오게 됩니다."

"흠흠, 그렇다고?"

"장관님. 아시는지 모르겠지만 이제는 인류의 인구수를 줄이는 것밖에 방법이 없습니다. 인류의 발전 속도는 너무 느립니다. 에너지는 점점 부족해지고 사용량은 점점 많아지고 있습니다. 에너지 부족은 식량 부족으로 이어지고 식량 부족은 전쟁을 일으킬 겁니다."

"흠흠, 그러면 사람의 크기가 작아지도록 유전자를 조작하면 어떨까? 밥도 조금 먹게."

"장관님, 아시는지 모르겠지만 유전자 조작은 그렇게 쉽지가……."

"잠깐만요! 저는 장관님의 말씀도 일리가 있다고 생각합니다. 500년쯤이라면 사람들에게 조금씩 유전자 변이를 유발하는 콩을 배급해서 어느 정도는 체격을 줄일 수 있을 겁니다! 조금이라도 사람이 작아지면 에너지 절약 효과는 엄청날 겁니다."

3. 미디어

"안녕하십니까. 99시 뉴스데스크 앵커 규규규입니다. 첫 번째 뉴스입니다. 최근 전세계에 보통 사람 절반 수준의 신장을 가진 사람들이 예년보다 2배 더 많이 태어났다는 세계 통계청의 보도가 있었습니다. 2백 년 전 인류에 비하면 지금 사람들의 신장도 그때의 절반 수준이라고 하는데요. 이제 그보다 더 작은 사람들이 나타나게 되었습니다. 최근 많아진 이런 작은 체구의 사람들은 신장이 손바닥만 하다고 하여 '손바닥족'이라고 불리며 세계인의 관심을 독차지하고 있습니다. '작으면 작을수록 귀엽고 멋져 보인다.' 이제 잠깐의 유행이 아닌 인류가 추구하는 아름다움의 새로운 가치로 자리 잡고 있습니다. 자료화면 보시죠."

4. 광고

"이제 세계에 백 명도 남지 않은 고대 인류! 크와아아! 최대 크기 2 m! 생생하게 살아있는 고대 인류를 직접 만나 볼 수 있는 마지막 기회. 고대 인류 체험 엑스포에 여러분을 초대합니다. 지금 예약하시면 고대 인류의 손 위에 올라가 볼 수 있는 체험권을 드립니다. 지금 바로 전화하세요. E4Q-6T6T! E4Q에 6T6T!"

"엄마! 엄마! 저거 봐, 거인이야! 텔레비전에 거인 아저씨 손 엄청 커! 꺄! 엄마, 나 저기 데려다 줘! 엄마!"

5. 자연주의

"아까 오는데 손톱만 한 사람들이 얼마나 바글바글하던지. 징그러워 죽을 뻔했어. 하마터면 무심코 마구 밟아 버릴 뻔했다니까?"

"하하! 더 웃긴 게 뭔 줄 알아? 우리가 자기네들보다 훨씬 큰데 우리를 고대 인류라고 부르면서 깔본다니까? 애들은 무슨 공룡 보듯이 빤히 구경이나 하고 말이야. 바퀴벌레 같은 녀석들."

"흥, 사실 현대 인류니 고대 인류니 다 자기네들이 지은 이름일 뿐이잖아? 어디 우리가 인류의 전세계 정보 처리 서버를 전부 부숴 버려도 자기네들을 현대 인류라고 부를 수 있나 보자고."

"좋았어! 폭탄 가동! 이제 정확히 한 시간만 있으면 그동안 인류가 저장해 둔 모든 정보가 날아가는 거야! 더는 발전소도 없고! 정보 처리 센터도 없고! 컴퓨터도 없고! 으흐흐, 완전히 석기시대로 돌려놓아 버릴 테다!"

"컴퓨터만 믿고 살던 녀석들의 뒤통수를 멋지게 후려치자고! 그리고 이제 세상에 10명 남은 우리 거대 고대 인류들이 세계를 지배하는 거지! 영원히 말이야! 크하하하!"

"크하하하! 아! 참, 혹시나 해서 그런데 우리 10명 중에 여자가 없는데 그래도 괜찮겠지?"

6. 문명

"여러분! 우리가 이 과일 상자에서 생활한 지도 벌써 6개월이 지났습니다! 이제 결판을 내야 할 때가 됐습니다! 우리에게는 고대 문명이 남긴 날카로운 바늘과 발효된 레몬즙이 있습니다! 제아무리 꿀벌들이라고 해도 녀석들은 우리를 이길 수 없습니다! 땅콩의 신을 따르는 무리에게는 그 누구라도 마당을 내줄 수밖에 없습니다! 모두 한 손에는 바늘을! 갑시다! 진격!"

7. 발굴

"허억! 바, 박사님! 여기 보세요! 엄청난 크기의……."

"아니, 이건! 설마 말로만 듣던 고대 인류인가? 어서 횃불을 가까이 비춰 보게! 과, 과연! 역시 신성한 소나무 아래에 고대 인류가 묻혀있다는 게 진실이었던 거야! 아마도 이건 고대 인류의 귓바퀴로 보이는군. 이것 봐! 이 흔적은 이 생물이 땅에 묻힌 지 천 년도 되지 않았다는 걸 말해 주는 걸세! 역시 고대 인류는 얼마 전까지만 해도 땅 위를 걸어 다니고 있었어!"

"역시 박사님의 생각이 맞았군요! 인류는 역시 얼마 전까지만 해도 이렇게 거대했던 거예요!"

"큭! 그동안의 노력이 떠올라 눈물이 나는군. 얼른 학계에 보고해야 겠어! 오늘은 특별히 아끼는 이 돌멩이로 샘플을 채취해도 좋네!"

네 뇌, 내 뇌

1. 바다

이제야 내가 왜 어렸을 때 뜬금없이 바다를 헤엄치는 상상이 들곤했는지 이해했다. 바로 이 오리 뇌 요리를 먹은 다음에 말이다. 이제보니 내가 그런 상상을 하는 날은 내가 멸치볶음을 먹은 날이었다! 이제 눈을 감으니 철망으로 만든 닭장에 갇혀 있는 수많은 오리가 보인다. 멍하니 모이를 쪼고 있는 내 부리도 떠오른다. 그리고 날개를 파닥거리던 느낌, 진흙에 빠진 느낌, 거꾸로 매달려 전기 충격을……

정신이 아찔하군. 흐릿하긴 하지만 이건 내가 절대 다른 곳에서 본광경이 아니다. 이건 오리가 되어 보지 않고는 절대 알 수 없는 느낌이라고! 이제 내가 평생 왜 그렇게 동물이 되어 보는 상상을 많이 하고살았는지 확실히 깨달았다. 이제 보니 그것들은 내가 무심코 먹는 생물들의 뇌에 담긴 정보들이었어! 나는 뇌를 먹으면 그 뇌에 담긴 정보를 흡수할 수 있는 초능력이 있었던 거야!

하지만 아직 확실하지는 않다. 몇 마리 더 먹어 봐야겠어.

2. 웩

우웩. 이제 멸치는 질렸어. 돼지 뇌도 질렸다. 오리 뇌도! 닭 뇌도! 동물 뇌는 더는 먹으면 안 될 것 같아. 머리가 온통 농장에서 구른 광경과 도축 당했을 때의 징그러운 기억으로 가득하다.

몇 달간 실험한 결과 이제 명확해졌다, 내 초능력이 대체 어떤 것인지. 나는 확실히 뇌를 먹으면 그 뇌에 담긴 정보를 내 것으로 할 수 있다. 정확히 콕 집어서 말하면 그 뇌에 담긴 장기 기억이다. 또 정확히 콕 집어서 말하면 단순히 뇌의 아무 부분이나 맛보는 정도로는 안 되고 기억을 저장하는 바로 그 '해마' 부분을 삼키고 소화해야 한다. 삼킨 뇌의 마지막 분자가 내 몸에 흡수되는 순간 잠깐이나마 그 뇌에 담긴 모든 기억이 내 눈앞을 스쳐 지나간다. 그리고 그 기억들은 내 기억 속에 스며들어 섞인다. 그래서 마치 원래부터 내 기억이었던 것처럼 언제든 회상하기만 하면 그 기억들을 떠올릴 수 있다.

'엄청난 능력이잖아! 사용하기에 따라서 나는 이 세계의 신이 될 수 있을지도 몰라!'

몇 가지 단점이라면 한 번 기억된 내용은 지울 수가 없어서 앞으로 쓸데없는 기억까지 가지고 살아야 한다는 것과 온전히 기억을 얻기 위해서는 조금이라도 날것일 때 뇌를 먹어야 한다는 것이다. 잘게 부숴서 먹는 것은 상관이 없지만 가열되어서 단백질에 변형이 일어난 뇌를 먹으면 기억의 일부밖에 얻지 못한다. 또 뇌의 해마를 모두 먹지 못하면 기억을 하나도 얻을 수 없다. 그래서 안 그래도 약한 비위에 동물의 생 뇌를 먹어 보느라 몇 번을 토했는지 모른다. 그리고 마지막으로 한 가지. 내 능력이 사람의 뇌에도 통하는지 아직 모른다는 것. 근데 이걸 어떻게 실험해 봐야 하나?

3. 요리

'헥헥······.'

'병원 영안실은 의외로 보안이 허술하군. 게다가 밤에는 경비도 없는 것 같다. 입구에 있는 것을 빼면 무인 카메라로 감시하는 곳도 없다. 일단 숨어 들어오고 나니까 나머지는 정말 순조롭잖아?'

나는 영안실 한쪽 벽에 쌓인 서랍 중 하나의 손잡이를 잡고 당겨 보았다.

'철컥. 슈우우······.'

과연. 이건 냉장고 같은 거였다. 서랍처럼 문을 당기니 시원한 기운과 함께 안에서 기다란 관이 끌려 나왔다. 반쯤 얼어있는 시체는 투명한 비닐로 감싸져 있다. '으윽, 죽은 사람은 처음 봐.' 비닐을 살짝 열어 얼굴을 보니 영 늙은 할머니가 평온한 얼굴로 잠든 것처럼 죽어있었다.

'안 되지. 이런 분으로 실험하면 천벌을 받을 거야. 게다가 노인의 기억을 흡수하면 너무 많은 기억이 생겨 버릴지도 모른다. 아직은 실험해 보는 거니까 좀 젊은 사람으로 해야겠다.'

나는 영안실 냉장고의 문을 전부 열어서 어떤 시체들이 있나 살펴봤다. 문은 많은데 거의 비어 있어서 의외로 시체는 몇 구 없었다. 노인 시체가 8구, 뚱뚱보 아저씨 시체가 1구, 청년 시체가 1구. '아무래도 청년의 뇌를 먹어봐야겠지. 뭐, 나보다는 형인 것처럼 보이지만.'

청년 시체가 든 냉장고 서랍을 열고 비닐을 살짝 열어 다시 얼굴을 확인해 본다. 얼굴이 반쯤 뭉개져 있다. '으엑, 하반신 쪽이 곤죽이 되어 있는 거로 봐서 어디에 깔린 거 아냐? 아니면 사고로 어디서 떨어졌나? 으웩. 잠깐 나 토 좀. 우웩.'

'우웨웨우웩.'

'흐…… 바닥에 토한 걸 안 치우면 내일 사람들에게 들켜 버리겠지? 참, 곳곳에 내 지문도 안 지웠는데. 크…… 어쩌지.'

나는 한 시간 동안 여기저기 묻은 내 지문과 바닥에 질펀히 쏟아 버린 토사물을 치웠다. 그리곤 겨우 식탁에 앉을 수 있게 되었다.

좀 징그러우니까 숨을 참고 작은 톱으로 머리를 썬다. 이마 위쪽으로 머리카락이 난 모양에 맞춰서. '쓱쓱, 싹싹.'

'삐질삐질.'

'아, 뭐야. 죽었는데도 피가 나오네? 피가 나올 줄은 몰랐는데? 죽으면 피가 안 나오는 거 아니었어?'

얼른 비닐로 피를 닦아 보았지만 바닥에 피가 잔뜩 흘러 버렸다. 몸에도 튀어 버렸다. 하…… 안 돼! 손목시계를 보니 새벽 2시. 얼른 먹고 빨리 치우고 가면 4시…… 그 정도면 괜찮겠지? 나는 일단 흘린 피는 상관하지 않고 얼른 뇌를 꺼내 보기로 한다.

'끽. 끽.'

두개골이 생각보다 너무 두꺼워! 톱이 두개골에 자꾸 걸려 움직이질 않아서 나는 아예 제대로 자리를 잡고 온 힘을 다해 두개골을 썬다. 원래는 머리카락 부분에 맞춰서 자른 다음에 뇌를 꺼내고 본드로 감쪽같이 붙여서 원래처럼 보이게 할 생각이었지만 이대로 가면 내일 아침까지 뇌는 구경도 못 하겠다는 생각이 들었다.

'헉헉.' 손목시계를 보니 새벽 3시. 겨우 두개골을 깠는데 한 시간이 지나가 버렸다. 게다가 바닥은 피로 홍건. 두 손으로 뇌를 잡고 당겨 보니까 뇌는 너무 물컹한데 뇌랑 척수가 연결되어 있어서 빠지지 않는다. '윽, 이건 계획에 없던 건데.' 그래도 다행히 해부학 책을 보고 와서 나에게 필요한 해마가 어디에 있는지 알고 있다. 나는 뇌를 이리저리 후벼서 해마 부분만 가위로 잘라냈다. 좋았어. 해마는 뇌의 중앙 부분에 있어서 해마만 빼내고 다시 뇌를 덮어놓으니 감쪽같다.

나는 일단 꺼낸 해마를 가져온 접시에 올리고 냄새를 맡아본다. '으윽, 비린내야.' 소금이랑 후추를 뿌려본다. '밑간을 일단 좀. 힘들게 얻은 뇌니까 최대한 기억을 얻으려면 생것으로 먹어야 아깝지가 않지. 킁킁, 아직 비린내는 그대로네.' 나는 가져온 맛술이랑 참기름도 뿌린다. 거기에 버터도 넣고 손으로 막 버무렸다. '으…… 이 정도면 좀 역겹긴 하지만 먹을 수는 있을 것 같은데.'

'츄릅. 어그적어그적. 으윽. 꿀꺽.'

나는 씹어서 끊어 먹으려다가 너무 역겨워서 그만 몇 번 씹지도 못하고 통으로 삼켜 버렸다. '의외로 해마는 딱딱해. 으윽, 토하면 안 되지.'

손으로 배를 문질러 본다. 어떤 생각이 드나 눈도 깜빡여 본다. '아직 해마가 소화되질 않아서 그런지 아무 느낌이 없네? 일단 소화될 때까지 설거지나 해야겠다.'

나는 빨리 두개골을 닫고 자른 흔적이 보이지 않게 본드칠을 잔뜩 한 다음에 냉장고를 밀어 닫았다. 바닥에 홍건한 피와 뼛가루도 옷을 벗어서 닦고 구석에 물이 졸졸 나오는 세면대에 버려 버렸다. 몇 번 걸레질을 반복하니 여하튼 좀 깨끗해진 것 같다. '좋아, 이 정도면 자세히 관찰하지 않으면 모르겠는데? 뒤처리는 이만하면 깔끔하군, 속은 아직 좀 더부룩하지만.' 나는 가방에서 참기름을 꺼내 한 모금 더 마신다.

4. 비행

'나는 동구에 살았는데 이 형은 서구에 살았네. 전혀 모르는 동네다. 큭, 저 나쁜 놈 어릴 때부터 찾아다니면서 괴롭혔어. 아이고! 학교 다닐 때의 저 못된 얼굴이 떠오르네. 뭐라고? 결국 사고를 쳤네, 쳤어! 그래도 이런 기억은 꽤 괜찮…… 오, 잠깐. 이렇게 예쁜 여자가? 오, 잠깐, 방금 무슨 기억이…… 굉장하잖…… 아니 기억이 자동으로 넘어가네? 그 부분은 좀 더 회상하고 싶은데 말이야…… 아…… 잠깐만…… 갑자기 무슨 파산이야…… 아니, 보증 안 섰는데? 헉, 아니…… 난 그럴 생각이 전혀…… 아니…… 굳이 죽을 필요는 아니? 잠깐, 아! 아? 가족 생각을 해야지, 이 사람아! 악! 하지 마! 아니야! 으악! 악! 악!'

'쿵!'

결국 트럭에 부딪혀 허리가 부러지면서 기억이 끊긴다.

누군가가 가졌던 일생의 가장 강렬했던 기억이 빠르게 나의 온몸을 훑고 들어와 눈 뒤에 자리를 잡고 침전된다. 그래도 가장 강렬했던 기억은 죽기 전의 기억. 그 순간이 회상되자 내 심장이 터져나갈 듯이 몸부림을 친다. 동시에 가슴에 칼로 벤 것처럼 아린 고통이 찔려 들어온다. 입안은 씁쓸하다. 죽기 전 아주 잠깐 스쳐간 후회가, 삶에 대한 미련이, 그 기억을 가진 이는 아주 잠깐 가졌던 감정이었겠지만 내게는 한없이 긴 시간 동안 그 느낌이 유지된다.

'헉헉……'

죽었던 고통에 눈을 뜰 수가 없다. 가슴을 두 손으로 움켜잡고 한참 동안 베개에 머리를 박고 몸을 뒤틀었다.

"악!"

그래도 나보다 좋은 인생이었으면서…… 이해할 수가 없다.

나는 한참 동안 괴로움에 어쩔 줄을 모르며, 잠들었다 깨기를 이틀이나 반복하고 나서야 겨우 마음의 평온을 찾았다. '처음으로 고른 게 자살한 사람이었다니 너무 잘못된 선택이었어. 차라리 처음의 그 할머니를 고를걸……' 정말 이렇게 괴로울 줄은 생각도 못 했다.

그래도 이제 내 초능력이 사람의 뇌에도 통한다는 건 확실히 알게 되었다. 또 사람의 것은 동물의 것보다 더 뚜렷한 기억을 얻을 수 있다는 것도 알게 되었다. 아무래도 같은 사람이니까 기억구조가 같아서 그런 게 아닐까?

마음의 평온을 찾고 나서 나는 다시 찬찬히 모르는 이의 일생을 회상해 본다. 정말 나와는 다른 삶인 것 같으면서도 겹치는 부분도 많다. 아무래도 나보다 나이가 많은 사람의 기억을 가지게 되니까 내 생각도 좀 넓어지는 것 같은 느낌도 들고 성숙해진 것 같기도 하다. 뭐, '느낌적인 느낌'으로 느껴볼 때 말이다.

'근데 생각해 보니 이 형 은근히 모아둔 돈이 좀 있잖아? 빚을 졌다고는 해도 아직 통장에 남겨둔 돈이 오백 정도인가? 나보다 많잖아! 비밀번호도 기억 나! 5959! 이건 이 형밖에 모르는 거 같은데? 비상금인가?' 나는 기억 속에서 유용한 정보를 하나 발견하고 벅찬 기쁨을 느꼈다. 살면서 괜히 쓸데없는 기억을 하나 가지게 되어 버린 건가 싶었는데 그래도 건질 게 있다. '좋아, 통장은 음…… 아, 맞다! 거기 있었지! 그런데 집에는 어떻게 들어가지? 아! 맞다! 평일에는 가족들이 다들 바쁠 거야. 집 비밀번호도 생생하게 떠오르는구먼!'

나는 마치 내 기억이었던 것처럼 남의 기억 속을 마음껏 뒤지며 계획을 세운다. 이것저것 유용한 정보를 발견할 때마다 이를 드러내며 웃어댔다. '하하! 이거 재밌어! 실제로는 한 번도 가보지 않은 곳이지만 기억 속에서는 수없이 가본 곳이야! 실제로는 한 번도 본 적 없는 사람들이지만 기억 속에서는 가족들이다! 내게는 너무 익숙하잖아? 정말 신기해!'

5. 현금

'드르르륵. 드르륵. 철컥.'

기계에서 실제로 돈이 인출됐다! 나는 누가 볼세라 가방에 오백만 원을 얼른 담고 은행을 빠져나온다. 그리고 혹시라도 미행이 있을까, 무인 카메라에 모습이 잡혔을까 싶어 괜히 복잡한 루트로 빙빙 돌아 아파트로 돌아왔다. 집으로 돌아오자마자 깊게 눌러 쓴 모자와 얼굴을 가렸던 마스크를 벗어 버리고 크게 한숨을 내쉰다.

'후.'

생전 처음 해보는 일에 손이 덜덜 떨린다. 온몸이 땀으로 흠뻑 젖어 있다. 기억을 따라 집 안에 들어갔을 때는 너무 강렬한 데자뷔에 깜짝 놀라 기절할 뻔했다. 기억 속에만 존재하던 장소가 너무 기억과 똑같아서 말이다. 다행히도 기억과 너무 똑같았기에 통장도 얼른 찾아서 도망쳐 나올 수 있었다. 아마 누군가 들어갔다는 흔적도 남지 않았을 것이다. 문도 자연스럽게 열고 들어갔으니까.

물을 한 컵 마시고 마음을 진정 시킨 다음 가방을 열어본다. 거긴 내 기억에만 들어있던 거금 오백만 원이 현실로 튀어나와 존재하고 있었다. '크…… 이걸 굳이 도둑질이라고 불러야 하나? 따지고 보면 원래부터 내 거라고도 볼 수 있잖아? 난 이미 이 돈 주인이었던 사람과 한 몸이라고. 크크.'

내가 없었다면 아무도 이 돈의 존재를 몰랐을 것이다. 통장은 집안 구석에 감춰져 있었던 데다가 비밀번호를 알아낼 수도 없었을 테니까. 이건 내 오른쪽 주머니에 있던 돈을 왼쪽 주머니로 옮긴 것이나 다를 바가 없다. 만약 이게 도둑질이라고 쳐도 이건 완전범죄. 아무런 연고도 단서도 없는 사람이 가져간 거라서 나를 알아낼 사람은 아무도 없다. '하하.'

'이대로 가면 난 머지않아 이 세상을 정복할 방법을 알아낼지도 몰라! 아니지. 오늘 바로 알아내 버릴 거야! 이 돈은 그걸 위한 밑천이 될 것이다.'

6. 천재

'쾅!'

"악! 당신 누구야! 날 당장 풀어주지 않으면 지구 끝까지라도 쫓아가서 복수할 거다! 하지만 지금 풀어주면 용서해 줄 수도 있다! 뭐야!

보아하니 돈을 원하나 본데? 큰 거 네 장 정도면 되나? 내가 해준다고 할 때 빨리 거래하지 않으면 경찰이 널 찾고 말 거다! 지금 내 말을 듣는 게 좋을 거야!"

이 사내는 정말 듣던 대로 머리가 좋은 모양이다. 기절했다 깨어나자마자 협상을 시도하다니 말이다. 태도가 너무 당당해서 하마터면 그 화술에 넘어가 버릴 뻔했다. 내가 잡아온 이 사내는 어떤 대학에서 최연소로 교수가 되었다는 희대의 천재다. 과학이니 역사니 어지간히 골치 아픈 학문은 죄다 꿰고 있다고 하는 사람이다.

"크…… 하마터면 큰 거 몇 장 더 달라고 하고 풀어줄 뻔했네. 이것 참. 당신 같은 천재를 죽이게 돼서 정말 미안하군요."

나는 그를 기둥에 더 꽉 묶는다. 그러자 그의 눈빛이 달라진다.

"과연. 내 목숨이 당신이 원하는 거였나? 알겠어. 그러면 내가 왜 죽는지나 들려주라고. 날 납치할 정도면 당신은 암살 요원인가? 의뢰인이 혹시 내가 요즘 연구하는 나노 기술에 관심이 있는 거야?"

"으…… 음……. 사실 그런 이유는 아니고…… 뭐랄까요, 사실은 당신의 뇌를 먹기 위해서랄까?"

"뭐? 하하…… 킬러 치고는 유머감각이 지나치시군. 좋아, 이유도 알려줄 수 없는 암살인가? 그렇다면 당신이 보는 앞에서 내 전 재산을 자네 계좌로 입금하지. 어때? 아니야? 돈으로 사고팔 수 없는 종류의 단체의 일원인가? 아, 그래, 알겠어. 그러면 내 전 재산과 아직 특허를 등록하지 않은 신기술을 알려주지. 이 생화학 무기 제조법만 있으면 어떤 국가도 잠깐은 좌지우지 할 수 있을 거라고. 아직 설계도가 내 머릿속에밖에 존재하지 않으니까 날 죽이면 다시는 얻을 수 없을 거야. 어때? 며칠 정도는 살려둬도 괜찮잖아? 고민해 보라고?"

'으윽.' 이 정도로 대단한 기술을 가진 사람일 거라고는 생각 못 했는데 내가 괜히 인류발전을 방해하는 게 아닌가 하는 생각이 든다. 그런데 또 거꾸로 생각해 보면 내 세계 정복에도 정말 도움이 될 만한 두뇌잖아? '츄릅.' 왠지 군침이 돌아서 혀를 한 번 날름거렸다.

"그…… 어…… 열심히 협상 시도하시는 도중에 죄송한데, 저는 정말 당신의 뇌가 필요한 것이라서 말이에요. 죄송합니다. 저도 이게 처음 살인해 보는 거예요. 저도 원래 이런 사람이 아니랍니다. 어차피 사정을 아셔도 협상할 방법은 없을 것 같아요. 하지만 주무시는 동안 정말 아무런 고통도 없게 죽여 드릴게요. 아프게 죽는 기억을 가지는 것은 저도 싫으니까."

나는 가방에서 수면제 한 통을 꺼냈다.

"잠깐! 좋아, 나도 이해했어! 너는 살인충동을 억제하지 못하는 거야! 하지만 대상을 잘못 골랐다고. 나는 인류에게 아주, 중요한 사람이다! 나를 한 명 죽이면 다른 사람을 최소 열 명 죽이는 것과 같다고! 큭, 그래! 나도 어쩔 수 없으니 너에게 협조하도록 하지. 네가 다른 사람을 죽일 수 있게 돕겠어! 자, 어때. 나를 포기하면 더 많은 사람을 죽일 수 있다. 최소한 나를 마지막에 죽이는 것 정도는 고려해 볼 수 있잖아? 보아하니 너는 말이 통하는 녀석인 거 같은데 내 말이 무슨 뜻인지 알겠지?"

"전 당신 뇌만 필요한데요……."

"뭐라고? 사람 뇌라는 건 뭘 먹어도 맛이 다 똑같을 거라고! 날 굳이 죽이겠다는 이유가 뭐야! 아니, 최소한 내가 이해할 수 있는 이유를 설명해 주든가!"

"으…… 좋아요. 아무래도 교수님처럼 논리적인 분은 이해하시기 어렵겠지만 솔직하게 이야기해 드릴게요. 음…… 사실 전 뇌를 먹으면 그 사람의 기억을 흡수할 수 있거든요. 초능력이랄까요? 전 교수님처럼 똑똑한 사람의 뇌를 먹고 똑똑해져서 이 세계를 지배할 거예요!"

그러자 사내는 어안이 벙벙한 표정을 지었다. 그러다가 갑자기 헛웃음을 내며 실성한 듯이 고개를 끄덕거렸다.

"그래. 그런 이유였어? 자네는 곧 내 기억을 가지게 될 테니까 나만 아는 지식과 재산을 준다고 해도 굳이 필요는 없다 그건가? 허."

역시 천재라서 이해가 빠른가 보다. 나는 다행히도 그를 이해시켰다는 마음에 뿌듯한 표정으로 세차게 고개를 끄덕였다. 내 해맑은 표정을 보고 그도 미소를 지었다. 매우 어이없다는 미소를.

"그래, 그런 거였군…… 이런 미친……."

7. 행운

예전부터 난 공부는 잘 못했어도 찍기는 꽤 잘했었다. 첫 표적으로 그 교수를 선택했던 건 정말 탁월했다. 그는 예상보다 더 머리가 좋은 사람이어서 그의 기억을 가진 것만으로도 머릿속에 백과사전이 통째로 들어온 느낌이 들었다. 게다가 부가적으로 그 기억들 속에서 다른 똑똑한 사람들을 몇 명 더 찾아내 일주일 만에 천재 4명분의 기억을 순조롭게 획득할 수 있었다.

똑똑한 사람들의 기억을 얻을 때마다 지식의 울타리가 몇 배씩 넓어지는 기분이 들었다. 이것저것 잡다한 지식이 있으니 어떤 이야기라도 한 번에 이해된다. 예전에는 뉴스의 절반은 무슨 내용인지 모르고 지나쳤는데 이젠 아무리 어려운 책을 봐도 절반은 아는 이야기다. 살인 계획을 짜는 것도 점점 수월해졌다. 한 번도 배워보지 않은 체스도 이제 엄청나게 잘 둔다. 물론 내 지능은 아직도 그대로라서 이 사람들처럼 계산을 빨리한다거나 한번 보는 것만으로 무언가를 외워 버리는 건 할 수 없지만 확실히 예전보다는 엄청나게 머리가 좋아졌다.

　게다가 그사이 내 통장 잔액도 그득해졌다. 천재들은 왠지 전부 비상금을 잔뜩 숨겨두고 있어서 한 명을 먹을 때마다 예상치 못한 재산이 잔뜩 굴러 들어왔다. 이제 평생 돈을 쓰고만 살아도 될 정도다. 그리고 이건 내 성취욕을 최대로 자극해서 더 똑똑한 사람을 죽이고 싶은 욕구가 들게 하였다. 물론 사방에서 이 돈을 추적하고 있다는 건 나도 알고 있다. 경찰들이 내가 죽인 사람들의 사망 원인을 조사하고 있다는 것도 알고 있다. '그래도 날 잡을 순 없을걸? 나는 이제 엄청나게 똑똑해져서 어떤 흔적도 남기지 않고 일을 처리했지. 게다가 마지막으로 죽인 녀석이 바로 경찰서장이었거든.' 경찰의 데이터베이스에 들어가서 서류를 조작하는 것쯤은 일도 아니다. '참, 그러고 보니 이 사람 부인이 아주 예쁘네?'

8. 설득

"여보! 나야! 나라고! 알아보지 못하겠어? 큭, 미래 기술에 관련된 범죄에 연루되는 바람에 녀석들이 내 뇌를 꺼내서 다른 사람의 몸에 이

식해버렸어! 지금 내 모습은 이렇지만 그래도 영혼은 아직도 당신의 남편이야! 뭐라고? 그래, 믿을 수 없다고 하는 게 정상이겠지. 나도 처음에는 믿기지 않았으니까. 하지만 여보, 기억 나? 나와 당신만의 추억이 깃든 사자 바위에서의 데이트 말이야. 그리고 우리는 거기서 곰취를 주워 먹었었지. 이건 아무에게도 말하지 않았을 거 아냐? 당신이 …… 당신이 거기서…… 바지에…… 실례를 해버렸으니까! 이건 우리가 아니면 누구도 모르는 일이잖아! 아직도 의심스럽다면 내게 우리밖에 모르는 일들을 물어봐도 좋아! 뭐라고? 어…… 그때 내가 당신에게 실수로 식충 식물을 선물해 버렸지. 기억 나? 맞아, 정말이야! 날 이제 좀 믿어주는 거야? 알았어, 괜찮아, 울지 말고. 그래, 나 아직 죽지 않았어! 하지만 지금은 정말 긴급한 상황이라서 말을 많이 할 수가 없어. 이건 아마도 정부가 개입된 일인 것 같아. 경찰도 정부도 더는 믿으면 안 돼. 내가 살아있다는 게 들키면 당신도 안전하지 못하니까. 어쩔 수 없이 이 나라를 떠야겠어. 그래야 당신도 안전할 수 있어. 그래도 당신을 만날 수 있어서 다행이야. 그 녀석들은 아직 내가 그곳에 갇혀있는 줄 아니까 아직 조금은 시간이 있을 거야. 사흘 안에 모든 재산을 정리하고 그걸 금으로 바꿔서 지역 공항으로 들고 나와 줘. 다행히 날 도와주는 녀석들이 몇 명 있거든. 해외로 빠져나갈 수는 있을 거야. 해 줄 수 있지? 좋아, 너무 긴장하지 말고…… 이번 일만 끝나면 당신이 가고 싶어 하던 이집트에 가자. 응, 정말 나야. 알았어. 시간이 벌써…… 이만 가야겠어. 응, 나도 사랑해! 미안해!"

9. 여자

나는 연애에 소질이 없었다. 도무지 여자란 생물을 이해할 수가 없었으니까. 여자들은 왜 말을 돌려 하는지, 쓸데없는 부분에서 민감하게 구는지, 짜증도 잘 내고 투정도 잘 부리고 말이야. 그전까지는 정말 이해가 되지 않았다. 그래도 이제 확실히 여자의 기억을 가져보니까 어느 정도 여자 마음을 이해할 수 있을 것 같다. 물론 아직 몇 명더 먹어 봐야 완벽히 이해할 수 있겠지만.

먹어 버린 것에 후회는 없다. 그래도 이렇게 까다로운 여자랑 한 달동안이나 같이 살아준 내가 용하지. 이 결정에 결정적인 역할을 한 계기는 그녀가 내 정체를 어렴풋이 눈치챈 것도 있지만 내가 그녀의 잔소리를 더는 견딜 수가 없었기 때문이다. 수건을 똑바로 못 걸었다고 밤새 쫑알대다니 그걸 어떻게 견뎌……. 또 아직 여자의 뇌를 먹어 본적이 없어서 호기심이 들었던 것도 사실이다.

막상 먹어 보니 먹길 잘했다고 생각이 드네. 여자는 처음 먹어봐서 덕분에 아주 놀라운 기억들을 얻을 수 있었다. 이제 보니 여자의 생애는 남자와 아주 달랐다. 이제까지 난 반쪽짜리 세상을 보고 있었던 것이다. 진즉에 여자를 먹어 봤어야 하는 건데. 저마다 다른 인생을 산사람들의 기억을 얻을 때마다 내 정신의 영역도 넓어지고 있다. 게다가 단순히 기억이 많아지는 것뿐만 아니라 정보를 해석하는 방식도 늘어나서 동시에 더 많은 것을 유추할 수 있게 되었다.

내가 똑똑해져서 알게 된 것 중 하나는 이 세상에는 의외로 알려지지 않은 살인이 많이 일어나고 있다는 것이다. 솔직히 내가 저지른 90건의 살인 중에서 세간에 보도된 것은 초반의 3건뿐이다. 나머지는 내가 완벽히 행방불명이나 자살로 처리해 버렸으니까. 그런데 이제 보니 원래 살인 사건이 일어나는 것에 비해 보도되는 일은 엄청나게 드문 것이었다. 어딜 가든 웬만한 살인 사건은 조용히 묻히고 있었다. '어째서?' 나는 합리적인 의심을 통해 이건 분명 내가 한 짓과 비슷한 일이 여기저기서 벌어지고 있다고 추론했다. 보도되지 않은 살인 사건과 개인적으로 조사한 살인 사건들을 취합해서 유추해 볼 때 적어도 나와 같은 능력자가 이 세상에는 3명 이상 존재한다. 만약 나와 같은 방식으로 움직인다고 생각하면 말이다. 게다가 그들의 살인은 나보다 더 능숙하다. 어쩌면 그들은 벌써 나를 주시하고 있을지도?

거기까지 생각이 미치자 어쩔 수 없이 이런 생각이 떠오른다. 만약 나와 같은 능력자의 뇌를 먹으면 어떤 느낌일까?

10. 한계

"이 세상에서 제일 탐나는 뇌는 어떤 걸까? 뭐 일단 생각할 수 있는 건 가장 똑똑한 사람의 것이겠지. 세계에서 가장 유명한 과학자의 뇌? 노벨상 수상자의 뇌? 생각을 조금 달리 하면 그런 것보다 세상에서 가장 방탕한 사람의 뇌도 꽤 좋을 것 같아. 이것저것 즐겨 본 기억이 많을 테니까. 아, 유명인의 뇌도 꽤 탐나네. 희소가치가 있는 기억들이 들어있을 것 같아. 대통령을 뇌를 먹어 보는 것도 재밌을까? 연예인의 뇌는 짜릿한 맛이 나려나? 그래도 일단 먹어 보기 전에는 그 속에 어떤 기억이 들었는지 알 수 없지. 그래서 뇌를 먹기 전에는 참 흥분된단 말이야. 그 사람의 배경만 가지고는 어떤 맛이 날지 알 수가 없거든. 특히 이렇게 여러 사람의 기억을 가진 뇌는 맛이 아주 풍부할 것 같아서 기대가 돼. 어느 때보다도 더 흥미진진하군."

"뭐야, 너도 나처럼 뇌를 먹으면 기억을 흡수할 수 있는 능력을 가지고 있나? 뭐 언젠가는 나도 이런 일이 있을 수 있을 거라 생각했지. 그래도 만나자마자 잡아먹힐 줄은 몰랐지만 말이야. 그런데 넌 기억에 한계가 있다는 걸 모르는 모양이군? 내가 몇 명의 기억이나 가지고 있을 줄 알고 그렇게 안심하고 잡아먹겠다고 하는 거지?"

"뭐라고? 기억에 한계가 있어?"

"역시 모르나 보군. 잘 생각해 보면 당연한 것 아니야? 기억을 흡수한다고 해서 뇌가 커지는 것도 아니니 당연히 물리적으로 용량에도 한계가 있는 거잖아? 그러니까 당연히 초과하는 기억은 사라지든지 겹쳐져서 결국엔 정신을 붕괴시켜 버리지. 다시 말해서 날 잡아먹는 건 자유지만 먹고 나서 너는 미쳐 버릴지도 모른다는 거야."

"아하, 너도 똑똑한 놈들을 꽤 잡아먹었나 보군. 온몸이 묶여있는 위기 상황 속에서 잘도 그런 거짓말을 그럴싸하게 지어내다니. 하지만 그 말은 꽤 설득력이 있어 보여. 사실 나도 그동안 획득한 모든 기억이 완벽하게 보존되지 않는다는 게 거슬리고는 있었어. 확실히 그 말을 들으니 식욕이 확 떨어지네."

"지금 와서 내가 왜 거짓말을 하겠어? 네가 나와 같은 능력자라는 것을 알았으니 너에게 잡아먹히면 나는 너의 기억 속에서 평생을 살 수 있게 된 것인데. 결국 우리는 한몸이 되는 거나 마찬가지. 그렇게 생각 안 하나? 물론 네가 미쳐버리지 않았을 경우에 말이지만. 참고로 나는 너보다 두 배는 더 잡아먹었을 거라고 자신 있게 말해 두지."

"으음, 좋아. 나도 네 기억이 그렇게까지 탐나는 것은 아니니까 잡아 먹지는 않겠어. 혹시라도 먹었다가 미쳐 버리는 것도 바라지 않으니 말이야. 네 말을 듣고 보니 확실히 앞으로는 뇌를 가려 먹어야겠다는 생각이 드는군. 안 그래도 이제 똑똑한 뇌도 질린 참이야. 혹시나 잘 못해서 고통받은 기억이 가득한 뇌를 먹어 버리면 겪어야 하는 괴로움 도 너무 싫고."

"후후…… 그렇다면 네가 먹어야 할 건 행복한 기억이 가득한 그런 뇌로군. 내가 내린 결론과 같아."

"넌 벌써 그런 결론을 가지고 있었나? 그렇다면 어떻게 행복한 기억 이 가득한 그런 뇌를 찾아낼 수 있는지 그 방법도 알고 있겠군?"

"솔직히 말하면 그런 방법은 없어. 행복한 기억만 가지고 살기에 이 세상은 너무 험난하니까 그런 뇌가 존재하는 것도 거의 불가능하지. 뭐, 그렇다고 아주 방법이 없는 건 아니야. 그런 뇌가 없으면 만들어 버리면 되잖아? 물론 정성이 조금 필요한 작업이긴 하지만 그런 뇌는 분명 그만큼 아주 맛이 좋을 거라고."

"과연…… 행복으로만 가득 찬 뇌라…… 벌써 군침이 도네. 당장 만 들어 봐야겠어. 이런 조언을 해 주다니 정말 고마워. 나와 같은 능력 을 가진 사람이 아니면 절대 해 줄 수 없는 조언이었어. 참, 근데 내가 잡아먹지는 않아도 흔적을 지우기 위해서 널 죽이긴 해야 한다는 거 알고 있지?"

11. 행복

"오빠! 왜 날 그렇게 빤히 봐?"

"응? 아냐······ 우리 애기가 지금 무슨 생각 하나 궁금해서. 너무 궁금해서 막 머릿속을 열어서 들여다보고 싶다."

"무슨 그런 징그러운 소리를 하고 그래. 내가 무슨 생각을 하겠어. 당연히 항상 우리 오빠 생각하지! 나를 언제나 행복하게 해 주는 사람 말이야!"

"정말? 그렇게 말해 주니까 기분이 너무 좋다! 앞으로도 우리 애기 내가 평생 행복하게만 해 줄게! 참, 근데 우리 애기는 오빠가 왜 애기한테 이렇게 잘해 주는지 생각해 봤어?"

게이츠 정도 되면

야, 막말로 세상에 돈이면 다 아니야? 살다 보니까 진짜 돈으로 해결 안 되는 게 없는 거 같아. 그렇지 않냐? 뭐? 사랑은 돈으로 살 수 없다고? 진정한 우정은 돈으로 살 수 없다고? 참 나, 그게 어느 시대적 사고방식이야! 요즘엔 그런 거 파는 데는 널리고 널렸어. 너 이제 보니까 생각하는 게 아주 구식이구나? 혼자 환상에 빠져서 아주 시대를 못 따라 잡고 있구나? 정신 차리고 지금 시대를 똑바로 보란 말이야. 이성적인 사실에 근거해서 현실을 보란 말이야. 지금 세상에는 돈이 권력이고 힘이야. 왜냐고? 곰곰이 생각해 보면 엄청나게 쉬운 문제 아니야? 역사적으로 봐봐. 석기시대에는 몽둥이랑 근육이 힘이고 권력이었잖아. 왜? 그거 맞으면 죽으니까! 고대에는 왜 왕이 말하는 게 힘이고 권력이었겠어? 말 안 들으면 죽으니까! 그렇다면 지금은? 그렇지! 돈 없으면 죽으니까 돈이 장땡인 거야! 내 말 알아듣겠어? 귀 막힌 거 아니지? 알아들었으면 고개 끄덕여 봐. 막말로 요즘 세상에 돈만 있으면 세상이 내 발밑에 있는 거나 마찬가지야. 왜? 내 말 안 들으면 다 굶어 죽거든! 살고 싶으면 다들 내 말 들어야 하거든! 막말로 그 누구냐, 세계에서 제일 부자인 사람 있잖아. 그…… 뭔 게이인가, 게

이츠인가 하는 사람쯤 되어봐. 어느 날 그냥 막 이유 없이 뺨을 때리고 싶다, 그러면 지나가는 사람을 막 때려버려! 그리고 나서 상대가 뭐라 그러잖아? 그러면 돈뭉치를 내미는 거야. 아, 그럼 상대는 아마 요즘 돈이 급해서 그러니까 한 대만 더 때려 달라고 할걸? 게이츠 정도 되면 차에 그랜드 피아노를 실어 두고 후진할 때 피아니스트한테 라이브로 '엘리제를 위하여'를 연주시킬걸? 진짜 게이츠 정도 되면 못 하는 게 없는 세상인 거야. 막말로 집 뒷마당에 사자들이 어슬렁대는 사파리를 만들 수도 있을걸. 아마 만들어 놓고도 어느 집 뒷마당에 만들어 뒀는지도 까먹어 버릴걸. 아니지, 세계 어딜 가나 집이 있으니까. 집을 집이라고 부르지도 않을걸. 그냥 뭐 뉴욕에 있는 큰 방, 아니면 작은 방. 그렇게 부르지 않을까? 아니, 막말로 게이츠 정도 되면 그냥 어느 날 아무 도시나 돌아다니다가 피곤하면 근처 집에 쳐들어가서 다 짜고짜 이 집 내 거니까 다 나가, 그러면서 돈뭉치를 이렇게 딱, 내미는 거야, 응? 어때, 나 좀 폼 나? 돈 많으면 잘 쓸 거 같지 않냐? 어쨌든 그러면 사람들이 두말 않고 잠옷 차림으로 나가 주는 거야. 그러면 이제 아무 침대나 골라서 푹 자면 되는 거지. 뭐? 사람들한테 이유 같은 걸 구차하게 왜 설명해, 내가 게이츠인데! 돈 주면서 이렇게 해! 그럼 다 끝이야. 이해 되냐? 아직 잘 모르겠어? 아직도 돈으로 살 수 없는 게 있을 거 같아? 이야, 너 머리가 돌이니? 그거 머리니 수박이니? 내가 널 비하하고 싶어서 그러는 게 아니라 진짜 모르는 척하는 게 꼴보기 싫어서 그러는 거니까 너무 기분 상해 하지는 마. 뭐? 사랑은 돈으로 살 수가 없어? 참 너도 너 같은 소리 한다. 크, 이렇게 자세히 말을 해줘도 못 알아들으니까 이걸 진짜 어디서부터 설명해줘야 할지 모르겠다. 그래, 그렇지! 원래 사람의 감정은 맘대로 안 되는 거야. 근데 뭐, 원래 안 된다고 진짜 안 되나? 요즘 시대는 부자들의 시대야. 똑똑한 놈들은 다 부자고 시대를 만든 것도 부자고 즐기는 놈들도 부자인 거야. 부자들이 돈만 많은 거 같지? 아니야, 그들은 차이를 보이고 있다고. 내가 돈이 아무리 많아 봐야 옆집 녀석이랑 똑같이 많으면 무슨 소용이야? 내가 부자가 되려면 당연히 다른 녀석들은 전부 거지여야 한다고! 내가 정말 엄청나게 엄청난 부자가 되고 싶다면? 막말로 게이츠 정도 되면 전세계 거지는 다 혼자 만든 거나 다름이 없는 거야. 그게 끝이냐, 아니지! 돈만 많으면 무슨 소용이야! 진짜 게이츠가 되려면 돈으로 뭐든 살 수 있어야지. 만약에 사랑이 사고 싶다, 그러면 사랑만 남기고 거지들을 홀딱 벗겨! 그러면 거지는 굶어 죽기 싫으니까 사랑을 팔게 되어있어! 어때 간단하지? 지금이 그런 세상이야. 뭐? 막말로 게이츠 정도 되면 웬만한 것들은 다 가지고 있어서 더 가지고 싶은 게 없을 거라고? 왜 그걸 네가 걱정하니, 이 거지야. 가지고 싶은 게 없으면 돈 주면서 내가 사고 싶은 거 만들어 와봐! 그러면 되는 거지. 뭐? 세상이 너무 불합리한 거 같다는 생각이 들어? 내가 거짓말하는 게 아니냐고? 난 네 지갑 상황이 더 불합리한 거 같다, 야. 난 네가 단단히 뻥을 치고 있는 거 같네? 내가 네 일주일 용돈이 얼만지 훤히 알고 있는데 지금 이거 가지고 나를 땜질하려고 하는 거야? 우리 이러지 말자, 응? 안 뺏어 간다니까? 막말로 내가 게이츠 정도 되면 너한테 이러겠니? 난 그래도 게이츠처럼 그냥 돈을 빼앗지는 않잖아. 난 아주 잠깐 빌리는 거뿐이니까 걱정할 거 없어. 꼭 갚겠다니까 그러네? 그러니까 그 뒤에 숨기고 있는 돈 좀 꺼내봐, 인마.

인간 실험 실습 노트

실험조: (   ) 실험인: (   ) 학번: (   )

실험 목적:

1. 인간 좌골 신경-비장근 표본의 제조 방법 실습

2. 자극 강도에 따른 반응 역치의 이해 및 골격근의 수축 방식의 이해

실험 내용: 고대 생물 '인간'의 좌골 신경-비장근 표본에 전기 자극을 주어 나타나는 근육의 수축 반응을 관찰하고 그 원리를 알아본다.

준비 도구: 영장류용 수술 도구(얇은 메스, 조직 가위, 금속 탐침, 유리 분침, 고정핀, 유리판, 배양 비커, 유리 핀셋), 하얀 솜, 식염수 등

관찰 항목:

1. 인간 표본 제작 시의 특이 사항

2. 전기 자극 강도에 따른 근육의 수축 정도

실험 방법: [조교님의 실습 노트 요약본 〈반장이 적은 것〉]

1. 준비해 둔 상자에서 인간을 꺼낸다. 이때 인간의 성별은 크게 문제될 것이 없으므로 될 수 있는 한 근육이 잘 발달되어 있는 것을 선택한다. 인간을 꺼낼 때는 꼭 고무장갑을 착용해야 한다. 실온에서 인간은 추위를 많이 타므로 추위를 이기기 위해 짝짓기를 하고 있는 경우가 많다. 특성상 교미 중 적이 오더라도 겁내지 않고 오히려 공격 성향이 강해지므로 조심한다. 인간을 집을 때는 앞발과 뒷발을 몸통에 붙여 감싸듯이 집는다. 그러나 겁을 먹은 인간이 도망칠 우려가 있으므로 힘을 조금 세게 주어야 한다. (인간을 놓치면 감점)

2. 인간이 준비되면 먼저 뇌와 척추를 손상시켜야 한다. 인간은 몸통이 물컹하므로 유리판에 눕혀 고정시킨 후 실시한다. 앞발과 뒷발을 핀셋으로 유리판에 꽂고 머리를 앞쪽으로 숙이게 만들어 단단한 철사를 뒷목으로 집어넣는다. 이때 인간이 소리를 내거나 움직이는 것에 주춤하면 손이 찔릴 수 있으니 주의한다.

3. 인간이 힘이 빠지면 실험에 쓸 뒷다리 골격근을 잘라낸다. 표본이 짧으면 신경이 상할 염려가 있으므로 넉넉하게 허리에서부터 잘라낸다. 한 마리당 두 개의 허벅다리가 있으므로 한 조에 2개씩 표본을 만들어 실험에 사용한다. (다른 조에서 표본을 빌릴 수 없음)

4. 잘라낸 다리 근육의 뼈를 발라내고 피부를 벗긴다. 뼈를 바르기 전에는 대퇴부를 지나는 기다란 좌골신경을 먼저 찾아 손상을 방지해야 한다. 피부 역시 다른 동물과 달리 연하므로 신중을 요한다. 작업이 끝나면 식염수를 부어 습도와 전도율을 유지하여 근육이 손상되지 않도록 한다. (주요 근육을 자르면 감점, 이 부분은 조를 짜서 하되 모르는

부분은 교수님께 물어본다)

5. 표본이 완성되었으면 교과서의 그림과 비교해 보면서 올바른 표본이 만들어졌는지 확인한다. 얇은 신경과 분홍빛과 은빛이 나는 근육이 막에 싸여 서로 연결되어 있으면 올바른 표본이라고 본다.

6. 근육 표본 하나를 실을 묶고 측정기에 올려놓은 후 전기 자극을 가한다. 자극은 일정한 간격으로 주되 점점 강도를 높여 관찰한다. (실험 전에 미리 식염수를 뿌려 준다. 실을 묶을 때 신경이 끊어질 염려가 있으니 주의한다. 끊기면 역시 감점)

7. 측정 결과를 기록한다.

주의 사항: 표본을 채취하고 남은 조직들은 지정된 화학 폐기물 쓰레기통에 버려야 한다. 실험 도중 인간에게 얼굴을 가까이 가져가면 다칠 수도 있다. 실험하지 않고 인간을 풀어놓고 장난을 치면 중간고사 점수를 받지 못한다.

메이저리티 리포트

"안녕하세요, 시민님! 중앙 인과 관계 관리부에서 나왔습니다!"

'똑똑똑!' 공무원 아저씨가 나를 데리고 생전 처음 보는 고급 아파트의 3동 203호 집 문을 두드렸다. 그러자 벌컥 문이 열린다. 순하게 생긴 오빠가 불쑥 얼굴을 내밀었다.

"아, 예! 정확히 삼십 분 전에 오셨네요? 오, 바로 너로구나? 반갑다! 자자, 들어오세요. 집이 좀 난장판인데 괜찮으시죠?"

"우아……."

나도 모르게 절로 감탄이 터져 나왔다. 역시 부자들이 사는 아파트는 넓이도 장식도 남다르다. 공무원 아저씨도 입을 쩍 벌리고 집을 둘러보다가 문득 업무 시간이라는 게 떠올랐는지 헛기침을 두 번 하고 집주인 오빠에게 묻는다.

"주방은 이쪽인가요? 흠흠."

"아, 그쪽은 가정부들이 쓰는 주방이고 통지서에 나온 제가 쓰는 주방은 저쪽입니다."

한집에 주방이 하나가 아니라니 이해가 되질 않는다. 어쨌든 우리는 엄청나게 큰 냉장고가 3개나 있는 엄청나게 큰 주방으로 들어간다.

그곳엔 엄청나게 큰 식기세척기와 엄청나게 큰 찬장 등이 있다. 그곳에서 공무원 아저씨가 태블릿 컴퓨터로 합성 사진 한 장을 띄워 우리에게 보여 준다. 바로 이 주방의 사진이다. 다만 지금 우리가 보는 현장과 다르게 주방 한구석에 하얀 유성 펜으로 사람이 누워 있는 듯한 테두리가 그려져 있는 사진이다. 이것은 내일 이 주방의 모습이다.

"좋습니다, 바로 여기군요. 아마 머리는 창문 쪽으로 두게 되시겠죠? 그러려면…… 네! 바로 그쯤에 서 주시면 좋겠네요."

"이, 이렇게 서면 되나요? 좋습니다. 참, 아이가 쓸 도구는 식탁 위에 챙겨 뒀습니다."

우리는 뒤쪽에 있던 식탁을 돌아본다. 거기엔 회를 만들 때 사용할 만한 날카롭고 길쭉한 칼이 하나 놓여 있다. 공무원 아저씨는 참 그렇지! 하며 그 칼을 집어 들어 내 손에 쥐어 준다. 시계를 한번 쳐다본다.

"어디 보자, 한 20분쯤 남았네요. 그러면 인과율 브리핑을 시작하겠습니다. 피해자와 가해자 모두 자리에 서 주시고요."

나는 두 손으로 칼을 붙잡고 덜덜 떨며 부자 오빠 앞에 선다. 머리가 멍하고 눈물이 날 것 같았다.

"사건은 이렇습니다! 3개월 전 '인과율 예측 센터'에서 예측한 바에 따르면 여기 이 A양은 부모를 잃고 가난에 시달려 굶주린 결과 오늘 오후 3시에 B군의 호화 아파트를 털기로 하고 이 집에 침입합니다. 음, 침입한 곳은 아마 저쪽 창문인 것 같네요. 이따가 제가 깨트리도록 하겠습니다. A양은 금고의 위치를 찾던 중 집에서 여유롭게 요리를 하던 B군과 바로 이 주방에서 마주쳐서 우발적으로 서랍에 있던 주방 칼을 꺼내어 B군과 10분간 대치, 몸싸움 끝에 결국 B군의 허벅지와 가슴팍을 찔러 살해합니다. 네 대략적으로는 이 정도군요. 두 분, 질문 있으십니까?"

나는 바짝 마른 입술에 자꾸 침을 바르면서 묻는다.

"저, 그냥 오빠가 혼자 죽은 걸로 하면 안 될까요? 아무래도 너무 무서워서……."

"안 됩니다. 그 부분은 인과율에서 정한 반드시 일어나는 목록이라서……."

"그, 그럼 대신 좀 찔러 주시면 안 될까요?"

"그것도 안 됩니다. 제가 찌르면 인과관계가 성립하지 않으니까요. 어차피 일어났을 일이니까 부담 가질 필요 없어요."

내가 너무 망설이자 부자 오빠도 나를 달랜다.

"걱정하지 말고 날 찌르렴. 어차피 일어났을 일이잖니. 난 마음의 준비가 되어 있단다."

"하, 하지만…… 아프지 않을까요? 전 찌르고 싶지가 않아요……. 못하겠어요!"

나는 결국 울먹이고 만다. 그러자 공무원 아저씨가 험악한 얼굴로 나를 다그친다.

"잘 들어요, 꼬마 아가씨! 당신은 원래 가난한 집에서 교육도 못 받고 살았어야 해요. 게다가 오늘이라면 벌써 며칠째 굶고 더러운 옷을 입고 있어야 한다고요! 다행히 우리가 인과율을 예측한 결과 사회에 꼭 필요한 인과율은 오늘 이 범죄뿐이라고 판단했기 때문에 다른 괴로운 부분을 빼고 그동안 좋은 복지를 받을 수 있었던 겁니다. 그러니 당신도 당신의 의무를 이행해야죠. 어리광부릴 수 없어요!"

그렇다, 인류는 지금 미래를 99.9% 예측할 수 있다. 예측이 너무나도 정확하기 때문에 그걸 잘 이용하기만 하면 안정적인 인류의 발전을 도모할 수 있다. 예측에 따르면 인류는 50년 후에는 화성에, 100년 후에는 목성에 거주할 만큼 발전하게 된다. 다만 미래를 모두 예측했다고는 해도 사회는 스스로 발전해야 한다. 미래에 무슨 일이 벌어지는지 알긴 하지만 이 세상의 모든 일은 복잡하게 얽혀 있기 때문에 그중에 좋은 일만 따로 빼서 이뤄지게 할 수는 없는 것이다. 그건 우주의 진리였다. 때문에 이 사회의 모두는 자신이 꼭 해야 했던 일을 꼭 해야 하고 꼭 하지 말아야 할 일을 하지 말아야 한다. 나의 경우 그것은 …… 살인이다.

놀라운 점은 미래는 같은 결과가 나오기까지 어느 정도 탄력 있는 인과관계를 가지고 있다는 것이다. 결과가 나오기 위한 핵심적인 일들만 잘 이뤄진다면 미래가 많이 바뀌거나 하지는 않는다는 것이다. 덕분에 나는 가난하게 살았어야 할 팔자였지만 정부의 복지로 다른 아이들과 마찬가지로 중산층 정도의 경제력을 누리며 살았다. 덕분에 예측한 것처럼 폭력적인 성향도 없고 배를 곯아 본 적도 없다. 그래서 내 입장에서 보면 딱히 부잣집을 털어야 한다거나 여차하면 누굴 죽여야 한다는 생각이 들지 않는 것이다. 그래도 예측은 올바른 미래를 위해 내가 반드시 오늘 지금 이 자리에서 처음 보는 이 오빠를 죽여야 한다고 말하고 있다. 나는 그 사실이 조금도 이해되지 않지만, 앞으로도 지금과 같은 생활을 유지하기 위해서 또 살아 있기 위해서 반드시 이 의무를 수행해야 한다. 역시 어른들의 세계는 잘 이해가 되지 않는다.

"이제 10분간의 대치 시간이 거의 끝나가네요. 가해자는 어서 칼을 잡으시고요. 5초 후에 피해자의 허벅지를 먼저 찌르겠습니다."

"4…… 3…… 2…… 지금입니다! 찌르세요!"

"아…… 아…… 어떡해!"

"망설이면 안 돼! 자 빨리빨리!"

내가 망설이자 피해자 오빠가 자신의 허벅지를 내가 들고 있던 칼에 더 가까이 가져다 대어 버린다. 나는 실수로 칼에 힘을 줘, 오빠의 허벅지에 상처를 내 버리고 만다.

"악!"

"꺅, 죄송해요! 죄송해요!"

"괘, 괜찮아……. 근데 생각보다 아프긴 하네……."

오빠가 피를 철철 흘린다. 공무원 아저씨는 여전히 시계를 주시하고 있다.

"자, 잡담할 시간 없습니다! 다시 5초 뒤에 이번에는 가슴에 칼을 찌르겠습니다. 두 분, 준비해 주세요. 자 갑니다! 5…… 4……."

머리가 하얘진다.

"못 하겠어요!"

나는 울면서 칼을 내동댕이치고 도망가려 몸을 돌린다. 그러자 공무원 아저씨가 순발력을 발휘해서 내 허리를 덥석 부둥켜 잡는다.

"안 돼! 자, 빨리! 시간이 다 됐어!"

"빨리요, 빨리! 공무원 아저씨, 그 아이를 꼭 붙잡으세요. 저는 이 자리에 넘어져야 해서 움직일 수가 없다고요."

"싫어, 싫어! 난 안 찌를 거야!"

나는 공무원 아저씨가 강제로 쥐여 주는 칼을 거부하며 몸부림친다. 그러자 그새 예측했던 시간이 지나가 버렸다.

"아이코! 시간이 더 늦어지면 인과율이 돌이킬 수 없을 만큼 틀어져 버려!"

시계의 초침이 똑딱거리며 예측했던 시간을 지나가자, 다급한 공무원 아저씨가 내게 쥐어 주려던 칼로 부자 오빠의 가슴팍을 냅다 찔러 버린다. 그러자 부자 오빠가 억, 하고 바닥에 쓰러진다. 쓰러지는 방향은 예측했던 바로 그 방향이다.

'쿵!' 나는 순식간에 벌어진 일에 놀라서 멍한 얼굴로 주방 바닥에 주저앉았다. 공무원 아저씨도 자신이 저지른 일에 놀랐는지 어정쩡한 자세로 쓰러진 부자 오빠를 살피러 간다.

"어…… 죽긴 죽었네. 시간이 한 6초 정도 늦어지긴 했지만……."

바닥에 피가 흥건하다. '그런데 내가 죽이지 않았잖아? 예측이 틀어졌나?' 당황하고 있을 때 공무원 아저씨가 태연하게 파일첩을 꺼내 내게 종이 한 장을 건넨다.

"뭐, 잘 죽이셨습니다. 손에 피를 좀 묻히시고 여기 사인하세요. 그러면 행정적으로는 다 끝난 겁니다."

"네? 제가 안 죽였는데요? 이래도 돼요?"

"그럴 리가요? 서류상으로 당신이 죽였다고 했으니까 당신이 죽인 거죠. 뭐. 사인이나 하세요."

공무원 아저씨가 귀찮다는 듯이 대꾸한다. 나는 입술을 꾹 깨문다. 망할 철밥통들 아주 일을 대충대충 한다니까.

백만 번의 울음

"야옹, 야옹, 야옹." 어느 순간부터인가 머릿속에 작은 고양이 한 마리가 들어와 끊임없이 울어대기 시작했습니다. "너무 시끄러워서 일을 할 수가 없잖아! 그만 좀 울어대!" 그러자 고양이가 말합니다. "여긴 너무 갑갑해. 문을 열어 줘! 네가 열어 주어야만 해!" 하지만 나는 고양이가 나갈 수 있는 문을 여는 방법을 모릅니다. "난 문을 열줄 몰라!" 다시 고양이가 말합니다. "그렇담 아마 내가 백만 번을 울고 나면 문이 저절로 열릴 거야." 그렇게 우린 함께 하게 되었습니다. 그날부터 밥을 먹을 때도, 거리를 걸을 때도, 꿈을 꿀 때도 머릿속에서 끊임없이 "야옹." 하는 울음소리가 들렸습니다. 천 번을 들었을까요? 만 번을 들었을까요? 고양이는 여전히 좁은 제 머릿속을 나가기 위해 열심히 울어댔습니다. 이젠 익숙해져 버렸는지도 모르겠습니다. 오히려 이제는 고양이의 울음소리를 듣지 않으면 아무 일도 할 수 없습니다. 고양이의 울음소리가 귀엽게 느껴지기 시작했습니다. 마음에 들어 버렸습니다. 울음소리만 들어도 표정을 알 수 있게 되어 버렸습니다. 그러자 나는 조금 겁이 났습니다. "이제 나는 네게 너무 익숙해져 버렸어. 어느 날 네가 갑자기 사라져 버린 다음 내가 허전해지면 그땐 어떡해야 하지?" 고양이가 말합니다. "걱정하지 마! 내가 백만 번을 다 울면 그때 우리는 서로서로를 기억하지 못하고 그동안의 모든 일을 잊게 될 거야." 나는 지금 홀로 이 어떤 거리를 걷고 있습니다. 그저 아무 이유 없이 걷고 있습니다. 아마도 눈물이 흐르는 것 같네요. 그동안 나에게 무슨 일이 있었던 걸까요? 처음 걷는 거리인데 어쩐지 이곳이 너무나도 익숙합니다. 너무 조용한 거리가 허전합니다. 정말로 조용합니다. 아무 소리도 들리지 않습니다. 나는 텅 빈 거리를 채우기 위해 네 발로 걸어 봅니다. 나는 벌써 누군가를 닮아 버린 걸까요? 조용한 거리가 가득 차도록 작은 소리를 내어봅니다. "야옹, 야옹, 야옹."

멸종 위기 원숭이 실종 사건

'쾅!' 험상궂게 생긴 형사가 취조실 책상을 강하게 내리쳤다. 그러자 잔뜩 겁먹은 용의자의 얼굴이 더욱 새파랗게 물들어 블루베리가 되었다.

"대체 어디다 숨겼어! 바른대로 말 안 해?"

'쾅!' 용의자가 입을 꾹 다물고 있자 답답해진 형사가 한 번 더 책상을 내리쳤다. 몇 번이나 책상을 내리친 형사도 사실은 주먹이 부어 가는 걸 간신히 참고 있는 중이었다.

"저, 정말 몰라요……."

한참의 침묵 끝에 용의자가 벌벌 떨며 한마디 대꾸를 했다. 그러자 형사가 용의자에게 보이지 않게 씨익 웃었다. 묵묵부답이던 용의자가 말을 했다. 그건 좋은 징조였다. 이제 하나씩 캐면 어쨌든 자백을 받아내는 것은 시간문제일 뿐이다.

"뭐, 인마? 증거가 다 있는데 발뺌을 해?"

"즈, 증거요?"

"하, 이놈 봐라? 아직도 모르는 척이네!"

형사는 덮어 둔 파일첩을 열어 사진 몇 장을 꺼냈다. 그리고 용의자 앞에다 짜증스럽게 사진을 흩뿌렸다. 용의자는 긴장해서 사진을 내려다보았다. 사진을 본 용의자는 역시나 얼굴이 금세 굳어 버렸다.

"이거 어디서 많이 보던데 아닌가? 말해 봐, 어디야?"

"여, 여긴 저희 집!"

'탁!' 형사는 범죄 현장을 안다고 인정하는 용의자의 말을 듣더니 한결 마음이 편해졌다. 사건 파일첩을 펼치며 취조 책상에 두 발을 탁 올려 두고 의자에 앉았다. 형사 손에 들린 사건 파일첩에는 어제 자 석간신문의 오려진 기사 하나가 끼워져 있었다.

"어제 오후 2시경, 세계 회귀 멸종 동물인 긴털 원숭이가 동물원에서 사라졌다……. 긴털 원숭이는 30억을 호가하는 대단히 귀한 동물로서 경찰은 동물원 내부자의 밀수를 의심……. 자, 여기까지 듣고 뭐 생각나는 거 없나?"

"예, 예? 저, 전 전혀 처음 듣는……. 히이익!"

'쾅!'

"뭐, 인마? 네놈 집에서 긴털 원숭이 흔적이 다 나왔는데 어디서 모르는 척이야?"

"그, 그럴 리가 없어요……."

"네놈 침대에서 한 뭉치, 거실에서 세 뭉치, 그것 말고도 잔뜩 있었지! 게다가 네놈의 청소기 안을 뒤져보니 더 많은 털이 남아 있더군! 모두 딱 긴털 원숭이에게서나 나올 법한 털들이지. 아니면 네놈이 일부러 긴털 원숭이 털을 사다가 뿌려놨다는 거야?"

"헉, 그건 전부 제 털이라고요!"

"뭐라고? 이 자식이 좀 들어 줬더니 형사를 멍청이로 아나!"

'쾅!' 형사가 두 눈 가득 핏줄을 세우고 용의자에게 얼굴을 디밀었다.

"인간이 이렇게 털을 많이 흘린다는 게 말이나 되는 소리야? 게다가 그저께 너희 어머니가 네 집을 치웠다는 증거가 있어. 네 말이 맞는다면 그 털들은 전부 하루 만에 네 몸에서 나왔다는 건데. 상식적으로 전혀 앞뒤가 안 맞잖아. 바른대로 말해! 원숭이 어디다 숨겼어!"

용의자는 형사가 조목조목 논리를 들이밀자 용의자는 한마디도 대꾸하지 못하고 울먹였다. 두 눈 가득 억울하다는 눈빛을 머금고 온몸을 부들부들 떨며 책상 위에 흩어져 있는 이해할 수 없는 털들이 가득한 사진들을 보던 용의자는 이윽고 고개를 푹 숙이더니 작게 중얼거렸다.

"아마도 제가…… 그 원숭이인가 봐요……"

최후의 날 자원봉사단

몹은 노을이 질 무렵 산책로에 들어섰다. 뛰기는 싫고 운동은 해야 하는 상황에 절망 가득한 얼굴이었다. 날이 쌀쌀해서 그런 것인지 아니면 저녁 시간이라서 그런 것인지 공원 산책로에는 아무도 없었다. 몹은 별생각 없이 걷고 있다가 문득 하늘이 갑자기 어두워진다는 것을 알아챘다. 몹은 그것이 석양이 지는 것이라고 생각하고 무심코 하늘을 올려다보았다.

"어?"

몹은 순간 자신의 머리 위에서 뭔가 반짝이는 것을 보았다. 비행기가 아니었다. 새도 아니었다. 평소와는 다른 크기의 반짝임, 그것은……

"으, 으악! 별이 떨어진다!"

몹은 자신의 머리 위에서부터 땅으로 곤두박질치는 거대한 물체를 발견하곤 기겁하며 땅에 꼬꾸라졌다. 혼비백산하여 기어가 수풀에 몸을 감추고 머리를 내민 몹은 용기를 내어 다시 하늘을 바라보았다. 하늘의 물체는 순식간에 거대해지며 산책길 바로 앞 언덕 저편으로 날아갔다. 몹은 벌벌 떨며 그 광경을 바라봤다. 몹은 그게 뭔지는 모르겠지만 둥글고 붉은 거대한 물체라는 것을 알 수 있었다.

'번쩍!' 언덕의 맞은편으로 사라진 물체가 땅에 떨어졌다고 생각했을 무렵. '구궁!' 하며 땅에서부터 거대한 울림이 전해졌다. 분명 무언가 추락하여 낸 진동이었다. 그리고 그다음 순간 하늘에서부터 뒤늦게 폭발음이 들렸다. '쾅광!'

"으악!"

몹은 두 번의 폭발음에 놀라 눈물과 콧물을 흘리며 수풀에 뒹굴었다. 산책로에 심어진 모든 나무와 풀들도 함께 부들부들 떨었다. 얼마가 지났을까. 몹은 조용해진 상황에 안심하고 다시 수풀 밖으로 머리를 내밀었다. 그새 밖은 저녁이 되어 있었다. 몹은 얼굴의 액체를 이리저리 닦으며 다시 산책로 도로로 나왔다. 주위에는 아무도 없었다.

"설마 아무도 그걸 못 본 건가?"

몹은 머리를 쓱쓱 긁었다.

"언덕 너머에 떨어진 것 같던데…… 혹시…… 별똥별?"

몹은 문득 별똥별을 주워서 굉장히 비싸게 팔았다는 뉴스가 생각났다. 거기까지 생각이 미치자 몹의 심장이 두근댔다. '별이 떨어지는 걸 본 사람은 별로 없고, 마침 바로 앞에 떨어진 것 같으니 이건 복권이나 마찬가지야!' 몹은 두려움 따위는 깨끗이 잊고 신이 나서 언덕을 넘어갔다.

언덕을 넘어서자 공기가 따듯해졌다. 몹은 몰랐지만 그 물체가 떨어지며 낸 마찰열이 공기를 따듯하게 만든 것이었다. 몹은 기억을 더듬어 별똥별이 떨어진 방향을 잘 생각해서 걸어갔다. 조금 걸어가자 몹은 곧 거대한 크레이터를 발견할 수 있었다.

"어…… 엄청 나! 별이 떨어져서 구덩이가……."

몹은 입을 쩍 벌리고 있다가 침 한 방울이 땅에 툭 떨어지자 그제야 그 크레이터를 발견한 사람이 아직 자기뿐이라는 사실을 깨닫고 정신을 차렸다.

"맞다, 돈! 아니, 돌 주우러 가야 하는데!"

주위가 어두워서 잘 보이지는 않았지만, 그래도 주위에 인기척은 없었다. 거대한 구덩이 주위는 아직 부스럭거리는 소리도 나지 않았다. 하지만 구덩이를 쉽게 내려갈 수는 없었다. 경사가 너무 가파르기 때문이었다. 몹은 구르지 않고 구덩이를 내려갈 수 있는 곳을 찾아서 이리저리 헤맸다.

"으으…… 아무도 발견하지 못한 것 같은데, 내일 와서 주울까?"

몹이 그런 생각을 하고 있을 무렵 누군가가 몹의 어깨를 두드렸다. 몹은 무심코 뒤를 돌아보았다.

"으악!"

몹은 커다란 눈에 문어 같은 피부를 가진 기괴한 생물을 보고 잠시 기절했다. 바닥에 누워 있다가 눈을 떠 보니 그 이상한 생물이 바로 자기 옆에 앉아서 자기를 노려보고 있었다.

"으아아아아아아아! 악!"

몹은 한참 동안 비명을 질렀다. 그러자 그 생물도 소리를 질렀다.

"뿌이이이이이이이!"

비명을 지르다 지친 몹은 도망가려 했지만, 그 생물체가 너무 무서워서 다리에 힘이 들어가지 않는 통에 바닥에서 떨기만 했다. 그러자 그 생물이 몹에게 다가왔다.

"띠쥬르? 몰샹? 뷰뷰뭬유?"

"뭐…… 뭐라는 거야!"

이상한 생물은 몹을 향해 한참 동안 이상한 소리를 내더니 갑자기 말을 했다.

"이름이 뭐니?"

그러자 몹이 화들짝 놀랐다.

"말을 하잖아?"

"아하? 이 언어로구나?"

이상한 생물은 아직 바닥에 주저앉아 있는 몹에게 다가왔다. 그러자 몹이 땀을 뻘뻘 흘리며 두 손을 내저었다.

"오지 마! 오지 마! 이 괴물아!"

그러자 이상한 생물이 걸음을 멈추고 안심시키려는 듯 몹과 같이 바닥에 주저앉아 자기소개를 시작했다.

"오, 그래. 겁먹지 마! 난…… 음…… 그러니까…… 외계인이야."

"으악!"

몹은 상대가 외계인이라고 자신을 소개하자 한 번 더 비명을 질렀다. 그러자 상대가 물컹해 보이는 촉수로 둥그런 머리를 긁었다.

"그 정도는 보면 알지 않나? 하여튼 이제 말이 통하니까 설명을 해 줄게!"

"먹지 마! 안 돼! 난 맛이 없을 거야. 으아아악!"

몹은 여전히 흥분 상태였다. 그러자 외계인이 한 걸음 뒤로 물러서 고개를 흔들었다.

"겁이 많구나? 빨리 흥분을 가라앉혀 봐! 우리가 지금 이럴 시간이 없다고! 우주의 수명이 얼마 남지 않았단 말이야!"

그러자 몹이 두 눈을 동그랗게 떴다.

"뭐라고?"

"좋아! 이제 내 말에 집중할 생각이 들었니?"

"나, 날 잡아먹지 않는다고 약속하면 들어주지."

몹은 두 손의 주먹을 꼭 쥐고 가슴 앞에서 부들부들 떨면서도 큰소리를 쳤다. 그러자 외계인이 알겠다는 듯 두 촉수를 내저었다."

"알았어, 알았다고! 난 이끼를 먹고 사는 외계인이란 말이야! 어쨌든 시간이 없으니까 빨리 설명할 거야. 잘 들어!"

말을 마친 외계인이 촉수 하나를 꺼내며 몹에게 다가왔다. 그리곤 몹이 비명을 지르기도 전에 촉수를 몹의 이마에 갔다 대었다.

'화악!'

그러자 몹의 머릿속에 우주의 풍경이 홀로그램으로 펼쳐졌다. 몹은 자신이 우주 한복판에 떠 있는 환상을 보았다.

"으, 으아! 이게 뭐야!"

"어…… 난 초능력이 있어서 이런 걸 보여 줄 수 있어. 우린 이걸 시청각 자료라고 해."

"아…… 안 돼! 무서워!"

몹은 별들이 잔뜩 떠 있는 광경을 보고는 겁을 먹었다. 그러자 외계인이 환상 속의 몹에게 이불을 덮어 주었다. 그러자 몹은 조금 따듯해진 기분이 들었다.

"이불 속에 있으니 괜찮지? 자, 잘 봐! 이게 지금 우주야."

외계인이 말을 마치자 몹의 눈앞에 수많은 은하의 모습이 펼쳐졌다.

"우리가 함께 살고 있는 이 우주는 이제 수명이 얼마 남지 않았어. 이 별에 있는 생물들은 아직 모르겠지만 말이야."

"뭐라고? 우주의 수명?"

"그래, 아마 9개월 정도라고 생각하면 될 거야. 우린 이쪽 우주의 구석에 살고 있어. 너희는 여기에 있지."

외계인이 우주 전경을 몹의 눈앞에 펼쳐 주더니 외곽과 중간쯤에 점을 두 개 찍었다. 몹은 신기해 하며 눈을 굴렸다.

"우린 우주의 끝에 있었던 덕분에 우주의 수명이 다한 걸 너희보다 일찍 알았어. 아마도 우주의 멸망을 막을 수는 없을 거야."

"뭐라고? 그럼 우린 다 죽는 거야?"

몹이 놀라며 외계인에게 물었다. 외계인은 차분한 목소리로 대답했다.

"맞아, 하지만 모두가 그 사실을 알고 있다면 차분하게 멸망을 받아들일 수 있을 거야. 나는 이 우주에 사는 모두가 멸망에 대해서 알게 하려고 왔어."

"어째서? 우주가 멸망한다는데 네 인생이나 신나게 살아! 왜 그런 무서운 걸 내게 알려주는 거야."

"음…… 넌 이해하지 못하겠지만, 우리 종족은 복잡한 감정을 가진 생물이거든. 이건 일종의 자원봉사라고 볼 수 있지. 너희 종족도 이 모든 사실을 알 권리가 있으니까 말이야."

외계인이 말을 마치자 몹이 보고 있던 우주의 형상이 진동하더니 빛을 내며 증발해 버렸다. 몹은 그게 곧 다가올 이 우주의 모습이라는 것을 깨닫고 몸서리쳤다. 그리고는 현실로 돌아왔다. 몹의 눈앞에는 눈가가 촉촉한 외계인이 서 있었다. 그 모습을 보자 몹도 눈물을 그렁 그렁 달고 자리에서 일어섰다.

"으, 으…… 그럼 이제 순이랑 손도 못 잡아보고 죽는 거야? 8개월?
9개월? 엉엉……. 나는 어떻게 해!"

몹이 울음을 터뜨리자 외계인이 몹 어깨에 촉수를 얹고 토닥였다.

"너무 슬퍼하지 마. 우린 함께이니까! 그래도 넌 이 별에서 가장 먼
저 이 소식을 들은 생물이야."

"내가…… 가장 처음이라고?"

"맞아, 그래서 더 중요하지. 이 별에 온 건 나 혼자거든. 그래서 네가
좀 도와줬으면 해."

"도와달라니?"

"이 별에 살고 있는 모두에게 이 사실을 함께 알리는 거야! 나 혼자
서는 너무 힘든 일이거든. 너희 종족 말고 다른 종족에게도 다 알려야
하니까. 개미나 코끼리 같은……."

"하지만 나 혼자 말하면 다른 사람들이 내 말을 믿을까? 나도 너 같
은 외계인이 존재한다는 걸 이렇게 봐도 믿지 못하겠는데? 아, 그렇지!
그럼 사진을 찍어 둘까?"

몹이 주머니를 뒤지자 외계인이 몹의 손을 잡더니 고개를 흔들었다.

"아니야, 우리 종족은 카메라를 싫어해."

"응? 그런 종족도 있나? 괜찮아, 얼짱 각도로 찍어 줄게!"

"아니야, 그럴 필요 없어! 우리 종족은 카메라발이 잘 받지 않는 편
이라. 대신 너에게 초능력을 줄게. 방금 내가 보여준 것과 같은 영상
을 다른 생물에게 보여줄 수 있는 초능력이야."

그러자 몹이 매우 흥분해서 소리쳤다.

"우아, 내게 초능력을? 조, 좋아!"

그러자 외계인이 다시 촉수를 몹의 이마에 가져다 댔다. 그리곤 빙긋 웃음을 지었다.

"이제 됐어."

"벌써? 좋아, 대단해! 내가 둘리가 된 기분인걸?"

몹은 어서 자신의 초능력을 시험해 보고 싶어서 안달이 났다. 그 모습을 보고 외계인은 깔깔 웃었다.

"하하, 재밌네, 즐거워! 하지만 우리가 계속 이러고 있을 수는 없어. 어서 빨리 이 소식을 모두에게 전해야 하니까!"

그러자 몹이 정신을 차리고 두 주먹을 불끈 쥐었다.

"알았어! 우주가 멸망한다는 걸 내 두 눈으로 똑똑히 봤단 말이야. 이 사실을 나만 알고 있을 수는 없지. 네가 준 초능력으로 모두에게 이 사실을 알릴게."

"고마워, 정말 감동이다! 처음부터 너처럼 착한 생물을 만나서 다행이야. 그럼 이제 너와 똑같이 생긴 생물은 너에게 맡길게. 이 별에는 아직도 수많은 생물이 있으니까 말이야. 하나씩 접촉해서 이 소식을 전달해야 하거든."

"아, 알지, 알지! 굉장히 수고로운 일일 거야. 9개월 만에 해내려면 아주 노력해야 할 거야."

"고마워, 그럼 난 갈게! 너도 수고해 줘!"

외계인은 말을 마치고 숲 속으로 사라졌다. 몹은 외계인이 숲으로 다 들어갈 때까지 손을 흔들어 주다가 몹시 흥분한 상태로 컴컴한 산책로를 뛰어 내려갔다.

다음 날 아침, 텔레비전을 켠 몹은 어젯밤 자신이 본 크레이터가 뉴스에 나오고 있는 것을 볼 수 있었다.

"우아, 저거 바로 여기잖아! 아, 그러고 보니 어제 그 외계인 이름도 못 물어봤네?"

"이곳은 어젯밤 별똥별이 떨어진 크레이터 잔해 상공입니다! 헬리콥터에서 보이는 크레이터의 직경은 약……."

텔레비전에서는 어떻게 이렇게 거대한 크레이터가 거의 진동도 없이 생길 수 있는지 의문이라며 흥분해 보도했다. 그 모습을 보고 몹은 알 수 없는 뿌듯함을 느꼈다.

"하하하! 사람들은 저게 외계인이 지구에 온 흔적이라는 걸 모르나 봐. 참, 아직 나만 아는 사실이구나? 하하!"

몹은 한껏 우월감을 느끼다가 문득 어서 초능력을 써 봐야겠다는 생각이 들었다.

'띠리리리…….'

"야, 멕! 오늘 만날 수 있냐? 어…… 그래? 안 돼, 급한 일이야! 지금 나와! 응, 거기서? 알았어! 빨리 와!"

몹은 친구에게 전화를 걸어 약속을 잡았다. 그리곤 허겁지겁 옷을 챙겨 입고 집을 나섰다.

커피숍에서 친구를 만난 몹은 다짜고짜 멕을 구석으로 데려갔다.

"뭐야, 무슨 일인데?"

몹의 친구 멕은 의아한 표정을 지으며 몹을 쳐다봤다. 카페 구석에 앉아 몹은 낮은 목소리지만 매우 흥분되는 말투로 침을 튀겼다.

"나 어제 외계인 봤어."

"뭐?"

"진짜야! 오늘 아침에 뉴스 봤냐?"

"어, 그 우리 동네 근처의 엄청 큰 크레이터?"

"그래, 인마! 내가 어제 그걸 라이브로 봤다는 거 아니냐!"

"우아, 진짜?"

"그래, 그거뿐만이 아니라 거기서 나온 외계인도 만났어."

"뭐? 뻥치네!"

"진짜야, 그 외계인이 우리가 사는 이 우주가 앞으로 한 달이면 멸망한대!"

"그게 무슨 소리야? 과학자들이 몇억 년이 지나도 우주는 멀쩡할 거라던데. 네 꿈이 아주 생생했나 보네? 복권 사, 복권!"

"아유, 진짜라니까! 아, 맞다! 그 외계인이 나한테 초능력을 줬어."

"뭐, 진짜? 무슨 초능력인데?"

"어…… 그러니까. 야, 눈 감아 봐. 놀라지나 마라!"

멕이 눈을 감자 몹이 외계인이 자신에게 했던 것처럼 한 손을 내밀어 손가락으로 멕의 이마를 짚었다.

"야, 어때? 엄청나지?"

그러자 멕이 눈을 떴다.

"어, 엄청나네. 네 거짓말 실력이 날이 갈수록 느는 것 같다."

"뭐? 아닌데. 이렇게 쓰는 게 아닌가? 다시 해 볼게."

몹은 이번엔 다른 손으로 멕의 이마를 짚었다. 하지만 멕은 멀뚱멀뚱 몹을 쳐다볼 뿐이었다.

"아유, 초능력을 받은 건 확실한데 어떻게 쓰는 건지 모르겠네."

"야, 뭐하는 거야! 사람 바쁜데 불러 놓고. 장난칠 거면 다음에 만나!"

멕은 화를 버럭 내더니 자리를 박차고 카페를 나가버렸다.

"어…… 이게 아닌데……."

몹은 머리를 긁적였다. 그리곤 자신의 이마를 이 손 저 손으로 번갈아 만져 보며 초능력을 써 보려 했다. 하지만 헛수고였다. 외계인에게 확실한 사용법을 배워 두지 않은 게 패착이었다. 몹은 울상을 지었다. 초능력을 쓰지 못했다는 실망감도 있었지만, 우주의 멸망을 알려야 한다는 커다란 책임감이 몹에게 막연한 불안감으로 다가왔다.

"이제 어쩌지? 외계인은 벌써 다른 곳으로 가버렸을 텐데. 이대로라면 우주가 멸망한다는 사실을 아무도 알지 못하고 다들 어느 날 갑자기 죽어버릴 거야!"

몹은 자신이 감당할 수 없는 너무 큰 책임을 맡아 버린 걸 후회했다.

"이럴 줄 알았으면 다른 사람들 찾아보라고 할 것을!"

몹은 쓰디쓴 커피를 단숨에 들이켜고는 결심을 굳혔다.

"이렇게 된 이상 내 힘으로 진실을 알리는 수밖에! 초능력 따위 없어도 그만이야!"

몹은 먼저 옆자리에서 책을 보고 있던 한 여자에게 말을 걸었다.

"저……."

"네?"

"제가 어제 외계인을 만났는데요……. 그 외계인이 하는 말이……."

"뭐야, 재수 없어!"

몹이 거기까지밖에 얘기하지 않았는데 그 여자는 갑자기 자리에서 일어서 불쾌한 표정을 지으며 카페를 나가 버렸다. 몹은 실망했다.

"이런 방법은 안 통하는구나. 음…… 일단 핵심만 전달해야겠어. 좋아, 이왕이면 여러 사람 앞에서 말하는 게 좋겠다."

거기까지 생각이 미친 몹은 집으로 달려가 돈을 긁어모았다. 그리곤 그 돈으로 화려한 반짝이가 달린 옷을 샀다. 여러 사람으로부터 이목을 집중시키기 위해서였다. 옷을 입고 거울 앞에 서 보니 좀 우스꽝스러운 기분도 들었다. 하지만 우주적 스케일의 사명감을 가지고 부끄러움을 참기로 했다.

"이게 다 인류를 위해서야."

몹은 그대로 광장으로 달려갔다. 그리고 광장 한쪽에 세워진 무대에 올라가 목을 가다듬었다. 광장에는 다행히 많은 사람들이 있었다. 몹은 속으로 잘만 되면 오늘 안에 전 세계에 우주의 멸망을 알릴 수도 있겠는데? 하고 생각하며 마음을 추슬렀다. 하지만 생각과 달리 목소리는 잘 나오지 않았다.

"저, 여러분…… 이제 우주의…… 우주의…… 멸망이……."

몹이 우스꽝스러운 옷을 입고 무대 위에서 쭈뼛거리며 말을 더듬자 그 앞을 지나던 여학생들이 그를 보고는 낄낄 웃었다. 몹은 얼굴이 홍당무가 되어 몸을 비비 꼬았다. 그러자 여학생 중 한 명이 몹에게 소리쳤다.

"좀 더 큰 소리로 해 봐요!"

그 말에 몹은 자신감을 되찾았다. 몹은 그 학생에게 마음속으로 고마움을 표시하며 큰 소리로 외쳤다.

"여러분, 이제 우주의 멸망이 얼마 남지 않았습니다. 길어 봐야 4달이래요!"

몹이 소리치자 순간 광장이 '쏴!' 하며 조용해졌다. 그리고 수많은 사람들의 시선이 한순간 몹을 향했다. 그러자 몹이 한 번 더 외쳤다.

"제가 어제 외계인을 만나 들은 얘깁니다! 우주의 멸망이 얼마 남지 않았어요!"

몹의 말이 끝나자 이번엔 모든 사람들이 언제 그랬냐는 듯 다시 갈 길을 가기 시작했다. 몹이 주목받은 시간은 일 초도 되지 않는 짧은 시간뿐이었다. 몹은 몹시 당황했다. 방금까지 낄낄대던 학생들도 곧 떠나 버렸다.

"뭐, 뭐야. 우주의 멸망이 얼마 남지 않았다는 데도 반응이 왜 이래?"

몹은 당황해서 다시 광장을 향해 외치기 시작했다.

"우주의 멸망이 얼마 남지 않았어요. 우주가 멸망한다고요!"

하지만 몹에게 눈길을 주는 사람은 아주 적었다. 그것도 아주 잠시였다.

"우주의 멸망을 알리는 일은 역시나 쉽지 않구나……. 하지만 포기하지 말아야지. 누군가는 진실을 알아줄 거야!"

몹은 무대에서 내려와 광장을 돌아다니며 사람들과 눈을 마주치며 얘기했다.

"우주의 멸망이 5달 남은 거 아세요?"

"우리가 어느 날 갑자기 죽게 된다니까요?"

대부분 귀찮다는 듯이 몹을 밀쳐내고 가던 길을 가 버렸지만, 몹은 거기에 굴하지 않았다. 몹은 계속해서 사람들에게 우주의 멸망에 대해서 예고하며 길을 걸었다. 광장을 빠져 나와 지하철역, 학교, 시장 끝까지 몹은 목이 쉴 때까지 소리를 질렀다. 다음 날도, 그 다음 날도 몹은 소리를 질렀다. 가끔가다가 몹에게 "정말요? 우주가 곧 멸망한다고요?" 하고 물어 보는 사람이 나타나기라도 하면 몹은 뛸 듯이 기뻐하며 자신이 외계인을 만난 이야기를 들려주었다. 그중에 몇몇은 고개를 끄덕이고는 알았다고 말해 주기도 했다.

"사람들이 믿든, 믿지 않든 그래도 벌써 꽤 진실을 알렸어!"

몹은 그런 사람들에게 힘을 얻어 더욱 열심히 소리를 지르고 다녔다. 그러던 어느 날, 험악하게 생긴 경찰 둘이 와서 몹의 양팔을 붙잡았다.

"아야, 깜짝이야! 누, 누구세요?"

"경찰입니다. 신고가 들어와서 말이죠."

"예?"

몹은 자세한 이야기를 듣지도 못한 채 철창에 갇히게 되었다. 차가운 바닥과 메케한 냄새가 나는 좁은 방에 갇혀 몹은 소리를 질렀다.

"무슨 짓이야! 날 내보내 줘!"

그러자 경찰 한 명이 와서 몹을 끌어냈다. 그리고는 작은 탁자에 앉혀 놓고 컴퓨터 타자를 치며 취조를 시작했다. 경찰은 몹을 앉혀 놓고 녹음기를 켠 후 이름과 나이 같은 것을 묻더니, 앞으로 몹을 한 달간 감방에 가둘 예정이라고 말했다.

"몹 씨, 어째서 사람들을 괴롭히고 다녔죠? 잘 대답하셔야 합니다. 법정에서 불리한 증거가 될 수도 있어요."

"예? 전 당연히 해야 할 일을 했을 뿐이에요! 괴롭힌 게 아니라고요!"

"해야 할 일이란 게 뭐죠?"

경찰이 물었다. 몹은 당연하다는 듯이 외쳤다.

"우주의 멸망을 알리는 일요! 제가 외계인을 만나서 직접 듣고 본 사실이라고요! 경찰 아저씨도 우주의 멸망이 3달 후라는 것만 알고 계세요! 갑자기 어느 날 멸망한다고요!"

"예…… 그렇군요. 정신 질환이라……."

경찰은 무심하게 타자를 두들겼다. 그리고 잠시 후 몹은 다시 좁은 방에 갇히게 되었다. 몹은 인류를 위해 희생한 자신을 사람들이 이런 식으로밖에 대접하지 않는다는 사실에 분노했다.

"정말 말이 안 통하는 사람들이야. 진실을 알리는 게 이렇게 어렵구나!"

그때였다. 감방의 한쪽 벽면이 반짝 빛나더니 영화에서만 보던 둥근 차원문이 나타났다.

"으악, 이게 뭐야?"

몹은 깜짝 놀랐지만 곧 외계인이 한 일이라는 것을 깨달았다. 자신이 갇혀 있는 것을 알고 외계인이 도와주러 온 것이라고 생각했다.

"왔구나, 드디어! 다시 만날 줄 알았어."

몹은 흥분해서 소리쳤다. 차원문이 충분히 커지자 그 속에서 그날 만났던 것 같은 기괴한 생물 두 명이 걸어 나왔다. 몹은 그 둘을 번갈아 바라보았다. 하지만 그날 만난 외계인이 누군지는 구별할 수 없었다.

"절 도와주러 오셨군요. 당신들은 그날 저와 만났던 분의 동료들이신가요?"

몹이 소리치자 둘 중 한 외계인이 말했다.

"아…… 당신은 그날 크레이터 옆에 있던 생물이시군요?"

"네? 예, 맞아요! 그리고 제가 우주의 멸망을 인류에게 열심히 알리고 있는 그 영웅이죠!"

그러자 외계인 둘이 머리를 갸우뚱했다.

"저희 소개가 늦었군요. 저희는 우주 경찰대 소속 삐약과 삐-약입니다. 저희는 한 범죄자를 잡으러 왔는데요. 아마도 당신이 만난 분이 저희가 찾던 분인 것 같군요."

"예? 범죄자요?"

"맞습니다. 그날 그 녀석이 당신에게 뭐라고 하던가요?"

"우주의 멸망이 곧 다가온다고 하던데요?"

"음, 역시 그렇군요. 그 녀석은 우주신을 거부하는 멸망론자입니다. 우주를 돌아다니며 무지한 생물들에게 멸망론을 전파하고 있지요. 혹시 그 녀석이 자신을 자원봉사단이라고 하지 않던가요?"

"마, 맞아요. 하지만 우주의 멸망을 제 눈으로 똑똑히 봤는걸요?"

몹이 당황해 하자 외계인들이 깔깔댔다.

"그건 일종의 환각입니다. 저희는 쉽게 사용하는 기술이죠."

"그, 그럴 리가요?"

"좋습니다. 우리가 찾아본 바에 따르면 어쨌든 당신은 용감하게 진실을 전파하려고 노력하셨더군요. 아주 용감한 생물입니다. 단지 전파하려던 그 지식이 잘못된 것이었을 뿐이죠. 저희가 당신에게 기회를 드리겠습니다. 진짜 진실을 전파할 기회를 말이죠."

"진짜 진실요?"

"예, 맞습니다. 사실 이 우주에는 영원히 멸망이란 게 존재하지 않습니다. 우주신이 우리를 보우하고 있기 때문이죠."

"우주신이라뇨?"

"우주신은 이 우주를 다스리는 전지전능한……."

그때였다. 외계인들의 머리 위에 커다란 차원문이 순간 쑥 하고 생기더니 거기서 갑옷으로 무장한 외계인들 대여섯 명이 뛰쳐나왔다.

"으악!"

몹은 깜짝 놀라 뒤로 나자빠졌다. 차원문에서 나온 무장한 외계인들은 다짜고짜 먼저 와 있던 무방비의 외계인들을 꼼짝하지 못하게 붙들더니 충격을 주어 기절시켰다. 몹은 갑자기 벌어진 폭력적인 상황에 입을 벌리고 겁에 질려 벌벌 떨었다. 순식간에 외계인들을 제압한 무장 단체 중 하나인 외계인이 헬멧을 벗더니 몹에게 다가왔다.

"저희는 우주 수비대입니다. 혹시 이 녀석들에게 세뇌당하신 건 아니죠? 이전에 무슨 이야기를 들으셨나요?"

"네? 그냥…… 우주가 멸망한다거나 우주신이 있다거나……."

몹이 벌벌 떨며 중얼대자 외계인이 웃음을 터뜨렸다.

"하하하! 우주는 멸망하지 않습니다!"

"하, 하지만 제가 직접 봤는데……."

몹이 중얼대자 우주 수비대 복장을 한 외계인이 고개를 절레절레 흔들었다.

"이 생명체는 이미 세뇌됐나 보군. 데려가서 쓰레기통에 넣어 버려!"

외계인의 말이 끝나기 무섭게 무장한 다른 외계인들이 달려들어 몹을 비닐 끈으로 묶더니 차원문에 밀어 넣어 버렸다. 몹은 있는 힘껏 반항하며 소리쳤지만 무지막지한 외계인들을 이길 수는 없었다. 몹은 무기력하게 차원문으로 떨어지며 소리쳤다.

"으악, 안 돼! 그래도 우주는 멸망할 거야! 내가 봤다고!"

마지막 한 줄

무명 씨는 문학 소년이다.

무명 씨는 어느 날 어떤 재미난 이야기 때문에 깔깔 웃다가 이거 글로 써 보면 재밌겠다는 생각이 들었다. 당시 친구와 함께 산책을 하던 중이었기 때문에 무명 씨는 저녁쯤에 집으로 돌아와서야 작업을 시작할 수 있었다. 무명 씨는 일기장을 펴고 낮에 생각해 둔 글을 적어 내려가기 시작했다. 어디서 들어 본 이야기를 조금 개조하는 작업이었지만, 무명 씨는 그것만으로도 충분히 새롭고 재미있는 이야기가 되리라 생각했다.

무명 씨는 작가 지망생이다.

무명 씨는 틈틈이 글을 써내려가 어느새 300페이지짜리 중편 소설 한 권을 만들어냈다. 무명 씨는 너무도 뿌듯한 마음에 원고를 들고 가족들에게, 친구들에게, 여유로워 보이는 행인에게 소설을 읽어 달라고 부탁했다. 가족들은 대견하다고 말했다. 친구들은 지루하다고 말했다. 공원에서 만난 중년 신사는 무난한 것 같다고 말했다. 학원가에서 팽이를 돌리고 있던 어린 학생은 "재밌어요, 아저씨."라고 말했다. 무명 씨는 학생의 의견을 적극 반영해서 그 이야기를 책으로 출판하기로 했다.

무명 씨는 풋내기 작가이다.

무명 씨는 모든 출판사에 원고를 보냈다. 하지만 어디에서도 공짜로 책을 내 주는 곳은 없었다. 무명 씨는 스스로 책을 내기로 결심했다. 무명 씨는 돈을 벌기 위해 한 신문사에 시 한 편을 투고했고 당선되어 소액의 상금을 받았다. 그것으로는 책을 한 권 인쇄할 수 있었다. 무명 씨는 장사를 시작했다. 장사는 뜻밖에 재밌었다. 무명 씨는 한참 동안 소설을 잊고 살았다. 장사를 시작한 지 10년째 되던 날, 무명 씨는 문득 자신의 작품을 생각해 내고 모아 둔 돈을 살펴보았다. 그것은 책 만 권을 인쇄할 수 있는 금액이었다. 무명 씨는 다음 해 소설을 출판하기로 하고 작품을 수정해 나가기로 했다.

무명 씨는 작가이다.

무명 씨의 원고는 날로 두꺼워져 갔다. 무명 씨는 원래의 작품에 계속해서 새로운 내용을 붙여 나갔다. 작품에 애정이 깊어질수록 무명 씨는 원고의 수정을 멈출 수가 없었다. 처음엔 그렇게 길지 않았던 것 같은데, 결국엔 주인공의 탄생부터 죽음까지 이어지는 장편 소설이 되었다. 이제 무명 씨의 작품은 단순히 재밌는 이야기가 아니었다. 거기에는 무명 씨의 인생 이야기가 담겨 있었고 세상의 희로애락이 담겨 있었고 깊은 메시지가 담겨 있었다. 원고가 거의 완성되어 갈 무렵, 무명 씨는 처음으로 심장 발작을 일으켰다. 한참을 기절해 있다가 일어나 보니 일주일이 지나 있었다. 무명 씨는 마음이 급해져서 원고의 수정에 박차를 가했다.

무명 씨는 예술가이다.

무명 씨의 원고는 마지막 한 줄만을 남겨 두고 있었다. 무명 씨는 이제 눈도 침침하고 소리도 잘 들리지 않게 되었다. 무명 씨는 마지막 장면을 주인공의 죽음으로 해 두고 싶었다. 문제는 주인공이 죽기 전에 내뱉을 마지막 대사였다. 작품에서의 마지막 한 줄이자 주인공의 마지막 대사는 인생의 진리와 소설 전체를 관통하는 메시지를 담아야만 했다. 무명 씨는 이 작품이야말로 자신의 인생 역작이니만큼 절대 타협할 수 없다고 생각했다. 하지만 무명 씨는 아무리 생각해도 그런 구절이 쉽게 떠오르지 않았다. '소설의 마지막 줄을 미처 완성하지 못하고 세상을 떠나게 되면 어떡하지.' 하고 고민했다. 그러던 어느 날 무명 씨는 좋은 생각이 떠올랐다. 무명 씨는 변호사를 불러 자신이 죽기 전에 마지막으로 한 말을 작품의 마지막에 넣어 달라고 했다. 무명 씨의 인생 마지막 대사가 작품의 마지막 한 줄이 되는 것이다. 그날 이후 변호사는 녹음기를 켜둔 채 무명 씨 곁에 계속 붙어 있었다. 무명 씨는 안심했다. 남은 일은 주인공이 어떤 말을 하게 될지 죽기 전까지 고민해 보는 것이었다. 무명 씨는 혹시 죽음이 갑작스럽게 찾아올 때는 대비해서 긴 대사를 천 줄 넘게 준비해 두었다. 만약 주인공이 자신의 인생을 행복했다고 회상하는 대사를 하도록 하고 싶다면 '151번' 하고 말하면 되는 것이고, 주인공이 후회하는 대사를 하도록 하고 싶다면 '424번' 하고 말하면 되는 것이었다. 무명 씨는 결국 어느 날 아침 마지막 심장 발작을 일으켰다. 다행히도 옆에는 변호사가 있었고 가슴에는 녹음기가 켜져 있었다. 변호사는 무명 씨의 마지막 대사를 듣고 고개를 끄덕였다. 무명 씨는 녹음기가 작동 중이라는 붉은 신호를 마지막으로 지켜보며 세상을 떠났다. 유언대로 무명 씨의 변호사는 무명 씨가 마지막으로 한 말을 무명 씨의 소설의 마지막 한 줄에 넣어 출판해 주었다. 무명 씨가 인생을 바쳐 고민한 그 대사는 바로

파란 구름과 하얀 하늘

"바람을 따라 너에게 갈게."

마지막 차가운 포옹에서 하늘은 구름에게 그렇게 말합니다.

둘은 처음부터 영원한 친구였습니다.

하나는 커다랗고 파란 '하늘'이었고,

하나는 커다랗고 하얀 '구름'이었습니다.

둘은 사이좋게 땅 위를 절반씩 나누어 가졌습니다.

둘은 사이좋게 마주 보고 이야기를 나누었습니다.

하늘은 하얀 구름이 파란 하늘에 떠다닌다고 이야기했습니다.

구름은 파란 하늘이 하얀 구름에 떠다닌다고 이야기했습니다.

그래서 둘은 서로를 좋아했지만

헤어지기로 했습니다.

헤어져 따로 여행을 떠나기로 말이에요.

하늘이 말합니다.

"언젠가 네가 이야기했던 그런 하얀 바다를 만나면……."

구름이 말합니다.

"언젠가 네가 이야기했던 그런 푸른 밤을 만나면……."

둘은 약속합니다.

"다시 만나자."

"다시 만나자."

하늘과 구름은 서로에게 축복합니다.

"바람이 너에게로 불어 주길."

"바람이 나에게로 불어 주길."

밀실금

　꾀죄죄한 모습의 남자 두 명이 각자 작은 손전등을 하나씩 손에 쥐고 조심스러운 발걸음으로 칠흑같이 어두운 복도를 걷고 있었다. 자세를 낮추고 살금살금 걷는 모습이 꽤 신중해 보였다. 이윽고 그들은 복도 끝에 도착해 작은 문을 발견했다. 그러자 그들은 이를 드러내며 환하게 웃더니 주먹을 불끈 쥐고 흔들어 소리 없는 작은 환호를 질렀다. 앞서가던 남자가 살짝 고개를 뒤로 돌려 뒤에 오던 남자에게 손을 내밀며 말했다.

　"리처드, 지도를 꺼내 봐."

　그러자 뒤에 오던 남자가 주머니를 뒤져 부스럭대며 종이 뭉치 하나를 꺼내 앞선 남자에게 건넸다.

　"여기 있어. 톰, 조심해! 여기서부터는 더욱 신중해야 해. 어떤 장치가 있을지 모르니까."

　"알고 있어. 하지만 우리에겐 이 지도가 있잖아. 침착하게만 하면 돼."

　톰은 손전등으로 지도를 비추고 이리저리 살펴보았다. 지도에는 복잡한 그림과 작고 빽빽한 글자가 적혀 있었다. 지도를 살펴본 톰은 이제 알겠다는 듯이 문에 달린 작은 문고리를 한 손으로 쥐었다. 그러자 리처드가 한 손을 들어 저지하며 물었다.

"잠깐, 톰. 확실한 거지?"

"이젠 어쩔 수 없어. 지도를 믿어야지."

둘은 식은땀을 흘리며 마른침을 꿀꺽 삼켰다. 둘은 서로 눈을 한번 마주치고는 톰이 잡은 문고리에 시선을 집중했다. '끼기긱.' 톰이 천천히 손목에 힘을 주며 살며시 문고리를 돌리자 문고리가 부드러운 금속음을 내며 돌아갔다. 그리곤 문이 열렸다.

"좋아, 됐어!"

하지만 문의 반대편도 깜깜한 어둠으로 가득 차 있었다. 톰이 앞장서서 손전등으로 작은 문 뒤를 비추어 보았다. 슬쩍 비추어진 그곳은 여러 가지 물건들이 놓여 있는 큰방이었다. 먼저 멀리서 방 안을 전체적으로 살펴본 후에야 그들은 겨우 방 안에 고개를 디밀었다. 얼핏 보기에 방 안에 위험해 보이는 물건은 없는 것 같았다. 긴장한 톰은 두 손을 벌벌 떨었지만 그래도 용감하게 방 안으로 먼저 발을 디뎠다. 방 안에 몸을 다 집어넣은 톰에게 아무 일도 일어나지 않자 리처드도 두리번대며 신중하게 방 안으로 따라 들어갔다. 그들이 모두 방 안으로 들어가자 문이 '스르륵, 쾅!' 하고 스스로 닫혔다.

"이크."

"쉿!"

문이 닫히는 소리에 리처드가 겁을 먹고 그만 작은 소리를 내고 말았다. 그러자 톰이 집게손가락을 입에 대며 조용히 하라는 신호를 주었다. 리처드는 고개를 끄덕였다. 방 안에 들어가서도 둘은 여전히 신중하게 손전등으로 방 안을 이리저리 비추어 보며 두리번댔다. 톰은 다시 지도에 손전등을 가져다 대었다. 그리고 지도를 자세히 들여다보더니 한쪽의 벽을 가리키며 중얼댔다.

"음, 아마도 저 벽 근처에 비밀 장치가……."

그러자 리처드가 그쪽으로 다가가 벽에 붙어 있던 작은 스위치를 발견하곤 손가락으로 살짝 건드렸다.

"이게 스위치인가?"

그때 아직 지도를 들여다보던 톰이 깜짝 놀라며 황급히 리처드에게 외쳤다.

"앗, 잠깐! 안 돼, 리처드!"

"앗!"

톰이 리처드를 저지하려 했지만, 스위치는 이미 눌려 버린 후였다. 스위치에 연결된 장치가 빠르게 발동되더니 갑자기 천장에서 번개 같은 불빛이 순간 번쩍하며 방 안의 모든 사물에 충격을 주었다. 톰과 리처드는 별안간 번쩍인 아주 밝은 불빛에 쐬자 눈을 가리며 "으악!" 하고 소리 지른 후 힘없이 바닥에 풀썩 쓰러졌다. 그들의 손에서 떨어진 손전등 두 개가 바닥을 구르며 덜그럭거리는 소리를 냈다. 천장에 연결된 장치에서는 계속 하얀 빛이 나와 방을 밝히고 있었다.

둘은 한참 동안 기절한 채 바닥에 널브러져 있었다. 얼마나 시간이 지났을까. 톰의 눈꺼풀이 스르륵하고 떠졌다. 톰은 정신을 차리더니 바닥에 앉아 쫓은 머리를 감싸고 '으으윽!' 하며 신음소리를 냈다. 그리곤 어리둥절한 표정으로 방 안을 두리번댔다. 그 옆에는 리처드가 아직도 기절한 채 쓰러져 바닥에 침을 흘리고 있었다. 톰은 비틀거리며 일어서서 어떻게 된 영문인지 곰곰이 생각하기 시작했다.

잠시 후, 리처드가 정신을 차리고 일어나 방 안을 서성대고 있던 톰을 발견했다.

"으악! 누, 누구야!"

그러자 방의 중앙에 서 있던 톰이 팔짱을 끼고 고개를 끄덕이며 리처드에게 말했다.

"흠, 역시. 그쪽도 제가 기억이 안 나시나 보군요."

리처드는 어리둥절한 표정으로 톰을 바라보았다.

"그, 그게 무슨 말요?"

"우리가 기억을 잃었다는 말입니다. 십 분 전쯤 저도 그 바닥에 쓰러져 있다가 눈을 떴죠."

톰이 리처드 옆의 바닥을 가리키자 리처드는 그제야 자신이 바닥에 앉아 있다는 걸 깨달은 듯 황급히 일어나 허둥대며 벽에 등을 붙이고 방 안을 두리번댔다. 그리곤 머리를 두 손으로 감싸며 괴로운 듯 신음 소리를 냈다.

"으으으, 이게 무슨 일이지? 머리가 깨질 듯이 아프군."

"좀 있으면 괜찮아질 겁니다. 저도 그랬거든요. 그보다 우리가 지금 기억을 잃었다는 게 더 중요합니다."

"그런데 당신은 누구요?"

리처드가 묻자 톰은 팔짱을 낀 채 고개를 옆으로 흔들었다.

"저도 기억이 안 납니다. 제가 누군지, 당신이 누군지, 대체 여기가 어딘지! 당신은 어떠십니까?"

그러자 리처드가 미간을 찌푸리고 무언가를 떠올려보려 노력했다.

하지만 잘 생각나지 않는 듯 고개를 갸우뚱거렸다. 그리곤 입을 쩍 벌리고 황당한 표정을 지었다.

"이, 이럴 수가! 아무것도 떠오르질 않아. 아무 기억도 없잖아?"

"역시 그렇군요. 우린 기억 상실증입니다. 기억을 저장하는 뇌 속의 해마를 다친 거지요."

톰이 집게손가락으로 자신의 관자놀이를 툭툭 쳤다.

"깨어나서 기억이 없다는 걸 깨닫고 한참을 생각해 보았지요. 지금까지 알아낸 바로는 우리는 단지 과거 사건에 대한 기억만 없다는 겁니다. 예를 들어 우리가 어떻게 살았는지 왜 여기에 있는지 그런 기억들 말입니다. 하지만 뇌의 다른 부분은 손상되지 않았죠. 아니면 제가 어떻게 말을 하고 이런 지식들을 술술 이야기할 수 있겠습니까? 당신도 뭔가 기억나는 게 있습니까? 아니면 어떤 느낌이라도?"

"으, 으음……. 그리고 보니 예전부터 당신을 알았던 것 같은 기분이 들어."

그러자 톰은 '딱!' 하고 손가락을 퉁기더니 리처드에게 다가갔다. 그러자 리처드가 당황하며 두 손을 내밀었다.

"다, 다가오지 마!"

"괜찮습니다, 당신을 해치려는 게 아니니까요. 방금 저를 알았던 것 같다면서요? 저도 그렇습니다. 전 단지 지금 상황을 설명해드리고 싶은 겁니다."

"지금 상황이라니?"

톰은 리처드가 누워 있던 자리에 떨어진 종이 뭉치를 집어 들었다.

"사건에 대한 기억은 없지만 어렴풋한 느낌이 아직 남아 있다는 게 단서일 것 같군요. 예를 들어 저는 이 물건이 굉장히 중요했던 것 같은 기분이 드는 데 말이죠······."

그러자 리처드도 눈을 크게 뜨며 톰이 들고 있는 종이 뭉치를 가리켰다.

"맞아, 그래! 나도 그렇게 느껴져! 그건 꽤 중요했던 것 같은데?"

톰은 종이 뭉치를 이리저리 넘겨보았다.

"흠, 읽을 수 없는 글자들이······. 아무래도 문자를 읽을 수 있는 뇌의 영역이 다친 것일 수도······. 당신은 어떤지 볼까요?"

톰이 침착하게 말하자 리처드는 잠시 경계를 풀고 톰에게 다가와 함께 종이 뭉치를 살폈다.

"으음, 나도 역시 모르겠는걸? 이 그림들은 뭐지?"

"글쎄요, 복잡한 그림들과 문자들이라······. 이건 대체 뭐였을까요? 이걸 알아낼 수만 있다면 저희 과거를 찾는 중요한 단서가 될 것 같은데 말이죠."

둘은 종이 뭉치를 조금 더 살펴보았다. 하지만 리처드는 여전히 아무것도 떠오르지 않는 듯했다.

"큭, 아무것도 떠오르질 않아! 대체 여긴 어디지? 이 물건들은 대체 뭐야? 여길 나가야겠어! 그러면 뭔가 떠오를 것도 같아. 그래, 저기 저 문으로 나가면 될 것 같은데 말이지."

리처드가 그들이 들어온 문을 가리키며 말했다. 하지만 톰은 여전히 고개를 가로저었다.

"전 여는 방법이 생각나질 않더군요."

리처드는 문 앞으로 다가가 두 손을 이리저리 꼬며 문의 어느 부분을 만져야 할지 고민했다. 하지만 곧 바닥에 털썩 주저앉아 분하다는 듯 주먹으로 바닥을 내리쳤다.

"쳇, 나도 모르겠어. 문이라는 건 알겠는데 어떻게 여는 건지 생각나지 않아!"

그러자 톰이 한숨을 쉬었다.

"아쉽군요. 그나마 뭔가 익숙한 느낌이 드는 물건들이 있는데 이런 게 기억을 떠올릴 수 있는 단서가 아닐까 싶어요."

톰은 바닥에서 손전등 두 개를 집더니 하나를 리처드에게 건넸다.

리처드는 손전등을 받아 들고 이리저리 살펴보았다. 버튼을 눌러 보았지만, 손전등은 작동하지 않았다.

"글쎄…… 이건 내 물건이었던 것 같기도 하고 아니기도 하군. 불이 들어오는 물건이라는 건 알겠는데. 지금은 왜 작동되지 않는 거지?"

"역시 저와 같은 느낌이시군요. 제 생각에 우리 둘은 동료였던 것 같습니다. 손전등이 두 개니까 함께 이곳으로 왔던 거죠."

그러자 리처드가 고개를 끄덕였다.

"일리가 있군. 하지만 왜 여기로 왔는지는 전혀 알 수가 없어. 방 안의 물건들을 뒤적여 봐야겠어."

리처드가 일어서 방 안을 서성였다. 그러자 톰이 고개를 내저었다.

"아마 그 물건들은 함부로 만지지 않는 게 좋을 겁니다. 제 느낌에 따르면……."

그러자 리처드는 방 안의 신기해 보이는 물건을 덥석 집으려다가 멈칫하더니 고개를 끄덕였다.

"음, 그래. 사실 나도 그런 느낌이 들어. 그러고 보면 이 느낌이란 게 유일한 내 기억이잖아? 지금은 이 느낌에 의지하는 게 좋을 것 같아."

"생각해 보니 그렇군요. 방 안을 살펴보니 만져도 될 것 같다는 느낌이 드는 물건은 이 두 가지밖에 없더군요. 그리고 지금 떠오른 건데 전 당신과 꽤 가까웠다는 느낌이 들거든요."

그러자 리처드는 미간을 잔뜩 찌푸리고 고개를 쭉 빼서 톰을 위아래로 훑어보았다.

"글쎄…… 난 당신이 그렇게 안전한 녀석이라는 느낌은 들지 않는걸? 하지만 친구였을 거라는 느낌은 드는군. 뭐, 일단은 나도 내 과거가 너무 궁금하니까 뭐든 협력해야겠지. 혼자서는 어떻게 해야 할지 전혀 감이 오지 않아."

리처드는 한숨을 쉬며 '풀썩' 하고 문 옆의 벽에 기대어 앉았다. 그러자 톰도 어깨를 으쓱하고는 리처드 옆의 벽에 등을 기대고 앉았다.

"좋습니다. 일단은 함께 지금이 어떤 상황인가 추리해 보도록 하죠. 혹시 지금이 위험한 상황일 수도 있으니까요."

"글쎄…… 별로 안전한 느낌이 아니라는 건 아까부터 들었어. 과거가 안 떠오르니까 영 막막하군."

"현재의 나는, 과거 나의 총합이라는 말이 있죠."

그러자 리처드가 흥하고 콧방귀를 끼었다.

"자네는 과거에 책을 좀 읽은 녀석이군. 어쨌든 하나는 알아냈어."

"그러고 보면 제가 이것저것을 알고 있는 걸 보니 뭔가 대단한 직업을 가졌던 것 같습니다."

"난 딱히 유용한 지식이 떠오르지 않는 거로 봐서, 아마도 자네를 고용한 사람이겠군."

그러자 톰이 고개를 끄덕여 동의했다.

"그럴 가능성도 있죠. 만약 그렇다면 암호가 적힌 종이 뭉치와 켜지지 않는 손전등은 무슨 의미일까요?"

"글쎄, 이건 뭔가 하나의 커다란 실험실 아닐까? 우린 실험용 쥐고 말이야. 쓸모없는 것들을 던져 주고 어떻게 행동하는지 보는 실험 같구먼."

"이야…… 소름 돋는군요. 어떤 외계인이 우리를 잡아서 가둬 둔 걸까요?"

리처드가 손으로 턱을 괴더니 방 안 곳곳을 가리켰다.

"그러고 보니 방 안 인테리어가 우주선을 연상케 하는구먼."

"아니면 우린 광활한 우주를 여행하는 우주선에서 살고 있는 인류일 수도 있겠군요. 미래의 인류는 기억력이 좋지 않을 수도 있지요."

하지만 리처드는 콧방귀를 꼈다.

"흥, 상상력은 좋았지만 자네가 미래의 인류라고 말한 순간 그건 아니야. 지금의 우리는 아니라는 말이니까."

"아니면 우린 단지 가상의 인물이 아닐까요?"

그러자 리처드가 손전등으로 톰의 머리를 내리쳤다. '탁.'

"아야!"

톰이 머리를 문질렀다.

"생생한 현실이군요. 꿈도 아니고 가상의 세계도 아닌가 봐요."

그러자 리처드가 씩 웃었다.

"그런 것 같군. 그렇다면 우린 지금 안전한 걸까? 가만히 기다리면 모든 게 갑자기 떠오를 수도 있을까?"

그러자 톰이 고개를 가로저었다.

"만약 안전하다고 하더라도 확실한 단서가 없는 이상 기억이 갑자기 떠오르거나 하는 일은 없다고 봐야지요."

"으음…… 그렇군. 하지만 이게 누군가의 장난 같은 거라면 이쯤에서 그만둬 주는 게 좋겠는데……. 슬슬 허기가 지려고 하거든."

"저도 마찬가지예요. 여긴 먹을 것도 없는 것 같고……."

그때 갑자기 리처드가 소리를 질렀다.

"어이! 거기 누구 듣고 있나? 이제 이런 못된 장난은 그만둬!"

그러자 톰이 깜짝 놀라 리처드의 입을 틀어막았다.

"쉿! 지금이 무슨 상황인 줄 알고 소리를 질러요? 이럴 때일수록 침착해야죠. 그런 방법은 마지막에나 써 보는 거라고요!"

리처드는 고개를 끄덕이더니 한숨을 푹 쉬었다.

"내가 당신 같은 녀석이랑 있는 걸 보면 이건 아마 사고였던 것 같군. 자네처럼 신중한 사람이 이런 고약한 장난에 당할 리가 없지."

"만약 사고라면 정말 섬뜩한데요? 다시 좋아질 방법이 없을 수도 있으니까요."

"뭣? 그런 소리는 하지 말라고……. 겁나잖아. 이왕이면 긍정적인 방향으로 생각해 보란 말이야. 그래. 인간은 스스로 치유하는 능력이 있으니까 어느 순간 갑자기 기억이 돌아온다든가……."

"하지만 기억이 돌아와도 여전히 여기서 나갈 방법이 없으면 우린 굶어 죽고 말 거예요."

"그, 그럴 리가……."

굶어 죽는다는 말에 섬뜩한 기분이 든 리처드는 잔뜩 겁먹은 표정으로 식은땀을 흘렸다.

"아니야. 나처럼 겁 많은 사람과 자네처럼 신중한 사람이 이런 곳에 갇혀서 나갈 방법을 몰랐다는 게 말이 돼? 우린 분명 나갈 방법을 알고 있었을 거야! 우린 그저 빨리 기억을 되찾기만 하면 되는 거라고! 그래, 우리가 처음에 바닥에 쓰러져 있었으니까 바닥에 머리를 부딪쳐서 기억을 잃었을 수도 있어. 다시 바닥에 머리를 박으면 기억이 돌아올까?"

리처드는 허둥지둥하며 머리를 바닥에 몇 번 쿵쿵 박았다. 톰은 그 모습을 보며 쯧쯧 혀를 찼다.

"그런 이유로 두 명이나 똑같은 기억상실증에 걸릴 리가 없다고요! 게다가 그렇게 머리를 부딪치면 있던 기억도 없어지겠죠."

리처드는 그새 혹이 볼록 올라온 이마를 문지르며 한숨을 내쉬었다. 충격이 컸던지 눈에 눈물이 촉촉했다.

"우린 과거에 분명 엄청 나쁜 놈들이었을 거야. 그렇지 않으면 이런 꼴을 당할 리가 없다고! 우린 분명 도굴꾼이나 사기꾼 같은 녀석들이었겠지. 이건 분명 벌을 받고 있는 거야!"

리처드는 흥분해서 큰 소리로 떠들어댔다. 그러자 톰이 리처드를 토닥였다.

"일리는 있지만 당신처럼 겁 많은 사람이 나쁜 짓을 할 리가 있습니까? 그러니 흥분을 가라앉히시라고요. 그리고 보니 저 암호들과 손전등을 보면 우리가 어떤 모험가였을 수도 있다는 생각이 들어요. 어두운 곳을 밝히면서 미로를 탐험했던 걸까요?"

그러자 리처드가 점차 흥분을 가라앉히고 고개를 끄덕였다.

"아니면 우리는 미로를 만들고 있었을 수도 있지. 이 종이 뭉치에 그려진 미로의 설계도대로 길을 만들고 있었던 거지. 이 손전등도 불이 들어오지 않는 걸로 봐서, 사실은 손전등의 용도가 아닐 수도 있어. 이게 사실은 미로를 만드는 도구였다거나……."

"음, 과연 그렇군요. 우리가 모험가였다면 불이 들어오지 않는 손전등을 들고 다닐 리가 없지요. 게다가 여기 암호의 그림을 좀 보세요. 육각형이에요! 육각형 모양의 미로를 의미하는 것일 수도 있지 않을까요?"

톰이 종이 뭉치에 그려진 그림 하나를 가리키자 리처드가 그것을 유심히 살펴보았다.

"음, 과연 육각형을 닮긴 했는데……. 하지만 미로라면 이렇게 반듯하게 만들지는 않겠지. 보통 육각형을 벌집을 의미하는 게 아니던가?"

"설마, 우린 거대한 벌집에 들어와 있는 걸까요?"

"차라리 그런 거라면 어디선가 꿀을 발견했으면 좋겠군. 점점 배가 고파져."

"저도요. 목은 아직 마르지 않아서 다행이군요."

"그러고 보면 우리가 모험가나 도굴꾼이 아니라는 건 확실하구먼. 그런 놈들이 마실 물도 안 가지고 다닐 리가 없지."

그러자 톰이 뭔가 생각난 듯 몸을 부르르 떨었다.

"역시 우린 누군가의 복수에 당한 것인지도 모르겠어요. 우리에게 원한을 가진 누군가가 우릴 여기 가둔 거예요. 우린 결국 싸우다가 서로…… 잡아먹고 말 거예요!"

그러자 리처드가 화들짝 놀라 톰에게서 떨어지며 손가락을 가로저었다.

"뭐, 뭐? 설마, 난 아무리 배고파도 그런 짓은 하지 않는다고! 하지만 자네가 덤벼들면 그때는 나도 봐주지 않겠어!"

"죄송해요, 갑자기 절망적이 되어서……. 저도 그런 짓은 안 한다고요! 하지만 사람이란 게……."

"잠깐잠깐, 일단은 희망적으로 생각해야지. 자꾸 그렇게 생각하면 잘 될 일도 안 풀린다고."

"알겠어요. 계속 기억을 되찾을 단서를 생각해 보죠."

"그래, 그게 좋겠어. 사실 자네가 방금 한 말을 듣고 끔찍한 가설이 하나 생각났는데 우린 어떤 살인 사건에 휘말린 게 아닐까 싶어. 어떤 사람이 기억을 지우는 약물을 개발했는데 그걸 우리가 먹고 여기 가둔 거지. 그러면 우리는 기억이 없는 채로 굶어 죽게 되니까. 혹은 우리 둘 중 한 명이……."

그러자 톰이 리처드의 말을 맞받아 이었다.

"그, 살인자라거나……."

"하지만 둘 다 갇혀 있는 걸 보면 둘 다 피해자거나 어떤 사고가 있었겠지."

톰은 뭔가 생각났다는 듯 경악한 표정으로 리처드를 가리켰다.

"당신 아까 제가 딱히 안전하게 느껴지지 않는다고 말했죠?"

"그래! 그럼 자네가 그 살인자일까?"

"하지만 전 당신이 친근하다고 느껴졌는데 그럴 리가 없잖아요?"

"음…… 나도 우린 서로 친구라고 느껴졌어. 하지만 자네가 딱히 마음 놓이는 상대는 아니라고 느꼈지. 그럼 내가 살인자일까?"

"에이…… 확실하지 않은 이야기는 젖혀 두고 일단 다른 가설을 생각해 보죠."

"그래도 아까 내가 우리에게 남은 건 이 느낌밖에 없다고 하지 않았나. 아무래도 이걸 활용하거나 믿지 않고서는 어떤 단서도 풀리지 않을 것 같단 말이지. 아무래도 방 안의 물건들을 다시 살펴봐야겠어."

"음…… 하지만 서로의 느낌에 따르면 방 안의 물건들은 안전하지 않을 것 같다고 하지 않았나요?"

"어차피 가만히 있으면 굶어 죽는 거 아닌가? 게다가 이 느낌이 꼭 옳다는 보장도 없어."

리처드는 일어나서 방 안의 물건들을 살펴보다가 부드러운 천이 덮인 큰 상자를 만지려고 했다. 그러자 톰이 리처드를 가로막았다.

"에이, 그래도 이 느낌을 거스르는 일은 마지막에 하도록 하죠. 아무래도 불길해요."

그러자 리처드가 약간 짜증스러운 말투로 톰을 밀어냈다. 리처드는 이미 인내력이 바닥난 듯 보였다.

"난 지금이 그 한계라고! 배고파서 더 이상 참을 수가 없어! 그래, 이왕 누르는 거 제일 불길해 보이는 이 버튼을 눌러 봐야겠어!"

리처드는 상자 끝에 달린 장식 줄에서 버튼 하나를 발견했다. 붉은색으로 칠해져 있어서 약간 위험해 보이기도 했다. 강경한 리처드의 태도에 톰도 어쩌지 못하고 그저 물러서 리처드를 지켜볼 수밖에 없었다.

"정 그러시다면 어쩔 수 없죠. 버튼 색이 붉은 게 구조 신호를 보내는 것이라고 믿어 봐야죠, 뭐. 그래도 좀 불길한 느낌이 들지만요."

리처드는 버튼에 다가가 망설임 없이 그것을 꾹 눌렀다. 잠시 정적이 있어서 처음에는 다행히 아무 일도 일어나지 않는구나, 하고 생각했지만 둘은 곧 그것이 큰 오산이라는 것을 깨달았다. 버튼이 삑삑거리는 소리를 내기 시작했기 때문이다.

'삑삑삑삑삑삑삑삑.'

"으, 으악! 어…… 어떡하지?"

"설마…… 폭탄? 그건 폭탄인 건가요? 소리 좀 멈춰 봐요!"

리처드는 당황해서 버튼을 반복해서 눌렀지만, 버튼이 내는 기분 나쁜 삑삑 소리는 도무지 멈출 생각을 하지 않았다. 둘은 기겁하며 뒤로 물러서 최대한 버튼에서 멀리 떨어진 벽에 붙었다.

그때였다. 저 멀리서 쿵쿵거리는 소리가 울려왔다. 땅을 울리는 쿵쿵거리는 소리는 문밖의 멀리서부터 점점 커지더니 금세 문 바로 밖에서 우뚝 멈춰 섰다. 둘은 서로를 부둥켜안고 방의 구석에서 벌벌 떨었다. '벌컥, 쾅!' 하고 문이 활짝 열렸다. 그리고 그곳에서 머리가 검고 온몸이 온통 하얀 괴물이 나타났다.

"그르르르……"

괴물은 문밖에서 잠시 그르렁대며 방 안을 주시하더니 시선을 점차 옮겨 방구석에서 떨고 있던 두 남자를 발견했다. 그리고 천천히 입을 열어 날카로운 어조로 말을 내뱉었다.

"이새철 씨, 복길남 씨, 두 분! 밤중에 뭐하시는 거예요? 수면제 주사 놔드릴 테니까 빨리 침대로 올라가요! 빨리 맞고 잠자리에 드셔야죠!"

그러자 톰과 리처드는 잽싸게 각자의 침대로 올라가 엉덩이를 까고 옆으로 누웠다. 하얀 가운을 입은 간호사는 바닥에 떨어진 약 설명서와 손전등을 집어 들고 먼저 리처드의 침대로 다가왔다.

"어휴, 병실을 다 어질러 놨네! 신경 안정제 약 설명서는 왜 또 이렇게 많이 모아 둔 거예요? 이건 간호사실에 있던 건데 또 망가뜨리셨네……."

그러자 이새철 씨가 굽실대며 변명을 늘어놓았다.

"손전등은 아까 기절할 때 실수로 떨어뜨려서……. 죄송합니다! 다음부터는 찰흙으로 할게요!"

간호사는 왼쪽 가운 주머니에 물건들을 넣고 반대편 주머니에서 주사기를 하나 꺼내 이새철 씨 엉덩이에 쿡 찔러 넣었다. 이새철 씨가 '아야!' 하고 얼굴을 찌푸렸다. 그러자 옆 침대에서 복길남 씨가 그 모습을 보고 킬킬 웃어댔다.

"복길남 씨도 앞에 보세요. 자꾸 웃으면 아프게 놓을 거예요!"

간호사가 또 하나의 주사기를 꺼내서 복길남 씨의 침대로 다가왔다. 복길남 씨는 긴장한 듯 헛기침을 해댔다. 간호사가 복길남 씨의 엉덩이를 탁탁 두드리더니 금세 주사를 놓고 다 되었다는 신호를 주었다.

"어때요? 안 아프죠?"

그러자 복길남 씨가 간호사를 돌아보며 윙크를 했다.

"생애 최고로 안 아픈 주사네요, 예쁜 간호사님."

복길남 씨는 추파를 던지는 것도 수준급이었다. 간호사가 복길남 씨를 혼내려고 씩씩대고 있을 때 갑자기 복도 끝에서 그들 모두를 부르는 우렁찬 소리가 들려왔다.

"얘들아, 피자 왔다! 저녁 먹자!"

엄마가 부르는 소리였다. 피자가 왔다는 소리에 아이들은 꺅, 하고 소리를 지르며 물건들을 다 내팽개치며 복도를 달려왔다. 거실의 식탁에는 모락모락 김이 올라오는 커다란 피자 한 판이 놓여 있었다. 엄마는 아이들을 자리에 앉히고 접시에 피자를 한 조각씩 나누어 준 후,

한 손으로 아이들의 머리를 쓰다듬어 주었다.

"아이고, 그래. 길남이도 많이 먹으렴. 어때? 아줌마가 만든 피자 맛있지? 우리 새철이랑 민지랑 뭐하고 놀고 있었니?"

그러자 길남이가 쑥스러워하며 기어들어 가는 목소리로 대답했다.

"어…… 어……. 모험놀이랑 병원놀이랑……."

그러자 피자를 크게 한입 베어 문 민지가 깔깔댔다.

"엄마, 내가 간호사고 애네들이 환자 했어."

그러자 엄마가 민지의 머리를 쓰다듬으며 흐뭇한 미소를 지었다.

암전.

흥겨운 음악이 흘러나오고 잠시 후 다시 무대에 불이 켜졌다. 네 명의 배우가 한 명씩 무대로 걸어 나와 인사를 했다. 네 명의 배우가 모두 무대로 나온 후 배우들은 서로 손을 맞잡고 마지막으로 다시 한 번 다 함께 인사를 했다. 관람석에는 천 명도 넘는 사람들이 기립박수를 보내고 있었다. 온 극장이 떠나가라 박수 소리가 울리며 무대 커튼이 천천히 쳐졌다.

막이 닫히자 배우들은 답답했던 의상과 가발을 벗고 무대 뒤로 내려왔다. 무대 뒤에서 이새철 역의 배우가 복길남 역의 배우 등을 토닥여 주었다.

"오늘 잘했어, 인마."

"아, 예! 감사합니다, 선배님! 다 선배님이 잘 리드해 주셔서죠."

두 배우는 온몸 가득 땀을 흘리고 있었지만 서로 만족한 듯 고개를 끄덕이며 함께 엄지를 치켜세웠다.

끝.

"어떻습니까?"

김 작가는 대본을 돌려받으며 은근슬쩍 반응을 물어보았다. 하지만 연재처 담당자는 어깨를 으쓱하며 고개를 내저었다.

"별로야."

"그, 그런가요? 어, 어떤 점이?"

"반전도 너무 많고 설정이 식상해. 이러면 독자들이 이해를 잘 못 한다고! 그래, 역시 요즘은 로맨스지, 로맨스! 진부하지만 가슴 찡한 사랑 이야기. 그런 걸로 써 봐. 왜 있잖아, 잘 먹히는 거. 알았지?"

드디어 그날

참 신기한 공간이었다. 사방이 밝고 고요했다. 바닥도 없고 천장도 없었다. 서 있는 느낌은 들었지만 살아 있을 때처럼 중력이 아래로 잡아당기는 느낌이 없었다.

그는 구부정하게 허리를 구부리고 어리둥절한 표정으로 사방을 둘러보았다. 묘한 기분이 들어서 자기도 모르게 입을 쩍 벌리고 다물지 못하고 있었다. 당황해서 황당한 표정을 짓고 있는 그의 앞에 갑자기 따뜻한 기운이 들더니 어디에서인지 하얀 수염을 가진 온화한 인물이 나타났다.

그는 그 광경에 너무 깜짝 놀라서 뒤로 자빠지고 말았다. 엉덩방아를 찧은 충격 때문인지 몰라도 그는 별안간 모든 일을 깨닫고 갑자기 눈물을 흘렸다. 그는 잠시 펑펑 울더니 애써 울음을 참으며 일어섰다. 그리곤 넘실대는 감정을 간신히 주체하며 속사포처럼 말을 내뱉었다.

"오오…… 이건 정말 생각지도 못했습니다. 내가 그렇게 죽은 거군요. 오, 신이시여. 신기하게도 당신은 내 상상과 너무도 닮아 있군요."

그러자 신이 온화하게 미소 지었다. 자신이 신이라는 것을 부정하지 않는다는 의미였다. 신은 부드럽게 속삭이듯 말했다.

"참 잘 살아 주었느니라. 곧 환생시켜 주겠느니라."

그는 그 말을 듣고 가슴을 쓸어내렸다. 그리고 곰곰이 생각해 보더니 웬일인지 화가 난 듯 입술을 꾹 깨물었다. 그는 울음을 참는 것인지 화를 참는 것인지 모를 표정으로 두 손의 주먹을 꾹 쥐어 내밀며 신에게 따지는 투로 설명했다.

"제 마음을 다 아실 줄로 압니다. 전 언젠가 이런 날이 올 거라고 줄곧 생각하고 있었지요. 당신에게 묻고 싶은 것이 한 가득입니다. 언젠가부터 이런 날이 오면 그 이야기들을 따져 물으리라 되새겼지요. 하지만 막상 당신을 만나니 어디에서부터 말을 시작해야 할지 당황스럽군요."

신은 그저 평온한 얼굴로 아무 말 없이 서 있었다. 그는 아직도 감정을 추스르지 못한 듯 얼굴을 씰룩대며 말을 이었다.

"그래요, 살면서는 기쁜 일도 괴로운 일도 있었지요. 다른 사람들이 모두 그렇듯요. 좋은 인생이었습니다. 지나고 나니 말이죠. 모두 당신이 제게 주신 일들이겠지요. 그 모든 것들이 전부 말입니다. 물론 저는 당신께 고마워하고 있습니다. 그런데……."

그는 갑자기 울컥하며 흥분하기 시작했다.

"아무리 해도 이해할 수 없었던 일들이 평생 저를 괴롭혔던 겁니다. 오, 물론 지금 여기서 당신이 제게 한 잔인한 일들을 일일이 불러드릴 필요는 없겠지요. 그건 내게도 당신에게도 너무너무 잔인한 일이니까요. 물론 다 지난 일이니까 전 당신을 용서할 수 있습니다. 단지 그 모든 일에 대한 당신의 변명을 들을 수만 있다면요."

그는 숨도 쉬지 않고 말을 내뱉으며 신을 노려보았다.

"왜 세상에는 전쟁도 있고 살인도 있고 악도 있느냔 말입니다. 왜 내

착한 친구는 억울하게 죽었고 친절한 가족들은 왜 모두 행복해지지 못했고 죄도 짓지 않은 그 불쌍한 아이들이 어째서 괴로운 과거를 가지고 살아가야 하난 말입니다. 나쁜 사람들은 잘 먹고 잘살고 있는데 당신이 시키는 대로 착하게 사는 사람들은 저주스러운 인생을 살아가는 겁니까? 당신은 전지전능하시지요? 그 모든 것들을 다 만드셨지요? 저도 그렇게 융통성 없는 놈이 아닙니다. 그저 당신이 그렇게 한 이유를 들어 보고 싶다는 것뿐입니다. 제가 많은 것을 바라는 게 아니겠지요?"

그는 잠시 말을 끊고 고개를 떨구었다. 그리곤 금세 흥분한 표정으로 고개를 들어 신을 바라보았다. 그는 아직도 어깨를 들썩이고 있었다.

"설명을 좀 해 주십시오. 당신이 원망스럽지 않다고는 못 하겠습니다만, 당신이 사과하기를 바라는 것도 아닙니다. 그저 이유만이라도 설명해 주신다면 제 마음도 편해질 것 같습니다. 당신이 만든 그 모든 나쁜 것들도 모두 용서할 수 있을 것 같습니다. 제발 뭐라고 말해 보십시오! 왜 그런 것들이 있는 겁니까?"

그가 침 튀기며 화를 내자 그동안 온화하게 미소만 짓고 있던 신이 드디어 입을 열었다.

"음…… 노코멘트 하겠느니라."

말을 끝낸 신은 다시 미소 지으며 그에게 윙크했다. 그러자 그는 결국 화를 참지 못하고 얼굴이 벌겋게 달아올라 식식대며 신에게 달려들었다.

"내 진작부터 당신이 이런 놈일 줄 알았어!"

그가 팔다리를 휘저으며 신에게 달려들었지만 신은 이미 그를 환생시킬 준비가 끝난 듯 여유롭게 그의 이마에 손가락을 가져다 대었다. 그러자 그의 몸이 밝게 빛나며 번쩍 빛나더니 순식간에 어디론가 사라졌다. 텅 빈 공간에 홀로 남은 신도 어깨를 한번 으쓱하더니 나타날 때와 마찬가지로 어디론가 조용히 사라졌다. 신이 사라지자 그 공간도 처음부터 없었던 것처럼 어디론가 사라졌다.

섬뜩한 나의 김치와 콜라

그녀는 항상 고개를 살짝 숙이고 다닌다. 뭐가 그렇게 쑥스러운 것일까? 찰랑거리는 긴 생머리 사이로 부끄러운 듯 상기된 볼, 진한 샴푸 냄새, 그녀를 보며 내가 얼굴을 붉히지 않을 수 없게 만드는 이유다. 그녀에게서 눈을 뗄 수 없게 만드는 또 다른 이유, 얼핏 엉뚱해 보이는 그것은 그녀가 물건을 고르는 모습이다.

항상 같은 물건만 사면서 왜 한참 동안 이것저것 물건을 고르는 걸까? 그녀는 매번 김치와 콜라, 그것만 사간다. 내가 그녀의 물건 고르는 모습을 빤히 바라보자 그녀도 내 시선을 눈치챈 듯 내가 보이지 않을 만한 선반 뒤로 쪼르르 움직인다. 내가 천장에 달린 거울로 여전히 지켜보고 있는 것도 모르고……

당연한 이야기지만 나는 그녀에게 푹 빠지고 말았다. 아마 당신이 여자였어도 반하지 않을 수 없을걸. 그녀는 쑥스러운 듯이 포장 김치 한 팩과 콜라 한 캔을 계산대로 내민다. 그녀는 내가 일하는 편의점에 자주 들리기 때문에 서로는 꽤 익숙한 편이다. 나는 조금이라도 친해지려 기회가 될 때마다 말을 걸어본다."

"매번 이것만 사시네요?"

"네……."

별것 아닌 질문에도 그녀는 몸을 배배 꼬며 고개를 살짝 숙인 채 나를 빤히 바라본다. 초롱초롱한 눈빛, 그리고 가끔씩 입술을 살짝 깨물며 시선을 돌리는 고갯짓, 그런 모습 때문에 자신이 엄청 귀엽다는 것을 그녀는 알고 있으려나?

'띠딕.'

"팔천 원입니다. 언제나 예쁘시네요."

"아, 네? 음…… 감사합니다……."

그녀는 별것 아닌 칭찬에도 혀를 빼꼼히 내밀며 쑥스럽게 웃기 일쑤였다. 너무 귀엽다. 그녀에게는 미안하지만 나는 편의점을 나서는 그녀의 뒷모습을 몰래 휴대 전화 카메라로 찍어 버렸다. '찰칵.' '이크! 소리가 들렸나?' 그녀가 편의점을 나서다 말고 불쾌한 표정으로 뒤를 돌아본다. 나는 황급히 휴대 전화를 등 뒤로 숨겼다.

"저기요!"

"아, 네?"

"지금 제 사진 찍으신 거죠?"

"예? 아…… 그……."

그녀는 뾰로통한 화난 얼굴로 다가와 내 등 뒤에 숨긴 휴대 전화를 확 빼앗았다. 이런, 큰일이다.

"죄, 죄송합니다. 너무 예쁘고 사랑스러워서 그만."

내가 고개를 숙이고 사과하자 그녀가 이내 품, 하고 웃어 버렸다. 그녀가 웃자 나는 쿵덕대는 가슴을 더 이상 어쩌지 못하고 그만 그녀의 두 손을 붙잡으며 고백해 버렸다.

"조, 좋아합니다! 제발 한 번만 만나 주세요!"

나는 살며시 고개를 들어 보았다. 그녀는 당황한 듯 보였지만 이내 쑥스럽게 웃으며 고개를 끄덕였다.

"그렇담…… 좋아요."

"헉."

나는 숨이 막혀 눈물을 찔끔 흘리고 말았다. 그녀는 오히려 당황하는 내 모습이 재미있다는 듯 깔깔댔다. 편의점 아르바이트가 끝나는 오후, 우리는 한적한 공원 입구에서 만나기로 했다. 내가 어떻게 그 시간까지 기다렸는지는 기억도 나지 않는다. 일이 끝나자마자 나는 주머니를 털어 장미꽃 한 다발을 사고 공원으로 달려갔다. 그곳에서는 그녀가 예쁜 원피스를 입고 나를 기다리고 있었다. 행복해!

"고마워요."

그녀는 내 장미꽃을 받고 기쁜 표정을 지었다. 우리는 한참 동안 공원을 산책하며 대화를 나눴다. 대화 주제는 주로 흥분한 내가 침 튀기며 그녀를 칭찬하는 내용이었지만, 그녀는 그런 내가 재미있다는 듯이 깔깔대 주었다. 그녀는 뜻밖에 활발했고 예쁜 외모와 어울리는 엉뚱한 매력이 있었다.

"그…… 있잖아요. 매번 김치랑 콜라, 그것만 사가잖아요? 그건 왜 그런 거예요?"

"음, 김치는 육천팔백칠십 원 콜라는 천백삼십 원. 두 개를 함께 사면 딱 팔천 원이니까요. 전 딱 들어맞는 게 좋거든요."

나는 그런 그녀의 모습이 너무 귀여워서 하하, 하고 웃음을 터뜨렸다. 그러자 그녀가 혀를 살짝 내밀고 쑥스러워했다.

"헤헤, 저 너무 엉뚱하죠? 사실 그래서 이런 것도 들고 다닌답니다. 경찰이 되려고 준비하고 있거든요."

'찰랑.' 그녀는 주머니에서 은빛 수갑 하나를 자랑스럽게 꺼내 보여 주었다. 그녀는 엉뚱한 매력이 철철 넘쳤다. 하지만 그 모습을 보며 그래도 나름대로 열심히 살고 있구나 하는 생각도 들었다.

"참, 벌써 해가 지려고 해요. 이 근처에 저만의 비밀 장소가 있는데 가 보실래요? 그곳에서 노을을 보면 정말 예뻐요."

그녀도 내게 호감이 있다는 뜻일까? 그녀만의 비밀 장소라니! 나는 내가 이미 그녀의 마음속에 들어갔구나 하는 확신이 들었다. 두근거림을 주체할 수가 없었다. 따지고 보면 나도 그렇게 매력 없는 인간은 아니니까! 나는 거부감이 들지 않게 살짝 그녀의 손을 잡고 그녀를 따라갔다.

그녀가 말한 비밀 장소는 공원 근처의 한적한 공사장이었다. 넓은 공터 중간에 짓다가 만 건물이 몇 채 있었는데 그녀는 자주 오던 곳인 듯 그중 하나의 건물로 다가가 익숙하게 천막을 걷고 안으로 들어갔다. 뼈대만 지어진 건물로 들어가며 골목 쪽을 바라보니 한적하고 조용한 골목길 너머로 저 멀리 붉은 숙박업소의 간판이 눈에 들어왔다. 이 건물 역시 아마도 숙박업소를 짓다가 만 것이리라. 그 불빛들 때문인지 나는 더욱더 음흉한 상상이 드는 것을 멈출 수 없었다.

"왜 그러세요? 높은 곳을 무서워하시나요?"

꼭대기 층으로 사다리를 타고 올라간 후 내가 손바닥으로 가슴을 쓸어내리자 그녀는 내가 무슨 상상을 하는지도 모른 채 순진하게 웃었다. '아아, 이런 음침한 곳에 그녀와 단둘이 있다니.' 두근거리는 가습을 멈출 길이 없었다. 10층 정도 되는 높이에서는 저 멀리 노을이 넓은 도시를 붉게 물들이는 모습이 환하게 다 보였다. 우리는 기둥 하나에 등을 기대고 앉아 그 모습을 바라보았다. 나는 그것이 너무 낭만적이라서 눈물을 흘릴 것만 같았다.

"정말…… 멋지죠? 여기?"

그녀도 감상에 젖은 듯 미묘한 표정이었다. 그녀와 함께 노을을 본다는 사실이 나는 너무 꿈만 같았다.

"아침까지만 해도 이런 일이 있을 거라곤 생각하지도 못했어요. 사실 저 언니를 꽤 오랫동안 지켜봤거든요."

나는 분위기를 타서 수줍게 그녀에게 고백했다. 그러자 그녀의 입에서 놀라운 말이 나왔다.

"사실은…… 저도 지켜봤어요."

의외였다. 그녀도 나를 의식하고 있었단 말이야?

"어, 어떻게……. 언니도 저를?"

"보면 알거든요……. 나와 같은 사람. 그리고 사실은……. 당신에게 고백할 게 하나 있어요."

나는 침을 꿀꺽 삼켰다. 그녀에게서 눈을 떼지 못했다. 그녀는 한숨을 푹 내쉬더니 두 손으로 이마를 비볐다. 그리곤 머리에 쓰고 있던 가발을 홀렁 벗어 버렸다. 나는 깜짝 놀라 꺅, 하고 소리를 질러 버렸다. 그녀의. 그녀의 찰랑거리는 긴 생머리가 가발이었다니. 가발이 없는 그녀의 머리는 녹은 아이스크림처럼 붉고 누런빛의 무늬가 있는 민둥산이었다.

"어렸을 때 화상을 당해서 그만."

그녀는 입술을 꾹 깨물었다. 그 모습에 나는 심히 놀랐지만, 눈물을 글썽이는 그녀를 보며 마음을 다잡았다. 이런 걸로 그녀를 놓칠 수 없지. 나는 억지로 가슴을 진정시키며 그녀를 위로했다.

"괜찮아요, 그럴 수도 있죠. 가발도 잘 어울리는데요? 뭐 어때요. 난 그런 거 상관없어요, 당신을 사랑하니까."

그녀의 팔을 쓰다듬으며 그녀와 눈을 마주쳤다. 그러자 그녀가 착잡한 표정으로 빙긋 웃었다.

"고마워요. 그런데…… 저 사실은 알레르기가 있어서 일반 가발도 못 쓰거든요."

"그, 그래요? 그럼 특수한 가발인가 봐요, 그건?"

그러자 그녀가 내 옆에 바싹 붙어 앉더니 내 머리를 쓰다듬으며 말했다.

"맞아요, 주기적으로 바꿔야 하는 그런 가발이에요. 그래서 내 머리에 딱! 맞는 그런 것을 찾으려면 정말 고생해야 하죠. 하지만 이번엔 다행이에요. 저번보다 더 좋은 머릿결을 찾았으니까요."

'찰칵.' 언제 했는지도 모르게 그녀의 수갑이 내 팔목과 건물의 기둥을 채웠다. 저 멀리 마지막 산 고개를 넘어가는 태양이 보였다. 그녀가 부드러운 숨결을 내쉬며 내 귀에 속삭였다.

"괜찮죠? 당신을 나를 사랑하니까."

나는 침을 꿀꺽 삼켰다. 노을빛에 그녀의 섹시한 목덜미가 비추어졌다. 그녀도 꿀꺽 침을 삼키는 모양이었다. 그녀의 커다란 목젖이 찰랑하고 흔들렸다.

프리머니Free Money

　꾀죄죄한 옷을 입은 한 아저씨가 때 타고 헤진 종이 상자 하나를 두 손으로 안고 거리를 돌아다니고 있었다. 아저씨는 종이 상자가 꽤 무거운 듯 낑낑댔지만, 개의치 않고 적당한 자리를 찾을 때까지 몇 번이나 같은 곳을 지나쳤다.

　"이쯤이면 좋겠군."

　아저씨는 결국 사람이 가장 많이 다니는 사거리의 한 모퉁이에 상자를 내려놓았다. 근처에는 높은 빌딩과 노점도 많아서 사람들이 끊이지 않고 돌아다니는 그런 지역이었다. 아저씨가 이윽고 포개어 접은 상자를 펼쳐 보니 그 속에 가득 담긴 돈뭉치가 드러났다. 한 주먹씩 노끈으로 대충 묶은 돈뭉치였다. 마치 급하게 상자 안에 던져 넣은 듯한 헝클어진 돈뭉치들이었다. 아저씨는 그중 두 개를 한 손에 하나씩 들고 만세를 부르며 거리가 쩌렁쩌렁 울리듯이 외쳤다.

　"공짜 돈이오! 공짜 돈! 공짜로 돈을 받아 가십시오!"

　거리 한가득 돈이라는 울림이 퍼지자 너나 할 것 없이 지나가던 사람들이 귀를 쫑긋 세우며 아저씨를 돌아보았다. 마치 총소리가 난 것처럼 모두들 화들짝 놀라며 돌아본 것이었다. 마치 폭탄 테러가 일어난 것처럼 모두의 이목을 끈 것이었다. 아저씨는 예상외로 자신이 주목받자 심히 놀랐지만, 여전히 내색하지 않고 호외를 파는 옛 신문팔이 소년들처럼 목청 높여 외쳐댔다.

"아이고, 학생! 공짜 돈 받아가라니까! 어머님, 공짜로 돈을 받아가세요!"

아저씨가 근처에 있던 사람들에게 돈을 내밀며 가까이 와서 받아가라는 시늉을 했다. 하지만 아저씨의 너무 적극적인 태도에 다들 모여들기는 하지만 의심을 감출 수 없는 모양이었다. 하지만 아저씨의 말을 무시하고 가던 길을 다시 걸어가는 사람도 없었다. 아저씨 주위로 사람들이 점점 모여들더니 이윽고 학생 두 명이 미심쩍어 하며 쭈뼛쭈뼛 아저씨 앞으로 다가왔다. 두 여학생은 서로 팔짱을 낀 채 깔깔대며 다가와 아저씨가 들고 있던 돈을 가리키며 물었다.

"아저씨, 이거 정말 가져도 돼요?"

"그럼, 학생! 아저씨가 주는 거니까 받아도 되지."

아저씨는 급기야 학생들의 손을 잡고 돈뭉치를 하나씩 턱 얹어주었다. 그러자 학생들의 표정에 급히 화색이 돌며 웃음이 떠날 줄은 몰랐다.

"우아, 근데 아저씨, 이거 가짜 돈이죠?"

"야, 아니야. 진짜 같은데?"

학생들은 서로 돈뭉치를 이리저리 살펴보며 진짜다, 아니다 떠들어댔다. 그러자 아저씨가 두 손을 내저었다.

"진짜 돈이지! 아저씨가 거저 주는 거니까! 가져가렴!"

학생들은 돈을 빛에 비쳐 보고 찢어 보고 하더니 그제야 의심이 가신 듯 환호하며 자리를 떴다.

"진짜야! 공돈이다, 공돈! 아저씨, 감사합니다!"

학생들이 돈을 받아가기 무섭게 옆에 있던 아주머니가 아저씨에게 손을 내밀었다.

"나도 줘유!"

"아, 그럼요!"

아저씨는 아주머니가 슥 내민 손에도 돈뭉치를 턱 하니 올려주었다. 아주머니는 돈뭉치를 받자마자 돈 한 장을 꺼내더니 눈 가까이 대고 자세히 들여다보았다.

"진짜네……. 그럼 나 하나 더 줘유."

그러자 아저씨가 미안하다는 듯이 고개를 흔들며 사과했다.

"한 사람당 한 뭉치예요!"

아주머니는 쳇, 하고 돈을 장바구니에 넣더니 유유히 거리에서 사라졌다. 그것을 신호탄으로 아저씨 주위로 사람들이 떼거리로 몰려들어 돈뭉치를 하나씩 받아갔다. 바로 옆 높은 건물에서 일하는 회사원, 산책 나온 애견가, 마실 나온 근처 슈퍼마켓 아주머니, 학원 가던 학생, 버스 타러 가던 아저씨. 너나 할 것 없이 이리저리 엉켜서 달려들더니 너나 할 것 없이 손에 돈뭉치를 쥐고 떨어져 나왔다.

처음엔 의심하는 표정으로 돈뭉치를 살펴보던 사람들도 나중엔 한 뭉치 더 받지 못해 안달이었다. 심지어 돈뭉치를 가방에 숨기고 안 받은 척 다시 오는 사람도 있었다. 채 일분도 되지 않아 아저씨는 와자지껄한 상황 속에서 그 많던 돈뭉치를 순식간에 다 나눠 주고 말았다. 마지막 남은 돈뭉치조차 아저씨가 미처 상자에서 꺼내기도 전에 건너편 횡단보도에서부터 달려온 높은 굽 구두를 신은 아가씨에 의해 동나고 말았다.

아저씨가 텅 빈 박스를 머리 위에서 뒤집어 들고 "공짜 돈은 이제 없습니다!"라고 외치자 멀리서 달려오던 사람들이 에이, 하며 실망하고는 자리에 털썩 주저앉아 버렸다. 아저씨는 박스를 고이 접어 들고 자리를 나섰다. 그러자 멀리서 달려왔던 한 청년이 아저씨의 박스를 애처로운 듯이 바라보며 물었다.

"정말 이제 끝이에요? 그 속에 아무것도 안 남았어요?"

"이젠 다 나눠 주었답니다."

"아쉽다. 조금만 더 가지고 오시지……."

청년은 아쉬운 듯 자리를 떴다.

그 다음 날 같은 시각, 아저씨는 어제처럼 돈뭉치로 가득 채운 상자를 들고 거리에 나타났다. 어제와 같은 사거리의 모퉁이였다. 아저씨가 나타나자 몇몇 사람들이 아저씨를 알아보고 꺅, 하고 소리를 질렀다. 근처에 살던 사람이거나 혹시나 해서 나와 본 사람인 것 같았다.

이번엔 아저씨가 무얼 외치기도 전에 주위에 슬금슬금 사람들이 모여들고 있었다. 아저씨는 어제와 마찬가지로 바닥에 돈뭉치가 든 박스를 내려놓고 그 속에서 돈뭉치를 꺼내 한 손에 하나씩 든 채 거리를 향해 외쳤다.

"공짜 돈이오, 공짜 돈! 공짜 돈 받아가세요!"

그러자 기다렸다는 듯이 근처에 있던 사람들 몇 명이 아저씨가 들고 있던 돈뭉치를 낚아채 저 멀리 도망가 버렸다. 아저씨가 돈을 나눠 주는 것을 눈치챈 사람들이 저 멀리서부터 계주하듯 달려왔다. 심지어 차도를 지나던 차가 갑자기 갓길에 차를 세우더니 운전사가 달려오는 일도 생겼다. 아저씨가 박스에서 돈뭉치를 꺼내기 무섭게 누군가 돈뭉치를 채 갔다. 아저씨는 돈을 나눠 주는 속도가 너무 빨라서 정신이 하나도 없는 듯 보였다.

"한 사람당 한 뭉치씩입니다! 한 뭉치씩 가져가세요!"

아저씨는 그렇게 외치며 계속 돈을 꺼냈다. 그 주위로 사람들이 북적대며 밀쳐대고 당겨댔다.

"더 큰 뭉치! 아냐, 저게 더 커!"

돈뭉치마다 크기가 달랐기 때문에 사람들은 서로 더 큰 뭉치를 가지기 위해 다투기도 했다. 심지어 다른 사람이 먼저 갖게 된 돈뭉치를 빼앗아가는 이도 있었다. 한 사람이 두 뭉치를 가지게 될까 봐 서로 견제하며 목청을 높이기도 했다. 물론 이렇게 복잡한 순간은 금방이었다. 오늘도 얼마 되지 않아 박스에 가득 차 있던 돈뭉치들은 눈 깜짝할 사이에 흔적도 없이 비워지고 말았다. 아저씨가 빈 박스를 거꾸로 든 채 외쳤다.

"끝났습니다! 돈뭉치는 이제 없어요!"

아저씨가 자리를 정리하자 청년들이 아저씨 주위로 달려와 헉헉대며 물었다. 한 사람당 하나씩 커다란 돈뭉치를 가슴에 꼭 묻고 싱글벙글 웃고 있었다.

"아저씨, 내일도 오실 거죠?"

그러자 아저씨가 싱긋 웃으며 대답했다.

"모르죠, 그건. 허허."

다음 날, 아저씨는 다시 나타났다. 돈뭉치가 가득 담긴 상자를 들고 온 것은 물론이다. 아저씨는 어제와 같은 시각, 같은 장소, 같은 차림으로 같은 일을 하러 왔지만 오늘은 기자와 경찰들이 먼저 사거리에 나와 아저씨를 마중했다. 저 멀리서 아저씨가 다가오는 모습이 모이자 예쁜 원피스를 여자 리포터가 카메라맨을 대동해 커다란 마이크를 아저씨 입에 들이밀었다.

"이런 일을 하시는 이유가 뭡니까! 돈은 다 어디서 나시는 거죠?"

"허허, 글쎄요?"

아저씨는 낑낑대며 상자를 어제와 같은 자리에 옮겨놓았다. 거리엔 벌써 사람들이 가득했다. 중간중간 경찰들도 끼어 있었다. 구경 나온 사람, 돈뭉치를 기대하고 온 사람까지 이미 온 도시에 소문이 다 퍼진 것 같았다.

"공짜 돈!"

아저씨가 두 손에 돈뭉치를 들고 '돈'이라는 단어를 외치자마자 주위를 둘러싸고 있던 사람들이 벌 떼같이 달려들어 돈뭉치를 가져갔다. 처음엔 아저씨가 들고 있던 돈뭉치가 번쩍하고 사라지더니 이윽고 상자가 부서지고 그 속에 있던 돈들이 바닥에 풀어 헤쳐졌다. 한 사람이 기회를 엿보다 돈뭉치 다섯 개를 한 아름 안고 도망치다가 사람들에게 걸려 몰매를 맞았다. 재빠른 사람들이 운 좋게 묶여있던 돈뭉치를 얻어 떠나려다가 사람들에게 걸려 실랑이하다가 거리 가득 돈뭉치를 흩뿌리고 말았다. 여기저기서 그런 일이 발생하자 사람들은 바닥에 풀어진 돈들을 줍느라 다들 허리를 굽혔다. 리포터도 카메라맨도 경찰도 구경꾼들도 보리 이삭을 줍듯이 바닥에 인사를 하고 있었다. 큰 사거리에서 제자리에 서 있던 사람은 돈을 나눠 주던 아저씨뿐이었다.

한바탕 왁자지껄이 끝나자 거리는 언제 그랬냐는 듯 일상으로 돌아왔다. 여기저기 알 수 없는 혈흔이 바닥에 조금 묻어있긴 했지만, 누구도 신경 쓰는 사람은 없었다. 리포터가 문득 정신을 차린 듯 거리를 떠나려는 아저씨를 붙잡았다.

"왜 이런 일을 하시는지 알려 주실 생각은 없나요?"

아저씨는 물음에 대답해 주지 않고 빙긋 미소 지을 뿐이었다. 아저씨가 물음에 답하지 않고 자리를 뜨려 하자 경관 한 명이 아저씨를 다시 막아섰다.

"거 형씨, 왜 이러는 거요? 돈은 다 어디서 난 거요? 난 경찰이오! 이 질문에 제대로 대답하지 않으면 감옥에 잡아넣을 수도 있소!"

"훔친 것은 아니니 걱정하지 마십시오."

아저씨가 그렇게 대답하자 경관이 멋쩍게 웃더니 헛기침을 했다.

"흠흠. 그렇다면 뭐……. 근데 남는 돈뭉치는 없소?"

아저씨는 그저 빙긋 웃었다.

다음 날, 그 다음 날도 아저씨는 거리에 나왔다. 어디서 났는지 알 수 없는 돈다발들이 매일 거리에서 뿌려졌다. 다음 날은 무려 10개의 방송국에서 아저씨의 모습을 카메라에 담아 갔고 그 다음 날은 헬기와 수백 명의 경찰들이 거리를 엄호했다. 또 그 다다음 날은 거리가 하루 종일 마비될 정도로 사람들이 가득 차 아저씨를 기다렸고, 돈을 나눠준 다음에는 급기야 한 명의 사상자가 나오기도 했다.

일주일이 되던 날, 새벽부터 좋은 자리를 지키려던 사람들은 방패와 두꺼운 옷으로 무장하고 사거리를 점거하고 있었다. 아저씨가 나타날 시간이 다가오자 사거리는 사람들로 가득 찼고, 그 다음 사거리, 그 다다음 사거리도 교통이 마비되었다. 하지만 그날은 아저씨가 제시간에 나타나지 않았다. 사람들은 초조해 하며 아저씨를 기다렸다. 하늘에서 헬기도 한참을 제자리에서 빙빙 돌았다. 이윽고 평소보다 1시간이 늦은 시각, 아저씨가 저 멀리 어디에선가 갑자기 모습을 드러냈다. 그러자 거리의 사람들이 하늘이 떠나가라 목청껏 환호를 시작했다.

하지만 오늘의 아저씨는 이전과 다른 점이 있었다. 상자를 들고 오지 않은 것이다. 다들 그 점을 깨달은 것인지 모두들 고개를 갸우뚱거렸다. 아저씨가 매일 돈을 나눠 주던 사거리를 지나치려 하자 방송국의 리포터들이 달려들어 아저씨를 막았다.

"오늘은 돈을 나눠 주지 않으시나요?"

"아…… 그렇습니다."

"왜 갑자기 오늘부터 나눠 주지 않으시는 거죠? 특별한 이유라도 있나요? 내일은 나눠 주실 건가요?"

기자들의 질문과 카메라 플래시가 빗발쳤다. 하지만 아저씨는 멋쩍게 빙긋 웃으며 대답했다.

"예, 오늘부터는 돈을 나눠 주지 않을 겁니다."

아저씨의 대답을 듣자 사람들이 야유하며 실망했다. 실망감에 펑펑 우는 사람도 있었다. 바닥에 떨어진 돈을 가지기 위해 진공청소기를 든 사람, 온몸을 갑옷으로 무장한 사람, 야구 글러브를 낀 사람, 양손에 찍찍이 장갑을 낀 사람, 모두들 실망하며 터덜터덜 사거리를 조금씩 빠져나갔다. 아저씨는 매일 돈을 나눠 주던 구역을 지나치려 했지만, 사람들이 아저씨에게 달려들어 바지 채를 붙잡고 애원하는 통에 움직일 수가 없었다.

"하루만 더 돈을 나눠 주세요! 제발요!"

"오늘 돈을 받기 위해서 어젯밤부터 기다렸단 말이에요. 제발요!"

사람들이 애원했지만, 아저씨는 미안하다는 표정으로 고개만 절레절레 흔들 뿐이었다. 사람들의 실망감은 생각보다 큰 것이었다. 처음엔 애원하며 매달리던 사람들이 이젠 갑자기 화를 내기 시작했다.

"못된 놈!"

"이기적인 놈!"

"약속을 지키지 않는 놈!"

사람들은 저마다 내키는 욕을 하며 아저씨를 두들겨 때렸다. 아저씨는 당황하며 도망치려 했지만, 워낙 많은 사람들이 아저씨에게 달려들었기 때문에 이내 거리에 꼬꾸라질 수밖에 없었다. 몇몇 사람들이 바닥에 쓰러진 아저씨에게 발길질을 하며 욕을 하자 근처를 지키던 경찰들이 호루라기를 불며 달려왔다. 하지만 분노로 가득 찬 사람들은 경찰조차 밀쳐내며 구타를 멈추지 않았다. 사거리는 여느 때처럼 와자지껄해졌다. 불만에 가득 찬 사람들은 너나 할 것 없이 아저씨를 한 대씩 때리기 위해 달려들었다. '툭탁.'

"으악, 안 돼!", "하지 마! 그만해요!", "경찰이다, 멈춰!" 하는 소리가 한참 동안 반복해서 거리를 울렸다. 일분도 채 안 되어 끝나던 나눔과는 달리 오늘은 삼십 분이 넘도록 사람들이 아저씨 곁을 떠나지 않았다.

한참 후 경찰들이 사람들을 하나씩 밀쳐내고 아저씨가 쓰러진 곳을 헤쳐 냈을 때. 아저씨는 이미 너무 맞아서 먼지로 변해 버린 후였다.

두근대는 문학

글을 쓴다는 것은 두근대는 일이다. 자신이 무엇을 쓰는가와는 상관없이, 그것은 언제나 이전 세상에는 없던 무언가를 만들어 내는 일이 된다. 이야기를 꾸며낸다면 새로운 세상을 만드는 신이 되는 일이 되며, 보았거나 있었던 일을 쓴다면 역사학자가 되는 일이 된다. 손톱만 한 분필 한 조각만으로도 온 세상을 놀라게 할 수도 있고, 죽어 가는 사람을 살릴 수도 심지어 영원히 살 수도 있다.

'아, 아름다운 문학이여.'

물론 허투루 쓴다면 그것은 종이 낭비, 시간 낭비, 에너지 낭비가 될 수도 있다. 모든 것은 마음에 달려 있다. 그리고 그것은 생각으로 발전되고 손끝에서 노트 위로 옮겨진다. 중요한 것은 문장 하나에 얼마나 힘을 압축해 실어 줄 수 있는가인 것이다. 요컨대 새롭고 멋진 글이란 새롭고 멋진 생각에서 나오는 것이다. 모든 것이 그러하듯이 관건은 노력이랄까?

요즘 같이 문학이 넘쳐나는 시대에서 제대로 된 글을 찾기도 쉽지는 않다. 제대로 된 글을 쓰는 이가 어디 숨어 있는지 알 수가 없다. 하지만 그렇다고 포기하지 마라, 젊은이여. 글은 스스로에게, 함께 세상을 사는 이에게, 먼 미래에 사는 이에게도 만족을 줄 수 있다. 자신의 글이 누구에게 필요한지는 아무도 모른다. 그 과정은 마치 닭이 알을 낳는 것과 같아서 처음엔 생명이 없는 것처럼 보이지만 곧 새로운 생명으로 승화되어 독립적으로 살아가게 된다. 언제 어떤 이가 그 글에 감동받을지 알 수 없는 것이다.

물론 누군가를 감동시키기 위해서 작가는 항상 더 좋은 글을 쓰도록 노력해야 한다. 만약 현재 인정받지 못하더라도 자신감을 잃으면 안 된다. 중요한 것은 최선을 다하는 것이니까. 요점은 항상 평범한 데 있다.

나 역시 죽기 전까지 엄청난 글을 하나라도 남기기 위해 부단히 노력하는 사람 중 하나이다. 물론 아직 누군가로부터 딱히 인정받은 적은 없다. 하지만 분명 모두가 놀랄만한 글을 써낼 것이라는데 스스로 믿어 의심치 않는다.

독창적이고 감명 깊은 글을 쓰기 위해서 요즘 내가 노력하는 것은 묘사 부분이다. 인상 깊은 묘사를 위해서 물론 다독하는 것도 중요하고 상상으로 느껴 보는 것도 좋으며, 영화 같은 것을 통해 간접적으로 경험하는 것도 좋다. 하지만 아무래도 그런 방식은 한계가 있는 법. 가장 좋은 방식은 직접 현장을 많이 다녀 보며 직접 보고 느끼는 것이 중요하다. 나와 내 눈앞에 벌어지는 그 순간의 그 일에 대해서는 당시밖에 느낄 수 없는 특별한 감정이 있기 때문이다. 아무래도 역동적이고 독창적인 묘사를 위해서는 그런 찰나의 미묘한 특징을 잡아내는 것이 특히 강조된다.

'그녀는 붉은 입술을 가지고 있었다.' 이런 묘사는 너무 뻔하지 않은

가. 사람의 입술은 원래 다 붉으니까 더 설명할 필요가 없는 것이다. '그녀는 복숭아가 연상되는 투명한 분홍빛 입술을 가지고 있었다.' 이건 어떨까? 다른 사물에 빗대었지만 그래도 딱히 생생한 느낌은 와 닿지 않는다. '그녀의 탱글탱글한 복숭앗빛 입술을 은은하고 달콤한 향기를 뿜어내는 것 같았다.' 음, 시각이 아닌 다른 감각이 들어가니 그나마 조금 나은 느낌이다. 역시 이런 묘사는 현장에서 직접 살펴보지 않으면 나오기 힘들다.

탈의실은 퀴퀴하고 꿉꿉하다. 하지만 문학의 발전을 위해서라면 작은 옷장에 애매한 자세로 구겨져서 3시간째 현장을 살펴보는 일 정도는 할 수 있어야 하는 것이다. 특히 지금처럼 덜그럭거리는 소리만 들리고 묘사할만한 대상이 나타나지 않으면 답답한 마음에 이 일이 더 힘들게 느껴진다. 작가의 프로 정신이 필요한 시점이랄까? 요즘은 발로 뛰어 인터뷰하고 전문 서적을 뒤져 관련 내용을 배우는 작가가 흔치 않다. 이런 것이 기본인데 말이야. 물론 처음엔 나도 상상만으로 가능할 줄 알았다. 하지만 현장에 한번 맛을 들이면 그런 생각이 싹 사라진다. 난 매번 가슴이 두근거리고 흥분됨을 느낀다. 지금처럼 곧 누군가 들어올 것처럼 덜그럭거리는 소리가 날 때는 특히. 이럴 땐 마음을 비우고 목표를 생각해야 한다. 너무 흥분하면 기회를 놓치고 마니까. 예를 들어 오늘 같은 경우는 엉덩이다, 엉덩이. 그것만 집중적으로 관찰해야지. 오늘은 좀 더 생생한 묘사를 해 보려 한다. 뭐? 이런 방법을 쓰다가 들키면 곤란한 것 아니냐고? 나 같은 프로 작가가 문학을 위해서 그 정도쯤이야.

말세다 말세야

　우리 땐 안 그랬는데 요즘 젊은이들은 말이야, 영 버릇이 없다고. 싹수도 노랗고 늙은이들을 공경하는 태도가 없단 말이야.

　우리 젊을 적엔 흘러가는 세월이 부는 바람이 나부끼는 대로 이리저리 몸을 맡기는 것이 다인 줄만 알았는데. 요즘 젊은이들은 개성이다 뭐다 해서 꼭 어른들 말을 안 들어요. 자기 머리 다 컸다고 허세 부리고 그저 그게 멋인 줄 아는 게지.

　생긴 대로 살 것이지 뭐 잘나 보겠다고 여기저기 몸을 손보고 그 뭐냐, 난 그 헬스니 뭐니 하는 것도 맘에 안 든단 말이에요. 몸만 단단하면 지 앞길도 단단해지는 줄 아는 모양이지? 자고로 인생이란 유유하고 융통하면서 사는 것이 현명한 것이지 모나고 눈에 띄면 정 맞고 부서지는 것이 이 사회란 말이야.

　말이야 바른 말이지. 세상 젊은이들이 다들 그렇게 비뚤어진 생각들을 가지고 있으니까 온난화니 냉난화니가 막 일어나면서 지구가 식어가고 있는 거 아니냐고. 땅을 자연 그대로 내버려 두질 못하고 마구 개발해 대고 달려드니까 지구가 병들어 버리잖아? 그거 다 우리들의 욕심 때문에 생태계가 파괴되는 거라고. 자연 그대로를 유지해야지 말이야. 뭐 좀 안다는 이들이 말하기를 이대로 두면 지구가 다 시퍼렇게 멍들어 버린다잖아?

젊은 녀석들이 자꾸 새로운 걸 개발해 내고 어른들 말을 안 듣고 정든 고향 떠나 땅 위로 올라가니까 물밑은 아주 노인들 나라가 되어 버렸어요. 바닷속이니 해안가니 다 늙은이들만 남아서 산소도 없고 박테리아도 없고. 생태계를 활성화 시키려면 젊은이들이 많이 있어야 될 텐데 말이야. 그저 말로만 부모를 모셔야 하느니 성공하면 찾아뵙겠느니 하면서 물가만 떠나면 다 잘 되는 줄 알아 아주. 그러다 정작 부모가 늙어 썩어 버리면 낙엽으로나 찾아와서 살아생전 효도 한번 못 해 봤느니 죄송하다느니 하면서 땅을 치고 후회하지. 뭐, 부모 버리고 나가 살면 잘될 거 같나? 젊은이들이 자기네들 잘났다고 생각해서 하는 그거. 우리 때도 다 해 본 일들이여. 그때도 옥토가 좋다느니 마른땅이 좋다느니 하면서 유행 따라 뿌리 뻗쳐 본 놈들이 한둘인 줄 알아? 그래서 결국 어떻게 됐나? 살아남은 녀석 한둘 남고 다 뿌리가 썩고 줄기가 말라 죽었다고! 아무리 물가가 비좁다고 해도 조상 때 살던 곳이 최고라니까.

내 세상살이 좀 더 했다고 잔소리하는 거라 귀찮게 듣지 말고 젊은이들이 너무 고집부리지 말고 좀 더 찬찬히 생각해 보라 이거야. 내가 나이가 먹으니까 세상 이치가 하나둘 깨우쳐지면서 젊은이들 실수하고 있는 게 내 눈엔 아주 딱딱 보이더라고. 식물로 태어났으면, 식물답게 사는 것이 좋은 것이란 걸 왜 몰라? 안정된 곳에 뿌리박고 절반은 물속에 절반은 물가에 줄기 두고 잎 넓은 놈들은 조금 넉넉하게 살고 잎 얇은 놈들은 조금 부족하게 살면 되는 것을. 그저 자기만 좀 햇빛을 많이 쐬어 보겠다고 또 키 큰 나무 좀 되어 보겠다고 설치는 게 양심상 할 짓이냐 이거지.

심지어 요즘 보면 어떤 녀석들은 씨앗을 바람에 실어서 육지로 날리기도 한다더라고. 에구, 망측스러워라! 우리 젊을 적엔 뿌리만 닿아도 소문날까 두려워 접목을 해야 했는데. 요즘 젊은이들은 꼭 그런 쪽으로만 너무 개방되어 있더라고. 그러니 온 육지가 다 식물 천지가 되어 가지고 여기도 숲, 저기도 숲, 쯧쯧쯧. 이러다 진짜 온 지구가 식물로 덮여서 녹색 행성이 되어 버리겠다니까. 공기에 온통 산소가 들어차 가지고 다른 생물들이 다 죽어나 봐야 정신 차리지. 내가 그래도 근방에서 잔가지 좀 굵은 풀뿌리로 젊은이들에게 하는 말이니 새겨들으라고. 쯧쯧, 말세야, 말세.

나 다시 태어날래

　일단 말해 두겠는데, 상상하는 것은 꽤나 즐거운 일이다. 특히 당신이 어떤 끔찍한 스트레스를 받고 있을 때 상상은 그것의 도피처로 쓰기 딱 좋다.

　그래, 이렇게 생각해 보자. 당신이 초원을 거닐던 나무늘보고 그 근처를 지나던 치타가 마침 당신을 발견했다고 말이다. 당신이 아무리 빨리 달린다 해도 코앞의 나무까지 도망칠 수는 없을 것이다. 왜냐하면 당신은 나무늘보니까. 치타가 저 멀리 지평선 저 너머에서부터 달려온다고 해도 당신은 거북이가 기어가는 것보다 더 빨리 달릴 수는 없을 테니까. 당신이 나무늘보라면 아마 힘껏 도망치면서 생각할 것이다. 이젠 죽었구나. 아마 치타가 달려와 날 실컷 물어뜯고 나서 남은 뼈로 등가죽을 긁다가 지루해져서 한숨 자고 일어날 때까지도 난 코앞의 나무까지 도망치지 못할 거야. 나무늘보의 달리기는 너무 느려. 이번 생은 포기하자. 아무리 열심히 달려도 나무가 너무 멀어 보이네. 다음 생애에는 좀 더 좋은 동물로 태어나야지.

　이런 설정이다. 이런 상황에서 만약 당신이라면 다음 생애 어떤 생물로 태어나고 싶은지 상상해 보자는 것이다. 만약 환생할 수 있고 또 마음껏 생물의 종류를 고를 수 있다는 상황이라면 말이다. 물론 종류만 고를 수 있고 구체적으로 어디에서, 어떤 부모 밑에서 태어나는 가는 고를 수 없다. 다들 이런 생각 한 번쯤 해 보지 않으신가.

쉽게 생각나는 것은 사람이다. 사람은 동물이랑은 차원이 다른 생물이다. 말도 하고 옷도 입고 있고 동물에 비하면 꽤 자유롭다. 텔레비전도 보고 게임도 하고 할 수 있는 게 많다. 하지만 조금만 더 찬찬히 생각해 보면 엄청나게 좋은 선택이라고는 말하기 어렵다. 단순하게 생각해서 지구 상의 70억 인구 중에 하루 한 끼밖에 못 먹는 인구가 10억 명이다. 너무 잘사는 나라에 태어나도 일에 치여 일찍 죽기 쉽고 가난한 나라에 태어나면 고생만 하다 죽는다. 적당한 나라에 태어나서 적당한 가정에서 적당한 삶을 살다 죽는 사람이 얼마나 많겠는가. 그렇게 생각하면 사람으로 태어나는 것은 일단 차선책이라고밖에 볼 수 없다.

사람을 제쳐 놓고 생각하면 뭐가 좋을까. 식물? 나무로 태어나 볼까? 아니다, 그건 정말 잘못된 선택이다. 잘 커 봐야 통나무, 땔감, 톱밥이다. 실수로라도 분재가 된다고 생각해 보라. 하루에 한 번씩 뿌리가 잘려 나가는 고통을 맛보게 될 것이다. 곤충은 너무 멍청하고 새는 아무 데나 똥을 지려야 한다. 역시 남은 것은 동물. 웬만하면 사람이 좋아해 주는 동물을 고르면 좋다. 사람이 싫어하는 동물인 쥐나 뱀 같은 경우에 눈에 띄면 닥치는 대로 때려잡기 때문에 웬만해서 제 명대로는 살기 힘들다. 내가 알기로 사람들은 좋아하는 동물들을 가둬두고 밥 먹이는 걸 좋아하는데, 보통 그걸 동물원이라고 하더라. 동물원에 사는 동물 중에 팔자가 제일 좋은 동물이 뭘까? 그렇다, 판다! 완벽한 선택이다.

나라면 판다를 고를 것이다. 다시 태어난다면 백 번 생각해도 판다지. 판다 팔자가 상팔자다. 이 세상에 존재하는 모든 판다는 한 마리도 빠짐없이 동물원에 산다. 야생에서 먹이를 구하기 위해 발버둥치거나 야수를 피해 달아나는 판다 이야기는 생전 들어 본 적이 없다. 판다는 개체 수도 적고 엄청나게 귀여워서 사람들로부터 애지중지 보호받기 때문이다. 동물원에는 많은 동물들이 살고 있는데 왜 하필이면 판다일까? 잘 생각해 보면 동물원에 산다고 모두 같은 신분이 아니다. 당신이 다시 태어난다고 해도 생물 종밖에 고를 수 없다는 것을 상기하라. 기린이나 코끼리가 판다 우리 옆에 살고 있다고 해서 세상의 모든 기린이나 코끼리의 팔자가 좋은 것은 아니다. 심지어 고양이나 개 같은 대표적인 동물도 사람 손에서 애완동물의 삶을 누리는 녀석들 빼곤 혹독한 들짐승의 삶을 살고 있다. 물론 애완동물의 신분을 받아서 태어났다고 하더라도 절반쯤은 차마 지금 얘기해 주지 못할 더 슬픈 인생을 살기도 하고 말이다.

판다! 이것 말고 더 좋은 선택지를 생각해 낼 수가 없다. 세상의 어떤 판다로 태어나더라도 당신은 완벽히 게으른 팔자를 살게 된다. 당신이 판다로 태어났다고 생각해 보라. 백이면 백 동물원 포육실에서 처음 눈을 뜨게 되어 있다. 그리고 평생 당신에게 주어진 임무라고는 대나무 잎을 씹어 먹고 뒹굴뒹굴 놀다가 한숨 퍼질러 자는 것뿐이다. 판다는 그게 직업이다. 전문 피被구경꾼이랄까. 당신이 아주 게으르게 노는 모습을 사람들에게 보여 주는 게 엘리트 판다가 되는 길이다. 심지어 귀찮다면 생식 활동도 안 해도 된다. 사람들은 오히려 당신이 짝을 찾도록 하기 위해 땀을 뻘뻘 흘리며 판다 포르노를 보여줄 것이다. 그럴 때 당신은 지루하다는 듯 머리를 긁으며 아, 정 그렇다면 서넛 정도는 낳아 둘까. 하면서 자식을 낳으면 된다. 물론 자식을 돌볼 의무는 딱히 주어지지 않는다. 오히려 자식을 돌보지 않아서 판다 수가 줄어야 다음 세대의 판다들이 편히 살 수 있다. 평생 열심히 해야 할 일이라고는 그게 전부. 어떤가? 아무리 생각해도 판다보다 좋은 팔자를 가진 동물을 찾을 수 없지 않은가. 그래, 그래서 난 다시 태어난다면 판다로 태어날 생각이다. 아야! 깜짝 놀랐네. 기어코 내 등에 치타의 이빨이 박혔나 보다. 쩝, 상상하는 것도 이제 끝이구먼. 나무늘보라서 아픔이 전해지는 것도 느리다. 아마 난 치타 뱃속에 삼켜져 앞이 캄캄해지고 나서야 아, 아마도 내가 먹혔구나 하겠지. 어쨌든 다음엔 꼭 판다가 되어 봐야지. 젠장, 왜 난 나무늘보가 되어서는…….

일단은 마무리

"쿨럭쿨럭. 하아아아……."

백발의 노인은 병원 침대에 깔린 새하얀 시트를 다시 한 번 검붉은 피로 물들였다. 병상에서만 5년. 노인은 이제 길고도 짧았던 투병 생활을 끝낼 때가 왔다는 것을 깨달았다. 죽음이란 무섭기도 하고 설레기도 했다. 자신이 죽을 것이라고 깊이 생각해 보지 않은 탓이었다. 하지만 몸도 마음도 때가 되었다는 것을 이미 느끼고 있었다. 삶에 대한 섭섭한 마음은 보슬비 내리는 가을 저녁 혼자 낙엽 길을 걷는 것만큼이나 가슴 한편을 아리게 했다. 그건 오른쪽 폐의 절반을 짓누르는 살덩이가 주는 고통과는 정반대의 고통이었다. 하지만 행복했다. 노인은 벨을 눌렀다. '지잉.'

그러자 곧 간호사와 아들 내외가 상기된 얼굴로 병실에 들어왔다. 간호사가 링거와 심장 박동을 체크하고 의사를 불렀다. 뒤따라 들어온 의사는 이것저것 체크해 보더니 조용히 아들 내외에게 사인된 종이를 내밀어 더 이상의 강제적인 구급 처방은 없을 거라고 말했다. 노인은 의사에게 찡긋 윙크했다. 그 의사는 노인의 이번 삶을 완성시켜 주는데 도움이 컸던 고마운 친구였다. 의사는 미묘한 표정의 미소를 짓고는 밖으로 나갔다. 노인은 손짓으로 아들만 남기고 모두 병실에서 나가도록 했다. 아들은 병상 옆의 불편한 의자에 쭈그리고 앉아 빼빼 마른 노인의 손을 꼬옥 붙잡았다.

"말씀하세요. 아빠."

"이제 얼마 못 살 것 같구나."

"그런 말씀 마세요."

"아니다, 내 죽기 전에 너에게 꼭 할 말이 있구나."

"듣고 있어요, 말씀하세요."

"사실 난 과거로 시간 여행을 할 수 있단다."

"그게 무슨 말씀이세요?"

"네가 듣기엔 노망난 이야기로 들리겠지만, 그저 네게 사실을 알려 주고 싶었단다. 우리 가문에 내려진 축복이랄까? 아니, 저주지."

"가문이라뇨? 아버지는 5대 독자시잖아요."

"그렇지, 하지만 잘 듣거라. 우리 가문의 피를 물려받은 남자들은 대대로 시간 여행을 할 수 있었단다. 그저 눈을 꼭 감고 과거의 한 시점을 떠올리면 기억을 모두 간직한 채 그때로 돌아가지. 영화 같은 이야기지? 하지만 사실이란다. 난 연애엔 영 숙맥이어서 네 엄마를 만나기 위해 백 번도 넘게 과거로 돌아갔었단다. 그리고 그 결과…… 너처럼 멋진 아들을 낳았지."

"제가 너무 부족했던 것 같아요. 제가 더 잘해드렸어야 했는데……."

"넌 최고의 아들이란다. 너무나 자랑스럽구나. 아니, 이건 정말이야. 시간 여행이란 게 얼마나 끔찍한 줄 아니? 그런 능력은 사람의 욕망을 끝없이 자극하지. 더 완벽한 인생을 위해 실수도 없고 불행한 일도 없는 인생을 만들기 위해 유혹받지. 난 수도 없는 인생을 반복해서 살았단다. 우리가 너무 부유해서 혹은 가난해서 불행해지지 않도록 너무 힘든 일이나 너무 큰 행운이 없도록 수도 없이 능력을 사용했지. 그런 인생들은 꼭 끝에 가서 불행해지거든. 하지만 네가 보다시피 난 결국 성공했단다."

"그럼요, 저희 가족은 아빠 덕분에 너무 행복했는걸요. 하지만 그런 거였다면 제게 더 좋은 차를 선물해 주셔도 좋았을 거예요."

"하하…… 그럴 걸 그랬구나. 하지만 난 만족한단다. 무엇보다도 내가 가장 잘했다고 생각하는 일이 뭔 줄 아니? 바로 너란다. 네가 나나, 할아버지처럼 힘든 인생을 살게 하고 싶지 않았단다. 수도 없이 인생을 반복한 결과 우리 가문의 저주를 받지 않은 아이를 만들 수 있었지. 네가 시간 여행자의 삶을 살게 하지 않아서 너무 기쁘구나. 그건 너무 저주스러운 삶이야. 네 덕분에 가문의 저주가 끝날 수 있었다. 지금에서야 말하지만 태어나 주어 고맙구나, 아들아."

"절 낳아 주셔서 너무 감사해요."

노인은 살포시 눈을 감았다. 아들은 글썽거리는 눈을 소매로 훔치고 먹먹한 마음을 쓸어내렸다. 얼마나 지났을까? 모니터에서 주기적으로 요동치던 선들이 점차 사그라들었다. 의사가 조용히 다가와 아들의 어깨를 잡았다. 잠시 후 모니터의 모든 수치가 0이 되었다. 의사는 입술을 굳게 다문 표정으로 아들에게 조용히 고개를 끄덕였다. "운명하셨네." 아들은 굵은 눈물방울을 뚝뚝 흘리며 자리에서 일어나지 못했다. 의사가 방을 나가자 아들의 아내가 조용히 다가와 물었다.

"여보, 괜찮아요?"

"으응, 걱정하지 마. 편히 가셨어."

"잘된 거예요."

"그럼. 마지막에 내게 모든 걸 다 말씀하셨어. 전부 하고 싶으신 대로 하고 가셨어. 힘들게 여기까지 왔으니 나도 이제 오늘 이전으로 돌아갈 일은 없을 거야."

콜로세움의 컵케이크

　누구도 알려 주지는 않지만 우리는 태어날 때부터 무언가를 하게 되어 있다. 당신이 만약 닭이라면 글쎄, 일반적으로는 모래와 모이를 먹게 되어 있고, 그건 당신을 살게 할 것이다. 누가 알려 주지 않아도 당신이 수탉이라면 울게 되어 있고, 암탉이라면 알을 낳게 되어 있다. 그건 본능이자, 살아있는 것의 숙명, 자신의 피에 새겨진 의무이다.

　후…… 때가 다가올수록 더욱더 뜨거운 기운이 나를 감싼다. 나는 점점 더 거칠어지는 화염을 맞으며 이 검고 어두운 이 작은 상자 안에서 나의 어린 시절을 모두 보냈다. 나는 끝없이 내게 강요되는 역경들을 견디어 가며 성장했고, 그런 상처들의 나이테로써 창백했던 나의 몸은 이미 짙은 구릿빛으로 변해 버렸다. 다행이다. 몇몇 내 어린 시절의 동료들은 끝내 화마에 휩싸여 시커먼 재가 되어 버렸지만, 나는 운 좋게도 모든 저주를 견뎌내고 드디어 마지막 관문만 남겨 두고 있다.

　'땡! 벌컥. 푸슉! 후……'

　별안간 벨이 울리고 어두웠던 감옥의 문이 열렸다. 으윽, 눈이 타 버릴 정도로 밝은 세상의 빛이다. '덜컹덜컹.' 바닥이 덜컹대며 거칠게 움직였다. "으악!" 별안간 바닥이 뒤집히며 나와 14명의 감방 동료들을 세상 밖으로 끄집어냈다. 이어서 몸을 묶고 있던 쇠줄이 풀리고 한눈에 들어오지도 않는 커다란 기계들이 우리를 거칠게 다루며 바닥에 굴린다. 으윽, 너무 어지러워 구역질이 난다. 하지만 그것도 잠시, 기득권 사람들은 순식간에 우리에게 무장을 시키고 차가운 바닥에 우리를 내던진다.

'쿵! 벌컥. 쿵!'

여기가 어디지? 나는 머리를 바닥에 부딪치며 떨어진 후 황급히 일어서 주위를 둘러보았다. 젠장, 차가운 바닥에 부딪힌 머리가 움푹 패여 버렸다. 우리가 떨어진 곳은 은은한 주황 불빛이 나는 경기장이다. 나는 긴장하며 바닥에서 일어선다. 살펴보니 나와 함께 갇혀 있던 4명의 동료가 함께 있다. 다른 동료들은 다른 곳으로 배정된 모양이다.

몸이 으슬으슬 떨린다. 젠장, 이번엔 냉기로 가득 찬 경기장이다. 나는 이런 상황을 익히 들어 각오하고 있었다. 내가 떨어진 이곳은 소위 말하는 예선전. 모든 것은 내 몸에 기록되어 있다. 나는 내 몸의 기운을 한껏 느껴 본다. 꾸룩……. 경기장 전체에 감도는 냉기. 동료들과 눈이 마주쳤다. 정신을 차린 그들도 사태를 직감했다. 우리들 중 살아남을 수 있는 것은 단 하나다.

투명한 바닥에 내 얼굴을 비추어 보았다. 퍽퍽해 보이는 스펀지에 얹어진 바닐라 크림. '젠장, 컵케이크치고 꽤 푸석해 보이는군.' 한기 때문인지 엄청난 허기가 몰려온다. 동료들도 모두 컵케이크치고는 무척 푸석해 보인다. 우리는 서로 부들부들 떨며 눈치만 본다. 딸기 크림을 얹은 동료가 정말 맛있어 보인다. '먹고 싶어.' 그 동료도 마침 나를 바라보며 군침을 흘린다.

그때 바나나 크림을 첨가한 컵케이크 동료가 빈틈을 눈치채고 딸기 크림에 달려들었다. 왕! 그를 커다랗게 한입 베어 물었다. 젠장, 딸기 크림이 단말마를 내지르며 사지를 뻗어 버렸다. 큭…… 반으로 갈라진 동료의 몸에서 진한 크림이 배어 나온다. 비릿한 딸기향이다. 멀찌감치 떨어져 있던 나와 또 한 명의 초코 크림 동료는 그 장면을 얼빠진 듯 바라보지만 차마 달려들 엄두는 내지 못한다. 어떻게 방금까지 함께 있던 동료를 저렇게 게걸스럽게……. 바나나 크림 녀석은 우리가 쳐다보는 것을 느끼고는 경계 태세를 취하며 자세를 고쳐 잡는다. 온몸에 뻘겋게 동료의 체액이 걸칠되어 있다. '잔인한 녀석.'

입으로는 욕을 하지만 사실 부러운 마음이 한 가득이다. '나도 내 살을 뜯어 먹고 싶을 만큼 배고프단 말이야.' 나는 초코 크림 녀석을 한번 바라본다. 아직 나만큼 절박해 보이지는 않는다. 어떻게 해야 할까? 나는 한 발자국 뒤로 물러선다. 그 모습을 본 바나나 크림은 약간 안심한 듯 바닥에 흩뿌려진 딸기 크림 녀석을 그러모아 입으로 가져간다. 저 녀석이 딸기 크림 녀석을 마무리할 동안 습격해야 할까? 나는 머리를 굴린다. '내가 먹지 않으면 곧 먹히고 말 거야!' 나는 좀 더 절박하게 마음을 고쳐먹으려고 두 손을 꼭 쥔다. 입술을 강하게 깨물어도 본다. '바나나 크림 녀석은 얼마나 공격적일 수 있지?' 나는 막상 달려들려고 하면 힘이 빠지는 느낌 때문에 막상 움직이지는 못하고 바나나 크림 녀석의 뒤통수를 치는 상상만 열 번쯤 반복한다.

'안 되겠어. 바나나 크림 녀석은 너무 세.' 나는 고개를 돌려 초코 크림 녀석을 흘깃 쳐다본다. 녀석이 어두운 표정으로 벌벌 떨고 있다. 아까보다 허기가 심해진 모양이다. 물론 나도 마찬가지. 얼른 뭐라도 먹지 않으면 내 혈당은 파산해 버릴지도 모른다. '지금이라도 초코 크림 녀석이 독한 마음 먹기 전에 달려들까? 아니야, 바나나 크림 녀석이 먹는 것에 정신 팔렸을 때 달려드는 게 옳을까? 하지만 내가 초코 크림과 싸우고 나면 힘이 없어서 바나나 크림을 상대하지 못할 거야.' 앗! 내가 이리저리 생각을 해 보는 통에 초코 크림 녀석이 자기 머리 위에 얹혀 있던 굳은 설탕 시럽을 떼어 냈다. 젠장, 나도 그 모습을 보고 냉기에 살짝 얼어 있는 설탕 가루를 떼어냈다. 순간 초코 크림 녀석이 바닥에 두 손을 대고 있던 바나나 크림에 달려든다. '푸슉!'

제, 젠장! 사방에 바나나 시럽이 날린다. 꽥! 바나나 녀석이 위아래로 깨끗이 갈리며 크림을 바닥에 떨궈낸다. 이렇게 되면 일대일 승부! 더 늦기 전에! 나는 부들부들 떨고 있지만, 손에 크림이 셀 정도로 굳은 설탕 시럽을 세게 쥐었다. "간다! 아아아압!" 푹! 두 손에 물컹한 기분이 느껴진다.

"으악!" 초코 시럽이 내 일격에 허벅지와 옆구리를 당하고 숨을 끊는다. '하아…… 하아…….'

주위를 둘러보니 나 말고 움직이는 것은 없다. '하아…… 하아…….' 냉기가 온몸을 감싸던 방금 전과는 다르다. 지금 내 몸은 흥분으로 가득 차 그 밖의 아무것도 느껴지지 않는다. 털썩…… 나는 검고 진득한 것이 잔뜩 묻어 있는 흉기를 떨궜다. '내가…… 승자야.' 이제 여기서 버티기만 하면 돼. 으…… 으…… 나는 초코 크림을 한 주먹 움켜쥔 후 입안 한가득 욱여넣었다. 으흐흑…… 살았다는 안도감에 아무에게도 보이지 못할 눈물이 흐른다. '나쁜 자식들…… 그러니까 너희가 잘했어야지 말이야……. 결국에 내가 이겼잖아.' 배 속 가득 초코 시럽이 들어찬다. 내 맑았던 바닐라 크림이 검게 물들어 간다.

우리의 조우는 언제쯤일까

 내가 가장 좋아하는 글쓰기 주제는 우주입니다. 솔직히 요즘 젊은 사람들 중에서 이 주제를 사랑하지 않는 이가 있을까요?

 우리가 살고 있는 이 좁은 땅덩어리에서 일어나는 와자지껄한 일들에 대해서 심각히 생각하다가도, 순간 시야를 돌려 광활하게 펼쳐진 우주, 끝없는 그곳에 대해 생각하기만 하면 금세 우리 주변의 모든 일들은 그저 우스갯소리에 불과한 것이 되고 맙니다. 같은 종족 간에도 끝없이 벌어지는 싸움, 이기심 가득한 범죄, 안일한 생각과 행동들이 바닷물처럼 넘쳐나는 지금의 우리에겐 새로운 시야가 절실히 필요합니다. 아마도 정말 그 이유 때문에 요즘 우주를 동경하는 이가 많아진 것 일지도요.

 그 밖에도 우주를 사랑하는 이유는 많습니다. 우주는 무한한 매력을 가진 공간이니까요. 예를 들면 외계인 같은 걸 들 수 있지요. 우리가 외계 탐사를 시작한 지는 벌써 천 년이 넘었지만, 아직 이렇다 할 외계 생물을 만나지 못했습니다. 그 많은 자원과 시간을 들여도 말이죠. 하지만 우리가 멈추지 않고 탐사를 하는 이유는 무엇일까요? 그렇습니다. 혹여 우리보다 뛰어난 과학 기술을 가진 흉포한 외계 생물을 만나 우리가 전멸할 가능성이 있다고 해도 치명적인 바이러스를 보균한 외계 생물체 때문에 우리 종족이 전부 우주 전염병에 걸릴 가능성이 있다고 해도, 우리는 탐사를 멈추지 않았습니다. 앞으로도 멈추지 않을 것이지요. 왜냐하면 외계인과 만난다는 것은 너무나 큰 설렘이니까요. 낭만적이니까요. 우리는 앞으로도 영원히 그 기대를 그만두지 못할 겁니다.

그러고 보니 그제쯤 들린 뉴스에서 안드로메다 외곽의 항성을 보도한 것이 떠오르네요. 어쩌면 그 항성 주위를 도는 행성들 중 하나에 생물이 살 가능성이 제법 있다고 합니다. 스펙트럼 상으로 일부 행성에 이산화 탄소나 염산, 규소가 잔뜩 있다고 하니까요. 물론 이런 뉴스가 보도된 것이 한두 번은 아니지만 그래도 나는 매번 이런 뉴스를 접할 때마다 가슴이 뜁니다. 외계 종족에 대해서 상상하는 일만으로도 흥분되고 재미를 느끼니까요. 과연 외계 종족의 모습은 어떤 것일까요? 우리처럼 여섯 벌의 촉수를 가지고 있을까요? 서로 다른 세 개의 성을 가진 개체가 뭉쳐서 생식할까요? 몸을 이루는 톱니바퀴는 우리보다 많을까요? 아니면 적을까요? 또 그들의 문명 수준은 어떨지도 정말 궁금합니다. 우리처럼 세포로 만든 컴퓨터를 사용하고 있을까요? 만약 우리보다 문명 수준이 높다면 그들이 우리와 먼저 접촉해 오지 않은 이유는 무엇일까요? 어떤 과학자가 말하길 외계 생물 중에서는 아직 창조신과 교류하지 못하는 생물이 있을 수도 있다고 합니다. 또 정말 극단적인 상황을 가정해 보았을 때 한 행성 안에 많게는 수천만 종류의 생물이 복잡하게 어우러져 살고 있을 가능성도 있다고 합니다. 정말 놀랍지 않나요? 우주의 신비는 정말 끝이 없습니다.

솔직히 나는 매일 외계인과 만나는 상상을 합니다. 거의 매일이 아니라 정말 매일이오. 그리고 또 그걸 이루기 위해 이것저것 시도해 보고 있지요. 그 일들에 대해 하나하나 나열할 수는 없지만, 혹시라도 내가 시도한 많은 일 중에 하나라도 성공한다면 외계인과의 조우가 조금이라도 빨라지지 않을까, 하는 기대로 하는 일들이지요. 오늘 제가 이런 글을 쓰는 이유도 그러한 시도 중의 하나입니다. 나는 이 글을 보는 독자분들이 보내 주는 성금으로 이 글을 편지로 만들어 외계로 쏘아 올릴 예정입니다. 물론 어떤 생물이든 이해하기 쉬운 언어인 수학으로 번역해서 말이죠. 보내는 방향은…… 그래요, 이참에 안드로메다의 새로 발견된 행성 쪽이 좋겠습니다. 우주인과의 만남을 바라는 많은 독자분들의 참여 부탁드립니다. 마지막으로 이 편지를 받을 외계인분들께 메시지를 싣는 것이 좋겠네요.

"외계인님들! 나는 하루빨리 우리가 만나 서로 사랑하기를 바랍니다. 최대한 빠른 시일 내에 답장 주시기를……."

사랑 따위 난 몰라

그녀의 이름은 올리비아 비잔디. 투명하고 흰 머리칼을 가진 순수한 영혼의 여성이다. 그녀는 치마 끝이 발목까지 오는 분홍색 얇은 외출용 드레스를 입고 홀로 이 넓은 정원을 거닌다. 그녀는 심란한 마음을 잠시나마 가라앉히기 위해 정원 가득 가꿔 놓은 꽃들을 바라보다 이내 벤치 하나를 골라 앉는다.

그녀는 처음 왔을 때부터 이곳의 모든 시설을 맘에 들어 했다. 세상과 충분히 격리된 위치에 자리한 10층짜리 하얀 건물 두 채와 아름다운 정원, 시선이 닿을 수 있는 곳 끝까지 펼쳐진 푸른 잔디, 낮은 키의 나무로 이루어진 작은 숲, 작은 호수, 가끔 출몰하는 사납지 않은 야생 동물 몇 마리. 그녀가 찾던 곳이다.

하얀 건물에는 수 명의 의사, 수십 명의 간호사, 수백 명의 환자라고 불리는 이들이 어우러져 살고 있는데, 대부분 모두 친절한 이들이다. 이곳으로 오기 위해서는 거센 풀이 자라 있는 숲을 힘겹게 헤치고 들어오거나, 잘 포장된 두 갈래의 도로로 차를 타고 들어오는 방법 중 하나를 선택할 수 있다. 만약 포장된 길을 거쳐 들어오면 이곳이 요양원이라는 것을 눈치챌 수 있는 이탤릭체로 적힌 멋진 간판을 볼 수도 있다.

이곳에 거주하는 사람들은 대부분 자신의 생애가 막바지에 달했음을 알게 된 사람들 중에는, 일반적인 방법으로는 죽기 전까지 가진 돈을 다 쓰지 못할 것이라 생각하는 사람들이다. 올리비아도 그런 사람 중 한 명이다. 그녀의 인생을 한마디로 표현한 가장 잔인한 문구는 '모든 것을 가진 노처녀'이다.

올리비아는 어려서 백마 탄 왕자님이라는 표현을 마음에 들어 했었다. 인어 공주 이야기를 좋아했으며, 학창시절에 독 사과를 먹는 백설 공주를 연기하기도 했다. 올리비아는 순수한 아이였다. 영원한 사랑을 믿었고 운명을 믿고 있었다. 그녀가 어느 날 자신과 가장 친한 친구에게 그 속내를 이야기했을 때, 그녀의 친구는 그녀가 충분히 그런 사랑을 가질 자격이 있다고 말해 주었다. 그녀는 아름다웠고 똑똑했으며 착했으니까. 그녀 스스로도 그 점을 잘 알고 있었는지 언제나 매사에 자신감을 가지고 있었다.

무언가가 비뚤어지기 시작한 것은 실제로 사랑과 만나게 되면서부터였다. 올리비아는 어느 날, 한 남자아이에게 눈길을 주게 되었고 밸런타인데이가 되었을 때 올리비아는 손수 만든 작은 초콜릿을 그 아이에게 주었다. 얼마 지나지 않아 둘은 키스를 했고 올리비아는 마음속에 작은 주전자가 끓어오르는 것을 느끼며 행복해 했다. 그러나 반에서 가장 뛰어난 학생이었던 올리비아와는 다르게 상대는 사고뭉치로 불리며 모두의 미움을 샀다. 다른 아이를 때리고 무언가를 훔치고 심지어 올리비아 앞에서 다른 사람과 키스했다. 그 모습을 본 올리비아는 봄 방학 내내 울며 후회했다. 생각했던 것과는 다르게 사랑이란 아픔이 더 많고 기대할수록 배신당하며 달콤함보다는 쓴맛이 더 많이 나는 것이었다.

올리비아는 자신이 마치 흙탕물에 뛰어들어 오물을 뒤집어쓴 것 같은 느낌이 들었다. 처음엔 다신 사랑이란 것을 하지 않겠다고 다짐했다. 하지만 그녀의 진심은 언제나 사랑을 원하고 있었다. 사랑이란 두려운 것, 어려운 것. 그녀는 이후 한참 동안의 인생에서 다른 사람들의 사랑을 비웃기도 부러워하기도 하며 살았다. 그녀에게 다가오는 사람이 전혀 없었던 것은 아니지만, 그녀 마음의 장벽을 허물어 준 사람은 없었다. 그녀에게 다가온 상대방들은 모두 쉬운 사랑을 원했기 때문이다.

어느 날 그녀는 병원의 통지서를 받았다. 그녀의 뱃속 어딘가에 비정상적인 살덩어리 몇 개가 자라나 퍼지고 있다는 것이었다. 묵혀 둔 응어리가 기필코 그녀 몸속에 자리를 틀어버린 것이다. 그녀의 남은 삶은 이제 공식적이고 의학적으로 반년 정도였다.

모든 반전은 조용한 여생을 위해 찾은 이 요양원에서 일어났다. 그녀가 처음 요양원에 오던 날, 그녀와 그는 웃으며 인사했다. 그는 단연코 요양원에서 가장 눈에 띄는 남성이었다. 이 요양원에서 환자 역할로 있는 모든 사람들은 공식적인 수명이 3년 이하라는 사실에도 불구하고 그는 쾌활했다. 그는 그런 점에 신경 쓰지 않는 사람이었다. 그는 올리비아에게 언제나 강렬한 인상을 주었다.

그녀가 꽃밭에 앉아 있을 땐 언제나 그가 찾아와 말을 걸어 주었다. 그녀가 아무 말도 하지 않더라도 그는 그녀를 떠나지 않았다. 올리비아는 신기하게도 그가 언제나 자신의 마음을 다 알고 있는 것처럼 느졌다. 그는 생각이 깊었고 차분했고 사랑스러웠다. 그녀가 알고 있는 모든 사람들보다 더 성숙했다. 그녀는 그에게 점차 빠져들었다. 그리고 그 과정은 그녀의 모든 상처를 치유해 가는 과정이었다. 반년 동안 그녀와 그에겐 정말 많은 일들이 있었다. 결과적으로……. 둘은 사랑에 빠졌다.

그러나 둘 사이에는 작은 세속적인 장벽이 있었다. 그는 물론 그런 장벽쯤 별것 아닌 것처럼 뛰어넘을 수 있었지만, 문제는 올리비아였다. 올리비아는 그 때문에 깊은 고민에 빠졌다. 오늘도 그녀는 그 고민을 풀어내지 못한 채 정원을 서성거리다 벤치에 앉아 씨름하고 있었다. 그녀가 벤치에 앉은 지 얼마 되지 않았을 때 그가 찾아왔다.

"올리비아, 그대가 고민하고 있는 모습이 보입니다."

"오, 진. 어떻게 내가 여기 있는 것을 아셨나요. 이제 곧 모두가 깨어날 시간이에요. 우린 함께 있으면 안 돼요."

"아직도 고민하고 있나요? 올리비아, 우린 서로 사랑하고 있습니다. 그거면 충분해요."

"아니, 아닐 거예요. 진, 당신은 아직 많은 것을 모르고 있어요. 사랑을 이루기 위해서는 너무 많은 장벽을 피해가야 한다는 것을."

"그렇지 않습니다. 올리비아, 우리에겐 아무런 장벽도 없소. 높고 단단해 보이는 그 장벽이란 것도 단지 그대의 마음에 존재하는 옅은 상처 딱지일 뿐입니다. 그것을 떼어내요. 그건 잠시 따끔하고 마는 그런 것입니다. 그대라면 얼마든지 해낼 수 있어요."

"진, 고마워요. 당신 덕분에 나는 많은 경험을 했어요. 많은 상처를 스스로 치료했고요. 사랑에 대해서도 많은 걸 알게 되었지요. 하지만 진정 우리가 우리 사이를 가로막고 있는 이 울타리를 넘을 수 있을지 난 아직도 확신할 수 없어요. 우리가 사랑하는 게 옳은 일일까요?"

올리비아는 품속을 뒤적여 목에 걸 수 있는 명찰을 꺼내어 진에게 건넸다. 진은 한 손으로 그 명찰을 받아들고 반대 손으로 주머니를 뒤적여 자신의 명찰을 꺼내 그 위에 겹쳤다. 아래쪽의 명찰에는 '올리비아 비잔디, 77세, 고혈압, 당뇨병, 뇌혈관 질환, 진발성 심실빈맥. 혈압약 복용 중.'이라는 문구가 적혀 있었고 위쪽의 명찰에는 '진 아인슈타인, 7세, 선천성 심장병, 만성 심부전, 충동 장애, 틱 발작 증세 있음.'이라는 문구가 적혀 있었다.

"당신은 77세, 나는 7세. 하지만 그것은 문제가 되지 않습니다. 마치 우리의 키가 다르고 머리카락 색이 다르고 코의 높이가 다른 것처럼 말입니다. 우리는 많은 면에서 차이가 있습니다. 우리가 결혼한다고 한들 아이를 낳을 수 있는 생물학적인 조건이 되지 않을 수도 있습니다. 우리는 아픕니다. 내년 크리스마스를 영원히 만나지 못할 수도 있습니다. 하지만 그런 것이 지금 당신과 나의 사랑을 가로막을 수 있을까요? 우리가 사랑에 대해 구분해야 할 유일한 한 조건은 그것이 순수한 사랑이냐, 단순히 발정 난 욕망이냐의 구분입니다. 옳은 사랑요? 그런 것은 없습니다. 어떤 사랑은 당신을 행복으로 가게 하고 어떤 사랑은 당신을 타락하게 만듭니다. 우리가 선택해야 할 것은 사실 행복과 타락이에요. 우리는 서로 알고 있듯이 함께하면 행복해져요. 우리가 앞으로 얼마나 함께할 수 있을지는 중요하지 않습니다. 우리의 몸이 떨어져 있더라도 영혼은 함께할 것이니까요. 영원히 말이에요. 우리는 서로에게 꼭 맞는 한 짝의 영혼입니다. 오, 내게 키스해 주십시오. 올리비아."

"진······ 진······ 그대의 말에 내 가슴이 벅차올라요. 그대 말이 맞아요. 정말 가슴 속에서 무언가 느껴져요. 이런 기분은 처음이에요. 이것이 진정한 사랑일까요? 심장이 빨리 뜁니다. 진, 내가 울고 있나요? 눈앞이 뿌옇게 되어서 그대 얼굴이 보이지 않네요. 내게 안겨 줘요. 진, 당신은 내가 평생을 찾아 헤맨 그 사랑임이 확실해요. 내가 조금만 더 당신을 일찍······."

"올리비아! 올리비아! 눈을 떠요! 오, 이럴 수가! 의사! 의사! 간호사! 여기 올리비아가 쓰러졌어요! 올리비아, 안 돼! 안 돼! 올리비아! 조금만 더! 으흐흑······ 올리비아······. 우리는 많은 사랑의 장벽을 뛰어넘어 왔잖아요! 으흐흑······ 이렇게 헤어질 수는 없어요. 죽음도 우리를 막지는 못합니다. 나도 그대를 따라가겠어요. 그대를 외롭게 보낼 수는 없어요. 올리비아······ 이것 봐요. 으흐흑······ 당신도 내 주머니에는 언제나 강심제가 한 통 들어있다는 것을 알고 계셨지요? 내 심장병을 치료하기 위해 말이에요. 다행히 이게 곧 나와 당신을 함께하게 만들어 줄 거예요. 평소보다 몇 알만 더 사용하면 돼요. 걱정하지 말아요. 내가 어디까지라도 당신을 따라갈 테니까. 우리 이 다음 세상까지 함께 가요."

'헙! 꿀꺽.'

"올리비아, 우리 곧 다시 만나요."

신의 한 수

　내 오랜 친구에게서 전화가 걸려 왔다. 발신 번호를 확인한 나는 우리의 오랜 규칙에 따라 그 전화를 받지 않았다. 전화는 예고한 대로 5번 반이 울리고 끊어졌다. 그 점으로 보아도 그 녀석인 게 확실하다.

　우린 한 동네에서 같은 해 태어난 소꿉친구다. 말하자면 흙 장난부터 해서 첫 직장까지 함께 동고동락한 사이이다. 우리 사이가 멀어진 것은 우리가 성인이 되던 해, 새롭게 알게 된 마을 여자 한 명 때문이다. 사람 일이란 게 참 그렇다. 그렇게 긴 시간 동안 함께하고 우정을 쌓아 왔던, 가족보다 더 가족 같았던 우리가 몸매가 좀 날씬하고 얼굴이 좀 반반한 여자를 한 명 알게 된 일 하나로 이렇게 멀어질 수가 있다니. 그 아리따운 여성분의 의견과는 별개로 우리는 그 일로 대판 싸우고 3달간 연락을 끊었다. 그러다 어느 날 아직도 단단히 삐쳐서 '아무리 그래도 내가 먼저 찜했는데 그 녀석이 달라붙은 거지 암!' 하며 씩씩대고 있던 내게 고맙게도 그 녀석이 먼저 찾아와 한 가지 제의를 했다. 제안인즉, 어릴 적 우리가 함께 만든 보드게임으로 승부를 가리자는 것이었다. 나는 그 생각에 동의했고 우리는 당장 근처 공원으로 달려가 자리를 폈다.

검은 돌과 하얀 돌을 번갈아 모눈이 그려진 판 위에 올리는 이 게임은 우리가 어릴 적 밤새 고민하여 만들어 낸 것이다. 긴 시행착오 끝에 꽤 완성된 형태를 갖추게 되었고 당시 온 마을에 유행처럼 이 놀이가 퍼졌었다. 하지만 이후 우리는 이내 질려 버려서 더 이상 가지고 놀지 않게 되었다.

게임을 시작한 첫날 우리는 아직 서로에게 화가 풀리지 않은 상태였기 때문에 한참 동안 서로를 노려보며 말 없는 신경전을 펼쳤었다. 먼저 시작하는 사람이 아주 조금 유리하기 때문에 서로 선을 잡기 위해서였다. 결국 게임을 먼저 제안한 그 녀석이 검은 돌로 시작하기로 했다. 어떻게 보면 그 녀석이 먼저 마음을 연 것이라고 볼 수도 있으니까 내가 조금 양보한 것이다.

처음에는 함께 놀다 보면 예전의 그 일을 잊고 결국 서로 마음의 앙금을 깨끗이 떨쳐 버릴 거라고 생각했는데, 한 번 놀아 보니 글쎄, 나도 모르게 묘한 승부욕이 발동되는 게 아닌가. 동갑내기 그 녀석도 갑자기 눈빛을 불태우며 이건 내가 이기고 만다, 하는 결심의 기운을 뿜었었다. 젊은이들이 종종 그렇듯 한 번 게임을 시작한 우리에게 더 이상 아리따운 숙녀분의 문제가 아니었다. 뭐 나중에 들은 얘기로 그 숙녀분은 이미 다른 사람과 결혼해서 잘 살다 가셨다고도 했고……. 여하튼 이 게임에 대해서 너무나 속속들이 잘 알고 있던 서로는 점차 이게 쉽게 끝날 일이 아니라는 것을 알게 되었다.

결국 공평한 게임을 위해 우리는 다음과 같은 규칙을 정했다. 단 한 판으로 승부를 가르되 한 번 둔 수는 다신 무를 수 없으며 자신의 수는 상대방이 둔 이후 아무 때나 둘 수 있다. 즉, 게임 시간이 무제한이다. 그것도 기본 몇백 수가 오가는 게임에서…….

이 규칙에는 당시에는 생각이 짧아 미처 알아차리지 못한 큰 함정이 있었다. 보통 사람들에게 이런 규칙을 적용하면 길어 봐야 반백 년이 제한이겠지만 도를 닦은 우리는 이미 신선이라고 부르는 성인의 경지가 되어 버려서 골치 아픈 상황이 벌어지고 마는 것이다. 결국 게임 한판 하는데 천 년 단위로 게임 시간을 재는 웃긴 상황이 생겨 버렸다. 게임에서 이겨 봐야 얻는 것은 성취감을 동반한 약간의 우월감 정도뿐인데 말이다. 하지만 친한 친구일수록 무조건 양보하기는 더욱 어려운 법이다. 괜히 양보해 줘 봐야 좋은 소리 못 들으니까.

우리가 마지막으로 만난 것은 거의 9년 전이다. 그러니까 그게 지금 같은 겨울이었나. 좀 가물가물하구먼. 그래도 전화가 발명된 이후 서로 연락하는 것은 훨씬 수월해졌다. 정해 둔 대로 벨을 몇 번 울리면 다음 날 정오에 근처 공원에서 만나 다음 수를 보여 준다. 그러면 상대방은 그것을 보고 다시 몇 년간 생각한 다음 다시 상대를 불러 다음 수를 보여 준다. 그렇게 한 지가 벌써 한참이다. 다행히 게임이 거의 끝나가고 있는 데다 시간이라는 약을 많이 먹은 우리가 서로에게 마음을 많이 풀어서 곧 어떻게든 결말이 날 것 같다.

내가 이런저런 생각으로 게임에 사용되는 나무판을 들고 공원 언덕을 오르는데 더벅머리 그 녀석이 보였다. 그 녀석도 검은 돌과 하얀 돌이 잔뜩 든 나무통 두 개를 옆구리에 끼고 촐랑대며 걸어오고 있었다. 몇 천 년째 기른 바보 같은 순백의 더벅머리는 여전히 촌스러웠다.

"여."

"어."

우리는 어색한 인사를 나누고 팔각정 한쪽에 올라앉아 보드게임을 꺼냈다. 그러면서 서로 어색한 눈길을 몇 번 주고받았다. '이 녀석 아직도 나한테 화나 있는 건 아니겠지? 난 거의 다 풀렸는데 갑자기 먼저 친한 척하기도 뭐하고. 멍청한 자식이 자존심은 세가지고 먼저 사과할 줄은 모른단 말이야.' 나는 마음속으로 구시렁구시렁 대면서 여태까지 진행된 게임을 복기했다. 이번엔 저 녀석이 둘 차례다.

"쯧쯧, 아직도 촌스러운 옷차림하곤. 넌 텔레비전도 안 보냐? 요즘 애들 입는 대로 입어! 모시나 몸뻬 같은 거!"

"멍청한 놈아, 얼마 안 가면 유행이 다시 돌아올 텐데 무슨 상관이야! 너나 버선 같은 거 좀 벗어라. 요즘 도로가 얼마나 포장이 잘 되어 있는데."

우리는 서로에게 관심에 속하는지 무관심에 속하는지 애매한 멘트를 던져 가며 나무판 위에 여태까지 둔 돌 들을 늘어놓아 게임 복기를 마무리했다. 말은 그렇게 해도 아직 잘 지내나 싶은 거다.

"9년이라……. 이번엔 좀 성급한 거 아니냐? 잘 생각한 거 맞냐? 나절대 안 물러 주는 거 알지?"

내가 비아냥거리자 더벅머리 녀석이 검은 돌이 든 나무통에서 검은 돌 하나를 꺼내 박력 있게 나무판에 착 올려놨다.

"멍청한 놈! 봤냐? 신의 한 수다!"

그 녀석이 손가락 하나를 가로로 눕혀 코 밑에 가져다 대며 으스댔다. 그 녀석이 둔 수를 보니 '이런, 꽤 괜찮은 수다.'

"오, 잘하면 내가 지겠는데? 다음 수는 좀 깊이 생각해 봐야겠어."

내가 고개를 갸우뚱하며 웃었다.

"쳇, 잘하든 못하든 네가 지게 되어 있다! 한번 잘 생각해 보셔."

그 녀석이 미소 짓는다.

한 수의 착석이 끝나자 우리는 게임을 치우기 시작했다. 녀석이 너무 어려운 수를 두어서 나 역시 바로 대응하기는 어려울 것 같다. 그렇다고 막 둔다면 저 녀석의 자존심이 허락하지 않을 것이다. 나도 최선을 다해 덤빌 것이다.

"여기도 꽤 변했네, 풍경."

"쳇, 공기만 더 안 좋아졌지 뭐. 그럼 가자."

나는 나무판, 녀석은 나무통 두 개. 여느 때처럼 서로 게임을 나누어 가지고 자리에서 일어났다. 녀석도 못내 아쉬운 듯 발걸음이 느렸다. 사실 우리는 서로 화가 거의 다 풀렸다는 것을 알고 있다. 서로 자존심을 굽히기 싫어서 먼저 사과하는 사람이 없을 뿐이다. 뭐 그렇다고 내가 먼저 손을 내밀기도 뭐하다. 모든 것은 이 게임이 끝나야 할 수 있을 것이다. 아마도 이긴 녀석이 먼저 미안하다고 하겠지. 나는 턱을 끄덕여 잘 가라는 인사를 했다. 그러자 녀석도 고개를 한 번 끄덕인다, 무뚝뚝한 놈. 우리는 서로 올라왔던 공원의 언덕을 반대로 내려갔다. 서로 반대 방향으로 걸어가고 있는데 뒤에서 더벅머리 녀석이 갑자기 소리친다.

"야, 어차피 내가 이긴 거니까 얼른 생각해라! 알았지?"

뒤를 돌아보니 저 멀리 녀석이 손을 흔들고 있다. 정도 많은 놈.

"됐거든! 내 다음 수나 기대해라!"

나도 그 녀석에게 손을 한 번 흔들어 주었다. 녀석은 내가 손 흔드는 것을 보더니 매정하게 휙 돌아서 가 버린다. 나 역시 미련 없이 고개를 획 돌렸다. 갑자기 어렸을 적 녀석과 산길을 뛰어다니던 생각이 아련하게 떠올랐다. 그때나 지금이나 항상 바보 같은 녀석. 알 수 없는 감정에 나는 순간 마음이 누그러져서 다음에 녀석을 만나면 곶감이라도 가져다줘야겠다 하고 생각했다. 그 자식은 곶감 좋아하니까 말이야.

지그문트

정기 공휴일에도 일을 해야 한다는 사실이 괴롭다. 환자 번호 12-013번. 강박증과 허언증, 편집증과 과대망상증을 조금씩 가지고 있는 지그문트 씨를 만나기 위해서는 많은 것을 감수해야 하기 때문이다. 14년 동안 내가 만난 심각한 정신병을 가지고 있는 사람들 중에서도 이처럼 재미있는 사람은 많지 않았다. 그는 자신이 아직도 20세기에 살고 있다고 생각하는 사람이다. 텔레비전과 냉장고 심지어 손바닥만한 컴퓨터가 전 세계에 보급된 지가 언젠데 그는 아직도 미국의 라이트 형제가 비행기를 날렸다는 뉴스를 흥분해서 이야기하곤 한다.

'똑똑.'

"들어오세요."

나는 그가 살고 있는 고급 정신 병원의 작은 접견실에 앉아서 그를 테스트하기 위한 자료를 펼쳐 두고 그를 기다리고 있었다. 시계의 초침이 정확히 12를 넘어가자 그가 노크를 했다. 그는 항상 정확한 시각에 방을 들어오려는 강박증이 있었기 때문이다. 이 정도는 보통 정신병 환자들에게도 보이는 수준이다. 내겐 약과에 불과했다.

"오랜만입니다, 선생님."

나는 그와 3일마다 한 번씩 만나는 데도 그는 이번 만남에서 '오랜만'이라는 단어를 사용했다. 나는 작은 수첩에 그 점을 기록한다. 그전에는 사용하지 않았던 인사법이다. 나는 "예, 앉으세요." 하며 부드러운 미소로 그가 자리에 앉도록 유도했다. 지그문트 씨는 폭력성을 많이 가지고 있지는 않지만 그래도 흥분하면 어떤 일을 벌일지 모르는 사내다. 저번에도 내게 자신의 논리가 통하지 않자 멱살을 잡으려 했다. 나는 그와 심리적으로 최대한 가깝게 다가가 나를 친구처럼 느끼게 하려 애쓴다.

"멋진 넥타이와 담배 파이프네요. 마치 1900년대를 연상시키는군요, 지그문트 씨?"

그러자 그가 멋쩍게 미소를 지으며 파이프를 겉옷 주머니에 넣는다.

"예, 뭐. 지금이 1913년이니까요."

나는 그 말을 무시하고 그에게 설문지 한 장을 내밀었다. 그는 그것을 자세히 읽어 본다. 종이에는 20세기와 21세기에 일어난 일들과 과학적 결과물, 역사에 관한 내용이 복잡하게 얽힌 퀴즈가 적혀있다. 지그문트 씨가 재밌는 점은 그가 해박한 지식을 가지고 철저하게 20세기에 살고 있는 것처럼 행동한다는 데 있다. 웬만하면 자신의 말에 모순을 두지 않으며 가끔은 놀랄만한 연기력으로 나를 당황하게 만드는 경우도 있다. 하지만 그가 분명 21세기에 살고 있는 사람인 만큼 현대의 지식을 모르고 있을 리가 없다. 그는 21세기 이후에 생겨난 지식들을 의도적으로 자신의 삶에서 배척하고 있는 것이다. 교묘한 수법으로 자신이 이미 21세기의 지식을 알고 있다는 걸 깨닫게 해 준다면 스스로 모순에 빠져 자신이 현대에 살고 있음을 합리화할 수밖에 없을 것이다. 나는 이런 치료법으로 비슷한 케이스를 몇 번 치료해 보았기 때문에 이번에도 충분히 가능할 것으로 생각한다.

'드르륵…… 드르륵…….' 어디선가 걸려온 전화에 주머니 속 휴대 전화의 진동이 울렸다. 나는 한 손으로 그에게 미안하다는 손동작을 취하며 전화를 받았다. 그는 놀란 눈으로 내가 전화 받는 모습을 지켜 본다. 스마트폰을 모르는 척하는 것이다.

"아, 예? 제 사무실로 택배요? 지금은 제가 환자를 만나고 있어서 안 되는데. 아, 알겠습니다. 그럼 여기서 10분 거리니까 잠시 기다려 주실 수 있으세요?"

나는 전화를 끊고 그에게 금방 오겠다고 한 후 자리에서 일어섰다. 그러자 그가 고개를 좌우로 흔들며 내게 자리에 앉으라고 손짓한다.

"오늘은 그냥 못 보냅니다, 선생님. 그보다 그 담배 파이프 좀 내려놓 고 얘기하시죠."

"예? 뭐라고요? 지그문트 씨, 전 잠시 급한 일 때문에 사무실에 좀 다녀오겠습니다. 꼭 돌아오겠으니 잠시만 기다려 주세요."

"설마, 또 화장실 창문으로 도망치시려고 하십니까?"

"그게 무슨 말씀이세요? 네? 제가 언제 그랬습니까? 이것 참, 말이 안 통하시네. 잠시 택배만 받고 돌아오겠다고요."

"아아, 알겠습니다. 알겠어요. 진정하시고 그렇게 소리를 지르시면 저도 문밖에 계신 경비들에게 신호를 보낼 수밖에 없습니다, 선생님."

"뭐? 뭐? 맘대로 해 봐! 맘대로 해 봐! 그깟 택배 좀 받겠다는데!"

'쾅!' 문이 열리며 경비 두 명이 들어와 내 어깨를 붙잡고 억지로 구 속복을 입혔다. 팔을 깨물려 애써 보았지만 어림없는 일이었다. 내가 평소에 복용하던 약이 내 근육을 약화시키기 때문이다. 지그문트 씨는 한 걸음 떨어져 설문지를 한 손으로 들고 나를 보며 "택배라는 게 뭘까?" 하고 읊조렸다. 나는 아직도 뻔뻔하게 20세기 코스프레를 하고 있는 지그문트 씨를 보니 속이 답답해 터져버릴 것만 같아 발악하며 소리를 질렀다.

"이 바보 같은 사람들아! 지금은 21세기야, 21세기! 택배만 받고 오겠다고! 어제 신상 주문했단 말이야!"

레시피의 발명

　내 인생에서 가장 대단했던, 그리고 비극적으로 끝난 이야기를 적기에 앞서, 나에게 이렇듯 좋은 추억을 남겨 주었고 또 조금이나마 그의 이야기를 많은 사람들에게 알릴 수 있도록 허락해 준 닐에게 감사의 말을 하고 싶다.

　나의 진정한 친구였던 닐. 그를 아는 모두에게, 디너 왕국에서 가장 귀족적이고 신사적이며 고귀한 성품을 지닌 인물을 꼽으라면 누구라도 닐에게 한 표를 던질 것이다. 나는 위대한 영웅의 불꽃처럼 화려하고 뜨거우며 장렬했던 그의 이야기를 내 손으로 기록할 수 있게 된 것을 무한한 영광으로 생각한다. 물론 그의 화려한 행적들은 500페이지짜리의 도서 14권으로 기록될 만큼 길고도 장대한 것이지만, 아쉽게도 나에게 허락된 이 짧은 지면에서는 그것을 모두 적을 수가 없다.

　나는 지금부터 여태까지의 미천했던 내 인생을 통틀어 가장 강렬했던 기억인 닐과의 추억을 적으려 한다. 부디 가냘프고 서툰 내 글솜씨로 기록된 것이라도 조금이나마 닐의 찬란하며 고귀한 빛깔을 담아내 독자들에게 내가 느꼈던 잊을 수 없는 생생한 인상을 전달할 수 있기를 바란다.

　닐…….

모두가 알고 있듯 그는 8천만 명이 살고 있는 이 디너 왕국에서 몇 안 되는 일류 요리사였다. 내 기억에 의지해 떠올려 보면 당시 디너 왕국에는 약 1,000만 명의 법조인, 1,000만 명의 의사, 1,000만 명의 박사, 1,000만 명의 공무원이 있었고, 500만 명의 정치인, 400만 명의 교수가 있었으며, 100명의 농부, 30명의 요리사가 있었다.

왕국 대다수를 차지하는 '딱딱한 직종의 사람'들은 매우 가난해서 하루하루를 겨우 연명하고 있었고 소수의 '부드러운 직종의 사람들'은 왕국 대부분의 부를 누리며 끝없는 사치를 행하고 있었다.

디너 왕국의 빈부 격차는 날로 심해졌고 직업 간의 격차는 신분의 격차가 되었다. 서류를 만들고 계산을 하고 글을 쓰는 일 밖에 할 줄 모르는 우리 딱딱한 머리의 인간들 사이에서는 좀처럼 부드러운 일을 할 줄 아는 사람이 태어나지 않았다. 미묘한 감성으로 캔버스에 색을 나열하고, 원근법을 무시한 감정이 담긴 마음을 표현해내는 작업이라든가, 복잡하게 배치된 현들과 나무토막과 가죽으로 만들어진 드럼통 사이에서 최소한의 규칙만을 가진 울림을 완성해내는 일들은 웬만한 인간으로선 어림도 없는 일이었다.

그것을 할 줄 아는 부드러운 이들은 그들끼리만의 특권을 유지하기 위해 사실상 그들만의 세계에서만 살았다. 물론 제도적으로 신분을 나눠놓은 것은 아니지만, 입시라는 제도를 통해 20살 이후의 모든 사람에게 감성적인 면을 시험하는 문제를 거쳐야 하는데 어릴 때부터 줄곧 교육을 받지 않으면 그 시험을 통과하기란 불가능에 가까웠다. 나는 아직도 입술의 붉은색과 장미의 붉은색을 빨강이라는 단어를 쓰지 않고 표현하는 일을 어떻게 할 수 있는지 알지 못하고 있다.

즉, 디너 왕국에서는 태어날 때부터 부와 권력이 약속된 약 1,200명의 부드러운 인간과 평생 가난을 벗어날 수 없는 나머지 딱딱한 인간으로 나뉜 셈이었다. 나는 어릴 때부터 부드러운 인간들을 부러워했다. 누구나 그러하듯이 그 무리에 속하고 싶어 했고 내 부모님은 내가 농부가 될 수 있도록 물심양면으로 밀어주었다. 하지만 또 누구나 그러하듯이 나는 입시에서 당연하다시피 그다지 좋지 않은 성적을 받았고 부족했던 내 점수에 맞추어 판사가 되기 위한 공부를 시작했다.

20여 년간 나는 여러 직종을 전전하며 가난하게 살았다. 변호사, 검사, 판사, 물리학자, 의사, 저널리스트, 전업 작가, 회계사 등등. 하루하루는 고된 노동의 연속이었고 내 유일한 낙은 하루의 모든 일과가 끝난 후 카페에 들러 비타민 탄산수나 한잔 홀짝거리는 것이었다.

내가 닐을 만나게 된 것은 바로 그곳에서였다. '화이트칼라'라고 부르는 그 카페에는 밤마다 가난한 두뇌 노동자 계층의 사람들이 모여 하루의 일과에 대해 토론하고 있었다. 그날, 나 역시 여느 때처럼 비타민 탄산수를 한잔 마시며 웨이터와 함께 효율적인 경제 순환 체계에 대해 토론하고 있었다. 대화가 한창일 때 한눈에 보기에도 기품 있어 보이는 세련된 남자 한 명이 내 옆에 다가와 앉는 것이 아닌가. 나는 그의 셔츠 마지막 단추가 잠겨 있지 않다는 것을 눈여겨보았다. 또 바지에 옅은 케첩 자국이 있다는 것도 눈치챘다. 이 사람은 상류층이군.

내가 그를 빤히 바라보자 그 사람은 매우 호쾌한 태도로 내게 오른손을 내밀었다.

"반갑군요, 닐이라고 합니다."

"피터입니다."

나는 멋쩍은 웃음을 지으며 그의 손을 잡아 위아래로 흔들었다. 닐의 첫인상은 매우 강렬했다. 내가 상류층 사람들을 많이 만나보지 못한 이유도 있겠지만 내가 닐을 본 순간부터 나는 알 수 없는 행복감을 느꼈다. 닐은 자유분방했고 거침이 없었다. 그는 그 존재만으로도 주위 사람들의 답답함을 해소시키는 능력이 있었다. 예컨대 내가 "상사의 의자 시트는 그의 직책에 맞지 않게 너무 비싼 가죽을 사용하고 있어요."라고 고민을 이야기하면 닐은 "알게 뭐람?"이라는 말을 했다.

'알게 뭐람!' 오, 나는 솔직히 이 세상에 그런 단어가 존재한다는 것을 그때 처음 알게 되었다. 닐의 한마디 한마디는 나의 기분을 매우 상쾌하게 해 주었다. 그에게 고민을 이야기하면 그는 이내 나의 복잡한 고민들을 모두 간단히 정리해 버리는 마법을 보여 주었다.

화장실의 시트 문제, 보관 서류의 색인 수록 방법, 털 알레르기에 대한 공포.

내가 닐에게 그런 문제들을 이야기하면 닐은 "그건 자네랑 상관없는 문제야. 잊어버리고 탄산수나 한잔 들이켜게!" 하고 말했다. 나는 매번 닐의 통찰력에 감탄했다. 그리고 마음속 한편에는 닐에 대한 동경과 부러움이 자리 잡게 되었다. 닐은 다행히도 나를 좋아해 주었고 우리는 그날 이후로도 계속 만남을 유지했다.

어느 날 나는 점심을 먹기 위해 야외 식당에 앉아 있었다. 우연히도 닐이 나를 발견하곤 합석을 하게 되었다. 내가 시킨 음식은 '양배추와 당근'이었다. 나는 식사를 하며 닐에게 궁금했던 질문을 던졌다.

"닐, 자네는 누가 보아도 세련되어 보여, 옷의 단추를 모두 잠그지 않아도 된다는 발상 하며, 단정하지 않은 머리, 군데군데 옷에 묻은 양념 같은 것으로 미루어 볼 때 난 자네가 상류층이 아닌가 하는 의심을 한다네."

"좋은 추리야, 피터. 사실 그 말이 맞네. 근데 그걸 꼭 그런 식으로 추리를 해야만 알게 된단 말인가? 그냥 한눈에 보기에도 모든 주름을 빈틈없이 쫙 펴고 다니는 자네와는 많이 다른 복장인데 말이지. 오, 그런데 피터! 설마 그거 양배추를 통째로 씻은 건가? 아니, 잠깐만! 썰지도 않고 막 씹어 먹는 거야?"

나는 여느 때와 다름없이 식사를 하고 있었을 뿐인데 닐을 내가 점심을 먹는 모습에 기겁했다. 당시까지만 해도 나는 그 이유를 알 수 없었다. 양배추의 흙이 남아 있던 것도 아니고 먹을 수 없는 종의 당근이 있었던 것도 아니었기 때문이다.

"후…… 이 식당에는 뭔가 요리라 할만한 건 없나? 메뉴판에 온통 채소뿐이잖아? 햄은 또 왜 이렇게 비싼 거야?"

"요리라니? 오, 닐! 혹시 오늘 자네 생일인가?"

내가 놀란 듯 되묻자 피터는 고개를 가로로 내저으며 한숨을 쉬었다.

"우리는 동등한 사람이라고 생각했지만 난 어쩔 수 없이 우리의 생활 수준이 매우 차이 난다는 점을 인정해야겠군. 피터, 당장 일어나 봐, 내가 진정한 음식이라는 것을 보여 줄게."

닐은 다짜고짜 나를 일으켜 세웠다.

"하, 하지만 닐! 내 점심시간은 20분밖에 남지 않았어!"

"뭐? 자네는 휴일이잖아? 그런 시간 따위를 지킬 필요는 없어!"

"하, 하지만!"

닐은 더 이상 내 말을 들어 주지 않고 나를 차에 태우더니 도시를 벗어나 한적한 산길로 데려갔다. 고개를 하나 넘으니 넓게 펼쳐진 논과 밭, 멀리 보이는 푸른 산들과 과수원이 보였다. 나는 처음 보는 광경에 환호를 질렀다. 물론 책에서 글로 읽은 기억은 차고 넘치지만 실제로 본 것은 처음이었기 때문이다. 확연한 시골길로 들어서지는 포장도로와 비포장도로의 경계에는 파수꾼 한 명이 서 있었다. 신분이 낮은 이들이 무심코 경계를 넘지 못하도록 검사를 하는 것이다.

"니, 닐! 안 되겠네! 돌아가야겠어. 난 저 초소를 넘지 못할 거야!"

"하하. 피터, 걱정하지 마. 저 파수꾼이 뭐라고 질문하든 '5월의 겨울처럼 향긋한 아름다움이네요.'라고 대답하게."

"그게 무슨 말인가? 겨울은 12월이라고! 그리고 '향긋한'이라는 단어는 냄새를 표현할 때만……."

"상관 말고. 그냥 그렇게 대답하게."

내가 반박할 여유도 없이 우리는 초소에 도착했다. 차의 창문을 내리자 파수꾼이 닐에게 물었다.

"좋은 날씨입니다."

그러자 닐이 대답했다.

"딱딱하면서 달달하네요."

그러자 파수꾼이 고개를 끄덕이고는 나에게 질문했다.

"좋은 자동차입니다."

"예?"

내가 망설이자 닐이 나를 쳐다보고 입술만을 움직여 지시했다.

'알려 준 대로 말해!'

"그…… 저…… 5월의…… 겨울처럼 향긋한 아름다움이죠."

그러자 파수꾼이 고개를 끄덕였다.

"들어가시죠."

"휴……."

나는 내가 말한 문장과 자동차와의 관계를 알아내려 머리를 굴려보다 이내 포기했다. 상류층의 부드러운 사람들이 가지고 있는 그 복잡하고 부드러운 감성을 어떻게 내가 이해할 수 있겠는가. 난 닐에게 배운 문제 해결 단어, '알게 뭐람?'을 시전했다. 그러자 답답했던 마음이 조금 나아지는 것을 느낄 수 있었다. 물론 마음속의 어느 한편에는 시간이 되는대로 이 문제에 대해 고민해 보아야겠다는 계획이 절로 세워지는 것을 막을 수는 없었다.

닐이 나를 데려간 곳은 한적한 농장 한가운데 세워진 별장이었다. 나무만으로 지어진 별장은 매우 충격적이었다. 별장의 지붕이 곡선이었기 때문이다. 게다가 벽도 지반과 직각이 아니었다. 나는 놀라움을 감추지 못하고 두 손으로 입을 막은 채 헉, 하고 소리를 질렀다. 생전 처음 보는 고급 건축물에 대한 나의 반응을 보고 닐은 빙긋 미소를 지어 주었다. 나는 별장과 농장, 그 옆의 작은 사일로와 창고들, 멀리 보이는 과수원을 하나하나 관찰했다.

"너무 멋진 광경이야, 닐. 사, 사실 난 이런 걸 태어나서 처음 보네! 상상도 못 했던 건축물과 풍경이야."

"아직 놀라긴 이르네."

별장에 들어가서 닐은 나를 주방으로 데리고 갔다.

"자네와 친구가 된 것을 기념하는 의미로 자네에게 맛있는 것을 만들어 주지. 사실 난 요리사거든."

"헉, 역시 예사롭지 않은 사람이라고 생각은 했네만……. 내게 요리사 친구가 생기다니 정말 영광일세!"

닐은 외투를 벗고 앞치마를 둘렀다. 그리곤 요리사 모자도 쓰지 않은 채 냉장고에서 채소들을 꺼냈다. 냉장고에는 온갖 재료가 가득했는데, 그걸 보고 내가 놀라 자빠질 뻔했음은 두말하면 잔소리다. 닐의 요리 과정은 마치 잘 짜인 무대 공연을 보는 것 같았다. 채소와 고기를 자와 각도기조차 사용하지 않고 커다란 식칼로 잘게 썰었을 뿐 아니라 물을 붓는데 정량계를 사용하지도 않았고 펄펄 끓는 물에도 온도계를 달아 두지 않았다. 가장 놀라웠던 것은 수십 가지 양념을 먹어보지도 않고 또 양을 측정하지도 않고 쏟아 부었는데도 정확한 소스를 만들어냈다는 것이다. 그야말로 세기의 천재라고 부를 만했다.

나는 입을 쩍 벌리고 그 모든 과정을 지켜보았다. 내가 십 년간 연습한다고 해도 그중에 한 과정이라도 닐처럼 잘 해낼 수 있을지 확신이 들지 않는 기술들이었다. 31분 20초 후 닐은 내게 매콤한 맛이 나는 면 요리를 내놓았다. 닐은 한 번도 저울이나 측량계를 사용하지 않았지만, 정확히 2인분의 요리를 만들어 낸 것이다. 식탁에 앉은 나는 끊임없이 감탄사를 연발했다.

"엄청나네! 정말 자네를 만나고부터는 놀라움의 연속이군? 그런데 우리 접시에 담긴 음식이 정확히 등분됐나 무엇으로 확인하지?"

그러자 닐은 내 어깨를 툭툭 치며 마법을 걸었다.

"알게 뭐람? 일단 먹어 보게!"

나는 복잡하게 얽힌 면을 어디서부터 집어 들어야 할지 고민했다. 양념이 고루 묻어 있는지 확신할 수 없었기 때문이다. 또 곁들여진 고기와 채소가 접시의 중앙으로부터 사방으로 균일하게 놓여 있지 않아서 그 중심점이 어딘지 계산이 어려웠기 때문이다. 그때 닐이 다짜고짜 자신의 포크로 내 음식을 찍더니 내 입에 욱여넣었다.

"또 계산하고 있지? 이 친구 아주 우리 상류층의 문화를 가르치기 힘들구먼!"

"으악!"

나는 어쩔 수 없이 힘을 빼고 음식을 씹었다. 면은 오른쪽 어금니, 소스와 곁들인 채소는 왼쪽 어금니로 말이다. 이윽고 두 번째와 세 번째 새김질을 할 때였다. 내 미뢰로부터 또 내 후각 신경 섬유로부터 알 수 없는 느낌이 전달되었다. 나는 기분이 좋아졌고 식욕이 증폭되었다. 그 후의 기억은 사실 또렷하지 않다. 후에 닐의 표현을 빌리면 미친 듯이 음식을 씹어 삼켰다고 한다. 평소와 달리 가장자리부터 시계 방향으로 음식을 먹지도 않았다고 한다.

"어때? 그렇게 맛있나? 어, 좀 천천히 먹으라고!"

그날부터 나는 부드러운 곳에 사는 딱딱한 인간이 되었다. 닐은 내게 더 이상 일을 하지 않아도 된다고 했다. 나는 그것을 몹시 불안해 했지만 닐이 만들어 주는 음식을 포기하고 일상으로 돌아갈 수도 없었다. 나는 소위 말하는 타락한 인간이 되어 버린 것이다. 이후 3개월 간 나는 내 분수에 맞지 않는 생활을 누렸다. 닐은 일류 요리사로서 내 생활에 필요한 모든 자금을 나눠 줄 만큼 부유했기 때문에 내가 걱정할 것은 오직 내 내면뿐이었다.

닐은 나를 변화시키고 싶어 했다. 딱딱한 인간의 대표적인 표본으로서 나를 부드럽지도 딱딱하지도 않은 인간으로 만들고 싶어 했다. 닐은 선구자이자 몽상가였던 것이다. 나는 인류 역사상 다시 존재하기 힘들 것이라고 예상되는 닐이라는 인문에 빠져들었다. 닐은 신분의 격차를 부수고 싶어 했다. 그는 언젠가 부드럽지도 딱딱하지도 않은 인간들이 함께 어우러져 사는 세상이 올 것이라 말해 주었다. 나는 그런 일은 천문학적인 낮은 확률로 존재한다고 말했지만 닐은 손을 내저었다.

"시도하지 않은 경우에 그렇겠지. 하지만 여기 내가 있지 않은가 말이야! 또 자네가 있고! 우리가 한다면 그건 반드시 이루어지는 미래란 말일세!"

나는 신분 제도를 유지하는 것이 부드러운 사람에게 영구적으로 유리한 일이라는 것을 알고 있었다. 그렇기 때문에 닐이 어떻게 그와 반대되는 결정을 가질 수 있는지에 대해 의문이었다. 자신에게 아무런 이득도 보이지 않는 일 때문에 어떻게 자신의 모든 유리함을 버릴 수 있는지 말이다.

"글쎄, 내가 자네가 알아들을 수 있게 설명할 수 있을는지 모르겠군. 지금 내가 알고 있는 건 내가 무엇을 해야 옳은지 내 안 어딘가에 확고히 각인되어 있다는 것뿐이야. 그저 그걸 따를 뿐이지. 계산 따윈 하지 않았다네."

어느 날 점심 식탁에서 닐은 내 옷소매를 가리켰다.

"자네 말이야. 그러고 보니 오늘 왼쪽 소매 단추를 잠그지 않았네?"

"뭐?"

나는 소스라치게 놀라 내 왼쪽 소매를 쳐다보았다. 정말이었다. 나는 그날 아침을 회상했다. 분명 잠근 기억이 없었다. 오른쪽 소매의 단추는 분명히 잠겨 있는데, 왼쪽 소매의 단추는 잠겨 있지 않았다. 잠갔는데 풀린 것도 아니었다. 나는 그것을 별것 아닌 일로 분류하고 잠시 잊어버린 것이다. 우리는 나의 이 작은 실수에 환호했다.

"대단해! 자네 말이 맞았어, 닐!"

"하, 이것 봐! 내가 자네를 변화시켰다고!"

이로써 나는 한발짝 부드러운 인간에 다가갔다. 내가 언제나 불가능하다고 생각했던 일을 이뤄낸 것이다, 닐에 의지해서.

닐은 원대한 계획을 가지고 있었다. 어느 날 밤, 닐은 자신의 계획을 내게 설명해 주었다. 나는 그 장엄한 계획에 대해 듣고 너무 감명받은 나머지 30분간 기절해 있었다. 다음 날, 우리는 함께 차를 타고 산 아래에 지어진 커다란 창고로 갔다. 그 창고는 정부에서 관리하는 식료품 공장이자 창고였다. 문 앞에는 문지기가 한 명 서 있었다.

"닐, 그런데 정말 이렇게까지 해야 할까? 가능성이 너무 낮다고!"

"걱정하지 말게! 나만 믿어!"

우리는 문지기에게 다가갔다.

"누구냐! 아니 닐 아닌가?"

문지기는 닐을 알아보았다.

"하하, 오랜만일세."

닐은 품속에서 작고 네모진 물건을 꺼내 슬쩍 문지기에게 건넸다. 라면이었다.

"라, 라면!"

나는 새어 나가는 비명을 두 손으로 황급히 막았다.

라면은 딱딱한 인간 세상에서는 2~3년에 한 번 맛볼 수 있는 특식이었다. 그마저도 중산층이어야 요리사를 초빙해 맛을 볼 수 있는 것이었다. 닐은 그 귀한 것을 우리 딱딱한 인간들을 위해 서슴없이 내밀 수 있는 그런 존재였던 것이다. 나는 가슴이 먹먹해졌다.

우리는 창고로 들어갔다. 창고에는 수많은 박스가 쌓여 있었다. 닐은 그 박스 중 하나를 펼치더니 작은 종이 상자를 꺼냈다.

"이게 뭔가?"

"이른바 레토르트 식품이라고 하는 것이네. 즉석조리 식품이라고도 하지. 딱딱한 사람들에게 부드러운 요리를 공급할 수 있는 내 비장의 무기라네."

"그, 그런!"

닐은 나에게 두꺼운 책 한 권을 내밀었다.

"이 책은 또 뭔가?"

"자네가 요리를 할 수 있게 도와주는 것이지. 내가 오랫동안 준비해서 발명한 레시피라는 것이네. 자, 지금부터 자네는 이 종이 상자 안에 있는 재료를 음식으로 만드는 일에 도전하는 것일세."

"뭐? 그, 그런 일이 가능할리 없잖은가! 자네조차 몇 년에 걸쳐서 힘겹게 이뤄낸 것을 나 같은 둔재가 잠깐 사이에 해낼 수 있을 리가 없어!"

닐은 고개를 흔들었다.

"아니지. 그래서 자네가 더욱더 해내야 하는 것일세. 자네가 해낸다면 딱딱한 사람들 모두가 해낼 수 있을 거야. 자, 실제 상황처럼 재료 준비부터 해 보게. 자네는 점심시간이고 요리를 해먹는다고 결정한 상황을 가정하게."

나는 심각한 얼굴로 고개를 끄덕였다. 작은 종이 박스를 바라보니 머리가 핑핑 돌았다. 닐은 내게 책을 읽어 보라고 지시했다. 책에 쓰인

대로만 하면 된다는 것이었다.

1장 1절. 스파게티 즉석조리하기.

책상에 왼쪽부터 차례로 끓인 물을 담은 그릇, 열린 종이 상자와 그 안에 차례로 담긴 재료, 식사 도구를 준비한다.

"어…… 어……. 끓인 물을 담은 그릇이라니. 이걸 어떻게 해야 하는가? 얼마나 담아야 하는지도 어떤 온도인지도 적혀 있지 않네!"

나는 당황해서 닐을 붙잡았다. 닐은 내 어깨를 토닥이더니 밑줄을 따라 페이지 수가 적힌 곳을 가리켰다. 책을 넘기자 끓인 물을 만드는 법에 대해 적힌 장절이 나왔다. 끓인 물을 얻기 위해서는 다양한 방법이 있었다. 전기 포트를 사용하는 경우, 전자레인지를 사용하는 경우, 가스레인지를 사용하는 경우. 나는 추천 순위 1단계인 전기 포트를 이미 가지고 있을 경우를 따라 진행했다. 책의 모든 내용은 단순한 부분부터 논리도로 되어 있어서 침착하게만 대응한다면 결론을 얻을 수 있는 구조였다. 막히는 부분에는 닐의 마법 주문과 같은 이름의 '알게 뭐야' 장절을 숙지하도록 되어 있었다. 나는 버벅거리며 1시간 28분 동안 요리를 했다. 하지만 나는 결국 해냈다.

"맛있어, 피터! 자네가 해냈어!"

"내…… 내가 요리를 해내다니!"

나는 감격해 눈물을 흘렸다.

"좋아, 성공이야. 이런 식이라면 우린 모든 딱딱한 인간에게 요리를 공급할 수 있게 되네!"

우리는 매일 같이 창고에서 거사를 준비했다. 나는 끊임없이 요리를 연습하고 또 연습했다. 닐은 내 반응을 보면서 다양한 요리에 대한 레시피를 쓰고 또 수정했다. 나중에 알게 된 사실이지만 닐은 딱딱한 인간 출신 어머니와 부드러운 인간 출신 아버지를 두었기 때문에 양쪽의 성향을 다 가지고 있었던 것이었다. 역시 세상에는 그런 기적 같은 일이 실제로 존재했던 것이다. 나는 모든 시스템에는 항상 오류가 있음을 인정할 수밖에 없었다.

우리는 장장 1년 2개월 4일을 노력한 결과, 제1차 신분 평등 혁명을 위한 충분한 숫자의 레시피를 완성할 수 있었다.

닐은 전 재산을 털어 2억 8천만 204개의 레토르트 식품과 그에 맞는 레시피를 준비했다. 우리의 목표는 디너 왕국 전체에 이것들을 배포하는 것이었다. 거사 당일 닐은 시종일관 흥분된 모습으로 거리를 뛰어다녔다. 모든 준비가 끝나자 닐은 목소리를 변조해 디너 왕국 전체가 쩡쩡 울리도록 모든 스피커로 방송을 했다.

"여러분, 모두 당장 우편함을 확인해 보십시오. 저희가 드리는 선물이 도착해 있을 것입니다. 우리는 신분 제도를 없애고 평등한 인류를 만들기 위해 노력하는 사람들입니다. 우리를 지지한다면 저희의 레시피를 따라 작은 종이 상자 안에 담긴 요리를 해 드시기 바랍니다."

왕국은 그 이후로도 한참 동안 조용했다. 닐은 계획이 실패한 것인지 의심했다. 하지만 그건 갑작스러운 사건에 대해 사람들이 미처 반응하지 못했을 뿐이었다. 거사가 끝난 지 3일째가 되는 날 온 디너 왕국은 요리 열풍이 불었다. 수많은 딱딱한 인간들이 요리를 해먹었다는 것에 희열을 느끼고 자신에 대해 자신감이 생겼기 때문이다. 머지 않아 우리는 또 다른 새로운 레시피와 새로운 요리가 담긴 종이 상자를 배달했다. 이번 레시피에는 종이 상자가 없을 경우 재료를 구해 요리를 만드는 법까지 상세히 적힌 부록이 딸려 있었다. 물론 부록이 본편보다 3배는 더 두꺼웠다.

결과는 폭발적이었다. 한 조사에서는 무려 전 인구의 1/3 이상이 한 달 내에 요리를 먹어본 적 있다는 설문이 집계되었다. 하지만 곧이어 나쁜 소식도 들려왔다. 정부에서 닐을 반동분자로 지정하고 수배령을 내렸기 때문이다. 하지만 닐은 아랑곳하지 않고 계속 레시피를 제작해 배포했다. 점차 더 많은 딱딱한 사람들이 요리에 성공했다. 물론 항상 성공할 수는 없었지만 말이다.

나의 기억에 가장 강렬한 기억으로 남아 있는 그날, 우리는 여느 때와 같이 레시피 제작을 마치고 배포를 위해 도시 외곽으로 나갔다. 이상하게도 그날은 도시의 문지기가 보이지 않았다. 한창 부드러운 분위기에 빠져 있던 우리는 그다지 의아해 하지 않고 도시로 들어갔다. 도시의 중앙 도로에 우리가 들어가자 갑자기 어디선가 시끄러운 사이렌이 울리기 시작했다. 하늘에는 헬리콥터가 떠서 우리가 탄 차에 조명을 비추고 있었고 주위는 어느 샌가 경찰차로 가득 차 우리를 포위했다. 우리는 어쩔 수 없이 차에서 내렸다.

많은 사람들의 총구가 우리를 향해 있었다. 그때 경찰차 사이에서 한 사람이 걸어왔다.

"아니, 대통령님!"

"대통령님!"

왕국을 다스리는 가장 높은 지위의 인물이었다. 그는 우리에게 다가와 물었다.

"이런 일을 벌인 이유가 무엇인가? 신분 격차를 없애려는 이유 말일세!"

그러자 닐이 말했다.

"신분이란 것은 구시대의 유물로 남아야 합니다. 신분을 가지고 있다면 누군가는 항상 고통받게 될 것입니다."

"그게 내가 아닌데 알게 뭔가?"

"생각이란 것은 기억을 기반 하지 않으면 할 수 없는 일이지요. 만약 대통령님께서 모든 기억을 잃고 눈을 떴는데 하층민이 되어 있다면 어떠시겠습니까? 누군가 대통령님을 핍박하면 어떠시겠습니까?"

"그게 뭔 소린가? 내가 하루아침에 다른 사람이 될 리가 없지."

"우리는 모두 같은 존재들입니다. 영혼이 모두 같다는 말입니다. 단지 가지고 있는 기억이 다를 뿐이죠. 저와 대통령님의 기억을 바꾸고 같은 위치에 서 있는 다면, 우리는 정확히 상대방이 될 수 있습니다. 그게 입장을 바꾸어 생각한다는 의미이죠."

"그래, 확실히 지금의 내 기억이 사라지고 다른 사람의 기억이 내게 들어온다면 충분히 무서운 일이구먼. 하지만 여태껏 이 생각을 아무도 하지 않았다는 게 문제지. 자네가 알려 주기 전까지 난 그것에 대해 걱정하지 않았거든? 만약, 이 생각을 딱딱한 인간들이 모두 하게 되고 서로 입장만 바꾸면 모두 같은 영혼을 가진 인간이라는 것을 깨닫게 된다면 어떨까? 역시 귀찮은 일이 벌어질 게 뻔해. 내 선에서 합리적으로 해결하지."

대통령은 닐에게 총탄을 퍼부었다. 닐은 아마 자신이 죽었다는 것을 깨닫기도 전에 작은 토막들로 부서졌을 것이다. 바닥에는 닐에게서 떨어져 나온 수 없이 많은 부품들이 널렸다. 닐의 심장에서 나온 톱니바퀴와 배 속에서 나온 트랜지스터들 또 수많은 기어와 전선들이 참혹하게 뿌려졌다. 쓰러진 닐의 몸체에서 파직파직 불꽃이 튀겼다. 나는 그 모습을 보고 충격을 받아 바닥에 무릎을 꿇었다.

대통령은 내 머리에 총을 겨누고 물었다.

"오늘 하늘의 색이 어떤가? 파란색이나 하늘색이라는 단어를 사용하지 말고 한번 말해 보게."

"예? 그게 무슨 말씀이십니까?"

"아니면 지금 기분이 어떤지 말해 보게. 물론 슬프다는 단어를 빼고 말이야."

"……."

나는 슬프다는 단어를 빼고 당시의 기분을 설명할 수 없었다. 내가 한참을 침묵하자 대통령은 이내 총을 거두고 모두에게 철수를 명령했다.

"이놈은 그냥 조수였군. 원래 있던 자리에 돌려놓게."

다음 날, 나는 7시 15분에 일어나 회계사 사무실로 출근했으며, 12시 12분 업무를 잠시 멈추고 화이트칼라 카페에서 양배추를 씹었다. 세계에 잠시 동안 존재했던 버그는 이내 수정되었으며 혼란스러웠던 왕국은 그 어떤 일도 없었던 것처럼 굴러갔다. 레시피는 발견되는 즉시 태워졌고 요리를 하는 딱딱한 인간은 더 이상 볼 수 없었다. 부드러운 인간들은 모든 상황이 종료된 것처럼 굴었다. 하지만 그들은 사실 '나'라는 변수를 놓친 것이었다.

닐은 거사를 준비하면서 나에게 한 가지 레시피를 더 남겨 놓았다.

그것은 어떤 상황에서든 닐이 내 곁에 없을 경우 내가 기억한 모든 자신에 대한 내용을 글로 적어 배포하라는 것이었다. 그렇게 되면 분명 자신과 같은 인간이 다시 존재하게 될 것이라고 생각한 것이다.

보다시피 나는 이렇게 닐에 대한 이야기를 기록해 냈다. 닐은 부서졌지만 내 글을 읽는 누군가는 분명 닐의 의지를 이해하고 새로운 닐이 될 것이다. 우리 모두는 닐과 같은 영혼이라는 부품을 가지고 있기 때문에.

인면어

해저에는 참 신기한 생물들이 많다.

현대 인류는 이 생물체들을 오랫동안 접하지 못했다. 처음엔 그런 생물이 있는 줄도 몰랐고, 어느 정도 공학 기술이 발전한 시기가 되어서야 그것들을 발견할 수 있었기 때문이다. 인류가 해저 일만 미터에서 일천 기압의 압력을 견디는 기술을 알게 된 것은 겨우 백 년 전이다.

하지만 기술을 가지게 된 것과는 별개로 해저의 생물을 탐험하는 일은 그 밖의 아주 복잡한 과정들이 필요했다. 왜냐하면 한 번도 본 적 없는 생물을 찾아내는 것에 관심이 없는 사람들 모두가 해저를 조사하는 일에 동의하도록 일련의 복잡한 일들을 거쳐야 했기 때문이다. 결국 약 백 년 동안의 긴 토론과 설득이 끝나고 나서야 연구팀은 잠수함을 물속으로 집어넣을 수 있었다. 잠수함이 가라앉은 이후의 일들은 비교적 쉬운 편이었다. 컴컴한 바다 밑에 살고 있는 생물들에게는 연구팀에 발견되는 것에 동의하는 동의서에 서명을 받을 필요가 없었기 때문이다. 물론 그럴 필요가 있었다고 해도 아마 사람들을 설득하는 것보다는 쉬웠겠지만 말이다.

해저 생물 연구와는 전혀 관련이 없어 보이는 직업을 가진 내게 의뢰서가 도착한 것은 저번 주였다. 나는 평소 FBI 사무실에 앉아서 '정장을 입은 거짓말쟁이들'을 찾아내는 일을 한다. 우리가 사기, 횡령, 절도라고 부르는 일에 특화된 사람들 말이다. 내가 맡은 주요 임무는 소리가 녹음되지 않은 흐릿한 감시 카메라 영상에서 사람들이 무슨 말을 하는지 알아내는 것이다.

　어렸을 적 중이염을 앓았던 시기에 나는 독순술이라고 하는 특별한 기술을 터득했다. 귀에 물이 가득 차 사람들의 목소리가 들리지 않아서 어쩔 수 없이 사람들의 입술이 움직이는 모습을 관찰했던 게 시작이었다. 당시 나는 심심했고 좋은 환경이 주어졌었기 때문에 그것을 어렵지 않게 터득할 수 있었다. 일단 배우고 나니 뭐든 커닝하는 데도 좋았고 다른 나라의 사람들이 쓰는 언어를 배우기도 편했다. 얼굴의 안면 근육과 입술이 움직이는 모습을 잘 알고 있다는 것은 발음을 흉내 내기도 쉽다는 것을 의미했기 때문이다. 이 기술은 내 귀가 다 낫고 난 다음에 오히려 더 유용하게 쓰였다. 그로부터 몇 년 후, 나는 결국 이 특기를 살려 FBI라는 좋은 직업을 가질 수 있었던 것이다.

　저번 주쯤 나는 내 책상에 미국 해양수산부 해양 생태계 조사단 해저 생물팀에서 보내온 정중한 어조로 쓰인 편지가 놓여 있는 것을 발견했다. 편지의 내용은 내가 신용카드 절도범을 잡는 것을 미루고 당장 태평양으로 달려갈 만큼 흥미로웠다.

　"저기 보이는 생물입니까?"

　"예, 바로 저놈입니다. 해저 일만 미터에서 건져 올린 놈이죠. 생긴 게 아주 기괴합니다. 크기도 엄청 나고요. 저희가 알아본 바로는 역사적으로 어디에서도 기록되지 않은 놈입니다. 비슷한 게 관찰되었다는 이야기로는 인어밖에 없습니다."

태평양 한가운데 섬처럼 떠 있는 이 연구 시설은 오직 이 해저 생물을 연구하기 위해 건설되었다. 이 특이한 생물을 가둬 둔 곳은 이 연구 시설에서도 가장 큰 곳이었다. 아마도 원래는 강당으로 쓸 예정이었을 공간을 강화 유리로 된 어항으로 개조하고 바닷물을 가득 채워둔 것 같았다. 어항의 한쪽은 두꺼운 강화 유리로 되어 있어서 어항속을 쉽게 관찰할 수 있게 되어 있었다. 마치 수족관 같은 구조였다.

"어두워서 흐릿한 형체밖에 보이지 않지만……. 정말 엄청난 위압감입니다. 고래…… 같은데요?"

"그렇죠. 하지만 고래와는 아주 다릅니다. 저희가 채취한 샘플과 엑스레이 사진으로 통해 유추해 보면 글쎄요. 일단 어류는 아닌 것 같습니다. 고래처럼 포유류도 아니고요. 몸체 안에 뼈라고 부를만한 것이 없어요."

"특이하군요. 그런데 조명을 왜 이렇게 어둡게 한 겁니까?"

"아무래도 해저에서 살던 놈이라서 어두운 곳을 좋아하더군요. 하지만 밝은 곳을 두려워하는 것은 아닙니다. 불을 켜면 아주 이상하고 흥미로운 행동을 하지요. 바로 그것 때문에 박사님이 오시길 기다린 겁니다."

"이상한 행동요?"

"아, 마침 녹화 장비와 안전 장비가 모두 준비되었다는군요. 여기 이 꼬마전구에 불이 들어온 것 말입니다. 그럼 수조에 불을 켜 보도록 하죠. 놀랄 준비를 하셔도 좋습니다."

연구원이 어깨를 으쓱였다. 나는 마음을 가다듬고 커다란 창문 앞에 섰다. 창문은 건너편에는 엄청난 양의 바닷물이 담긴 세계가 있었다. 그 세계에는 뱃속에 코끼리 다섯 마리는 거뜬히 들어갈만한 크기의 생물이 있었다. 나는 그림자로 보건대 도미나 고등어 같이 생겼을 거라고 생각했다.

'딸깍.' 수조 전체에 은은한 녹색 조명이 점차 밝아져 왔다. 부드러운 감도의 조명은 수조 전체를 아우르듯이 조여들어가 이상한 생물을 비추었다.

"헉."

나는 너무 놀라 숨이 멎었다. 그 생물은 인간의 얼굴을 하고 있었다. 거대한 얼굴이 달린 물고기였다. 아가미가 있어야 할 자리에 수많은 손가락이 자라 있었고 비늘 대신 산호 같은 피부를 가지고 있었다. 가장 놀랐던 점은 꼬리지느러미 대신 사람의 발목같이 생긴 절지가 붙어 있었던 점이다. 자세히 관찰해 보니 그사이에 인간 남성과 같은 생식기가 달려 있었다.

"기, 기괴하군요. 마치…… 인면어 같은 얼굴에 방사능에 오염된 돌연변이가 같아 보이는데요?"

그러자 연구원이 고개를 흔들었다.

"자연 기준치 이상의 방사능은 검출되지 않았습니다. 오히려 너무 적은 편이에요."

인면어는 눈을 감고 있었다. 하지만 우리의 시선을 느끼고 있는 것인지 불이 들어오자 아가미에 달린 손가락들을 활발히 움직였다. 내가 받은 충격에 대해 아는지 모르는지 연구원은 서류 더미를 넘기며 설명을 계속했다.

"음…… 박사님께서 보시기에는 어떤지 모르겠지만 몇 가지 특이한 점이 더 있었습니다. 아까 말씀드린 대로 일반적인 종으로 분류하기가 매우 어렵습니다. 외관상으로는 포유류나 어류 같아 보이지만 엑스레이 상에서는 뼈나 지방이 없는 것으로 보이고, DNA 분석에서는……."

"무척추동물의 변종이 아니겠습니까?"

"그럴 지도요. 저희는 일단 곤충으로 분류해 두고 있습니다."

"곤충요? 저게 어딜 봐서……."

"아, 그리고 참고할만한 이상했던 점 중에 하나는 표본의 탄소 연대 측정 결과가 좀 이상하게 나왔다는 겁니다. 모든 샘플에서 말이에요."

"그게 무슨 의미죠?"

"글쎄요……. 탄소 14가 전혀 없었어요. 어쩌면 저 생물은 외계에서 왔거나……. 혹시 모르죠, 지구만큼 늙었을 지도요."

"흠…… 어쨌든 그 방법은 신뢰도가 떨어지는 것으로 아는데요?"

연구원이 어깨를 으쓱였다. 그때 인면어가 천천히 눈을 떴다. 그리곤 도도하고 우아한 눈빛으로 우리 쪽을 쳐다보았다. 거대한 눈알이었다. 나는 겁을 먹었다. 우리를 먹이로 알고 갑자기 덮쳐 올 것만 같았다. 연구원은 뜻밖에 긴장한 기색이 없었다. 강화 유리의 성능을 믿고 있나 보다.

"이제 겨우 눈을 떴군요. 이제 우리에게 올 겁니다. 매번 이랬어요."

인면어는 바닥까지 천천히 가라앉더니 우아하게 몸통을 천천히 흔들어 아주 느린 속도로 우리 앞에 다가왔다. 우리는 얇은 창을 통해 거대한 얼굴과 마주 보게 되었다. 거대하고 묘한 눈빛과 마주친 나는 등이 흥건하게 젖을 정도로 긴장했다. 인면어는 정확히 우리를 바라보았다. 우리와 눈을 마주쳤다. 녀석은 먼저 연구원과 눈을 마주치더니 곧 나를 뚫어지게 쳐다보았다. 나는 침을 꿀꺽 삼켰다.

가까이서 바라본 인면어의 얼굴은 더 사람의 것과 닮아 있었다. 피부며 땀구멍, 자글자글한 눈가와 입가의 주름이나 눈썹, 입술과 인중의 형태, 이마와 광대의 도드라짐이 도무지 다른 생물의 것이라고 볼 수 없었다. 머리카락은 없었지만, 듬성듬성 난 짧은 더듬이와 미역 같은 해조류가 이마 위에 붙어 있어 노인의 얼굴을 연상케 했다. 나를 똑바로 바라보는 눈빛은 온화하면서도 무언가를 꿰뚫어 보는 듯 날카로웠다. 무슨 생각을 하는지 알 수 없었다.

"지금…… 안전한 겁니까?"

나는 그러면서도 인면어에게서 눈을 떼지 않았다. 알 수 없는 압박감에 마주친 눈길을 피할 수가 없었기 때문이다.

"걱정하지 마십시오. 절대로 안전합니다, 아마도요."

인면어가 천천히 입을 열었다. 나를 쳐다보며 뭔가를 중얼댔다.

"아…… 데…… 우…… 에……."

나는 그것을 또렷하게 볼 수 있었다. 분명한 발음. 분명 인간의 언어다. 나는 소름이 끼쳤다. 이건 분명 언어야!

'쿵!'

나는 바닥에 주저앉아 식은땀을 뻘뻘 흘렸다. 연구원을 의아한 눈으로 나를 쳐다보았다.

"박사님, 왜 그러십니까? 그냥 반사적으로 입을 움직이는 것뿐이에요."

나는 벌떡 일어서 그의 팔을 붙잡았다.

"뭐라고요? 저게 안 보이십니까? 저건 분명 인간이라고요! 인간의 언어입니다. 얼굴의 모든 근육이 인간과 완벽히 똑같아요. 정부의 숨겨진 비밀 인간 실험 아닙니까? 말도 안 된다고요! 다른 종의 생물이 인간의 언어를 하고 있어요!"

"정말입니까?"

연구원이 흥미롭다는 듯 연구 노트를 꺼내 끄적였다.

"자, 그래서 박사님이 오신 거 아닙니까? 17가지 언어를 하시는 독순술의 대가인 박사님이 말이죠. 혹시 지금 저놈이 뭐라고 하는지 알아보시겠습니까?"

연구원은 안경을 추어올리며 나를 부추겼다. 나는 숨을 크게 들이쉬고 인면어를 바라보았다. 인면어는 나를 보고 한쪽 입꼬리를 쓰윽 올렸다. 분명 지능이 있는 생물이다. '나를 보고 웃고 있잖아!'

인면어는 한쪽 눈썹을 치켜세우며 흥미롭다는 표정을 지었다. 그리곤 다시 입술을 움직였다.

"베…… 딕…… 트……."

"뭐라는 겁니까?"

"그…… 글쎄요……. 아직 잘……."

인면어는 다시 한 번 같은 방법으로 무언가를 말했다.

"베…… 네…… 딕…… 투레! 베네딕투레!"

나는 헉, 하며 두 손으로 입을 가렸다.

"그게 뭡니까?"

"라틴어로 축복을 비는 말입니다!"

"아하, 라틴어를 할 줄 아는 거군요!"

나는 인면어에게 라틴어로 말했다.

"살베."

"살베."

그 녀석이 같은 인사로 대답했다. 확실했다. 라틴어였다. 인면어가 미소를 지었다.

"엄청난 발견입니다! 계속해 보세요, 계속! 자신이 누군지 소개해 보라고 해요! 어이, 지금 기록하고 있나? 당장 모두를 불러!"

연구원이 마이크로 동료들을 부르며 나를 부추겼다.

인면어는 내게 계속 말을 걸었다. 연구원이 그것이 무슨 의미인지 어서 통역해달라고 부추겼다. 나는 긴장된 자세로 엉거주춤하게 서서 계속 말을 통역했다.

"반…… 갑다, 나의…… 아들들아."

"우리를 아들이라고 부르고 있어요."

"나는…… 마지막 남은…… 부모?"

"그게 무슨 의미입니까, 박사님?"

"모…… 모르겠습니다."

"괜찮습니다. 어차피 녹화되고 있으니까요! 라틴어니까 시조를 읊는 것일지도 모르죠. 계속해 보세요, 박사님."

"우리는 먼 곳에 있다……. 너희를…… 보고 있다. 함께해서 즐거웠다. 너희가 오기를 기대한다."

그 말을 끝으로 인면어는 입술의 움직임을 멈추었다.

"끝입니까?"

"말을 멈췄어요."

우리는 인면어를 마주 보았다. 인면어는 내가 말을 통역해 준 것을 알고 있었다. 그놈은 미소를 지었다. 아까보다 더 활짝 웃었다. 내가 제대로 읽어낸 것이라고 생각하는 모양이었다.

"저놈이 웃는데요?"

"그렇죠? 정말 웃는 것처럼 보입니다."

인면어는 알 수 없는 미소를 지은 채 우리를 바라보며 조금씩 뒤로 헤엄쳤다. 그 미소는 뭐랄까, 좋은 미소였다. 흐뭇한 표정이랄까, 만족스러운 표정이었다. 그때 물속에서 부글부글 거품이 생겨 올라오기 시작했다. 처음에는 작은 거품이었지만 순식간에 펄펄 끓는 냄비에서 올라오는 거품이 되어 버렸다.

"앗, 뭐야! 온도 체크해 봐! 물이 끓잖아!"

연구원은 다급해져 유리 벽에 손을 댔다.

"이크, 엄청나게 뜨거워!"

"안 돼! 이러다 저놈이 죽어 버리겠어! 무슨 짓이야! 당장 시스템을 확인해 봐!"

연구원이 다급하게 소리쳤다. 어항 속은 거품으로 가득 차 인면어를 포함한 모든 것이 보이지 않게 되어 버렸다. 어항 속에서 느껴지는 엄청난 열기에 우리가 뒤로 물러선 순간 그 속에서 엄청난 굉음과 함께 빛이 터져 나왔다.

"으악!"

우리는 귀를 막고 바닥에 쓰러졌다. 거대한 폭발과 함께 수조가 하늘로 솟구쳐 터져 올라갔다. 우주 공간에서 진공으로 모든 것이 빨려 나가듯 바닥에 누운 우리 둘을 제외한 모든 것들이 하늘로 빨려 나갔다.

'후드득……'

순식간에 모든 일이 일어났다. 눈을 떠 보니 연구소의 천장이 뻥 뚫려 있었다. 사방에 태평양의 맑은 바다가 보였다. 하늘은 청명하고 맑았다.

"어…… 어떻게 된 일이지?"

연구소는 한바탕 난리가 났다. 모든 연구원들이 인원과 시설을 체크하기 위해 동분서주했다. 결과적으로 인면어를 가두어 둔 수조 근처가 통째로 뜯겨 나갔다는 것을 알게 되었다. 다행히 아무도 다치지 않은 것 같았다. 하지만 인면어의 흔적은 눈곱만큼도 나오지 않았다. 주위의 감시 카메라를 확인한 결과 커다란 폭발과 함께 무언가 하늘 끝까지 솟구쳐 날아가는 것을 볼 수 있었다. 나와 연구원은 원인을 찾기 위해 수조 바닥을 헤집었다. 하지만 그곳에는 아무것도 없었다. 연구원이 내게 물었다.

"정말 기괴한 체험입니다. 이 모든 게 어떻게 된 것일까요?"

"글쎄요."

"분명 예사롭지 않은 생물입니다. 인간의 언어를 하고 초능력을 쓸 수 있었어요. 인류 역사상 가장 엄청난 발견일지도 모릅니다!"

"그럴 지도요. 혹은 단지 갓 태어난 아이가 부모의 존재를 알아챈 순간일지도 모르겠군요."

나는 웃으며 연구원을 바라보았다. 그러자 연구원도 무슨 뜻인지 알았다는 의미로 고개를 끄덕이며 미소 지었다.

"인류는 앞으로도 아주 긴 인생을 살아야겠군요. 부모님을 만나면 부자 관계가 좋아야 할 텐데 말이죠."

"제 생각엔 벌써 사춘기가 온 모양입니다."

나는 하늘을 바라보았다. 그곳엔 하얗게 빛나는 태양이 우리를 비추고 있었다.

정찰병

1. 장비

셀 수 없이 수많은 별들이 너무나 빠르게 눈앞으로 다가와서 마치 바닥에 누워 함박눈을 맞는 것 같은 기분이 든다. 조종석의 두꺼운 앞 유리창이 다가오는 별들을 가로막고 있어서 알 수는 없지만, 별들이 그대로 내 얼굴에 떨어져 닿으면 정말 눈송이처럼 시원할 것 같다. 이런 기분은 우주 정찰사가 아니면 쉽게 느끼기 어려운 기분이리라.

인류가 살 수 있는 행성과 우주 생명체를 찾아 지구를 떠난 지 올해로 250년째. 벌써 200년이 넘게 어떤 생물의 형체도 못 본 채 홀로 지내고 있다.

오랜만에 20살이 되던 날이 떠오른다. 지구에 머물렀던 마지막 날이다. 30톤짜리 자그마한 우주선에 올라타는 그 순간의 두근대는 마음이 아직도 생생하다. 당시 나는 책임감과 자신감을 가득 품고서 1억 년 후 인류의 운명을 바꾸어 놓을 발견을 바로 내가 해내리라는 생각으로 가득했다.

발사의 순간, 거대한 폭발음과 흔들림이 느껴졌고 몸이 크게 뒤로 밀려나는 느낌을 받았다. 동시에 하늘로 1만 개의 정찰대원들이 쏘아져 올라가는 장관을 땅 위에서 봤다면 분명 아주 멋졌을 것이다. 그중에서도 특히 내가 타고 있는 우주선이 뿜는 불길이 최고로 아름다웠을 것이다.

우주선 안의 갑갑함이 새삼 느껴진다. 우주 정찰은 신속함이 중요하기 때문에 이 우주선은 일인용으로 제작되었다. 그래야만 가볍고 빠르게 우주를 누비고 다닐 수 있는 것이다. 활동할 수 있는 공간이라고는 조종실 하나밖에 없다. 우주선의 구조도 매우 단순해서 훈련받은 정찰대원이라면 혼자서도 쉽게 고칠 수 있게 설계되어 있다. 주요 부품은 웬만한 종류의 연료를 모두 추진제로 사용할 수 있는 연료통, 광속의 80%로 추진할 수 있는 광학 추진기, 우주선 앞쪽에 작은 블랙홀을 만드는 방법으로 공간을 압축해서 빠르게 우주를 누빌 수 있게 해주는 중력 제어기 정도이다. 무게를 줄이기 위해 장비도 임무에 꼭 필요한 것들로만 구비되어 있다. 그중에서 내가 가장 중요하게 생각하는 장비는 5개 정도이다.

먼저 가장 중요한 장비는 역시 지금 내 생각을 기록하고 있는 이 '생각 기록 장치'일 것이다. 이 장치는 정찰대원이 예측 불가의 일을 당해서 수동으로 기록을 남기지 못하는 상황을 대비해 고안되었다. 이 장치는 내가 머리에 쓰고 있는 모자처럼 생긴 리더기로 내 생각을 읽어서 언제나 등 뒤에 매고 있는 작은 가방 속 블랙박스에 저장한다. 블랙박스 속에 저장된 나의 생각 기록은 나와 지구 본부만 알고 있는 암호가 있어야 해독할 수 있음은 물론이다. 이건 죽을 때까지 한시도 몸에서 떨어뜨려 놓을 수 없는 아주 중요한 장비이다. 이걸 차고 있으면 임무 중에 발견한 것을 귀찮게 노트에 적어 두거나 타자를 두드릴 필요가 없다.

　두 번째로는 '생명 키트'이다. 이건 정찰대가 유용한 정보를 정찰하지 못했을 때를 대비한 장비이다. 만약 어쩔 수 없는 상황에 어떤 행성에서 빠져나오지 못한다면 나는 이 생명 키트로 그곳에 생명을 퍼뜨릴 수 있다. 그 행성에 에너지가 충분하다면야 내 DNA를 복제시키는 방법으로 바로 인간을 만들어 낼 수도 있겠지만 아마 일반적인 행성은 생명이 살기에는 매우 척박해서 세균이나 곰팡이 정도를 퍼뜨릴 것으로 예상하고 있다. 물론 이 장치를 사용하는 일은 정찰대로서 최후의 수단에 속한다. 정찰대는 장기적인 임무를 위해서 에너지를 아끼면서 행동해야 하기 때문에 여기저기 생명을 뿌려 놓고 운 좋게 생명이 진화해 생존하길 바라는 그런 작전은 어디까지나 마지막 수단으로 취급하고 있다. 어쨌든 이걸 쓰는 상황이 오기 전에 외계 생명체를 발견하거나 인류가 살 수 있는 적절한 행성을 찾아내서 지구 본부에 유용한 정보가 담긴 신호를 전송할 수 있었으면 좋겠다는 게 내 생각이다.

　세 번째는 보통 그냥 '실험실'이라고 부르는 소형 개인 실험실 기기이다. 이건 주방용 오븐처럼 생겼는데, 크기도 작은 냉장고만 하고 박스 모양으로 생겼다. 이건 전기 에너지만 있으면 3D 프린터처럼 웬만한 물건은 다 프린트할 수 있는 데다 생물의 유전 정보 등을 포함한 거의 모든 물질을 다 분석할 수도 있는 유용한 물건이다. 정찰대가 쓰는 개인 실험실은 특히 고급 제품이라서 복잡한 구조의 유기 물질을 프린트할 수도 있다. 보통은 임무에 필요한 물건을 프린트하거나 새로운 행성에 도착했을 때 광석이나 미지의 물질을 분석해서 새로운 생물을 찾아내는 등에 사용한다.

네 번째는 고급 인공지능 컴퓨터가 달린 다기능 '우주복'이다. 우주선 안에 있을 때는 섬유가 스스로 복구가 되는 유기 물질로 만들어진 편한 잠옷을 입고 있지만, 만약 행성을 탐험할 필요가 생긴다면 이 우주복을 입고 우주선 밖으로 나가게 된다. 우주복은 여러 겹의 안전장치가 되어 있어서 정찰대의 임무에 아주 적합하다. 만약 불의의 사고로 사지가 잘린다거나 하는 일이 생겨도 잘린 부분의 우주복 절단면이 풍선처럼 부풀어 올라 내부 공기가 새어 나가는 것을 막는다. 동시에 응급 지혈제와 진통제가 상처에 뿌려지는 기능도 있다. 그 밖에 간단하게 샤워할 수 있는 기능도 있고 일주일 정도 버틸 수 있는 압축 식량과 배변 장치 등이 달려 있다. 장착된 인공 지능 컴퓨터로는 말 한마디로 프로그램을 디자인할 수도 있고 우주선 서버에 접속해 필요한 지식을 빠르게 찾을 수도 있다. 통신 기능을 이용해서 행성에서 길을 잃어버렸을 때 우주선을 불러오는 기능은 덤이다. 내장된 인공 지능 컴퓨터는 우주선의 메인 컴퓨터처럼 저장 용량이 넉넉하지는 않지만 연산 속도는 꽤 좋은 편이다.

　마지막으로 기나긴 정찰 임무의 무료함을 해결해 줄 '오락기'이다. 하…… 이 장비는 내게는 애증의 장비이다. 풍부한 저장 용량을 가진 태블릿 컴퓨터인 이 오락기는 여태까지 개발된 수많은 컴퓨터 게임과 인류가 여러 세기에 걸쳐 제작한 영화, 드라마 등 멀티미디어 콘텐츠를 저장하고 있다. 이론상 모든 게임을 클리어하는데 걸리는 시간이 3백 년 정도이고 모든 멀티미디어 콘텐츠를 감상하는데 7백 년 이상이 걸리기 때문에 이것만 있으면 정찰 임무가 행해지는 천 년 동안 무료할 일은 없다. 하지만 불행하게도 내 오락기는 임무가 시작된 지 20

년 만에 먹통이 되고 말았다. 지구를 떠나 정찰을 시작한 처음 20년 동안은 우주선의 진행 방향을 조금씩 수정해 주는 일을 빼면 손에서 이 오락기 놓은 시간이 없다. 심지어 튜브 음식을 섭취하거나 잠을 잘 때도 오락기를 붙들고 있었으니 말이다. 그런데 너무 쉴 틈 없이 사용을 해서 그랬는지 어느 날 과부하가 걸렸다는 메시지가 팝업된 이후 치익 하는 소리와 함께 작은 연기가 모락모락 피어올랐다. 아무래도 부품이 타버린 것 같다. 덕분에 나는 벌써 200년 동안 멍하니 우주 공간만을 바라보는 신세가 되어 버렸다.

2. 약

또 며칠째 아무 생각 없이 새까만 우주를 바라보다가 잠들기를 반복했다. 오락기가 고장 나지 않았을 다른 대원들이 부러워 미칠 것 같다. 또다시 한 번 전원이 들어오지 않는 오락기를 들었다 내려놓는다. 오락기와 함께 한숨이 내려놓아진다.

딱히 게임이 하고 싶은 건 아니다. 원래부터 게임을 좋아하는 스타일도 아니니까. 그저 뭔가 새로운 일이 없으니 마음이 답답한 것이다. 내가 훈련받은 정예 요원이 아니었더라면 벌써 완전히 미쳐 버렸을 것이다. 인간은 새로운 외부의 자극이 없으면 살 수 없는 것이라고 들었는데 나는 벌써 80년째 별빛을 빼고는 딱히 자극받은 일이 없다. 그래도 아직 잘 살고 있는 걸 보니 내 정신력이 대단한 것이거나 인간은 새로운 자극이 없어도 잘 살 수 있는 모양이다. 문득 지구에서 인터넷을 하던 시절 불빛이 없는 까만 방에 사람을 가둬 두고 정신력을 시험하는 실험을 본 기억이 떠오른다. 그때는 정말 그게 내 처지가 될 줄은 몰랐다. 그 실험에서는 대가로 거금을 주던데 나는 딱히 받는 것도 없다. 뭐 어차피 돈 같은 걸 받아 봐야 우주에서는 쓸데도 없지만……

그런데도 내가 정찰 임무를 열심히 하고 있는 이유라면 역시 자부심 덕분이다. 이런 괴로운 상황에서도 끈질기게 목적을 향해 나아갈 수 있는 이유는 아마 내가 명예욕이 무척 강한 사람이기 때문일 것이다. 지구가 멸망할 때까지 인류가 살만한 행성을 찾아내거나 외계 생명체의 존재를 찾아내어 역사에 내 이름을 한 줄 올리는 것. 그 이름 한 줄 때문에 나는 천 년 동안 컴컴한 하늘을 멍하니 바라볼 수 있다. 아니, 나라면 만 년이고 억 년이고 이쯤은 아무것도 아니다. 내 수명이 천 년밖에 되지 않는다는 사실이 아쉽다. 성과를 올리기 위해서라면 언제까지고 이 정도는 할 수 있는데.

캄캄한 우주를 봐도 딱히 떠오르는 것이 없어서 이쯤에서 내가 먹는 약을 세어 보려 한다. 정찰병이 되기 위해서 반드시 먹어야 하는 약은 총 3가지다. 먼저 제일 중요한 수명을 늘려 주는 PX30이라는 약을 100년에 한 번씩 먹어 주어야 한다. PX30은 노화를 일으키는 신진대사를 극단적으로 늦춰서 길어 봐야 100년밖에 안 되는 인간의 수명을 1,000년으로 늘려 준다. 효과가 뛰어난 만큼 가격도 엄청나게 비싸서 내 기억에는 약 한 알이 웬만한 빌딩 한 채 값이었다. 그래도 내가 지구를 떠날 때 이 약은 이미 대중화가 되어 있어서 부자들은 거의 다 복용하고 있었다. 아마 지금은 가격이 싸져서 모든 인류가 다들 먹고 있을지도 모른다. 혹시 수명을 1만 년까지 늘려 주는 약이 나왔을지도 모르는 일이다. 그러면 내 후임 정찰병들은 우주의 더 멀리까지 도달할 수 있겠지. 여하튼 나는 벌써 2알을 복용하고 나머지 8알을 우주복 안쪽에 있는 작은 포켓에 넣어 두었다. 299살이 되면 잊지 말고 한 알 챙겨 먹어야지.

내가 먹는 또 다른 약은 면역 강화제다. 이건 300살이 될 때까지 10년에 한 번씩 먹는 약인데 아주 괴이한 병에만 걸리지 않으면 건강하게 천 살까지 잘 살 수 있다. 이건 정찰병에게 특화된 약으로 지구 사람들은 먹지 않는 약이다. 왜냐하면 이 약의 원리가 약을 먹는 동안 모든 면역 세포와 면역 세포를 만드는 세포들을 종양화시켜서 죽지 않는 세포로 바꾸는 것이기 때문이다. 세포들을 모두 종양화 시키는데 기본적으로 200년 이상이 걸리고 약을 먹는 동안은 외부에 대한 면역력이 아예 없어지기 때문에 세균과 바이러스 등 외부 병원체가 극단적으로 적은 우주인에게만 사용할 수 있는 약이다. 지구에서 굳이 이 방법으로 강력한 면역을 얻으려고 무리하게 무균실에서 생활하다가는 실수로 무균실에 들어온 살모넬라균 세포 하나에도 목숨을 잃을 수 있다.

마지막으로 영양제다. 이건 한 달에 한 번 먹는 약이다. 다른 약들에 비해서 영양제는 먹는 이유는 이해하기가 쉬울 것 같다. 우주에서는 당연히 영양이 충분한 음식을 구할 수 없기 때문에 영양을 압축해서 약으로 섭취한다. 평소에는 밋밋한 맛이 나는 튜브 음식을 조금씩 먹고 한 달에 한 번 영양제를 먹어 주면 원리적으로 열량이나 영양이 부족해지는 일은 없다. 물론 그건 원리적으로 그렇다는 이야기다. 음식의 질적인 면이 충분하다고 할지라도 내 위장 크기에 비해서는 양이 턱없이 적기 때문에 언제나 약간 허기진 상태로 지내야 하는 점은 매우 곤욕스럽다. 그래서 나는 가끔 지금 입고 있는 잠옷을 씹기도 한다. 유기 섬유로 만든 내 잠옷은 육포와 비슷한 식감을 가지고 있어서 씹는 맛이 꽤 괜찮다. 게다가 이 특수 섬유는 빛을 받는 상태에서 스스로 다시 섬유 구조를 회복하기 때문에 구멍이 나도 걱정할 것은 없다. 단지 씹는데 습관이 들어 버리면 항상 한쪽 소매를 입에 물고 있어야 해서 한 손을 쓸 수 없다는 점이 불편하긴 하다.

3. 에너지

'삐삐삐.'

간만에 조종석에서 효과음이 들렸다. 조종석에 달린 3대의 모니터를 번갈아 살펴보니 근처의 항성에서 우주선의 진행 방향 앞쪽 동선에 입자파를 쏟아내고 있는 것 같다. 아직 우주선의 에너지는 충분하지만 그래도 에너지 충전을 할 좋은 기회다. 나는 버튼을 눌러 우주선위 판에 달린 광양자 충전기를 가동시킨다.

항성이 내뱉은 플라스마 입자의 진동은 우주선에 달린 충전판을 두드려 전기 에너지로 변환될 것이다. 아마 앞으로 2주 정도는 이 입자파 구간을 지나갈 것 같은데 그러면 에너지를 가득 충전하고도 남을 것 같다. 집적된 에너지는 엔진을 통해 추진력으로 사용할 수도 있고 개인 실험실을 가동시켜서 질소, 탄소, 수소, 산소, 인 같은 원소들의 새로운 배열에 사용할 수도 있다. 새로운 입자의 배열이란 즉 물건을 만들어 낸다는 의미이다. 재료가 되는 원자는 충분하니 에너지를 투입해 배열만 다시 해 주면 그저 모래로만 보이던 것들이 빵이 되기도 하고 인형이 되기도 한다. 물론 동물처럼 살아 있는 것을 만들 수 있는 가능성도 있지만 그건 너무 복잡하고 에너지도 많이 드는 일이다. 내 개인 실험실 기기가 아무리 고급이라고는 해도 귀중한 에너지를 잔뜩 낭비하면서까지 그런 짓을 해 볼 여유는 없다. 당장 먹고 싶은 스파게티를 1인분 만들어 보는데도 많은 에너지와 3주 정도의 시간이 필요하니까 말이다.

나는 에너지가 남을 것을 예상하여 실험실을 당장 작동시키고 그동안 정말 먹고 싶었던 배추를 클릭해 둔다. 신선한 배추 한 통을 만드는 데도 아마 2주는 필요할 것 같다. '위잉.' 실험실이 작동을 시작한다. 이런, 실험실의 재료통 상황을 보니 산소 원자가 조금 부족한 것 같다. 나는 조종실에 널브러진 것들을 모은다. 다 먹은 음식 튜브, 포장 비닐, 휴지, 찢어진 양말 등등. 실험실은 주방용 오븐처럼 생겨서 문을 당기면 문이 내려가면서 위쪽으로 입구가 열린다. 나는 거기에 쓰레기들을 던져 넣고 다시 문을 닫는다. 그러자 실험실에 달린 모니터에서 재료 분해 항목이 팝업된다. 내가 음성으로 오케이라고 말하자마자 실험실이 그 쓰레기들을 완전히 분자 수준으로 분해해 버렸다. 이어서 생성된 가루들이 자동으로 원자 재료통으로 빨려 들어갔다. 심심해서 유리문을 통해 실험실 안쪽을 살펴보았더니 프린터가 벌써 받침대에 배추를 프린트하기 시작했다. 자세히 보면 수만 개의 뾰족한 프린터 헤더가 분자를 차곡차곡 쌓고 있는 게 보인다. 구조상 배추의 가장 안쪽 부분부터 입체적으로 한 겹씩 프린트 하는 것이다. 프린트 장면은 역시 평생을 봐도 신기하군.

배추 같은 자연식품은 구조가 복잡하다. 완료까지는 시간도 아직 한참 남았고 재료와 에너지도 남는데 나는 실험실 안의 남는 프린터 헤더를 조금 더 활용하기로 결정한다. 실험실의 터치 모니터를 몇 번 더 클릭해서 남는 프린터 받침대 부분에 음식 튜브를 프린터하도록 명령을 내렸다. 음식 튜브는 그냥 영양덩어리를 만드는데 최적화된 물건이라 빠르게 만들 수 있다. 나는 2주 후에 배추와 음식 튜브를 함께 먹을 생각에 벌써 살짝 기분이 좋아졌다.

4. 분석

모니터가 앞쪽에 조건이 좋은 붉은색 행성 하나를 탐지해 냈다는 정보를 팝업했다.

"와우!"

나도 모르게 환호를 하고 말았다. 1차적으로 최종 목적지로 입력해 둔 ENA42 항성계까지 가는 데는 적어도 80년이 걸리기 때문에 그동안은 재밌는 일이 없을 거라고 생각했기 때문이다. ENA42 항성계는 100년 전 관측에서 인류가 살만한 조건이 갖춰져 있을 거라고 예상한 항성계다. 중심에 적당한 중력과 빛 에너지를 보유한 항성이 있고 그와 적당한 거리에 다수의 행성들이 분포된 곳이기 때문이다. 그래서 그곳으로 부단히 날아가던 중 우연히 그보다 가까운 곳에 인류가 살 수 있을지도 모를 다른 행성을 찾아낸 것이다. 나는 이 미지의 행성을 일단 Ex-3이라고 이름 지어 둔다. 예상에서 벗어나 관측된 3번째 행성이라는 뜻이다.

나는 괜스레 흥분되는 마음을 감추지 못한 채 Ex-3에 대한 정보를 조금 더 탐색하라고 조종석 컴퓨터에 명령을 내린다. 하지만 방심은 금물이다 Ex-3이라는 이름에서 어느 정도 예측이 되듯이 예측에서 벗어나 발견했던 이전의 행성들은 전부 조건이 부족해서 성과 달성에 실패했던 행성들이었다. 인류는 매우 연약한 존재라서 정착하기 위한 조건이 매우 까다롭다. 에너지도 풍부해야 하고 자원도 풍부해야 하고 온도도 적절해야 한다. 모래바람이나 전기 폭풍이 치는 곳도 안 된다. 가스로만 이루어진 행성이라거나 끊임없이 화산 활동이 있는 행성도 안 된다. 아무리 우주가 넓고 별들이 많다고 해도 그런 행성이 이렇게 쉽게 찾아질 리 없다. 나는 마음을 가다듬고 차분하게 우주선이 측정해 오는 다음 정보를 기다린다.

'삐빅.'

드디어 일차적인 관측과 분석이 끝났다. 나는 Ex-3에 대한 분석된 정보를 찬찬히 읽어 내려간다. 현재 우주선의 위치에서 10년 정도면 갈 수 있는 거리다. 방향은 1시 방향. 진행 방향에서 살짝만 각도를 틀면 되는 정도라서 여차하면 직접 가서 확인해 봐도 크게 손해날 것이 없는 위치다. 특이한 것은 Ex-3이 가지고 있는 항성의 정보이다. 스스로 빛을 내는 별이라는 뜻의 항성은 인류가 행성에 거주할 때 필요한 에너지를 공급해 주는 매우 중요한 의미를 가지고 있다. 만약 정착할 행성 근처에 그럴듯한 항성이 없다면 정착에 필요한 에너지를 먼 곳에서 끌어와야 해서 비용과 시간이 엄청나게 소모된다. 지구로 따지면 태양 같은 존재인 것이다. 그런데 Ex-3이 따르고 있는 항성은 크기와 전자파 스펙트럼에 비해서 중력이 약한 게 아닌가 하는 기분이 든다. 아직까지 근거는 없지만 뭔가 찝찝한 기분이 든다. 게다가 Ex-3 말고는 그 항성을 따르는 행성도 없어 보인다. 나는 조금 더 확실히 해 두기 위해서 Ex-3 주변의 우주 지리를 대략적으로 탐색해 보라고 조종석 컴퓨터에 명령을 내렸다.

'삐빅.'

얼마 후 컴퓨터가 다시 관찰한 데이터를 모니터에 펼쳐 보였다. 나는 Ex-3을 중심으로 그 주변에 있는 별들을 면밀히 분석해 보기로 했다. 일단 그 주변에는 거대한 항성계가 여럿 존재하고 있다. 물론 이전 분석에서 딱히 정착할 만한 행성이 존재하지 않는 항성계 들이다. Ex-3은 특이하게도 그런 거대한 항성계 틈새에서 잘도 균형을 맞추며 좋은 공전 궤도를 유지하고 있다. 이건 좀 특이한 현상이다. 보통은 주변에 거대한 중력장을 가진 항성계가 많을 때는 이렇게 작은 항성계가 살아남기가 매우 어렵다. 중앙 항성을 따라 원형이나 타원형을 그리며 돌아야 할 행성의 공전 궤도가 다른 항성계의 중력의 영향을 받아서 비뚤비뚤해지기 때문이다. 그래서 이런 항성들은 보통 안정되기 전에 더 강력한 중력을 가진 항성계에 행성을 빼앗겨 버리고 만다. 나는 이 항성계에서는 어떻게 이런 일이 가능한지 곰곰이 생각해 보다가 특이한 점을 하나 더 발견했다. Ex-3이 포함된 항성계는 주변 항성계의 영향을 덜 받는 것처럼 보일 뿐 아니라 주변 소행성대에 중력을 그다지 행사하지도 않고 있는 것이다. 차근차근 생각해 보면 중력은 질량이 클수록 강해지는 법인데 Ex-3이 따르는 항성이 중력이 약하다는 것은 질량이 적어서 무게도 가볍다는 뜻이고…….

"아하!"

나는 뭔가가 떠올라 다시 Ex-3이 따르는 항성의 정보를 불러온다.

예상대로 항성이 내뿜는 전자파의 스펙트럼이 반사광의 스펙트럼과 일치한다. 요컨대 이건 가짜 항성이었다. 사실은 표면이 매끄러운 작은 행성일 뿐인데 근처의 항성에서 나오는 강한 빛을 반사시켜서 스스로 빛을 내는 것처럼 보였던 것이다. 이건 마치 달은 스스로 빛을 내지는 않지만, 밤에 보면 반사된 태양빛에 밝아 보이는 원리와 같다. 실제로 달은 태양으로 오해할 만큼 밝지는 않지만 우주 스케일에서는 태양으로 오해할 만큼 밝은 달도 존재하는 것이다. 아마도 이 행성은 표면이 은으로 뒤덮여 있거나 고체 유리로 구성된 행성일 것이라고 짐작된다. 가까이서 보면 커다란 은 쟁반이나 유리구슬로 보일 것이다. 물론 엄청 커다란…….

수수께끼가 풀리고 나니 기대에 벅차 두근대던 기분이 싹 가서 버렸다. 그래도 진상을 알고 나니 모든 게 쉽게 이해된다. 아마도 Ex-3과 내가 항성으로 착각한 이 행성은 사실 비슷한 크기일 것이다. 둘은 모종의 이유로 항성계를 벗어나서 유유하게 서로가 서로를 공전하는 궤도를 유지하며 떠돌아다니고 있었을 것이다. 마치 결혼을 반대하는 두 집안 사이에서 고민하던 연인이 모든 걸 버리고 야반도주를 한 그런 느낌이다. 그러다 둘의 도피 행각이 내 우주선의 관측에 걸렸고, 주변에 있던 여러 항성계가 행사하는 중력의 영향을 받아서 일그러진 둘의 궤도를 잘못 파악한 컴퓨터가 빛을 반사하던 행성을 항성으로 오해하고 Ex-3을 사람이 살만한 괜찮은 행성이라고 분석해 버린 것이다.

항성 주변을 돌지 않는 떠돌이 행성은 꽤 많이 보이는 현상이지만 이렇게 복잡한 사정이 얽히니 오해할 만한 상황이 벌어지기도 한다는 게 신기하다. 그리고 이게 바로 정찰대로 사람을 직접 보내는 이유기도 하다. 사람의 뇌를 뛰어넘는 인공 지능 기술이 아직 개발되지 않아서 컴퓨터만 보내면 예상하지 못한 상황에 제대로 대처할 수 없는 것이다. 그리고 이게 바로 냉동 인간 상태로 정찰대를 보낼 수 없는 이유이기도 하다. 정찰대원이 깨어있지 않으면 컴퓨터의 사소한 실수나 버벅거림으로 소중한 기회를 영영 놓쳐 버릴 수도 있다. 예를 들면 표면에 탄소가 코팅되어 있어 레이더에 걸리지 않는 소행성을 만나서 겨우겨우 멀리까지 정찰 나온 우주선이 파괴되어 버릴 수도 있고, 기존 조건에는 맞지 않지만, 정착에 적당한 새로운 조건을 가진 행성을 모르고 지나쳐 버릴 수도 있다. 어쨌든 오늘은 컴퓨터가 못 해내는 일을 내가 해냈으니 난 밥값은 한 셈이다. 뿌듯한 마음에 나는 스스로 머리를 두 번 쓰다듬어 준다.

5. 사랑

한없이 펼쳐진 새까만 공간에 아주 작은 빛들이 수없이 점점이 박혀 있는 곳을 30톤짜리 박스에 타고 무한히 떠다니는 꿈을 꾸었다. 그런데 눈을 떠 보니 꿈속의 풍경과 상황이 그대로 펼쳐지고 있었다. 굉장히 현실적인 꿈이었다는 생각이 든다.

보통은 조종석에 작은 불빛을 하나 켜두고 지내지만 나는 조금 더고요하게 있고 싶은 마음에 그 불빛도 꺼 버렸다. 그러자 모니터의 불빛이 새삼 밝게 느껴진다. 나는 모니터도 꺼 버린다. 그러자 컴퓨터의작동을 나타내고 있는 소형 다이오드의 불빛과 키보드의 백라이트가제일 밝은 불빛이 되었다. 나는 제어판 설정을 바꿔서 그 불빛조차 꺼

버렸다.

그러자 우주선 안에는 아주 작은 불씨 하나 남지 않게 되었다. 내 앞을 가로막고 있는 유리창에 반사되는 불빛이 없으니까 우주 공간 속에 바로 들어와 있는 것 같은 기분이 든다. 별빛이 조금 밝아진 기분도 든다. 우주에 나와 보지 않은 사람은 우주에서 보는 별빛이 지구에서처럼 밝을 거라고 생각하지만, 사실은 그렇지 않다. 지구에서는 별빛이 대기에 산란되어서 별이 굉장히 커 보인다. 하지만 우주에서는 산란되는 공기가 없으니 별빛의 점이 지구에서 보다 훨씬 작다. 그래서 잘 보이지도 않는다. 우주선에서는 그래도 조금이라도 공기가 있으니 별빛이 보이긴 보이는 정도이다. 그래도 지금 가는 방향에는 밝은 별이 하도 많다 보니까 빛이 흩뿌려져 있는 게 아주 잘 보인다. 마치 양칫물을 잔뜩 머금은 다음 푸, 하고 뿜어낸 검은 도화지를 보는 느낌이다.

나에게 목적이 없고 우주선이 없다면 광활한 우주에 떠다니는 아주 작은 나는 굉장히 초라한 존재일 것이다. 우주가 지구라면 나는 공기 중에 떠다니는 먼지 같은 존재랄까? 아니다, 커다란 인간의 입장에서는 그게 하찮게 생각될 수도 있지만 먼지는 그렇게 생각하지 않을 수도 있지. 실제로 나도 그렇게 별것 아닌 존재는 아니다. 나는 생각이란 게 있으니까. 저 별들이 아무리 크고 우주가 아무리 넓어도 나는 주체를 가질 수 있는 존재다. 능동적이고 활동적인 아주 특별한 존재다. 우주를 여행할수록 그런 생각이 들어서 나는 점점 더 내가 특별한 존재라는 생각에 사로잡힌다.

신은 아마 황홀한 모습의 우주를 만들어 두고 그것을 감상시키기 위해 생명을 만들었을 것이다. 가끔씩 멋진 행성으로 가득한 항성계를 지나갈 때는 그 거대한 규모가 주는 압도감과 아름다운 색의 배치에 그 순간의 우주를 감상하는 한 명의 관객이 되어서 너무 행복하다는 생각이 든다. 이런 우주의 경이로운 광경을 볼 수 있는 것은 선택된 소수의 관객뿐이다. 우주 관람권을 예매하기 위해서는 천문학적인 확률에 당첨되어야 하기 때문이다. 인간으로 태어나는 것만 해도 기본적으로 3억 마리의 다른 정자들과 경쟁해야 하지 않던가. 게다가 살인적인 경쟁률을 뚫고 우주 정찰병 입사 시험에도 합격해야 한다. 난 엄청 재수가 좋은 사람이다.

우주 관람권 얘기가 나와서 생각난 건데 나도 가끔은 내가 누군가에게 우주 관람권을 주는 생각을 한다. 물론 긴긴 정찰 임무 중에 성욕 때문에 곤란을 겪는 일이 없도록 기초적인 훈련을 받기도 전에 이미 불임 수술을 받았고 호르몬제도 잔뜩 맞았지만, 그래서 내가 원래 여자였는지 남자였는지 지금은 헷갈릴 정도가 되었지만 말이다. 정말로 육체적으로는 완전히 성적 욕구가 사라졌음에도 불구하고 정신적으로는 가끔 이성이 떠오르기도 한다. 특히 첫사랑 같은 기억이 떠오르면 외로움과는 다른 종류의 감정이 북받쳐 오른다. 아마 감정을 담당하는 뇌의 영역이 심심해서 심술을 부린 게 아닐까 싶기도 하다. 솔직히 지구에 있을 때 나는 이성애자로서 동성애를 반대하는 입장이었다. 그런데 성욕을 잃고 우주에 나와서 혼자서 외롭게 지내다 보니 이제는 외계인을 만나도 사랑할 수 있을 것 같은 느낌이 든다. 그래서 동성애 정도야 충분히 가능하겠네 하는 입장이 되었다.

내가 외계인을 사랑할 수 있게 된 후, 또 한 가지 깨달은 점은 사랑이라는 단어가 어째서 여기저기 쓰일 수 있었는지에 대한 것이다. 사랑이라는 감정은 인간에게 매우 특별한 것으로 취급되기 때문에 딱히 정확한 정의를 들어 본 적은 없다. 누군가 만든 정의가 있다고 해도 모든 사람이 동의하고 있지는 않을 것이다. 그래서 보통은 사랑이라는 단어를 어떤 상황에 쓰는지 들어 보고 의미를 유추하게 되는데, 다른 단어에 비해서 사랑이라는 단어는 이 유추 과정이 영 쉽지 않다. 예전에 나는 가족과 연인과 불우한 이웃을 어떻게 사랑이라는 똑같은 감정으로 느낄 수 있는지 잘 이해가 되지 않았다. 나는 서로 너무 다르게 느껴졌는데 말이다. 그래서 사랑이라는 단어를 처음 만든 사람은 굉장히 투박한 사람일 거라고 생각했다. 깊이 생각해 보지도 않고 친밀함의 대명사로 사랑이라는 단어를 만들었다고 생각한 것이다. 그런데 아무런 감정이 느껴지지 않은 채로 한참을 지내고 나서 다시 사랑이라는 감정을 떠올려 보니 그건 꽤 정확한 사용법이었다는 걸 깨달았다. 지구에 있는 뭘 생각하든지 마치 연인을 떠올리는 듯한 똑같은 감정이 느껴졌기 때문이다. 알고 보니 난 지구의 모든 것을 사랑하는 인간이었다. 뭐 단어의 정의 같은 거야 나 같은 정찰병이 아니라 언어학자가 해결해야 할 문제긴 하지만 누군가 사랑에 대해서 깨닫고 싶다고 말한다면 우주에 나와 보라고 말해 주고 싶다. 지구에는 사랑 때문에 고민하는 사람이 많으니까 말이야.

6. 블랙홀

'아삭.'

갓 만든 따끈따끈한 배추를 한입 베어 물었더니 그 아삭함에 눈물이 날 것 같다. 고개가 절로 끄덕여지는 맛이다. 배추가 실제로 따뜻한 느낌이라는 건 사실이 아니지만, 눈물이 나는 건 진짜다. 실제로 나는 엉엉 울면서 앉은 자리에서 배추 한 통을 다 먹어 버렸다.

'꺼억.'

간만에 내 위가 빵빵해졌다. 엄지가 척 올라간다. 이렇게 포식해도 되나 싶을 정도로 기분이 좋다. 이 기분은 마치 블랙홀 속으로 신나게 빨려 들어가는 것 같은 기분이다. 지구에서라면 롤러코스터를 탔다고 표현하겠지만.

실제로 정찰 초기에 나는 블랙홀에 빨려 들어갈 뻔한 적이 있다. 당시는 지금 이름이 기억나지 않는 어떤 커다란 항성을 이용해서 바이패스 하려고 했던 때인 것 같다. 중력이 강한 천체에 가까이 가면 천체가 우주선을 세게 끌어당기기 때문에 그 힘을 이용해서 우주선에 추진력을 붙이는 것이다. 적당한 거리까지 다가갔다가 우주선의 추진기를 이용해서 순간적으로 천체의 중력이 강한 범위를 벗어나 주기만 하면 연료도 많이 절약되고 속도도 많이 붙게 되는 유용한 방법이다. 물론 우주선의 컴퓨터가 정교하게 어디까지 다가갔다가 추진을 해서 빠져나와야 할지 동선과 타이밍을 계산해 주어야 하는 고급 추진 기술인데, 초반에는 운 좋게 추진에 사용할 강한 중력의 천체를 여러 번 만나서 자주 사용했다.

고급 기술이라고는 해도 뛰어난 정찰대원인 내게 바이패스는 매우 익숙한 방법이다. 그날도 별생각 없이 커다란 항성 근처로 다가갔는데, 알고 보니 그 항성 뒤에 작은 블랙홀이 하나 있었던 것이다. 항성의 빛이 너무 강력해서 그 뒤에 숨어 있던 블랙홀을 발견하지 못하고 근처까지 다가갔다가 조종석이 삑삑대는 블랙홀 경고음을 내서 화들짝 놀랐던 기억이 난다.

처음에 조종석의 유리창을 통해서 블랙홀이 있다는 지점을 살펴봤지만, 블랙홀이라는 이름에서 볼 수 있듯이 그때 그곳에는 그저 까만 공간만이 보였을 뿐이다. 미처 대처하지 못하고 조금 더 가까이 갔을 때야 비로소 옆에 있던 항성의 빛들이 블랙홀로 빨려 들어가는 게 보였고, 항성을 배경으로 두고 있는 블랙홀을 봤을 때야 겨우 렌즈 효과를 통해 뒤에 있는 항성의 불빛을 껍질처럼 두르고 있는 검은 천체의 존재가 전체적으로 눈에 들어왔다.

사실 지금 타고 있는 우주선도 앞쪽에 미니 블랙홀을 생성하고 있다. 물론 위험한 블랙홀은 아니다. 우주를 빠르게 여행하기 위해서는 이 기술이 반드시 필요한데, 바로 강한 중력을 이용해서 주변의 공간을 왜곡시키는 블랙홀의 성질을 이용하는 방법이다. 우주 공간을 2차원 평면으로 생각하면 블랙홀은 근처의 공간 바닥을 자신 쪽으로 기울어지게 만든다. 사실은 좀 많이 기울여서 거의 V자 모양으로 만들어 버리는 성질이 있다. 시뮬레이션으로 영상을 보면 블랙홀을 중심으로 평평하던 공간이 접히면서 양 끝단의 공간이 가까워진 것처럼 보이는데 이때 블랙홀에 빨려 들어가지 않을 정도로 빨리 블랙홀을 지나쳐 가면 반대쪽 공간으로 이동할 수 있다. V자 모양의 아래쪽 뾰족한 부분이 블랙홀이라면 우리는 위쪽에 솟은 봉우리만을 점프해서 진행하는 것이다. 물론 이 사실을 처음 듣는 사람은 블랙홀을 어떻게 뛰어넘을 수 있냐는 생각이 들 수도 있는데……. 사실은 그 장치가 달린 우주선에 타고 있는 나도 그런 생각이 든다.

내가 어릴 때 교육 방송에서 시청한 '어린이 과학 교실'에 근거해서 설명하자면 블랙홀이 크다면야 작은 우주선으로는 절대 뛰어넘을 수 없겠지만, 블랙홀이 아주아주 작을 경우 속도만 충분히 빠르면 조금씩이라도 공간을 도약하는 게 가능하다. 한 번 공간을 도약한 후에는 블랙홀을 없애 버리고 우주선 앞쪽에 블랙홀을 다시 생성하는 것을 반복하면 상당한 공간에는 우주선이 닿지도 않고 지나가 버릴 수 있다. 적은 추진제로도 먼 곳을 갈 수 있는 것이다. 만약 우주 공간에 우주선이 지나간 길을 표시하면 점선처럼 띄엄띄엄 선을 그리게 될 것이다.

어쨌든 당시 나는 이 우주선이 블랙홀을 이용해서 차원 도약을 한다는 사실을 알고 있었기 때문에 블랙홀이 익숙했고 그래서 블랙홀이 얼마나 위험한 건지 감을 못 잡고 있었다. 컴퓨터가 당장 우주선 진행 방향을 바꿔야 한다고 했을 때 무심코 반대로 핸들을 꺾어버려서 블랙홀 쪽으로 다가가 버렸으니 내가 얼마나 무지했는지 더 설명할 필요도 없을 것 같다. 내가 지구를 떠날 때까지도 과학자들은 블랙홀 속이 어떤 곳인지 감도 잡지 못하고 있었다. 훈련받을 때도 한 교수님은 블랙홀을 만났을 때 이왕이면 피해 가고 정 정찰할 곳이 없다면 들어가 봐도 좋다고 했다. 운이 좋다면 웜홀을 통해서 다른 우주의 화이트 홀로 나올 수도 있다나 뭐라나. 지금 생각해 보면 지구의 과학자들은 은근히 누군가를 블랙홀에 집어넣어서 어떻게 되나 알고 싶어 했던 것 같다. 정찰대원이 죽을지도 모른다는 건 별로 생각하고 싶지 않았나 보다.

내가 블랙홀에 대해서 교육이 부족했다는 점에 일부러 교육을 덜

시켜준 지구의 과학자들의 책임도 있다는 사실을 다시 한 번 강조한다. 어쨌든 내가 실수로 블랙홀 쪽으로 핸들을 꺾었었다는 사실은 변함이 없다. 그래도 다행인 건 우주선의 방향이 블랙홀 쪽을 향하자 모든 계기판이 삑삑대기 시작해서 빠르게 방향을 바로잡을 수 있었다는 것이다. 그래도 과학자들이 양심은 있었는지 경고 장치를 잔뜩 달아뒀어서 사건의 지평선에 도달하기 일보 직전에 블랙홀의 중력 범위를 빠져나올 수 있었던 것이다. 만약 블랙홀의 중력이 너무 강해서 빛조차 빠져나올 수 없다는 사건의 지평선이라는 경계를 내가 살짝궁 넘어버렸다면 난 아마 블랙홀을 내부 구조를 처음 알게 되는 인간이 되었을지도 모른다. 물론 블랙홀 속이 어떤 구조였어도 난 아마 죽었을 거라고 생각한다. 당시 잠깐이라도 블랙홀로 빨려 들어가는 느낌을 경험해 본 소감은 음…… 곧 죽을 거 같은 느낌이랄까? 뭐 지난 일이야 어쨌든 배추를 잔뜩 먹은 지금은 이대로 죽어도 좋다는 소감이다.

7. 일상

너무 심심해서 그런지 피곤하지도 않은데 온몸에 힘이 없다. 아마 기억나기로 이 우주에는 중력, 전자기력, 약한 핵력, 강한 핵력 이렇게 4가지 종류의 힘이 있다는 것 같다. 다시 세어 보아도 역시 내 팔다리에 들어가는 힘은 없는 걸 보니 내가 다시 힘내기는 그른 것 같다.

사람은 왜 마음대로 동면할 수가 없을까? 더 자고 싶은데 잠이 오질 않는다. 물론 임무를 수행하는 도중에 계속 잠만 자서도 안 되겠지만 왜 그런 날이 있지 않은가. 잠을 잔뜩 잤는데도 나른하고 더 자고 싶어도 잠이 너무 충분해서 잠은 안 오는 날. 오늘은 그런 날이다.

우주선에는 당연히 태양이 없지만 생활하는 패턴에는 낮과 밤이 있다. 공식적으로는 조종석 천장에 달린 작은 전등이 켜져 있나 아닌가에 따라 낮과 밤을 구별한다. 잠에서 깨면 먼저 습관적으로 전등을 켜고 기지개를 한번 펴 준다. 그러면 낮이 시작되는 것이다.

낮에는 주로 우주선의 경로를 다시 체크해 보고 우주선이 밤새 모아놓은 근처 우주의 지리 정보를 훑어본다. 이 작업을 일과라고 부르는데 이제는 너무도 익숙해져서 자료를 한 번 눈으로 훑으면 끝나는 수준이다. 그래도 특별한 정보는 절대 놓치지 않을 자신이 있다. 또 낮에는 실험실로 먹을 것이나 필요한 도구를 프린트하기도 하고 조정석을 간단히 청소하기도 한다.

식사는 3시간에서 6시간 정도의 간격으로 음식 튜브를 먹는 게 보통인데 한 번 먹을 때 1분 정도가 소요된다. 음식 튜브의 1회 식사량이 200g 정도에다가 딱히 음미하면서 먹을 만한 맛도 아니기 때문에 그냥 꾹 짜서 두 번 정도 씹고 삼키는 게 끝이다. 우주 음식이라는 단어는 특별하게 들리긴 하지만 그렇다고 엄청 먹고 싶어 할 필요는 없다. 음식 튜브 속에 담긴 영양젤은 식욕을 소멸시키는 갈색의 물컹한 고체인 데다 맛은 뭐랄까, 콩 갈아 놓은 걸 삼켰다가 토해 놓은 맛이랑 비슷하다. 맛이 정 궁금하면 옆 사람에게 토할 때까지 콩을 잔뜩 먹여 보면 알 수 있을 것이다.

평소라면 나는 잠이 많아서 식사를 하고 1시간 정도 낮잠을 잔다. 물론 밤잠이나 낮잠이나 밖은 항상 껌껌하지만 그래도 낮잠이라고 생각하면서 잠들면 잠이 더 달콤한 것 같다. 사실 그렇게 따지면 눈을 감으나 뜨나 앞이 깜깜하니까 눈을 뜨고 자나 감고 자나 거기서 거기다. 다음에 심심하면 눈 뜨고 자는 연습이나 해 봐야겠다.

그 밖에 배변 활동은 뭐 아무 때나 하는 것 같다. 조종석의 의자를 배변 모드로 바꾸면 의자 덮개가 열리면서 중앙에 작은 홀이 생긴다. 나름 변기로 변신하는 변신 의자다. 홀에 맞춰서 내가 뭔가를 집어넣으면 알아서 탐지한 후 진공으로 이물질들을 쏴악 빨아들인다. 그게 기체든, 고체든, 액체든 할 것 없이 깨끗이 빨아들여 준다. 이런 말을 해도 되는지 모르겠지만 나는 먹는 건 별로 없는데 이상하게 싸는 게 오지다. 과학자들이 이런 특수 능력을 갖춘 사람을 고려하고 만든 건지는 몰라도 아무리 많은 물질을 넣어도 기능이 잘 작동되는 게 만족스럽다. 만약 이 흡수 기능이 고장 난다면 우주선 안은……. 상상하기도 싫다. 그 속으로 빨려 들어간 것은 컴퓨터가 먼저 잘못 가져온 것이 없나 검사해 본 후에 강하게 압축해서 저장해 둔다. 한 달 정도 지나서 저장공간이 거의 다 차면 알아서 실험실로 보내서 분자 수준으로 분해해 버리는데, 그러면 또 다른 물건을 만드는 데 쓸 수 있는 재료가 된다. 내 몸에서 나간 게 분해되어서 다시 음식 같은 게 된다고 생각하면 마음이 좀 찝찝하지만 사실 더러운 방법은 아니다. 알고 보면 지구에서도 이런 순환은 계속되고 있는 것이니까. 우주선은 작으니까 순환이 좀 빠른 것뿐이다.

그 밖의 낮에는 알다시피 게임 시간으로 계획되어 있던 시간인데 나는 그럴 수가 없어서 그냥 멍하니 우주 공간을 바라본다. 나는 이 시간을 우주 풍경 감상 시간이라고 부르는데 내가 제일 좋아하는 시간이자 제일 싫어하는 시간이다. 이 지루하고도 재밌는 시간을 보내다

보면 어느새 솔솔 잠이 온다. 그러면 밤을 맞이할 준비를 한다. 잠들기 전에는 먼저 낮 동안 컴퓨터가 또 열심히 모아 둔 자료를 훑어보는 일과를 마쳐야 한다. 그런 다음에는 연속 동작으로 빠르게 조종석 옆에 달린 스위치를 눌러 천장의 전등을 끄고 빠르게 의자를 뒤로 젖힌 후 빠르게 눈을 감는다. 이 동작은 이렇게 빠르게 빠르게 해야만 잠도 빠르게 온다. 정말이다. 지금 이 시간 잠이 안 오는 사람이 있다면 이 부자리를 빠르게 펴서 빠르게 누운 다음 빠르게 눈을 감아 보라, 아마 잠이 너무 빨리 와서 언제 잠들었는지도 모를 것이다. 지구에 있었다면 이 방법을 특허내서 부자가 되는 건데 우주에 있어서 다른 사람들에게 알려 줄 수 없다는 게 아쉽다. 만약 내 말을 듣는 누군가가 있다면 대신 이 방법을 불면증 치료 요법으로 특허내서 부자가 돼도 좋다.

8. 외계인

만약 어느 날, 정말 처음 보는 생명체를 만나면 어떻게 해야 할까? 임무에 나서기 전 나는 이 임무에 관해서 2년도 넘게 교육을 받았었다. 엄밀히 말해서는 외계 지적 생명체를 만났을 때를 위한 교육인데, 교육을 오래 받았어도 실제로 그런 외계인을 만났을 때 내가 잘해 낼 수 있을지 확신은 아직도 서지 않는다. 상대는 일단 나랑은 다른 생물일 테고 말도 안 통할 테고 아마도 징그럽게 생겼을 테고 날 잡아먹을 테고 먹고 나서 어금니 사이에 낀 내 손가락을 이쑤시개로 후빌 테고……. 끔찍한 상상은 이쯤에서 접어 두자.

나는 혹시라도 이 어려운 임무를 수행할 경우를 대비해서 진지하게 온갖 시나리오를 생각해 두었다.

일단 우주에서 만날 수 있는 생명체는 두 부류로 나눌 수 있다. 쉽게 말해서 나보다 잘난 녀석들과 못난 녀석들이다. 나보다 못난 녀석들의 경우는 사실 길게 말할 것도 없다. 그 녀석들이 어떤 녀석들이든 내가 제압할 수 있으니까. 물론 얕봐서는 안 되겠지만, 기술적으로든 생물적으로든 뭐든 인간 쪽이 훨씬 우세해서 그들을 동물처럼 대할 수 있는 수준일 것이다. 물론 동물 취급을 하지는 않을 거고 동맹을 제안하거나 기술을 가르쳐 줄 것이다. 만약 귀엽게 생겼다면 애완용으로 키울 수도 있고……. 만약 징그럽게 생겼다면 뭐, 동물 취급을 할 것이다.

문제는 그 생명체가 인간과 대등하거나 더 우월한 경우이다. 이쪽은 상황이 훨씬 복잡하다. 앞서 얘기한 입장이 완전히 역전되는 것이다. 먼저 가장 바라는 상황은 상대가 순한 성격을 가진 경우이다. 그러면 일단 잡아먹힐 걱정은 하지 않아도 된다. 운이 좋다면 인류가 살만한 행성을 함께 찾아 줄지도 모르고 공생 관계를 맺을 수도 있다. 인류가 가진 것보다 훨씬 발전된 과학 기술을 알려 줄지도 모르는 일이다. 이런 외계인을 만나면 어떤 경우든 일이 잘 풀릴 가능성이 높다. 이건 마치 전셋집을 찾는 원리와도 같다. 집주인이 착하면 천장에서 물이 새든 외풍이 들든 간에 일이 잘 풀리지만, 집주인이 사악하면 집값이 아무리 싸도 결국엔 보증금을 돌려받지 못하는 등 곤란한 문제가 생기게 되어 있다.

다음은 절대로 만나기를 바라지 않는 과격한 성격을 가진 외계인을 만나는 경우이다. 지구에서 교육받기로는, 아무리 이런 경우라도 외계인을 만나자마자 내빼지는 말라고 배웠다. 상대가 인류의 존재를 안 이상 언젠가는 다시 만날 수도 있기 때문에 첫인상이 중요하다는 것이다. 그렇다고 너무 쉬워 보이면 침략을 결심할 거고 너무 까다로워 보이면 멸종시키고 싶어 할지도 모른다는 것이다. 사실 어쩌라는 건지 잘 모르겠다.

과격한 외계인 중에서도 일단 선방을 날리는 외계인의 경우는 나로선 정말 죽는 수밖에 없다. 정찰대는 무기를 가지고 다니는 것도 아니고 빠른 추진력이 붙는 데는 시간이 많이 필요하기 때문에 빨리 도망가지도 못한다. 이런 경우 내 유일한 선택은 죽기 전에 자폭 버튼을 눌러서 우주선을 분해시키는 것뿐이다. 우주 공간에서 우주선을 자폭시키면 우주선은 총 6개의 조각으로 나누어져 폭발하면서 방사형으로 펼쳐진다. 그중 3조각에는 정기적으로 백업된 내 자료가 들어 있어서 우주 공간을 떠돌면서 미래의 인류가 발견하기를 기다리게 되고, 나머지 3조각은 사방으로 최대한 강력한 신호를 내보내어 혹시라도 주변에 있을 정찰대에게 내 사망 소식을 알리게 된다. 그래 봤자 내 자료가 발견될 확률은 엄청 희박하지만. 그런데 이 정도로 과격한 외계인은 먼저 공격하지 않아도 문제다. 이런 외계인에게 사로잡히면 십중팔구 나를 실험 재료로 쓰거나 고문을 할 테니까 말이다. 그래서 기술이 뛰어난 외계인을 만나면 일단 멀리 떨어져서 충분히 관찰할 생각이다. 조금이라도 폭력적인 기미가 보이면 그냥 도망가는 게 차라리 나을지도 모른다. 물론 외계인이 날 먼저 발견하면 그마저도 안 되겠지만.

그 밖에 만약 우리보다 뛰어난 외계 생명체가 그래도 참을성이 좀 있는 경우라면 벌벌 떨면서라도 협동을 제시할 수 있다. 기술적으로 우월한 생명체에게 인류가 줄 만한 것이라고는 지구의 생명체들이 가진 다양한 유전자원밖에 없기 때문에 이때는 부장님 대하듯이 최대한 굽실거리면서 잘생겼다고 칭찬도 해 주고 안마도 해 주면서 얘기를 꺼내야 한다. 그리고 무엇보다 중요한 것은 지구의 위치를 최대한 마지막에 알려 주는 것이다. 상대가 인류보다 기술력이 좋다는 것을 잊지 말자. 기분이 상하면 지구의 유전자원 정도는 무력으로 손쉽게 가져갈 수 있을 것이다. 그래도 지구의 위치를 잘 모르면 침략이 연기될지도 모른다.

외계인하고 말이 안 통하는데 어떻게 교류를 하려는지 궁금해하는 사람이 있는 것 같다. 나도 처음에는 과학자들이 일단 외계인과는 말이 통한다는 것을 전제로 설명하는 걸 보고 의아해했던 기억이 있다. 그래도 과학자들은 외계인과 당연히 교류할 수 있을 것으로 어느 정도 확신을 가지고 있더라. 내 입장에서도 그냥 컴퓨터에 입력된 매뉴얼대로 진행하면 되니까 딱히 걱정하고 있지는 않다. 과학자들 말에 따르면 만약 대화를 하고 싶어 하는 똑똑한 외계인이라면 분명 수학을 잘할 테니 먼저 수학적인 언어를 사용해서 공통의 언어를 만들어 나가면 된다. 만약 좀 멍청한 외계인이라면? 그냥 몸짓 발짓으로 표현하면 되지 않을까? 지구에서도 보면 서로 다른 나라 사람들끼리 말도 안 통하는데 애만 잘 낳고 살더라.

9. 이발
정찰대원은 PX30을 먹어서 신진대사가 엄청 느리다. 그래서 상처가 생겨도 늦게 낫고 소화도 느린 편이다. 게다가 머리털도 늦게 자란다. 지구에서 한 달 정도면 자랄 길이의 머리카락이 우리는 2~3년이 족히 걸린다. 그래도 머리카락이 자라긴 하는지라 아주 가끔이라도 이발을 해 줄 필요가 있다.

아까 무심코 구레나룻을 만졌는데 어느새 머리카락 뭉치가 턱을 넘어서고 있었다. 그래서 오늘은 이발을 해 보기로 마음먹었다. 아무리 우주에서 혼자 지낸다고는 해도 정찰대원에게 용모는 중요한 사항 중 하나다. 언제 갑자기 외계 생물을 만날지도 모르고 혹시 정찰대원끼리 만날지도 모르는 것이다. 그럴 땐 단정하게 보이는 게 예의니까. 뭐 할 일이 없어서 심심하다는 것도 있고…….

나는 조종간 아래의 서랍을 뒤져 본다. 두 번째 서랍쯤에 아주 오래전에 프린터해 놓은 가위를 하나 넣어둔 게 기억난 것이다. 가위는 광물로 만들어야 해서 다시 만드는데 에너지도 많이 든다.

'덜그럭덜그럭.'

잘 찾아보니 잡동사니 사이에 껴 있던 작은 가위 하나가 결국 내 눈에 띄었다. 나는 가위를 꺼내 손에 껴서 가위질을 해 본다. '싹! 싹!' 하는 소리가 나면서 날이 서 있는 게 제법 날카롭다. 머리카락을 자르는 데는 손색이 없어 보인다. 머리를 자를 때는 빗으로 몇 번 빗으면 좋은데 빗 같은 걸 프린터했던 기억이 없다. 나는 그냥 한 손을 펼쳐서 손가락으로 머리를 몇 번 빗는다. 머리카락이 뭉친 곳도 별로 없고 감촉이 매끈매끈하다. 신진대사가 느린 탓에 머리가 잘 떡지지도 않는 모양이다. 그런 점은 참 편한 것 같다.

머리카락을 자르기 전 먼저 천장의 전등을 조종실 앞 유리창 쪽으로 향하게 한다. 그렇게 하면 따로 거울이 필요 없을 정도로 우주선 안이 환하게 반사되는 창이 만들어진다. 우주가 어두워서 써먹기 편한 방법이다. 워낙 똑똑하다 보니 누가 가르쳐 주지도 않았는데 나 스스로 알아낸 방법이다.

나는 앞 유리창에 좀 가까이 다가가서 이리저리 얼굴을 비춰 본다. 오랜만에 내 얼굴을 보니 기분이 묘하다. 내가 원래 이렇게 생겼었나 싶다. 그래도 자꾸 들여다보니까 그래도 좀 괜찮게 생긴 것 같다. 객관적으로도 요 200년간 본 사람 중에 제일 예쁘게 생겼다. 나는 머리카락이 길어도 어울려서 그냥 이대로 둘까도 싶었지만 역시 단발이 여러모로 편할 것 같아서 결국 짧게 자르기로 했다.

먼저 제일 신경을 써야 할 앞머리의 기장을 확인해 본다. 대충 두 마디 정도 자르면 예쁠 것 같다는 느낌이다. 생각이 정리되자 나는 지체 없이 가위질을 시작한다. 머리카락을 자르는 방법은 간단하다. 먼저 자르고 싶은 만큼 머리카락을 한 손으로 잡고 다른 손으로는 그 만큼에 맞춰서 가위질을 하는 것이다. 원리적으로는 그걸 반복하면 되는데 사람은 머리가 둥근 데다 머리카락이 자라는 방향이 꽤 입체적인 탓에 전체적으로 똑바로 자르기는 여간 어려운 일이 아니다. 그래도 몇 번 잘라보니 요령이 생겼다. 양쪽 귓바퀴를 기준으로 삼고 양쪽에서부터 조금씩 잘라나가는 것이다. 그렇게 하면 전체적으로 수평이 맞는 모양이 쉽게 잡힌다.

'사각사각.'

머리카락이 잘리는 소리가 경쾌하다. 몇 번 가위질을 했더니 벌써 이마가 훤해졌다. 기분이 좋아져서 곧바로 옆머리와 뒷머리도 이어서 잘랐다. 뒤쪽은 잘 보이지가 않아서 대충 감으로 잘랐는데 그래도 수평은 잘 맞춘 것 같다.

우주선 안은 무중력이라서 자른 머리카락이 그 자리에 둥실둥실 떠 있다. 원래는 다 자르고 한 번에 치울 생각이었는데 머리카락이 자꾸 시야를 가리는 통에 먼저 치워 버리기로 했다. 나는 뒤쪽 벽으로 가서 벽에 달린 호스를 집어 든다. 호스 끝에 버튼을 누르자 호스가 위잉 하면서 진공으로 우주선 안에 떠다니던 먼지와 머리카락들을 순식간에 빨아들여 버린다. 개운한 느낌이다.

이제 마지막으로 윗머리를 자르는 일만 남았다. 난 항상 생각 기록 장치의 리더기 부분을 머리에 얹고 있기 때문에 윗머리를 자르는 건 좀 힘이 든다. 생각 리더기는 꼬리가 달린 거미처럼 생겼는데 10개의 다리들을 머리에 얹고 꼬리 부분을 등에 메고 있는 가방에 꽂으면 머리가 움직이는 것을 따라 고정이 된다. 생각 기록기의 다리들을 머리에서 어느 이상 떼어내면 더 이상 생각이 기록되지 않기 때문에 리더기의 위치를 만질 때는 조심해야 한다. 생각 저장을 잠깐만 멈춰 두면 괜찮지 않느냐고 생각할 수도 있지만, 이 부분에 대해서는 하도 훈련을 받아서 강박증이 생겨 버렸다. 어쨌든 나는 생각 리더기가 누르고 있는 머리카락들을 조심조심 빼어낸다. 윗머리는 층을 내어 잘라야 해서 자르는 데도 고급 기술이 필요하다. 내가 개발한 방법은 머리를 몇 번 흔들어서 머리카락을 띄운 후 적당히 가위질을 하는 것이다. 사각사각 몇 번 가위질을 더 하니 머리가 조금 가벼워진 느낌이 들었다. 마지막 가위질을 끝내고 다시 한 번 진공청소기로 잘린 머리카락들을 빨아들인다. 청소기 안에 들어간 쓰레기들은 어느 정도 쌓이면 알아서 실험실 안에 들어가 분해될 것이다.

이발을 마치고 머리를 손으로 쓱쓱 쓸어 넘겨 정리해 준다. 그리곤 마지막으로 다시 앞 유리창에 다가가 결과물을 확인해 본다. 오호, 이것 봐라? 내가 잘랐지만 스타일이 꽤 괜찮다. 귀 아래까지 아슬아슬하게 오는 옆머리와 뒷머리의 기장, 눈썹 바로 위까지 오는 앞머리가 절묘하게 균형을 이루고 있다. 원체 마네킹이 잘생기기도 했지만, 그에 어울리는 스타일의 머리가 생기니 더욱 근사하다. 뿌듯한 마음에 몇 번이고 머리를 비춰 본다. 이 정도면 당장 지구에 가도 먹힐 스타일이다. 아마 난 정찰대원이 되지 않았다면 미용사가 되었을 거다. 가위 하나로 이 정도면 이발기 하나만 더 있어도 미용사로 굶어 죽지는 않을 것 같다. 만약 털 달린 외계 생물을 만난다면 이 미용 기술로 환심을 사야겠다. 그럼 외계인은 아마 날 전용 미용사로 고용하려 할지도 모른다. 어쨌든 결과물이 너무 맘에 든다. 이대로 기르면 앞으로 50년은 머리카락을 자르지 않아도 될 것 같다. 다만 아쉬운 점이라면 멋진 솜씨가 발휘된 이 작품을 보여줄 다른 사람이 지금 옆에 없다는 것뿐이다.

10. 운동

우주에서는 운동을 많이 하면 안 된다. 근육이 너무 커지면 생존에 필요한 열량이 늘어나 버리기 때문이다. 근육질 몸매는 우주에서는 먹히지 않는 스타일이다. 그렇다고 해서 너무 운동을 안 하면 필요한 순간 적당한 순발력을 발휘할 수가 없다. 그래서 운동 시간을 잘 지켜서 적당한 운동을 하는 게 중요하다.

나는 한 달에 한 번 정도 운동을 하는데, 사실 이건 좀 부족한 운동량이다. 우주에서는 중력에 저항할 필요가 없어서 가만히만 있어도 근육이 점점 줄어든다. 아마 난 지구 기준으로는 엄청 허약한 사람일 것이다. 허벅지 부분은 특히나 쓸 일이 별로 없어서 뼈다귀만 남았다. 잠깐, 이거 지구에서는 사람들이 엄청나게 좋아하는 거잖아? 언젠가는 우주 다이어트가 엄청 유행할 거라는 생각이 든다. 사람들은 외모를 위해서라면 무슨 짓이든 하는데 그에 비해서 우주에 나갔다 오는 것쯤은 별것도 아니라고 생각할 테니까.

　고개를 어깨 쪽으로 까딱까딱 움직여 봤는데 몸이 좀 뻐근한 것 같다. 나는 안전벨트를 풀고 조종석에서 일어나 조종석 옆의 빈 공간으로 움직인다. 오늘은 운동을 좀 해서 몸을 풀어 줘야겠다. 내가 주로 하는 운동은 천장과 바닥 왕복 운동이다. 이건 말 그대로 바닥과 천장을 왔다 갔다 하는 건데 팔과 다리의 근육을 모두 사용하기 때문에 빠르게 운동 효과를 볼 수 있다. 이 운동법에는 요령이 있다. 각 동작을 정확히 하지 않으면 운동을 하다가 머리를 천장에 부딪힐 수도 있다. 먼저 팔과 다리를 구부리고 몸을 한껏 낮춰서 딱정벌레처럼 바닥에 달라붙은 상태로 숨을 들이마신다. 그런 다음 숨을 내뱉으면서 힘껏 바닥을 차고 올라가면서 잠시 동안 젓가락처럼 몸을 곧게 펴고 있다가 천장에 닿기 전에 옆구리에 힘을 줘서 재빨리 몸을 비튼다. 그러면 쉽게 머리와 발의 위치를 서로 바꿀 수 있다. 천장에 닿을 때쯤에는 팔과 다리를 구부려서 다시 딱정벌레처럼 쭈그린 자세를 취해 줘야 안정적으로 천장에 안착할 수 있다. 그리고 발이 천장에 닿자마자 바로 다시 뛰어오른다. 한 세트에 이걸 30번 정도 반복하면 된다. 설명하고 보니 무중력이 아니면 할 수도 없는 운동이니까 당신이 지구에 있다면 자세히 들을 필요는 없다.

'헉헉.'

운동해서 땀이 나기 시작하니 우주선 안 사방으로 땀이 흩날린다. 마치 내가 사방으로 비를 뿌리는 것 같다. 팔이 좀 저리긴 하지만 오늘은 오랜만에 운동하는 거라서 한 3세트는 해야겠다.

'헉헉.'

운동 마치고 우주선을 둘러보니 사방이 다 내 땀이다. 무중력에서는 땀이든 콧물이든 간에 모든 액체가 표면 장력 때문에 동글동글한 공 모양이 된다. 조종석에 앉아서 보니 사방에 각기 다른 크기의 투명한 행성이 돌아다니는 것 같아 예쁘다. 조종간 아래의 서랍에서 수건 하나를 꺼내서 먼저 몸의 땀을 닦은 다음, 우주선을 돌아다니면서 공중에 떠 있는 땀 행성들을 닦았다. 장난치느라 땀이 잔뜩 흡수된 수건을 두 손으로 잡고 비틀어서 꾹 짜니 흡수되었던 땀이 나오면서 수건과 내 손을 코팅하듯이 감싸면서 들러붙는다. 지구처럼 중력이 있었다면 바닥으로 쭈르룩 흘러내렸겠지만 우주에서는 표면장력 때문에 땀이 수건에서 쉽게 떨어지지 않는 것이다. 장난치다가 문득 수건을 자세히 보니 거뭇거뭇한 게 빨 때가 된 것 같다.

우주선에서 세탁은 샤워실에서 한다. 샤워실은 조종석 오른편 뒤쪽 구석의 벽 안에 있는 원통형의 방을 말하는 건데 사람 두 명이 겨우 들어갈 정도로 좁은 시설이다. 나는 옷을 입은 채로 수건을 들고 샤워실로 들어가 문을 닫는다. 그러자 자동으로 불이 켜지고 촤아, 하는 소음과 함께 사방에 뚫린 작은 구멍들에서 작은 물방울들이 세차게 뿜어져 나온다. 물은 좀 따듯한 정도다. 참, 이때 살짝 수건을 펼쳐서 세찬 물방울을 많이 맞게 하면 세탁이 잘 된다. 한 10초쯤 물방울들을 맞은 후에는 샤워실의 서로 반대편에 있는 선풍기와 진공청소기가 작동해서 물기를 싹 빨아들여 간다. 그리고 이때 바람을 맞으면서 옷과 수건을 짜 주면 건조가 잘 된다. 나는 그렇게 20초 만에 샤워와 세탁을 마치고 나왔다. 그러고는 다시 여느 때처럼 조종석에 앉아 휴식을 취한다.

사실 우주선에서는 더러워질 일도 없거니와 입고 있는 유기 섬유 잠옷에는 때를 먹어서 섬유 재생에 에너지로 사용하는 기능도 있어서 딱히 샤워가 필요하지는 않다. 그래도 운동하고 샤워를 하면 온몸에 개운한 느낌이 들어서 기분이 좋다. 샤워를 마쳤으니 수분을 보충해주는 게 상식이라는 생각이 든다. 조종석 아래에서 빨대가 달린 물통하나를 꺼내 눈앞에 물을 쭉 짜내어 둥근 구슬을 만든다. 나는 물을마실 때 보통 이렇게 해 두고선 입술을 오므려 물방울에 갖다 대고 물을 쪽쪽 빨아 먹는다. 이렇게 먹으면 지구에서보다 훨씬 편하게 물을 마실 수 있다. 참, 설명하고 보니 이건 무중력에서밖에 써먹을 수가 없는 방법이니까 당신이 지구에 있다면 자세히 들을 필요는 없다.

11. 노래

'팟!'

조종석 모니터에 예약해 둔 건강 검진 알람이 팝업됐다. 건강 검진은 10년에 한 번 하는 행사인데 생각해 보니 벌써 10년이 흘렀나 싶다. 곰곰이 생각해 봐도 10년 동안 내가 한 일이라고는 캄캄한 우주를 쳐다본 일밖에 없다. 그동안 알아낸 특별한 정보도 없고 성과를 올린 것은 더더욱 없다. 내 인생이 덧없이 흘러가고 있다. 어린 시절의 친구들은 아마 진즉에 결혼도 하고 가정을 꾸렸을 것이다. 취직을 해서 사회적으로도 꽤나 입지를 쌓았을 것이다. 나 정도면 벌써 중견 직책을 받고도 남을 나이다. 지구에서는 어쩌면 더 좋은 수명 연장제가 나와서 아직도 젊고 어린 모습을 유지하고 있을지도 모른다.

마음이 초조하다. 이대로 아무것도 발견하지 못하고 죽어 버리면 어쩌지. 스스로가 너무 무능하게 느껴진다. 그렇다고 해서 뭔가를 어떻게 더 노력해야 할지도 모르겠다. 아니, 나 같은 경우는 노력이란 걸 더 이상 할 수 있는 경우인지도 잘 모르겠다. 지금 와서 예전 자료를 뒤적이며 놓친 데이터가 있는지 살펴본다고 해도 지나가 버린 지역에 돌아가서 확인해 보기는 무리다. 그건 어차피 가능성이 낮은 일이니까. 그냥 앞으로 알아내는 정보를 더 열심히 살펴보면서 이대로 계속 나아가는 수밖에……

그렇게 합리화를 해도 불안하기는 마찬가지다. 일이란 건 노력은 내가 하지만 결과는 하늘에 달린 것이다. 나 같은 경우는 우주에 달린 것이라고 해야 할까? 가끔씩 내가 가는 방향의 관측 가능한 범위 안에 원래부터 유용한 정보가 아무것도 없었던 경우이면 어쩌나 하는 생각이 든다. 재수 없게도 나만 빼고 다른 정찰대원들이 전부 유용한 정보를 발견해 내면 어떡하지? 그런 일이 벌어질 바에야 차라리 이 우주 전체에는 원래부터 인류가 살만한 행성은 지구 하나뿐이었더라면, 원래부터 이 우주에는 인류 말고 다른 외계 생명체는 없었던 것이라면 좋겠다.

 기분이 울적해서 흐느적거리며 겨우겨우 건강 검진 실행 버튼을 눌렀다. 그러자 조종실의 구석에서 레이저가 뿜어져 나오면서 내 몸을 스캔한다. 건강 검진이라고 해도 형식적인 거라서 피를 뽑거나 위장에 내시경을 집어넣거나 하지는 않는다. 더욱이 우주라서 체중계로 체중을 잴 수도 없다. 그저 레이저로 대충 훑어보는 게 전부인 것이다. 그래도 기본적인 사항에 대해서는 어느 정도 파악이 된다. 아니면 그냥 파악한 척하는 것일 수도 있다. 나는 의학에 대해서는 잘 모르니까 불치병에 걸렸어도 과학자나 컴퓨터가 건강하다고 말해 주면 그냥 건강한가 보다 할 수밖에 없으니까. 근데 지금은 건강하지도 않은가 보다.

 '삑, 경고! 대원은 현재 감정적으로 우울한 상태입니다. 즉각적인 정신치료가 필요합니다!'

 경고 문구가 떠서 깜짝 놀랐다. '뭐야, 말 안 해 줘도 내가 우울하다는 건 잘 알고 있단 말이야! 굳이 경고 문구 띄워서 신경 긁지 말라고!' 하마터면 짜증 나서 키보드를 내려칠 뻔했다. 컴퓨터 말대로 내가 우울해서 짜증이 나긴 하나 보다. '넌 말이야! 그걸 알고 있었으면 치료제라도 내놓든가!'

 '팟!'

 그러자 내 말을 인식하고 인공 지능이 추천 치료법이라면서 글이 잔뜩 써진 목록을 팝업한다. 이럴 땐 컴퓨터가 말을 잘 알아들으니까 왠지 더 짜증 나. 어쨌든 그래도 나는 목록에서 내게 도움이 될만한 게 있나 살펴보기로 한다. 목록에는 주로 우울증에 도움이 되는 약물을 프린트해서 복용하라고 조언하고 있다. 하지만 딱히 약을 먹고 싶지는 않다. 목록을 아래로 끌어내려 제일 아래 깔린 다른 방법을 살펴보니 운동을 하거나 노래를 부르는 것도 기분을 환기시키는데 도움이 된다고 쓰여 있다. '노래? 노래라……'

노래라는 것은 역사적으로 시대가 지날수록 점점 비싼 몸값을 가지게 되었다. 원시 시대에는 아마 공짜였을 텐데 현대 사회로 오면서 돈을 내지 않으면 들을 수 없는 게 된 것이다. 예전에는 그래도 무료로 노래를 불러 주는 사람이 많았다고 한다. 게다가 노래의 가격도 그렇게 비싸지도 않았다고 한다. 하지만 사회가 발전할수록 지적 재산에 대한 권리가 강화되어서 그런지 내가 지구에 있을 때만 해도 보통 사람은 한 곡 전체를 이어서 듣는 경우가 거의 없었다. 보통은 가장 인상이 깊은 몇 구절을 듣게 되는 게 일반적이고 어떤 매체에서도 동요조차 시작부터 끝까지 이어서 들려주는 경우는 거의 없다. 공공장소인 길거리에서 실수로 신곡 음반을 틀었다가 파산했다는 사람 얘기가 심심치 않게 들려오는 정도이니 다들 엄청 조심을 하는 것이다. 그래서 나처럼 음악에 딱히 관심이 없는 사람은 더욱이 노래를 끝까지 들어 본 일이 없는 것이다. 그래도 우주에 나와 있는 정찰대원에게는 특혜가 있어서 역사적인 명곡은 무료로 제공해 주는데 나는 오락기가 고장이 나서 그나마도 들을 수가 없다.

이가 없으면 잇몸이라고 나는 우울한 기분을 환기하기 위해 직접 노래를 불러보기로 했다.

"아아아."

노래를 부르기 전에 목을 한번 가다듬어 본다. 노래를 들어 본 적도 별로 없으니 불러 본 적은 더욱 없다. 게다가 하도 오랜만이라서 얼마나 크게 불러야 할지 어떤 음정을 처음으로 뱉어야 할지 어떤 곡을 불러야 할지 혼란스럽기만 하다. 나는 그냥 아무렇게나 혀를 놀려서 생각나는 노래를 한번 불러 본다.

"어허! 강사아아안."

'음, 이게 무슨 노래더라? 아, 그렇군.' 이건 돌아가신 할아버지가 어릴 적 자주 불러 주시던 노래다. 할아버지도 이 노래를 끝까지 알고 계시진 못하셨는지 항상 이 구절까지만 부르고 마셨다.

'뺍뺍뺍삐삐.'

이건 내가 지구를 떠나던 무렵 유행하던 최신곡이다. 내가 부른 부분은 좀 이상하게 들리지만 노래의 반주를 따라 한 게 아니라 진짜 가사집에 쓰여 있는 가사를 부른 거다. 요즘은 의미 있는 가사로 노래를 만드는 사람이 없다. 작사료가 비싸서 그런 걸까? 어쨌든 노래를 부르는 건 너무 어려운데? 나는 노래를 포기하고 다른 우울증 치료법을 찾아본다. 대화 나누기? 노래 부르기 항목 바로 위에는 말을 못하는 무생물과라도 대화를 나눠 보라는 조언이 적혀 있다. 글쎄, 이런 방법을 사용하면 더 정신이 분열되지 않을까 싶은데……. 그래도 혹시 몰라서 나는 시도해 보기로 한다.

주위를 둘러봤는데 내가 가진 무생물은 대부분 말을 할 줄 아는 녀석들이라서 치료의 의도와는 맞지 않는 것 같다. 나는 일단 말을 할 줄 아는 실험실에 대고 아무거나 빨리 프린트할 수 있는 무생물을 출력해 달라고 했다. 그러자 실험실이 금세 엄지손톱만 한 돌멩이 하나를 프린트해 줬다. 돌은 진짜 오랜만에 본다. 왠지 반가운 마음이 든다.

나는 돌을 손바닥 위에 올려놓고 말을 걸어 보려고 헛기침을 두 번

했다. 녀석을 가까이서 보니 조그마한 게 뜻밖에 귀엽게도 보인다. 뭐라고 말을 걸어야 하나. 일단 뭐라고 불러야 할지부터 정하는 게 순서인 것 같다. 나는 알고 있는 이름들을 떠올려 보려다가 잘 생각이 나지 않아서 그냥 돌멩이를 돌멩이라고 부르기로 했다. 돌을 성이라고 생각하면 멩이라고 부르는 게 친근할 것 같다. 멩이 씨라고 높임말을 써야 할까 싶었는데 생각해 보니 방금 태어난 녀석을 그렇게까지 대우해 줄 필요는 없을 것 같다.

"어, 뭐…… 너 뭐해?"

나는 오늘 처음 본 녀석에게 잘 알고 있는 것처럼 친한 척하며 말을 걸어 보았다. 말투가 너무 무례했던 건지 녀석은 대답이 없다. 미동도 없이 가만히 있는 게 아무래도 모르는 사람이 건방지게 말을 걸어서 삐친 것 같다. 아니지, 잘 생각해 보면 이 녀석은 사실 나와 이 우주선에서 200년 넘게 함께 있었던 원자로 만들어진 녀석이니까 구면도 한참 구면이나 마찬가지다. 아마 그냥 졸려서 내 말에 대꾸하기가 싫은가 보다. 나는 그런 녀석의 의견을 존중해서 그냥 재우기로 했다. 잠을 더 잘 오게 도와주려고 다른 손의 집게손가락으로 등을 살살 토닥여 줬다. 그러자 멩이 녀석이 신났는지 내 손바닥 위에서 이리저리 굴러다니며 움직인다. 나는 그런 모습이 귀엽기도 하고 재밌어 보였지만 너무 흥분한 것 같아 진정시켜 주려고 등을 쓰다듬어 줬다. 그러자 멩이가 제자리에 가만히 진정하고 멈춰서 고개를 까닥인다. 잠이 오는 모양이다.

"자장, 자장."

무심결에 어릴 때 들은 자장가가 자연스럽게 흥얼거려졌다. 물론 이

다음 구절은 부를 줄 모르지만, 이 후크 부분만 들어도 포근한 느낌이 드는 게 명곡은 명곡이다. 이 노래를 흥얼거리면서 멩이를 쓰다듬으니 웃기게도 내가 엄마가 된 입장으로 자식을 재우려고 하는 것 같다. 게다가 노래의 멜로디에 마법이 실려 있는 건지 한 소절만 반복해서 부르는 데도 부르는 나까지 잠이 쏟아진다. 눈이 감긴다. 졸려서 아까 내가 뭘 걱정하고 있었던 건지 기억이 잘 안 난다. 졸리니까 걱정하는 것도 귀찮나 보다. 에이, 몰라. 몇 밤 자면 다 잘되겠지.

12. 모험

드디어 육안으로도 확인할 수 있을 만큼 작은 고양이 머리 성단에 가까워졌다. 아직은 눈곱만 한 정도지만 벌써 점의 모양을 넘어서서 살짝 고양이 머리와 비슷한 모양의 별의 분포가 보일 정도가 됐다. 작은 고양이 머리 성운은 지구에서 3천 광년 떨어진 곳에 있는 별의 무리이다. 스스로 빛을 내는 항성이 수십 또는 수천 개 정도 모여 있는 걸 성단이라고 하는데, 그중에서도 작은 고양이 머리 성운은 최소 4천 개 이상의 항성이 모여 있는 커다란 성단에 속한다. 항성이 많을수록 인류가 원하는 조건을 가진 행성이 존재할 확률도 높다. 이 성단은 별이 많은 데 비해 별들의 밀집도가 낮아서 별들 간의 거리가 멀기 때문에 산개 성단으로 분류한다. 특징은 이름에서도 알 수 있듯이 성단 중심에서 한쪽으로 튀어나온 두 개의 보라색 별무리가 고양이의 두 귀처럼 쫑긋하게 보여서 귀엽다는 점이다. 마치 우주에 떠 있는 커다란 고양이 얼굴을 향해 전진하고 있는 느낌이다.

작은 고양이 머리 성단은 지구에서는 직접 관찰할 수 없는 지역이다. 지구와 작은 고양이 머리 성단 사이에 어마어마한 양의 가스와 먼지로 이루어진 성운이 존재하고 있기 때문이다. 성운 중에서도 특히 주변 우주에서 오는 빛을 흡수하는 성질을 가진 암흑 성운이 떡 하고 버티고 있기 때문에 현대에 들어서야 무인 정찰기에 의해 겨우 발견된 지역이다. 그래도 작은 고양이 머리 성단에 이렇게 가까이까지 직접 온 것은 내가 처음이다. 아직 도착한 것도 아닌데 벌써부터 개척자로서의 설렘이 느껴진다.

눈보라 폭풍을 헤치고 처음 남극점에 깃발을 꽂은 탐험가의 심정도 이토록 떨렸을까? 세상의 끝이 존재할지도 모르는 미지의 바다를 나아가던 모험가도 나와 같은 설렘을 느꼈을까? 낙타 한 마리 없이 홀로 사막을 건너던 개척자가 처음 비옥한 숲을 발견했을 때도 이렇게 가슴이 벅차올랐을까? 기분이 묘하다. 인류의 새로운 도전 중 하나를 내가 실천하고 있는 것이다. 내가 성공할지는 미지수지만 인류는 반드시 성공할 것이다. 성공할 때까지 멈추지 않을 테니까. 물론 그 이후로도 인류의 도전은 끝이 없을 것이다.

우리는 누구나 한 번도 가지 않은 길을 혼자서 가는 때가 있다. 길에 대한 사전 정보가 충분하든 충분하지 않든 익숙하지 않은 길을 가는 것은 긴장과 기대감과 두려움이 동시에 느껴지는 일이다. 하지만 인간이라면 누구나 그 느낌을 갈망한다. 인간은 모험과 도전의 종족이니까. 인간이 얼마나 모험을 좋아하는가 하면, 지구 도처에 관광지가 설치되어 있다는 점을 예로 들 수 있다. 벌써 몇 천 년째 사람들이 다녀간 곳이라서 손가락만 까딱하면 사진으로 확인할 수 있는데도 불구하고 가 보지 않은 지역에 가 보고 싶어 하는 사람들이 끊이지 않는 다는 것이다. 누구나 일상에 치여 잊고 살긴 하지만 모험을 떠나는 것에 가슴 떨려 하지 않는 사람은 없다. 물론 그 모험이 여행에만 국한된 이야기는 아니다. 인간은 모든 방면에서의 모험을 갈구한다. 학문적으로 하는 모험을 좋아하는 사람도 있고 예술적으로 하는 모험을 좋아하는 사람도 있다. 물론 감정적으로 하는 모험을 즐기는 사람도 있다.

그런 생각을 하고 있는 사이에 벌써 작은 고양이 머리 성단이 깨알 크기에서 쌀알 크기가 되었다. 이제 한 일주일 정도면 성단 외곽에 접어들 수 있을 것으로 보인다. 같은 도전이라도 이제는 예전에 비해 스케일이 상당히 커졌다는 것이 느껴진다. 처음에는 강을 하나 건너거나 산을 하나 넘는 수준이 인류 최대의 도전이었다면, 지금은 태양계를 벗어나고 우주를 가로질러 별을 찾아내는 정도의 스케일이다. 이제는 통나무만 엮으면 만들 수 있는 뗏목이 아니라 인류의 모든 기술이 축약된 우주선을 타고 하는 정도는 되어야 대단한 모험 축에 낄 수 있는 것이다. 왠지 뿌듯하고 스스로가 자랑스럽다.

이 우주선을 타면 빛이 가는 것보다 더 빠르게 우주를 이동할 수 있다. 물론 물리적인 속도는 빛의 80% 정도의 속도지만 알다시피 블랙홀을 이용해서 공간을 띄엄띄엄 점프하면서 이동하고 있기 때문이다. 우주선의 엔진이 뿜어내는 빛보다 우주선 자체가 더 빨리 움직이고 있기 때문에 지구에서는 내가 얼마나 이동했는지 관찰하지 못한다. 아마 내가 아직도 우리 은하를 벗어나지 못하고 있는 것으로 보일 수도 있다. 또 지구가 관찰하고 있는 빛보다 빠르게 움직이고 있기 때문에 지구에서 관찰하지 못하는 우주도 먼저 관찰할 수 있다. 이건 마치 천둥이 치는 걸 본지 한참 후에야 '콰광' 소리를 들을 수 있는 것과 같다. 지구 본부가 가만히 앉아서 천둥소리를 기다리고 있는 중이라면 나는 천둥으로 빠르게 다가가서 먼저 천둥소리를 들으려고 하는 것이다. 이건 지구에 가만히 앉아서 새로운 행성을 찾을 수 없는 이유기도 하다. 멀리 있는 별에서 온 빛일수록 더 오래전에 생성된 빛이기 때문에 관측된 모습은 아주 오래전에 있었던 사실이라는 걸 알 수 있다. 만약 지구에서 관측을 통해 조건이 좋은 살만한 행성을 찾는다 해도 이주하기 위해 막상 그곳에 가면 그곳은 벌써 다른 곳이 되어 있을 것이다.

이 우주선은 어림잡아 1년에 150광년 정도를 이동한다. 빛이 150년 갈 거리를 단 1년 만에 이동할 수 있다는 이야기다. 물론 가속에 가속이 붙으면 조금 더 빠르게 움직일 수 있겠지만, 임무에 따라서는 지그재그로 된 코스로 정찰하기도 하고 에너지를 보충할 수 있는 구간에서는 적절하게 속도를 줄여야 하기 때문에 전체적으로는 그 정도 속도라고 생각하고 있다. 다른 변수를 고려하지 않으면, 예상되는 내 수명이 1천 년 정도니까 나는 평생 15만 광년 정도의 거리를 이동하게 되는 셈이다. 지구에서 15만 광년 떨어진 곳까지 가 볼 수 있는 것이다. 그래도 우주의 크기는 약 150억 광년이니까 우주의 끝까지 가 보는 건 아직도 까마득한 이야기다. 게다가 우주는 끊임없이 팽창하고 있는 중이다. 내가 다가가는 속도보다 팽창하는 속도가 더 빠르다면 영원히 그 끝에 도달할 수 없다. 아마 내가 통통배로 바다를 건너는 옛사람들을 비웃는 것처럼 내 후임 정찰병은 더 대단한 우주선으로 내가 힘겹게 도달한 지역을 우습게 지나가면서 날 비웃게 되겠지. 뭐 그래도 상관없다. 인류가 이주할 행성을 찾는다면 거기에 깃발을 꽂는 사람은 내가 될 테니까. 인류는 그래도 내 이름을 기억해 줄 것이다.

13. 사진

시야를 가득 채우는 형형색색의 별들이 나의 마음과 온 우주를 압도한다. 어디선가 피어올라 있는 붉은빛과 푸른빛의 가스가 성단 전체를 따스하게 감싸고 있다. 성단 전체가 나를 향해 빠르게 달려들고 있다. 마치 거대한 거인의 입속으로 빨려들어 떨어지는 듯한 기분이 든다. 조종간을 잡고 있는 두 손끝에서부터 소름이 끼쳐 올라 온몸이 절로 부르르 떨렸다. 이 순간 문득 떠오른 생각 하나는……. '그렇지, 인증샷!'

나는 조종간 아래의 서랍을 뒤져서 폴라로이드 사진기를 찾아냈다. 이 사진기는 임무의 중요한 순간을 기록하는 보조 기록 장치이다. 아무래도 디지털 장비는 가끔씩 신통치 않은 경우가 생기기 때문에 필요에 따라서 아날로그적인 기록물을 남겨 둘 필요가 있다. 작은 고양이 머리 성단은 내가 처음 지구에서 출발할 때부터 목적지로 정한 성단이라서 스스로에게도 의미가 큰 곳이고 임무를 성공할 확률도 높은 장소이기 때문에 후대를 위한 기록을 남겨둘 필요가 있다고 생각한다. 작은 고양이 머리 성단의 순수한 배경 사진은 우주선 사방에 달린 디지털카메라가 충분히 찍어 두었을 테니 나는 내 얼굴이 들어간 사진을 찍어 둘 셈이다. 만약 내가 작은 고양이 머리 성단에서 뭔가를 찾아낸다면 지금 찍는 이 사진은 미래의 교과서에 실려서 유명해질지도 모른다.

사진 촬영에 앞서 나는 먼저 머리를 손으로 두어 번 쓱쓱 매만진다. 옷매무새를 가다듬다가 문득 이런 잠옷을 입고 사진을 찍어 두면 후대에 두고두고 놀림거리가 될 것 같다는 생각이 들었다. 나는 조종석 왼쪽 뒤편 벽에 넣어 둔 우주복을 꺼낸다. 우주복을 넣어 두는 옷장은 샤워실의 위치와 정반대다. 어차피 사진에는 상반신만 나오게 될 테니 바지도 필요 없다. 얼굴도 잘 나와야 하니까 헬멧도 쓰지 않는다. 나는 장갑과 윗옷만 걸치고 어기적어기적 움직여서 공중에 띄워 둔 폴라로이드 사진기를 집어 든다. 타이머는 20초가 적당할 것 같다. 정면의 구도가 잘 나올 것 같아서 조종석의 등 받침대 위에 사진기를 고정시키기로 한다. 조종석 뒤에 서서 파인더에 눈을 맞추고 사진에 찍힐 모습을 확인해 본다. 앞 유리창을 통해 작은 고양이 머리 성단이 잘 보이도록 각도를 맞추어 보았다. 자세히 보니 조종실 안의 빛 때문에 앞 유리창에 살짝 반사가 있는 것 같다. 나는 천장의 조명을 은은하게 바꾸고 다시 확인해 본다. 별들은 잘 보이는데 우주선 조종석이 아예 나오지 않아서 이렇게 찍으면 합성 사진 같아 보일 것 같다. 나는 다시 각도를 조절해서 아주 살짝 조종석이 나올 수 있게 해 본다. 이 정도면 괜찮을까? 마지막으로 사진기에 달린 받침대와 고정끈을 이용해서 사진기를 단단히 고정시킨다. 사진이란 것을 제대로 찍기 위해서는 이렇게 세심한 노력이 필요하다.

준비를 마치고 카메라 앞에 서서 침을 한번 꿀꺽 삼킨다. 한 번에 성공해야지 괜히 여러 번 왔다 갔다 하는 번거로움은 피하고 싶다. 재빨리 셔터를 누른다. 그리고 허우적거리며 앞 유리창 앞으로 헤엄쳐 나아가 조종석 앞에 돌아서 앉는다. 씨익하고 웃으며 미소를 짓는다. 아니지, 너무 신나게 웃으면 정찰대의 위엄이 살아나지 않을 것 같다. 나는 살짝 은은한 미소로 바꿔본다. 손으로 V자를 만들까 싶었는데 역시 유치할 것 같아서 관뒀다.

'삐. 삐. 삐삐이이.'

아직 10초도 되지 않은 것 같은데 벌써 20초라고? 의아한 생각이 든다. 내가 타이머 설정을 잘못했나? 혹시 오작동으로 사진이 한 번 더 찍힐 경우를 대비해서 미소를 그대로 유지한 채 소리가 나는 곳을 찾아서 이리저리 눈알을 굴린다. 아하! 소리의 근원지가 너무 가까이 있었던 탓에 헷갈렸던 것이다. 삑삑대는 소리는 역시 카메라에서 나는 게 아니었다. 사실은 내가 깔고 앉아 있는 조종석에서 전방주의 경고음이 발생하고 있었던……

"잠깐, 뭐라고?"

'화아.'

무심코 우주선의 앞쪽을 향해 뒤를 돌아보았는데 전방에서 가로로 된 거대한 빛의 띠가 맹렬히 향해 달려오고 있다. 마치 하얀 지평선이 그대로 돌진해 오는 것 같다. 이대로라면 곧 우주선과 빛이 충돌하게 생겼다.

"으아아악!"

'찰칵!'

나는 나의 놀란 표정이 사진기에 찍히든 말든 허겁지겁 조종석에서 뛰어내려 조종석에 앉는다. 고개를 들어 앞쪽을 바라보니 거대한 빛의 띠가 벌써 조종석 시야를 가득 채우려고 한다. 나는 온 힘을 다해 조종간을 아래로 잡아당긴다. 우주선이 급격하게 아래로 하강하며 온 몸의 피가 머리로 쏠린다. 정신이 아찔하다.

'이이잉, 후욱.'

재빨리 피한 덕분에 거대한 빛의 띠가 주위로 거대한 진동을 뿜어 내며 우주선 위로 스쳐 지나간다. 우주선의 궤도가 너무 급격하게 꺾인 탓에 몸을 제대로 가눌 수가 없다.

'쿠구궁.'

빛의 띠가 만들어 낸 공간 자체의 떨림으로 인해 우주선이 격렬히 진동한다. 스쳐 지나갔다고는 해도 서로 수만 킬로미터 이상의 거리가 있었는데 이렇게 잠깐의 지체도 없이 바로 진동이 느껴지다니. 이건 분명 빛보다 빠른 물체만이 뿜어낼 수 있는 초광속 중력파다. 소리보다 빨리 움직이는 물체가 만들어 내는 소닉 붐과 비슷한 시공간의 울림이다. 나는 한참 동안 온 힘을 다해 조종간을 꽉 붙잡고 진동을 견딘다.

'덜덜덜덜.'

우주선 전체가 떨리고 있어도 전진을 멈추지는 않는다. 완전히 멈추었다가 다시 이 정도의 가속이 붙으려면 아주 많은 시간이 필요하기 때문에 이 관성력을 쉽게 포기할 수는 없다. 조종간에 달린 버튼을 조작해 일단은 임시로 블랙홀 공간 도약 장치만 일시 정지를 시켰다. 강한 중력으로 인해 뒤틀려버린 공간에서 계속 공간 도약을 하는 것은 너무 위험하기 때문이다. 차라리 진동을 견디는 편이 안전하다.

'덜더더더.'

마침내 진동이 점차 사그라든다. 진동이 미세한 수준으로 바뀌자

비로소 한숨이 내쉬어진다. 온몸에 땀이 흥건하다. 놀란 마음을 가라앉힐 새도 없이 시간 낭비를 줄이기 위해서 바로 우주선의 궤도를 바로 잡는다. 블랙홀 공간 도약 장치도 다시 가동시킨다. 혹시 모르니 컴퓨터에 명령을 내려서 앞쪽에 다른 장애물은 없는지 다시 한 번 확인을 시킨다.

무슨 일이었지? 컴퓨터가 알아서 우주선의 궤도를 조종하는 동안 나는 조종석에 달린 다른 컴퓨터를 이용해서 방금 상황을 되짚어 본다. 땀을 닦을 새도 없다. 우주선 바깥에 연결된 카메라가 자동으로 촬영한 방금 전의 영상을 로딩했다. 영상을 보니 확실히 저 멀리 앞쪽에서부터 양쪽 시야 끝까지 펼쳐진 가로로 기다란 빛의 띠가 찍혀 있다. 더 앞쪽으로 돌려 보니 아주 처음에는 성단 지름의 절반만큼 긴 얇은 끈이었다는 걸 알 수 있었다. 하지만 곧 엄청나게 빠르게 다가오면서 순식간에 시야를 가득 채울 만큼 커진 것이다. 재생 시간으로 계산해 보니 보이지 않을 만큼 먼 곳에서 바로 코앞까지 오는데 겨우 10초 남짓이다. 컴퓨터가 비디오를 분석을 통해 자동으로 미확인 천체와의 궤도를 계산해 준다. 맙소사, 거대한 빛의 강력한 중력권에서 내가 비켜 나간 거리는 불과 3만7천 킬로미터! 그 거리 사이에는 지구가 딱 3개 들어간다. 서로 빛의 속도보다 빠르게 달리고 있었기 때문에 가까워지는 속도가 상상할 수 없을 만큼 빨랐다. 모니터에 강조되어 표시되기를 내가 조종간을 내리는 속도가 0.2초만 느렸어도 거대한 빛이 내뿜는 중력장에 끌려 들어가 산산조각이 났을 것이라고 한다. 아직도 가슴이 벌렁거린다. 너무 놀라서 아무 생각이 나질 않는다. 방금 그게 무엇이었든 간에 일단 내가 우주 교통사고를 피했다는 데 감사할 뿐이다. 하마터면 셀카 찍으려다 죽을 뻔했다. 역시 옛 어른들 말씀이 맞다. 운전 중에는 전방을 주시하고 있어야 한다.

14. 끈

우주에 모든 물체들은 원자로 만들어져 있다더라. 원자는 더 작은 쿼크로 구성되어 있다. 그러면 그 쿼크는 뭐로 만들어져 있을까? 예로부터 쿼크는 아주 가느다랗고 짧은 끈이 진동하면서 내는 겉모양이라고 전해 내려온다. 우주를 구성하는 제일 작은 재료가 끈 모양이라고? 그럼 그걸 묶을 수도 있지 않을까? 점 모양이라면 몰라도 끈 모양이라면 양 끝을 잡고 잡아당길 수도 있을 것이다. 물론 아주 작은 녀석이니까 눈에 보일 만큼 크게 잡아당기려면 엄청 큰 힘이 필요할 것이다. 만약 그게 이론상 가능한 일이라면 실제로 일어났을 수도 있다. 그런 일이 있었다면 우리가 아직 모르고 있는 걸 봐서 분명 아주 특별한 조건에서 이뤄졌을 것이다. 우주가 아주 불안정해서 무슨 일이 벌어졌대도 신문 1면에 나지 않았을 시기. 다들 자기 코가 석 자라서 옆에서 갑자기 엄청 큰 끈이 생겨났다고 해도 다들 호들갑 떨지 않을 만한 시기. 바로 우주가 처음 만들어진 빅뱅 직후의 시기이다. 엄청난 에너지와 우주의 팽창이 함께 이루어졌던 그때, 우연히 작은 끈 하나에 에너지가 폭발적으로 쏟아져 들어갔고 급격한 우주의 팽창에 맞추어 함께 팽창했다면 어떨까? 우주는 아주 넓으니까 혹시 그때 만들어진 끈 하나가 아직도 우주를 돌아다니고 있을 수도 있다. 그때 흡수한 에너지가 충분히 많았다면 아직도 남는 에너지를 빛의 형태로 방출하고 있을 수도 있다. 참, 이런 이야기를 하니까 갑자기 생각난 건데. 듣자 하니 얼마 전에 실제로 그런 걸 목격한 사람이 있다더라. 목격 정도가 아니라 그 신비로운 끈과 충돌할 뻔했다더라. 그런 재수 좋은 사람이 누구냐고? 바로 이 몸이시다.

촬영된 화면은 몇 번을 돌려 봐도 신기하다. 말 그대로 눈 깜짝할 사이에 눈앞을 스쳐 지나간 거대한 빛의 띠. 이 천체가 팽창한 초끈이 아니라면 달리 뭐라고 설명할 수 있을까? 게다가 주위로 엄청난 중력파를 뿜어냈다는 점은 예상했던 '거대초끈'의 특징과 맞아 떨어진다. 벌써 멀어진 지 오래라서 직접 관측으로 확인해 볼 수는 없지만, 끈이 남기고 간 진동하는 공간의 특징으로부터 정보를 수집해서 나의 가설을 확인해 보기로 했다. 우주선의 궤도를 살짝 위쪽으로 틀어서 끈이 지나갔던 공간길 가까이 접근한다.

아직 중력파가 걷히지 않았을 가능성도 있어서 너무 가까이 갈 수는 없다. 중력이 센 곳에 있으면 바깥 우주보다 시간이 느리게 간다는 것은 상식이다. 안 그래도 끈이 뿜어내는 중력파에 비스듬히 휩쓸려서 그새 바깥 우주보다 시간이 일주일 정도 차이가 나 버렸는데 시간을 더 낭비할 수는 없다. 빠른 속도로 진행하면서 시간이 천천히 느리게 가는 것은 상관없지만, 그 자리에 멈춰 서서 시간을 느리게 보내는 것은 아무 소용이 없다. 누구보다 먼저 임무를 달성해야 의미가 있는 것이지 남들보다 오래 사는 것은 내가 원하는 게 아니다. 만약 너무 오래 블랙홀 근처에 있거나 해서 시간을 허투루 쓴다면 어느 날 후임 정찰병이 내 앞을 추월해서 지나가는 것을 구경하게 될 것이다. 어쨌든 나는 주어진 내 수명 내에서 최대한 먼 곳까지 나아가야 한다.

설령 그곳에 아무것도 없을 지라도.

사방에 레이저를 쏘아서 공간의 뒤틀림을 확인해 본다. 확실히 멀리서도 확인할 수 있을 만큼 약하지만 거대한 규모의 뒤틀림이 보인다. 남은 일은 이 공간의 뒤틀림과 이론적으로 계산할 수 있는 초끈 이론이 내뿜는 중력장이 일치하는지 대조해 보는 일이다. 만약 그게 팽창된 초끈이 맞다면 나는 이 현상을 가장 처음 목격한 사람이 된다. 동시에 끈 이론이 맞음을 확인시켜 주는 첫 번째 혹은 또 하나의 증거를 찾아낸 사람이 된다.

'따라.'

컴퓨터가 경쾌한 효과음과 함께 결과를 출력한다.

"일치! 뭐라고? 정말?"

무심결에 웃음이 흘러나온다. '아하하!' 나도 모르게 두 손으로 입을 막는다. 하지만 역시 무의식적으로 경련하는 횡격막의 불규칙한 경련을 거부할 수가 없다. '끅끅끅…….'

"말도 안 돼!"

우주선이 떠나가라 소리를 질렀다. 컴퓨터도 깜짝 놀랐는지 혼자서 '말도 안 돼'를 검색 중이다. 조종간 아래의 서랍에서 내 생애 최고의 순간이 찍힌 사진을 꺼내 본다. 거대한 빛의 띠를 배경으로 눈알이 튀어나오고 침을 사방으로 튀길 만큼 허둥대는 내 모습이 찍혀 있다. 엄청 못생기게 나왔지만 상관없다. 이건 교과서에 실릴 사진이니까. 작은 고양이 머리 성단에 진입하면 일단 아무 행성이나 적당한 행성에 착륙해서 지구로 정보를 송신해야겠다. 사진을 보면서 귀밑까지 벌어진 입이 침이 흥건히 흘러도 다물어질 줄을 모른다.

15. 명예

'찰칵, 찰칵.'

붉은 비단 카펫 위를 걸으며 카메라 세례를 받는다. 오늘은 내가 주인공이다. 나는 우주복을 입고 헬멧을 한쪽 옆구리에 낀 채 사람들을 향해 손을 흔든다. 수많은 사람들이 장내가 떠나가라 박수를 쳐댄다. 휘파람 소리와 환호 소리가 가슴을 벅차게 만든다. 마이크를 든 사람이 격양된 목소리로 이 순간은 인류 역사에 영원히 기록될 것이라고 떠들고 있다.

한창 그런 꿈을 꾸고 있다가 문득 눈을 떠 보니 또 언제나처럼 텅 빈 어둠이 나를 기다리고 있었다.

작은 고양이 머리 성단에 진입한 지 3일째다. 성단을 멀리서 바라볼 때와는 다르게 성단 안에 들어오면 더 이상 그림 같은 별들의 분포는 보이지 않게 된다. 그저 주위로 작은 별들이 조금 더 촘촘하게 떠 있다는 느낌이다. 얼마 전까지는 밝은 천체를 마주 보고 있어서 어디론가 여행을 가는 기분이 들었었는데 이제는 정처 없이 방황하는 기분이 든다. 야속하게도 이 이질적인 느낌이 참 익숙하다.

여전히 어둠 속을 홀로 날아가고 있어도, 여전히 고요한 어둠이 나를 심심하게 만들고 있어도 오늘은 예전만큼 기분이 우울하지 않다. 아무래도 임무를 시작하고 첫 성과를 올려서인지 마음 한편이 든든하다. 물론 우주를 떠다니는 초끈을 발견한 것이 정말 대단한 일인지는 지구 본부가 알아서 판단할 일이지만 아직도 그날 찍힌 사진을 보면 바닥이 없는 우울함에 빠지려다가도 다시 기분이 떠오른다. 이건 마치 내가 더 외롭고 우울해서 미쳐 버리지 않게 어느 위치에 쳐둔 안전장치 같다. 눈물이 나려다가도 슬쩍 미소를 짓게 된다. 게다가 요 며칠은 이걸 빌미로 유명해지는 상상을 하는 것이 무척 즐거웠다.

내가 하는 상상은 주로 지구로 돌아가서 수많은 매체와 인터뷰를 하거나 온통 내 얼굴로 도배된 거리를 걷는 것이다. 내가 선글라스로 눈을 가리고 무심한 척 거리를 걸으면 사람들이 나를 알아보고 비명을 지르고 사진을 찍어대며 사인을 해달라고 조를 것이다. 그런 사람들이 많아지면 여유롭게 거리를 걷지도 못하게 되겠지? 어쩌면 집 앞에 팬들이 잔뜩 찾아와 집에 드나들 때마다 곤욕스러울지도 모른다. 그러면 나는 관심이 부담스러운 듯 인상을 찌푸리며 사람들을 밀어내겠지만 결국 마지막 순간에는 사람들을 향해 환하게 웃으며 손을 흔들어 줄 것이다.

물론 내가 무슨 상상을 하든 그런 일이 일어날 가능성은 없다. 어떤 경우에도 나는 다시 지구로 돌아가지 않으니까.

정찰병은 새로운 발견을 해냈다고 해서 정찰 임무를 끝내지 않는다. 생애를 마감할 때까지 계속해서 새로운 정보를 찾아내야 한다. 우주에 나온 이상 우주선을 돌려 지구로 돌아갈 시간에 더 넓은 우주로 나아가는 것이 인류를 위해서 무조건 유익하니까. 어차피 지구로 돌아가도 정찰병을 위한 자리는 마련되어 있지 않다. 내가 지금 당장 지구로 회항한다 해도 지구에 도착하면 벌써 노인이 되어 있을 것이고, 귀환 첫날 있을 환영식이 끝나면 지구 본부는 더 이상 해 줄 이야기도 없는 늙은이를 양로원에 가둬 버릴 것이다. 아무리 대단한 발견을 한 정찰대원이라도 우주에 있을 때나 별처럼 빛나는 존재인 것이지 지구로 떨어지면 단지 부서진 돌멩이 조각일 뿐인 것이다.

그런 생각을 했더니 문득 지구의 사람들과 후손들은 내가 이렇게 힘들다는 것을 알아줄까 하는 의문이 든다. 누군가는 지금 이 순간 내가 인류를 위해 우주 공간을 나아가고 있다는 것을 떠올릴까? 미래의 인류는 우주 정찰대가 외롭고 고독한 임무를 해야 했었다는 것을 알아줄까? 어쩌면 나의 모든 것은 처음부터 기억되지 않을지도 모른다. 지구에서 평범하게 살면서 누릴 수 있는 많은 행복을 포기하고 굳이 외롭고 고독한 길을 택해서 살아왔는데 그러면서 얻을 수 있는 잠깐의 명예마저도 없을 거라고 생각하니 마음이 싸하다. 그런 생각의 자극 때문에 나는 결국 마음속 저 깊은 곳에 묻어 둔, 굳이 떠올리고 싶지 않은 생각 중 하나를 해 버리고 말았다.

나는 지구를 중심으로 거의 일관되게 우주의 한쪽으로 날아가고 있다. 나와 마주친 거대초끈은 나와 반대 방향으로 날아가고 있었으니까 아마 지금도 지구와 더 가까워지고 있을 것이다. 그럼 혹시 내가 지구와 연락하기 전에 지구 본부는 거대초끈을 관찰해 버리지 않을까? 그렇게 되면 내가 거대초끈을 발견했다는 사실은 아무것도 아니게 되어 버린다. 생각할수록 이건 분명히 그렇게 될 거라는 느낌이 온다. 분명 지구는 지금쯤 아마 더 발전된 관찰 기술을 가지게 되어서 거대초끈이 존재한다는 사실을 알아 버렸을 것이다.

거기까지 생각이 닿아버리니 이제 더 이상 거대초끈을 발견한 게 대단하지 않은 것처럼 여겨진다. 내 심장에 걸려 있던 무거운 추 하나가 툭 하고 떨어진다. 원래는 이게 정말 대단한 발견이라고 생각해서 근처의 행성에 착륙해서 기지국을 세운 다음 지구와 통신을 할까도 고민했었지만, 만약 내가 생각한 대로 지구가 거대초끈의 존재를 알고 있다면 그건 시간을 허비하기만 한 게 되어 버린다. 기지국을 세우는 데만 30년이고 통신하는 것은 아마 50년 정도 걸릴 텐데 그걸 하다가는 나의 남은 정찰 범위도 엄청 줄어들어 버릴 것이다. 게다가 힘들게 통신했는데 본부에서 그건 쓸모없는 정보였어, 라는 대답을 듣게 된다면 난 미쳐 버릴지도 모른다. 결국 지금 상황에서는 정찰할 수 있는 데까지 해 보고 마지막에 모든 정보를 송신하는 수밖에 없다.

생각의 정리가 끝나니 들떴던 마음도 초조했던 마음도 한순간 사라져 버렸다. 오래간만에 낸 성과에 대한 기대감과 성과가 무위로 돌아가는가 싶어서 생겼던 불안은 처음부터 없었던 것처럼 그렇게 녹아 버렸다. 다시 아무런 기분이 들지 않는 덤덤한 일상의 마음가짐으로 돌아왔다고 해야 할까? 그래, 어차피 그건 원래 계획했던 성과도 아니었으니까 나중에 더 대단한 성과를 내고 모든 성과를 함께 지구로 전송하는 거다. 그래도 이 발견이 정말 대단한 발견인지 얼른 지구에 물어보고 싶은 마음도 굴뚝같지만 나는 합리적으로 생각하기로 했다. 물론 나는 이제 더 이상 아무런 성과를 내지 못할 수도 있다. 하지만 그 부분에 대해서는 그저 막연히 믿는 수밖에 없는 것 아닐까? 원래 미래에 대한 일은 믿음이 필요하다. 과거라는 건 알면 아는 것이고 모르면 모르는 것이지만 미래라는 건 현재의 모든 정보를 다 알아도 결과를 예측할 수가 없다. 나뿐만 아니라 지구에 사는 모든 사람들도 미래 때문에 불안해하니까 이건 크게 억울한 일도 아니다. 그래, 어차피 미래는 알 수 없는 것이다. 막연히 믿음을 가지면 되는 것이다. 실망을 두려워할 필요는 없다. 그래서 나는 지금부터 미래에 대한 믿음을 가지기로 했다. 예를 들면 내가 행성을 하나 발견해서 그 행성에 살게 되는 모든 사람들이 내 이름을 외우고 다니게 된다는 믿음이다. 또 그 행성에서는 내 이야기가 담긴 노래를 부르고 내 얼굴이 그려진 티셔츠를 입고 다니게 된다는 믿음이다. 그래 맞다, 난 언젠가는 꼭 그렇게 되리라 믿는다.

16. 귀신

나는 얼마일까? 정찰병을 한 명 키우는 데는 대략 아파트 단지 하나 값이 든다는 통계를 본 적이 있다. 그리고 정찰병이 타는 우주선은 한 도시의 모든 아파트값 정도가 든다고 한다. 비싼 집값으로 비교해서 생각해 보니 확실히 나는 꽤 비싼 것 같다.

그래도 나는 이왕이면 더 큰 우주선을 태워 줬으면 좋았을 거라고 생각한다. 우주선이 크면 속도도 더 빠를 테고 여러 사람들과 함께 지내며 더 오랫동안 우주를 정찰할 수도 있었을 것이다. 비용 문제 때문에 그렇게 큰 우주선이 안 된다면 적어도 우주선에는 두 명씩이라도 태워 줬어야 했다. 식량을 반으로 줄이더라도 사람을 하나 더 태워 줬어야 했다. 이게 다 조잡한 게임기 하나로 천 년을 버틸 수 있다고 생각한 멍청한 과학자들 때문이다. 게임기를 줬으면 설계도도 실어놨어야 실험실로 다시 수리하든가 하는데 어떻게 된 게 바퀴벌레 설계도는 넣어 놨으면서 게임기 설계도는 없다. 정말 대단한 분들이다.

뭐, 혼자 정찰해야 하는 것이 비용 문제라는 것은 납득할 수 있다. 지구에서 편하게 지내고 있는 사람들 입장에서 정찰대는 복권과도 같은 존재니까. 어마어마한 돈을 투자해서 일단 우주로 보내본 다음에 뭔가 성과를 보내오면 당첨된 정찰병이다. 하지만 꽝이라서 아무 연락도 없는 정찰병도 있을 수 있다. 그건 정찰병이 잘했거나 못해서라기보다는 원래 우주에 성과를 올릴만한 지역이 있었는지가 더 중요한 조건이다. 그러니까 어차피 당첨 확률이 같다면 복권 가격을 최대한 싸게 만드는 게 유리할 것이다. 어쨌든 그런 이유로 나는 혼자인 것이다. 정말 납득이 가는 이유라서 짜증도 안 난다.

눈앞이 캄캄하다. 오늘도 역시나 공허한 나의 우주가 보인다. 거대한 우울함이 나를 덮친다.

이대로 우주를 떠돌다가 죽을 것만 같다. 지금 내가 죽으면 내 영혼은 지구로 돌아가려 할까, 아니면 더 먼 우주로 나아가려 할까? 예전에 듣기로 사람은 원하는 바를 다 이루지 못하고 죽으면 영혼이 죽은 자리에서 맴돌며 귀신이 된다고 한다. 원하는 바를 다 이룰 때까지 이승을 떠나지 못하는 것이다. 내 입장에 대입해 보니 그럼 이 우주선은 우주 유령선이 되어 버리는 건가 싶다. 나는 죽어서도 새로운 행성을 찾아 영원히 우주를 떠돌게 되는 걸까? 나중에 후대의 정찰병들은 조종사가 없이 우주를 떠도는 신비한 우주 유령선을 보고 아마 기절해 버릴지도 모른다. 나는 그럼 그 조종사들이 깨어날 때까지 기다렸다가 심심하지 않게 옆에서 수다를 떨어 주어야지.

귀신이라는 존재는 초자연적인 것이다. 물리 법칙도 통하지 않고 상식으로 이해할 수도 없다. 이제 보니 귀신은 정말 편한 녀석이다. 물론 귀신이 전지전능한 존재는 아닐 테지만 내가 생각한 대로라면 귀신에게는 시공간도 없고 우주 법칙의 제약도 없을 것이다. 내가 알기로 적어도 벽은 마음대로 통과할 수 있는 녀석들이고, 하늘도 마음대로 날아다닐 수 있는 녀석들이다. 모든 귀신이 다 우주를 날아다닐 수 있을지는 몰라도 그중에 한둘은 강력한 귀신이라서 먼 우주까지 올 수 있지 않을까? 특히 원한을 가진 사람을 끝까지 쫓아가서 괴롭히는 부류의 악질 귀신이라면 우주 끝까지라도 찾아가서 복수할지도 모른다. 내가 왜 사람들을 괴롭히면서 살지 않았을까 후회된다. 원한을 많이 만들어 놓았으면 그중에 한 녀석이 귀신이 되어 지금쯤 나를 찾아왔을지도 모르는 일이다. 혹시 벌써 내 옆에 와 있는데 내가 영적 능력이 강하지 않아서 보지 못하는 건가? 어떻게 하면 귀신을 볼 수 있는 건지 궁금해진다.

생명이 죽어서 귀신이 된 것을 감지할 수 있으면 멀리서도 외계인의 존재를 쉽게 찾을 수 있을 텐데 하는 아쉬움이 든다. 그런 기계가 있다면 지구 같은 경우는 아마 영혼이 득실득실거리는 것처럼 보일 것이다. 그러면 우주를 날아가다가 그렇게 영혼이 득실대는 행성을 찾으면 임무가 쉬울 것이다. 지금 생각해 보니 정찰병을 뽑을 때 신기가 있는 사람들을 위주로 뽑았어야 하는 게 아닌가 싶다. 요컨대 우주를 떠다니는 외계인의 영혼을 만나서 행성 위치를 물어볼 수도 있고 신의 계시를 받아서 인류가 살만한 행성이 어디쯤 있는지 감으로 맞출 수도 있을 것이다. 적어도 나처럼 아무런 근거도 없이 막연히 우주 공간을 떠돌지는 않아도 될 것이다.

글쎄, 나도 지금부터라도 영혼을 보려고 연습해 봐야 하는 게 아닐까? 나는 주위에 영혼이 있을 만한 것을 둘러보다가 예전에 만들어 둔 돌멩이 녀석을 떠올리고 조종석 아래의 서랍을 연다. 그리곤 돌멩이를 꺼내 얼굴 앞에 띄워두고 두 눈에 잔뜩 힘을 주어 노려본다. 흐음,

한참 노려보니 살짝 돌멩이 녀석의 영혼이 보이는 것 같기도 하고? 하지만 돌멩이가 너무 얌전해서 그게 진짜 돌멩이의 영혼인지 내 초점이 흐려진 건지 알 수가 없다. 휴, 한참 동안 눈에 힘을 줬더니 맥이 다 빠진다. 나는 결국 돌멩이 영혼 보기를 포기하고 그저 얼굴 앞에 가만히 떠 있는 돌멩이를 붙잡아 주머니에 넣는다. 돌멩이는 아무 저항도 없이 내 손에 이끌려 주머니로 들어간다. 말도 참 잘 듣네. 모르긴 몰라도 돌멩이는 영혼이 참 순수한 녀석이다.

17. 날씨

과학의 발전은 인간이 세상을 느끼는 여러 가지 정신적인 감각을 점점 하나로 합쳐지게 만들어 왔다. 그래서 이제 인간은 정신적으로 아주 많은 것들을 느낄 수 있게 되었다. 예를 들면 뉴턴은 인간의 정신적 감각의 일부를 합친 대표적인 사람이다. 뉴턴 전까지 인간은 하늘과 땅을 구별해서 느껴왔다. 땅 위에서 벌어지는 일들은 보통 굴러다니거나 바닥으로 떨어지거나 하는 일들인데 이건 뉴턴이 이야기해 주기 전까지는 별들이 하늘에 떠 있거나 태양이 하늘을 가로질러 움직이거나 하는 일들과 별로 상관없어 보였다. 하지만 이제는 그 모든 것들이 작용과 반작용 그리고 중력 같은 것들로 연관되어 있다는 것을 알아서 땅 위에서 일어나는 일이나, 하늘에서 일어나는 일이나 별반 다를 게 없다는 느낌이 든다. 아인슈타인은 죽을 때까지 우주에 존재하는 여러 가지 힘을 하나로 느끼고 싶어 했다고 한다. 아무래도 시간과 공간과 중력을 하나로 느낄 수 있게 해 준 위인이다 보니 전자기력에까지 욕심이 날 법도 하다. 이제 인간들은 시간과 에너지가 같은 것이라는 걸 깨달아서 우리와 다른 시공간에서 벌어지는 일도 우리 눈앞에서 벌어지는 일상적인 일들과 별반 다를 게 없다는 것을 알게 되었다. 아마 이대로라면 곧 온 우주에서 벌어지는 모든 일들이 내가 숨 쉬는 원리와 별반 다를 바 없다는 걸 깨닫는 날이 올지도 모른다.

만약 하늘에서 내리는 물과 땅에 고여 있는 물이 같다는 걸 모르는 시대의 인간이었다면 아마 그의 정신적 감각은 매우 좁아서 세상이 몹시 조그맣다고 느꼈을 것이다. 산 넘어 넓은 땅이 아직도 한없이 존재한다는 생각은 떠올리지도 못할 것이다. 그 사람에게 세상은 자신이 가 본 길밖에 없을 테니까. 비가 온다면 기뻐할 수도 있겠지만 생전 처음 보는 우박이 떨어진다면 어리둥절한 표정을 지을 수밖에 없을 것이다. 뭐, 그건 아마 지금 내가 짓고 있는 표정과 비슷할 것이다.

우주에는 액체로 된 행성도 있고 고리가 달린 항성도 있다. 한마디로 별것이 다 있다는 소리다. 그러니까 우주를 여행하다 보면 지금 보이는 것처럼 암흑 물질과 뒤섞인 수은 가스 지대를 만날 수도 있다. 이 가스 지대는 성단 외곽에 널린 별이 되지 못한 물질이 암흑 물질을 만나서 이룬 구름 같은 곳이다. 암흑물질은 우주의 1/5을 차지하는 기묘한 특성을 가진 물질인데 보통 물질과 전자기적 상호 작용을 하지 않아서 인류가 한참 동안 정체를 밝혀내는데 골머리를 썩였던 녀석이다.

분석을 통해 우주선 밖에 있는 게 뭔지 알아도 이게 뭔지 느낌이 잘 오지 않는 게 난 아직 정신적 감각이 덜 확장되었나 보다. 지금 우주선 앞쪽 창문 너머에는 번들거리는 검은 구름이 껴 있는 게 느껴져서 기분이 묘하다. 평소 보던 우주 풍경만큼이나 시커멓긴 하지만 텅 빈 우주의 느낌과는 사뭇 다르다. 좀 미끄덩거리는 느낌이라고나 할까? 사실 다른 말로 이걸 설명하기 어려운 이유는 눈으로 보기에 이게 평소와 거의 비슷해 보인다는 것이다. 약간의 해상도 차이랄까? 그래도 뭔가 있다는 걸 알고 보면 보일 정도다. 다른 사람들은 별생각 없이 보면 이게 느껴지지 않을 수도 있지만 그래도 나처럼 맨날 우주를 바라보던 사람이 보면 뭔가 위화감이 드는 게 확실히 느껴진다. 만약 우주선의 탐지 장비로 옅은 암흑 물질 구름을 통과하는 것을 알아내지 못했으면 사실 나도 그냥 오늘따라 눈이 침침하다고 생각하고 넘길 뻔했다.

들어 보기만 했지 직접 보는 것은 처음이라서 머리로는 알아도 마음으로는 혼란스럽다. 이 복잡 미묘한 느낌은 느껴본 사람만 안다. 아인슈타인의 이론을 알아도 시간과 중력의 관계를 직관적으로 느끼지 못하는 사람들도 많은데 내가 지금 그런 상태다. 인간은 이렇게 처음 현상을 만났을 때 그걸 단순하게 마음에 와 닿는 정보로 치환해 두어야 쉽게 적응할 수 있다. 그래서 아까부터 이 구름 지대를 어떻게 받아들여야 하나 생각하다 보니 문득 지금은 흐린 날이라고 생각하면 별 위화감 없이 받아들일 수 있다는 걸 깨달았다. 아하, 우주에도 날씨가 있고 지금은 흐린 날이구나. 그렇게 생각하니 이젠 머리로도 마음으로도 우주선 밖의 우주를 느낄 수 있게 되었다. 암흑 물질이 잔뜩 낀 흐린 날이 있다면 소행성 떼가 쏟아지는 소나기가 오는 날도 있을 수 있겠다는 생각이 든다. 나는 지구에서도 흐리고 비 오는 날이 좋았는데 우주에서도 날씨가 흐린 게 좋은 것 같다. 딱히 별로 변화도 없고 재밌는 일도 없는 우주의 맑은 날보다는 날씨라도 흐린 특별한 날이 좋기 때문이다. 처음엔 뭐라고 설명해야 할지 모를 이상한 현상을 보고 살짝 불쾌했다가 그렇게 생각을 바꾸고 다시 밖을 보니 이번엔 기분이 좋다. 그러고 보니 몇백 년 만에 만난 흐린 날씨인데 어디다 적어 두기라도 해야 되는 게 아닌가 싶다. 내가 일기를 쓰는 사람이었으면 오늘 우주 날씨는 흐림이라고 적었을 텐데. 그렇다고 오늘부터 일기를 쓰는 건 너무 눈치 보이는 일일까? 매일 할 일도 없는데 일기나 꾸준히 쓸걸 그랬다. 물론 매일 같이 오늘도 별일 없음이라고 적게 되겠지만 말이다.

18. 후회

원리적으로는 어떤 재료로도 컴퓨터를 만들 수가 있다. 보통은 여러 가지 종류의 돌을 녹이고 붙인 다음에 전기를 흘려보내는 방법으로 만드는데 그건 단지 이 방법이 싸고 작은 컴퓨터를 만들기 쉽기 때문이다. 굳이 만들어 보고 싶다면 톱니바퀴를 이어 붙이거나 관과 통을 이어 붙인 다음에 물을 흘려보내는 방법으로도 컴퓨터를 만들 수 있다. 그 밖에도 빛을 이용하는 양자식 컴퓨터도 있고 유기 물질을 이용하는 생물형 컴퓨터도 있다.

인간은 유기 물질로 만든 생물형 컴퓨터의 일종인데, 전자식 컴퓨터와는 장단점이 다르지만 아마 그 핵심 구조는 비슷할 것이다. 그래서 그 핵심적인 문제도 다른 컴퓨터와 비슷하다. 바로 오류라는 것이 존재한다는 점 말이다. 내가 볼 때 아무리 잘 만든 컴퓨터라도 원리적으로 오류는 항상 나오게 되어 있다. 이건 우주가 한 가지 모습으로 고정되어 있는 물체를 싫어하기 때문이라 어쩔 수가 없다. 마치 탑을 쌓아

두면 바람이 건물을 부수려고 하는 것이나 규칙적으로 늘어놓은 구슬들이 조금만 충격을 주어도 쉽게 흐트러지는 것과 같은 원리다. 갓 만들어졌을 때 아무리 완벽하다고 해도 우주는 그걸 곧 불완전한 존재로 만들어 버린다. 엔트로피는 참 못된 녀석이다.

다행히도 인간에게는 오류를 방지하는 안전장치가 있다. 그래서 머릿속에서만 존재해야 하는 한심한 말장난이나 헛된 망상을 매번 행동으로 옮기지 않아도 된다. 물론 그 안전장치가 제대로 기능을 하지 않아서 굉장한 일들을 해버리는 경우도 많이 있지만.

왜 인간은 이상한 생각을 많이 할까? 이건 마치 일부러 컴퓨터의 성능을 저하시키려고 오류 유발 장치를 달아 둔 것 같지 않은가. 점잖아 보이는 사람도 가끔씩 해괴망측한 행동을 하는 걸 보면 이 오류 유발 장치는 누구에게나 달려 있는 것 같다. 그리고 이게 바로 우주선의 컴퓨터를 생각으로 조작하지 않는 이유기도 하다. 인간은 유용한 생각보다는 쓸모없는 생각을 하는 경우가 더 많아서 컴퓨터가 그 생각들을 곧이곧대로 실행해 버리면 아마 우주선은 금세 난장판이 되어 버릴 것이다.

인간이 만든 컴퓨터는 오류를 내면 작동을 멈춰 버리거나 스스로 작업을 종료하는 복구 기능이 있다. 그와 비슷하게 인간이라는 컴퓨터에는 후회와 합리화라는 오류 복구 장치가 달려 있는데, 후회라는 것은 다시 같은 실수를 유발하지 않도록 스스로 고통을 주는 가학 장치고 합리화라는 것은 후회가 너무 심하게 작동하지 않도록 제어해 주는 제어장치라고 볼 수 있다. 물론 이 장치들이 원래 오류를 복구하기 위해 달려 있다고는 하지만 가끔은 오히려 이 녀석들이 오작동을 일으킬 때도 있다. 특히 후회라는 장치는 가끔 예고 없이 무작정 불쑥 뜬금없는 작동을 시작해서 사람을 괴롭히기도 한다.

갑자기 평소에는 전혀 생각도 안 하던 어릴 적 친구가 떠오른다. 그 녀석과는 어울린 시간도 짧고 그렇게 많이 친하지도 않았는데 마지막으로 싸우고 헤어져서 그런지 생각이 떠오를 때마다 어딘가에서 점점 먹먹한 마음이 차오른다. 어차피 다시는 못 볼 사이니까 사과를 하지 않았어도 그만이었지만 지나고 나서 괜히 나 혼자 미안한 마음이 든다. 우주로 나오기 전에 전화라도 해 볼 걸 그랬나 싶은 후회가 살짝 스쳐 지나간다. 그 먹먹함은 곧바로 다른 씁쓸한 추억을 불러온다. 바로 어렸을 적 잘못 채점된 시험지를 받아들고 억울해했던 기억이다. 그걸 생각하면 그때 왜 바로 항의하지 못했을까 하는 후회가 든다. 후회가 들기 시작하니 문득 가족들도 생각난다. 가족들에게는 미안한 일들이 너무 많아서 셀 수 없이 많은 후회들이 마음속을 굴러다닌다. 웃기게도 동경하던 연예인을 만나 보고 오지 못한 것도 후회스럽다. 점잔 빼느라 먹지 못한 음식들도 생각나고 마지막까지 고백하지 못한 짝사랑도 생각난다. 이제 내게는 모두 다시 시도할 기회가 없는 것들인데, 후회해도 소용없는 것들인데, 괜히 그 아쉬운 느낌이 자꾸만 떠올라 사라지지 않는다.

기회가 있을 때 꽃구경도 갔었어야 했다. 사람들과 함께 바다도 보고 비싼 음식도 먹었어야 했다. 그때 뒹굴뒹굴 놀지 말고 악기도 배웠어야 했다. 사람들에게 고맙다는 말을 아껴 두는 게 아니었다. 고집부리지 말고 미안하다고 전화도 했었어야 했다. 그때 화내지 말았어야 했는데 나는 자존심이 너무 세서 망친 일들이 너무 많다. 나는 겁이 너무 많았다. 눈치 보지 않아도 되었을 텐데 너무 체면을 차렸다. 이제는 지구로 돌아갈 수 없기 때문에, 그게 다 이미 지나버린 일들이기 때문에, 그저 이 쓸쓸한 일들에 더 이상 손대지 못하고 이대로만 기억해야 한다는 게 괴로워서 속이 타들어 간다.

19. 검댕이

작은 고양이 머리 성단에는 외계인도 없고 지구만큼 살기 좋은 행성도 없는 것 같다. 아직 성단의 1/50 지점을 통과하는 중이지만 상황 파악은 벌써 대략 끝냈다. 외부에서 볼 때 임무 성공 가능성이 높아 보였던 지역들은 하나같이 쓸모없는 별들로만 가득했다. 성단의 나머지 절반은 아직 정확히 관찰되지 않았긴 하지만 거의 확정적이게 유용한 정보가 없을 것으로 생각된다. 당연하게도 이번 복권도 꽝이었다.

어제부터 우주선이 쌓아 둔 자료를 읽어 보지도 않고 방치만 해 두고 있다. 어차피 요즘 들어오는 정보는 더 살펴보나 마나 결과가 같을 테니까. 작은 고양이 머리 성단의 지름은 20광년이니까. 가로질러 이 성단을 통과하는 앞으로 약 3달 동안은 모인 자료를 재검토하는 일밖에 없다. 그래 봤자 혹시나 하는 마음에 하는 일. 희망이 있다고 보기에 지금까지 수집된 자료는 너무 절망적이다. 만약 아무 단서도 얻지 못하고 성단을 빠져나간 후에는 다음 목표인 나비 모양 삼단 소용돌이 은하계까지 곧장 10년을 멍하니 날아가야 한다. 그 사이에는 뭐가 있냐고? 당연히 아무것도 없다. 거대한 천체와 천체 사이에는 아무것도 없는 게 보통이다. 그 사이는 텅 비어 있다. 그 어느 우주보다도 칠흑 같은 공허만 가득하다. 특히 일거리가 없다.

'삐빅.'

모니터에 우주선의 10시 방향 감지 장치에 이상이 생겼다는 보고가 팝업되었다. 일거리가 없다고 투정을 부리니 바로 일거리가 생기다니 타이밍이 좋다. 지체 없이 상세한 사항을 펼쳐보니 약간의 우주 먼지가 레이저 센서를 막고 있다는 보고이다. 우주선에는 자가 수리 기능이 있어서 흠집이 난다거나 센서가 망가지더라도 스스로 작은 로봇을 보내어 수리한다. 보통은 알람을 띄우지 않고 알아서 수리하는데 이번에는 오류가 난 모양이다. 나는 컴퓨터를 조작해 수동으로 손톱만 한 복구 로봇 하나를 10시 센서 쪽으로 투입시킨다.

'덜컹. 이잉.'

우주선 바깥의 천장 쪽을 비추는 카메라의 영상을 보니 우주선에서 작은 문이 열리면서 복구 로봇이 우주선 밖으로 나가는 것이 보인다. 복구 로봇은 거미 같은 형태인데 우주선 밖으로 나가자마자 10개의 다리로 우주선을 단단히 붙잡는다. 복구 로봇은 우주선을 고치는데 최적화되어 있어 공간 도약을 멈출 필요가 없다. 공간 도약을 하고 있어도 중력파에 기계가 망가지지 않는 것이다. 게다가 외표도 단단해서 방어벽을 강화시킬 필요도 없다. 우주 공간은 진공 상태라고 말하지만, 사실은 아주 희박하게 물질이 흩어져 있다. 보통 속도의 우주선이라면 마찰 따위 느껴지지도 않겠지만 빛보다 빠르게 달리는 우주선에서는 원자 알갱이 하나도 무시할 수가 없다. 원자 알갱이가 우주선을 빛의 속도로 때리기 때문이다. 우주 공간에 흩어져 있는 작은 원자들로부터 우주선을 보호하기 위해서 우주선은 진행 방향 쪽으로 강력한 자기파를 내뿜고 있다. 방어벽이라고 부르는 이 자기파는 원자들을 우주선의 진행 방향 밖으로 밀어내어 주는 것이다. 물론 자기파로 모든 원자를 밀어낼 수는 없다. 우주선 자체도 튼튼하기 때문에 자기장에 휘둘리지 않고 방어벽을 뚫고 들어오는 물체를 걱정할 필요는 없다.

'위잉.'

복구 로봇이 천천히 다리를 움직여 우주선 앞쪽으로 이동한다. 바닥에 딱 붙어서 기어가는 모습이 재밌어 보인다. 복구 로봇이 센서 위치에 도달하여 보내준 영상을 보니 정말 센서에 개미 코딱지만 한 검댕이가 묻어있는 게 보였다. 언제 저런 게 붙었지? 우주선에 가끔 작은 먼지가 붙는 일은 있지만 저렇게 큰 검댕이가 묻는 경우는 거의 없었다. 나는 조종간 컴퓨터를 통해 제거 명령을 추가하여 복구 로봇이 검댕이를 닦아 내도록 지시를 내린다. 그러자 복구 로봇이 검댕이에 더 다가가서 앞쪽의 다리 2개로 검댕이를 문지른다. '잉잉.' 복구 로봇이 몇 번이나 문질렀는데도 액체 형태의 검댕이가 끈적해서 닦이질 않는다. '뭐야, 왜 이렇게 끈적거리지?'

당분간 작은 고양이 머리 성단을 날아갈 테고 정보는 거의 다 수집되었으니 센서에 붙은 이물질을 급하게 해결할 필요는 없다. 그래 봤자 먼지인 것 같으니 좀 기다리다 보면 알아서 떨어져 나갈지도 모른다. 복구 로봇으로 정 해결이 나지 않으면 결국 내가 직접 우주복을 입고 나가는 수도 있지만…… 그건 너무 골치 아픈 일이다. 직접 우주선 밖으로 나가려면 일단 공간 도약도 잠시 멈춰 두어야 하고 방화벽도 강화해야 한다. 속도도 위험하지 않을 수준까지 줄여야 한다. 그 과정에서 에너지도 무진장 소비하게 된다. 손해가 이만저만이 아닌 것이다. 게다가 우주복을 입고 우주 공간에 나가는 건 꽤 무섭기 때문에……. 나는 제발 복구 로봇이 힘을 내길 기도하며 복구 로봇에게 한 번 더 검댕이 제거 명령을 내렸다.

'끽익, 끽.'

다행히도 두 번째 시도에서 복구 로봇이 검댕이를 닦아 냈다. 검댕이는 센서에서 떨어진 후 복구 로봇의 팔에 의해 우주 공간으로 내던져졌다. 나는 복구 로봇에게 귀환 명령을 내렸다.

'잉.'

복구 로봇이 돌아오는 사이, 나는 대체 어느 틈에 저런 끈적이는 검댕이가 우주선에 달라붙었는지 고민해 보았다. 단순히 우주에 떠도는 물질이었다면 분명 자기장 보호벽에 의해 밀려났을 텐데. 문득 얼마 전 초끈을 만나서 우주선이 급격히 방향을 틀 때 저 검댕이가 우주선에 달라붙었을 가능성이 있다는 게 떠올랐다. 당시 급격히 조종간을 조작하고 공간도약을 끄면서 부가적인 방어벽 기능이 잠시 정지되었을 것이다. 그 밖에 최근에는 자기장 방어벽이 꺼졌던 적도 없다. 아무리 생각해 보아도 저 검댕이와 나를 이어 준 매개체는 거대초끈일 가능성이 다분하다. 정말 거대초끈의 중력장이 끌고 온 이물질인가? 그렇다면 혹시 저 이물질이 단순한 우주 먼지가 아닐 수도 있지 않을까? 보통의 우주 먼지였다면 일단 우주선이 내뿜는 자기장 방어벽을 뚫고 들어올 수 있을 리도 없고 방어벽을 뚫고 들어와 우주선에 달라붙었다고 해도 저렇게 떨어지지 않을 리도 없다. 게다가 저렇게 점성이 있는 물체는 보통 유기 물질이거나……. 혹시 유기 물질인가?

혹시나 하는 마음에 복구 로봇을 우주선 안으로 들이는 스위치를 찾아본다. 쓸 일이 없다고 생각해서 잊고 있던 스위치다. 나는 한참 동안 조종간의 스위치를 둘러보다가 광학 엔진을 출력비를 높이는 스위치 바로 옆에서 원하던 스위치를 찾아내고는 가볍게 스위치를 터치했다. '덜컥.' 그러자 얼마 후 조종석 뒤의 벽에서 작은 문이 열리더니 방금 전 우주선 밖에서 검댕이를 떼어 내던 그 복구 로봇이 나타났다. 나는 허겁지겁 헤엄쳐 조종석 뒤로 날아가 복구 로봇을 집는다. 거미처럼 생긴 복구 로봇의 옆구리를 검지와 엄지로 살짝 집어 들어 올린 다음 이리저리 자세히 살펴본다. 눈으로 봐서는 로봇 앞발에 묻은 검댕이는 없는 것 같다. 하지만 검댕이가 찐듯했던 걸로 봐서 분명 묻긴 묻었을 텐데. 이번엔 잠옷의 소매춤을 송곳니로 찢어서 작은 천 조각을 만든 다음 복구 로봇의 앞발을 쓱싹 닦아 보았다. 그랬더니 잠옷 조각에 아주 조금 희미한 먼지 자국이 묻어났다. 나는 조금 흥분되는 마음으로 실험실에 검댕이가 묻은 잠옷 조각을 넣고 상세 분석 명령을 내렸다.

'잉.' 실험실은 금세 잠옷 조각에 관한 모든 정보를 분석해내기 시작했다.

리스트가 팝업되었다. 샘플에 있는 주요 성분은 유기 잠옷 섬유, 아밀라아제, 상피 세포 조각, 탄화수소 복합물……. '잠깐, 이 탄화수소 복합물은 뭐지?' 성분과 추출 위치를 대조해 보니 분명 검댕이 부분에서 나온 물질이다. 화학 구조식을 기존에 알고 있던 정보와 비교해 보니 이건 석유와 비슷한 구조의 물질이라는 결론이 나왔다. '우주에서 석유가?' 나는 잠시 혼란에 휩싸여 얼굴을 찌푸렸다.

이 우주선에서는 석유 같은 것을 쓰지 않으니까 우주선에서 나온 것은 분명 아니다. 그렇다고 우주에 떠돌던 석유가 묻은 것이라고 결론 내릴 수도 없다. '그보다 우주 공간에서 유기 물질 없이 석유가 생성되는 방법이 있나? 아니 그보다 석유라고?'

20. 마법

우주는 광활하다. 하지만 세상이 아무리 넓어도 아는 만큼만 보인다. 우주가 넓다는 것도 내가 우주가 넓다는 사실을 알았기 때문에 느낄 수 있는 것이다. 정찰병은 인류의 시야를 넓혀 주는 눈이 되어야한다. 알려는 노력을 게을리하면 안 되었던 것이다. 내가 그동안 나의 사명을 잊어버리고 있었던 게 아닐까? 솔직히 난 지금까지 우주를 너무 얕잡아 보고 있었다. 우주는 내가 상상할 수도 없는 마법 같은 일들을 아무렇지도 않게 만들어 내는 곳이었다. 이렇게 상상도 못 할 일이 있었다니.

유기 물질 없이 이렇게 복잡한 탄화수소 복합물이 만들어지려면 아주 절묘한 환경이 필요하다. 물론 이 넓은 우주에 그런 환경이 없다고는 할 수 없지만, 그 가능성이 유력하다고 보기에는 너무 많은 조건이 필요하다. 이런 석유와 비슷한 물질은 오히려 생물에서 유발되었다고 하는 것이 합리적인 사고 아닐까? 우주에서 그런 환경을 발견하는 것은 생물체를 발견할 확률보다 낮으니 말이다.

그렇다면 세상에서 이런 우연을 겪을 확률은 얼마나 될까? 우주를 떠돌던 석유 한 방울이 우주를 여행하는 거대초끈을 만나서 그 거대한 중력장에 휩쓸리게 되는 우연. 초끈의 중력을 따라 우주를 날아가

다가 정찰 나온 한 우주선에 부딪히는 우연. 그리고 하필이면 그 우주선의 바늘구멍만큼 작은 센서를 틀어막는 우연 말이다. 하지만 모든 우연은 일어날 법하기 때문에 일어나는 것이다. 그러니까 얼핏 생각해서 엄청나게 낮은 확률이라고 생각되는 이 일도 분명 일어날법한 이유가 있었을 것이다. 나는 생각을 가다듬어 만약 이 검댕이가 정말 유기물질에서 비롯된 석유 비스름한 물질이라면 어떻게 나에게까지 오게 되었을지 상상해 본다.

우주 어딘가에 생명이 여기저기 존재한다면 엄청난 거리를 빛보다 빠른 속도로 여행하는 거대초끈은 언젠가 생명을 만날 확률이 꽤나 크다. 아주 많은 지역을 빠르게 여행할 테니 말이다. 넓은 해안가에 조개껍데기가 하나만 떨어져 있다고 해도 해안가를 아주 많이 왕복하다 보면 조개껍데기를 만나서 주울 확률은 충분히 큰 것과 같다. 거대초끈이 생명체가 살고 있는 행성을 직접 만나서 파괴했을 가능성은 거의 없다. 오히려 지성이 있는 생명체가 접근해 오는 거대초끈을 알아보고 조사대를 파견했다는 편이 자연스럽다. 그렇다면 거대초끈의 중력장 안에 생명체가 다루는 물질이 휩쓸려 들어왔을 가능성은 더욱 충분하다. 거대초끈의 중력은 아주 강력하고 비교적 넓은 범위에 미치기 때문에 근처까지만 왔다고 해도 웬만한 우주선은 휩쓸리게 되기 때문이다. 게다가 우라늄이나 메탄가스 같은 종류의 연료가 아니라 석유 같은 물질을 연료로 쓰는 우주선이라면 아직 그렇게 정밀한 접근 기술이 개발되지 않았을 가능성도 크다. 아니면 조사를 위해 석유로 작동하는 값싼 우주선을 대량으로 파견했을 수도 있다. 만약 인류가 사는 지구 근처에 거대초끈이 지나간다는 정보를 알게 된다면 인류도 분명 그렇게 했을 테니까. 어쩌면 그들은 일부러 우주선을 거대초끈에 부딪히게 했을 수도 있다. 어쨌든 기술을 가진 지성이 있는 생물체라면 우주에 어쩌면 하나밖에 존재하지 않을 수도 있는 거대초끈을 조사하기 위해 무슨 짓이든 최대한 했을 게 뻔하다. 그리고 어떤 연유로든 거대초끈이 우주선의 잔해라던가 석유라던가 유기 물질을 자신의 중력장 안에 빨아들였다면 아주 긴 거리와 세월 동안 그것들을 잃지 않고 데리고 다녔을 것이다. 만약 그 양이 충분히 많았다면 거대초끈과 부딪힐 뻔했던 내 우주선이 그것들과 부딪혔을 확률도 충분하다. 오히려 연료로 사용되었을 법한 물질보다 우주선의 잔해나 유기 물질과 부딪혔을 확률이 더 크다.

'정말 이렇게 된 것일까?'

이 모든 가설은 거대초끈이 지나온 공간길의 범위 안에 생명체가 존재한다는 걸 기반으로 하고 있다. 그렇다면 다른 가능성은 없을까? 분석한 이 검댕이는 엄밀히 말해서 석유가 아니다. 단지 석유와 비슷한 구조를 가진 물질로 유기물에서 유발될 가능성이 큰 화합물인 것이다. 어쩌면 우리가 알지 못하는 원리에 의해 거대초끈 근처에서 쉽게 생성되는 물질일 수도 있다. 아니면 이 모든 게 내가 생각하지도 못하는 혹은 놓쳐 버린 어떤 단순한 일로 일어났을 수도 있다. 하지만 그런 가능성이 있다고 해도 자연스럽게 추론되는 생명체에 대한 가능성을 무시할 수는 없다.

나는 불현듯 조종석에서 일어나 조종실 앞 유리창 앞으로 다가간다. 알 수 없는 어떤 확신에 찬 믿음이 배 속에서부터 천천히 올라와 온몸을 가득 채운다. 그러나 한편 감정적으로는 매우 담담하다. 내 앞

어딘가에 생명체가 살고 있다고 해도 내가 그것을 찾게 되는 일은 또 아주 어려운 일이 될 것이다. 어쩌면 지금보다 더 큰 운이 따라 주어야 할지도 모른다. 나는 숨을 고르며 천천히 내 눈앞에 펼쳐진 텅 빈 공간을 둘러본다. 하염없이 깊고 깊은 어둠으로 가득 찬 우주가 보인다. 너무나도 익숙한 이 풍경은 줄곧 나에게 막연함과 공허함, 절망을 던져 주었다. 하지만 오늘은 어째서인지 변덕스럽게 표정을 바꾸어 온 갖 무지개색의 희망을 뿌리고 있다. 그 희망이란 사실 명주실처럼 가늘지만 우울함과 절망에 빠져 허우덕 대는 나에게는 충분히 굵은 구원의 손길이다. 아주 작은 증거, 희망이 있다는 생각 하나가 온 우주의 풍경을 바꾸어 놓았다. 저 작고 작은 검댕이에서 발아한 생각 하나는 내 좁은 마음속에서만 자랄 수 있을 만큼 작지만 온 우주의 색깔을 바꿔놓을 만큼 대단한 마법이었던 것이다.

분명 내가 바라보는 이 풍경 안에 뭔가가 있다. 어쩌면 다른 생명체가 있다. 거대초끈이 지나온 그 길의 범위 안에 석유가 만들어질 만한 어떤 이유가 있다. 그리고 이대로 앞으로 나아가다 보면, 거대초끈이 날아온 길을 따라 돌아가다 보면 분명 그걸 만날 수 있다. 그런 생각이 들자 마법에 걸린 듯 온몸에 전율이 흐른다. 우주가 부린 그 마법 같은 무언가 나를 기다리고 있다. 언제인지는 몰라도 나는 그것과 만나게 될 것이다. 분명히, 어쩌면 머지않아.